妈妈的星星

Mummy's Star

A Novel by Xue mo

雪漠 著

人民文学出版社

图书在版编目（CIP）数据

妈妈的星星 / 雪漠著 . -- 北京：人民文学出版社，2024（2025.3重印）. -- ISBN 978-7-02-019062-1

Ⅰ . I247.5

中国国家版本馆 CIP 数据核字第 2024QX1615 号

责任编辑　陈彦瑾
装帧设计　刘　远
责任印制　张　娜

出版发行　人民文学出版社
社　　址　北京市朝内大街166号
邮政编码　100705

印　　刷　北京新华印刷有限公司
经　　销　全国新华书店等

字　　数　321千字
开　　本　880毫米×1230毫米　1/32
印　　张　14.75　插页3
印　　数　20001-25000
版　　次　2025年1月北京第1版
印　　次　2025年3月第3次印刷

书　　号　978-7-02-019062-1
定　　价　59.00元

如有印装质量问题，请与本社图书销售中心调换。电话：010-65233595

前言：一个母亲的救赎

跟《爱不落下》一样，这也是一部半纪实半虚构的作品，它有现实中的人物原型，有些故事也是现实中发生过的，但它仍是我的艺术创作。我想定格一个灵魂，一个面对生命中的各种境遇，都能用一颗纯净的心去接纳和消化，始终保持宁静和恬淡，像一朵雪中的梅花那样淡淡活着的灵魂。如果一个人有这样的灵魂，那么无论面对什么事，他都能像清风拂面那样放下，不会有太大的烦恼。我们这个充满各种烦恼的社会，最需要的，可能就是这样的一种生活态度。

同时，我更想让人们看到，一个人的选择是怎样塑造自己命运的。一个成熟的灵魂，不仅要能够淡然面对命运带来的苦难，还要有一种智慧，能够自主地选择如何面对这些苦难，以及从苦难中获得什么。也就是说，他的智慧会让他更具有主动性，在自己的人生剧本中有更大的自由发挥的空间，而非总是被动地等待既定情节的发生，毫无选择地承受一切。

中国人知道世界是变化的，所以中国人总是希望通过自己的努力，通过自强不息和厚德载物来改变命运，实现自己对生活的某种期待，实现自己对人生的某种向往，或者说梦想。而面对生活中的不如意时，中国人也会告诉自己，要知足，要净化自己的心灵，要及时为灵魂做减法，减去欲望，减去执着，减去偏见，让自己豁达一些，博大一些，包容一些，更有智慧一些，如果可以，就多帮帮别人。越是成功的人，越是明白这个道理。

当然，中国人还有更高一层的智慧，那便是点亮自己的心灯，让自己的灵魂觉醒，让自己在平淡生活中智慧地活着，智慧地追求梦想，智慧地面对每一段际遇，化解觉醒之前的一切苦乐，甚至用自己的觉醒去感染身边的世界，让身边的世界也能看到觉醒的光明，得到觉醒后的快乐和安宁。

这是中国人的梦想，古人称之为"穷则独善其身，达则兼济天下"。独善其身，就是做好自己；兼济天下，就是不但做好自己，还有余力去贡献世界，让世界因为自己的存在而获益。不过，当一个人真正能独善其身的时候，只要他跟世界有接触，就定然能兼济天下。因为，人们会感受到他的境界，被他的境界所触动——或感到温暖，或感到向往，或产生反思。所以，真正能独善其身的人，其存在本身就是在贡献世界。

本书中的云子就是这样的人，她是一个平凡的母亲，没有做过太耀眼的事，没有什么豪情壮志，也没有像我的很多读者那样，充满热情地发光发热，想要把觉醒的光明传递给更多的人。她只是淡淡地活着，过好普通人的每一天，让自己每一天都问心无愧，还能给身边的人一份淡然的幸福感。除此之外，就是陪伴和救赎儿子，解除自闭症给儿子带来的困扰。

她的生活，就是每一个普通人的生活，而她的思考，或许也正是每一个普通人的反思和追问。所以，比起《无死的金刚心》，云子的故事也许能让更多的普通人得到启迪和一种朴素智慧的滋养,改变生活中一些看似无解的困扰和忧虑,从不如意的命运中超脱,获得心灵的恬淡、安宁、自在和明白,实现一种自然而然的升华,甚至找到自己的人生梦想。

当然,云子不是真正意义上的智者,所以,早年的她,在面对儿子的疾病、面对母亲暮年的焦虑时,内心仍然充满了痛苦,她的所有智慧,都是为了化解这一切坎坷对自己的折磨,让自己的心能幸福起来,然后把这份幸福传递给她的儿子和母亲,还有她关心的每一个人。她的灵魂境界也是这样上升的。虽然艰难,虽然充满了疼痛和迷惑,充满了跌跌撞撞的寻觅,但她得到了自己想要的成功。这种成功,也是我们每一个普通人都可以得到的,秘诀在于:不要对自己有太强的定义,也不要给自己设限,始终明白世界和自己是变化的,始终相信以智慧净化灵魂能消解一切的痛苦和迷惑,能消除一切的困扰和困境。然后像云子这样,找到自己向往的生活,找到自己的梦想,像养家糊口那样去追求梦想,过好自己的每一天。我把云子的故事分享给大家,就是想让大家看一看,在西部大地上,有个平凡的女子这样活着,虽然不那么起眼,不会受到很多人的关注,但她解除了自己的很多烦恼,得到了一种大家都向往的心灵状态,哪怕这种状态没有达到超凡入圣的境界,也能给大家一点启迪和滋养。

另外,我还想让大家看看她的孩子,一个接受不了父母离异而患上自闭症、曾经活得非常痛苦、非常封闭的孩子。为了治愈这个孩子,云子像很多自闭症孩子的父母那样,做了很多努力。一般意义上的求医问药没有让孩子得到很好的改善,甚至不能让她看到一点希望，于是云子通过陪伴关爱、悉心沟通、净化心灵、一起读好书这几种方式，循序渐进地救赎儿子的心，最后儿子终于走出自闭症，慢慢地开始解除烦恼，升华自己，找到了人生的梦想和自己真正需要的生活。

我的这本书，写的就是儿子得病后，云子跟儿子相处和沟通，以及开导儿子、启迪儿子，带领儿子走出黑暗的过程。

当然，就像前面所说的，我对这个过程的记录，是一种艺术化的记录，并不是对现实的描摹。我对治愈自闭症的研究，也没有触及医学层面，主要是关注心灵，只是讲了一个自闭症孩子和他的母亲的故事，他们如何面对自己的心，如何面对漫长的治疗过程，如何面对对世界的不解甚至冲突，如何面对身心的封闭、疏离、恐惧和不安，如何接受自己的不同，如何在纷繁多彩的世界上安然地活着，与不同的人群和世界和谐共处。

但这本书里，我没有跟大家说理论，从篇幅上看，它比《爱不落下》要短得多。它的大部分内容是云子和儿子的喃喃自语，甚至有很多都是抽象的心灵活动，但它们反映了云子和儿子在那一刻难以言明的心情。如果大家能放下生活中的喧嚣，给自己一点放空心灵的时间，让自己能进入一个平凡母亲的心，跟她一起去感受生活，一起去柔软心灵，一起去净化灵魂，一起去关爱身边的人，也许大家同样会快乐很多，甚至解除生活中的一些迷惑和困境。

云子以永不放弃的爱和儿子一起，在救赎之路上走得越来越光明。我说过，只有爱能够完成救赎；我也说过，爱需要智慧的指引。真正的爱是让对方能够独立，让对方也能够拥有爱的能力。这一点在父母与子女之间尤为重要。过于窒息和紧密的爱，容易使孩子失去自己的力量，这也是云子走过的弯路。儿子的脆弱与敏感，经受不住家庭变故，对世界怀有恐惧，等等，都与母亲过于紧密的爱相关。所以，在后来的救赎途中，云子努力学习一种放手但不放弃的爱，让儿子用自己的力量站起来，去承担他该承担的。

希望我们每个人都能智慧地去爱，让自己成长和幸福，也让所爱之人成长和幸福，这是我对大家的祝福。

希望大家都能身心健康，拥有一颗属于自己的心。

引　子

我想讲一个母亲的故事。

她叫云子，是一个好女人，也是一个好妈妈，好得让人心疼，也让人觉得无奈。除了在日记中，她偶尔对前夫的背叛爆过粗口外，很少见她发怒，便是在得了绝症面临生命威胁时，她带给他人的，也是一种灿烂的笑。一位朋友说，她见过许多高僧大德，当他们面对生命威胁时，也做不到像云子这样，有一种全然接受后的云淡风轻。

手术后出院那天，云子写了一首诗——《灵犀之法相照》，我录在下面：

风轻轻翻过老墙
又见桂花开
亦见落叶铺满阶
静静而待
西庭云霞
月落篱笆

鸟语里——

既有储存的快乐

亦有长远的寄托

笑不够——

那清晨与黄昏

轻轻藏起一卷浸染岁月而落的念

薄雾溢——

青草黄里色点点

无声无息伴花眠

千峰裁定云海衣

一叶秋——

披星戴月而安

沉淀几许光阴

逢露逢霜满芳华

一轮月，一溪水，一缕香……

佛若——

悄悄地给予柔情

旖旎滋养隐喻改变着模样

从诗中，看不出她是个绝症患者，也正是这一点感动了很多人。我的学生冯融有感而发：

十月金秋，与云子姐黄昏漫步

西日挂在山头，沉落

如此迅捷

绿色树丫挡了半圆

印出了东方青龙

你对我们说看看那夕阳

多美啊

再不看,就看不到了

一转身,身轻如飞燕

此刻你活成了空中的那抹云

那长裙玄化成红云

恰是晚霞的霓裳,如羽般轻载你瘦削之骨

霓裳,离殇,晚风在我心间呢喃

如花绽放的笑,从你心里涌出

飞化的紫雾融了别离的哀伤

这夕阳中的行走变得诗意朦胧

你回眸一笑,如花如梦

太阳落下

月亮升起……

  云子出生在西部的一个小乡村,曾是我的学生。因为她有着惊人的美丽和聪慧,我和我的同事都认为她会有一个美好的未来。后来,她嫁到了南边的一个大城市,几年后,生了一个儿子,叫星星。星星很聪明。当她带着儿子回娘家时,她童年时所有的伙伴都羡慕她,认为她会成为那个小村最幸福的人。

  几年后,因为丈夫出轨,她离婚了,带着儿子,回到了娘家。

每天早上，村里人都会看到她，她一人在村里的田间地头散步，偶尔遇到人，也是灿烂地一笑，丝毫看不出离婚在她的生命中有啥不好的印迹。只是听说，她的儿子得了自闭症，她回娘家，就是来给孩子治病的。

一年后，一辆小车到了小村。云子的前夫下了车，进了云子娘家的门，带走了星星。

又是一年后，云子接到前夫的电话，前夫说星星的病情加重了，不见任何人。于是，云子离开家乡，去陪她的儿子。

这时，前夫已经再婚，有了新的妻子，也有了新的孩子。听说，云子却住进了前夫家里，跟她的儿子星星住在一起。当然，也跟前夫和他的新妻子生活在一起。对于一个非常自尊的女子来说，这是很反常的。我不知道她该如何面对那份尴尬，也不知道她该如何处理那些微妙的关系，更不知道，在这复杂关系的缠绕中，她是如何度过每一天的。所以，我一直想了解她的故事。

后来，云子租了房子，离开前夫家，跟星星生活在一起。在那五六年里，母子俩相依为命。这期间，星星的自闭症一直很严重，他和母亲之间甚至没有交流。于是，云子就给他写信，她不管儿子看不看信，只管写，写下的信有几百封。多年之后，星星的自闭症有了好转。医生说，这是一个奇迹。

我一直想看看，这奇迹，是如何发生的？

于是，我走向云子的生活，走向她和儿子的小屋，走向她被迫和儿子分开的那段日子，走向她和儿子痛苦的重逢，也走向那孩子关着的心门，走向那孩子后来的故事。

终于，我揭开了另一种生活的面纱。

1

在那个被晚秋的暮色温柔包围的小镇里,云子的世界正在一点点崩塌。她的儿子,一个曾经活泼好动,眼中充满好奇的孩子,却自闭了。他整日沉浸在自己的世界里,无视外界的呼唤和温暖。

这就像是一块冰冷的石头,云子平静的心灵湖面,被激起了层层涟漪。

云子坐在厨房的老式橡木桌前,双手环握着一杯未曾沾口的热茶,眼神迷茫而深邃,仿佛在寻找一个不存在的答案。

阳光透过稀疏的树叶,洒在泛黄的照片上,仿佛每一缕光线都承载着过往的温柔与沧桑。小镇的空气中弥漫着潮湿的土壤味和新鲜草叶的香气,这是一个充满回忆和故事的地方,同时,也是一个被时间遗忘的地方。

云子总是想起过去,想起儿子小时候的聪慧。那时的星星总能激起她心中的喜悦,让她的嘴角时常漾着笑意。云子想不通,怎么才一年,这孩子就变了。难道是因为离开了妈,进入这个陌生又熟悉的家,面对陌生的、爸希望他接受的另一个妈,于是他就变了?难道是不明白妈为啥不抗争,为啥不把他留在身边,为啥要放手,让他留在这个面目全非的家? 难道是因为那个陌生的妈一直在提醒他,妈已不在他身边,不能再陪着他长大? 他是不是无法接受这个没有妈的家? 他是否觉得,在那个陌生的妈和她的孩子,还有那个抛弃了妈的爸面前,自己就像个外人?他是否压抑了一个又一个困惑,压抑了一次又一次的想妈、想过去,或其他各种各样的难受,最终什么也说不出?一个又一个看似可以避免,却最终没有避免的画面,组成了这个结果——儿子开始逃避现实,将自己深深埋藏在游戏的虚拟世界里。

云子看着坐在电脑前一动不动的儿子,仿佛看到往日的儿子渐渐远去的背影,她的心被一种无力感淹没。健康的、快乐的儿子真的回不来了吗?云子很后悔,一年前的那天,为啥她不再想想办法,把孩子留下来?要是她放下自尊,不管那个叫"法律"的东西,儿子今天是不是还是过去的样子,只是会为没了爸,偶尔有些伤感?

在一个深夜里,云子坐在昏黄的灯光下,手中紧握着过去的照片。每一张小小的纸片,都记录着儿子的笑容和回忆。她深知,要想让儿子找回自己,她需要更多的耐心和理解,需要放下自己的坚持,真正走进儿子的内心世界。

"无论你走到哪里,无论你变成什么样子,记住,这里永远是你的避风港。"云子紧紧握住手中的照片,在心里默默地说。

可云子啊,你是否知道,那个被带走的日子,那个人生被改写的时刻,经过一次次失落的强化,深深地刻在了儿子的心里?他还太小,不懂怎么面对疼痛,于是为自己筑起了一堵心灵的墙壁——禁锢自己的情感,也禁锢自己的期待,当禁锢成为习惯,他那小小的灵魂,就开始变得木然。被浓雾笼罩的他,看不到你心里那个永远的避风港,也闻不到你的爱散发的芳香。

我知道,你也后悔过去的选择,然而,你只是一个弱小的、温柔的、总是在随顺命运的女子,你又如何能勘破命运的剧情?你怎么会知道，一次撕心裂肺的、看似对孩子有好处的选择，却把孩子带到了命运的另一处，一个他自己无力走出的黑暗深渊？

但人心是可以变化的，你要相信这一点。只要看到一线光，每一颗被囚禁的心灵，都定然会感受到希望的力量。而光明，是可能在每一个瞬间出现的。所以，云子，抹去你心里的眼泪，将自己化为光明吧。

房间的墙上有儿子小时候涂鸦的彩虹，虽然已经开始褪色，但依旧散发着当时的快乐。光线从半开的窗帘缝隙间斜射进来，尘埃在光束中跳跃，仿佛是时间在空中凝固。云子静静地坐在儿子的床边，手中的相册翻过一页又一页，每一张照片都是成长的见证。

儿子从厕所里出来了。他谁都不望，只是坐到了电脑桌前。唤醒休眠的电脑，移动被磨得发亮的鼠标，一次次快速地点击，游戏再一次开局。儿子戴着厚厚的耳机，云子听不到游戏世界里的声音，儿子也听不见真实世界里的声音。在那个虚拟的世界里，充斥着星星这样的孩子，或大人，他们在现实里，都有自己无法消解的苦闷。于是他们打开电脑，进入游戏的世界，建构一个现实中无法实现的梦想。每一夜，街角的网吧里都充斥着这样的人，他们或沉默，或聒噪，但内心都有一个孤独的、迷茫的、寻觅的灵魂。也许，有些灵魂也像儿子这样木着，这样定定地站在自己的心灵世界里，定定地被心灵的飓风吹着。心随着游戏里那一句句的提示声，而机械化地做出反应，让这个声音充斥了自己的世界，拒绝内心涌出的任何一个关于现实的念头。

看到儿子，云子心中的情感如同决堤的洪水，眼泪又想往外涌了。她很想把儿子揽入怀中，将儿子从那个虚拟的牢笼里打捞上来。

但她知道，儿子会挣脱她的怀抱，再一次坐到电脑前面，玩那个他玩过无数遍的游戏。于是，她只是呆呆地看着儿子的背影，眼前回放着一个个回忆中的旧画面。

记得以前，每当夜幕降临，母子总是一同走在小镇的街道上，缀满星星的天空下，昏黄的路灯照亮了他们的步伐。没有话语，只有一致的步履在这宁静的夜晚回响。

那时，他们的心灵是相通的。她常对儿子说，人生就像季节的更替，每个季节都有它的意义，就像每个人的生命里，都有不同的章节。现在是深秋严冬也不要紧，总会有春暖花开的时候。那时的儿子总是睁着天真的眼睛，认真地看着妈，听妈说着那些他听不懂的话。每到晚饭后，他们就相伴走过那片小树林，走过那个他们曾一起放风筝的山丘。那里的每一处，都充满了温馨的回忆。不知，他们何时能再去那里走一走？可就算再到那里，是否还有当初的心情？儿子是否还会扯着风筝的线，大笑着快乐地奔跑？是否还会撒娇般地说，妈，放高点，再高点！看着眼前那凝固般的背影，还有那快速点击和移动着的小手，云子一阵心痛。她多么希望，儿子能再一次爱上原野，爱上原野上飞翔的风，再一次拥有一个飞翔的梦。

儿啊，不要把梦放在那个虚拟的空间里，那里看起来联通全世界，但它唯独联不通你的灵魂，和那些真正爱你的人。你能回过头，看看你的妈妈吗？你的妈妈正用爱的眼睛看着你。她一直在等你回头。你呀，为何要那么害怕呢？瞧，走出来很简单，把椅子推开，转身，伸出手。让心灵的触角伸得更远一些吧，不要怕碰触到严冰，只要让自己的灵魂滚烫。当你的灵魂从永恒的寒夜里走出，你就会看到妈妈守着一盏小小的火炉，她正带着一抹美丽的笑，静静地等待你。那盏火炉不大，但足以温暖你的灵魂。

然而，你戴上了耳机，你拒绝了妈妈的呼唤。

你发现了吗？你拒绝的，你无法触摸的，正是你内心期盼的。勇敢一点，打碎那堵墙吧。墙后有爱你的妈妈，有等待你去爱护的世界。你只需要抬起眼睛，勇敢地看一看它。

不要怕一切的变化，不要怕你的爱会再一次飘散在风里。因为，飘散在风里的爱也是爱，它会温暖一个个像你一样孤独的灵魂。你只需要抬起头，去看看他们。

你看，离你最近的那人，不就是你最爱的妈妈吗？你曾经因为放开了她的手，被自己囚禁在寒室里直到如今。那你为何不看看眼前的她呢？知道吗，世间变化，沧桑如斯，一时的犹豫和害怕，也许就是永远的错过。

所以，看看她吧，看看她的眼睛，通过她的眼神，找回你自己吧。

不要只看她的痛苦，不要觉得是你让她这么痛苦，你只要看她痛苦背后的爱，看她喃喃自语背后对你的信任和等待。当你的眼中噙满泪水，当你的爱终于冲垮你的怕，你就会看到她，她又会在你的心里笑起来。就像你埋葬在心里的记忆中那样。而你，你仍然是那个开心奔跑着的孩子，用没有瑕疵的爱，拥抱着你的妈妈，拥抱着你的家。也许，还能拥抱更多的人。

孩子，知道吗，内心绽放的爱之花，才是你真正的救赎。

那么，就在对妈妈的爱中复活你自己吧。用一个重新站起来的孩子的爱，温暖妈妈疲惫却一直苦撑着的心。如何？

这些话，妈妈没法对你说，她唯一能想到的，只有你。她只想看着你健康地活着，快乐地活着，就像过去那样。

跟她聊聊天,好吗?

看看守候着你的背影的她,心里在唱着怎样的歌,好吗?

你听见她心里的话了吗……

一切都变了。黄昏像一张褪色的棉布,平铺在这座老房子的屋檐上,沉重又柔和。屋内,时间的脚步似乎放慢了,只有墙上老钟的嘀嗒声,和外面偶尔传来的狗吠声,在这个即将入夜的时刻,它们构成了一首安静而微妙的交响乐。要是在过去,云子会这样静静地坐着,品味着,心里充满淡淡的幸福。而现在,在这样一个美好的夜晚,她的心里却写满了疼痛。

她坐在客厅里那把旧旧的摇椅上,那是前夫留下的,也是他们曾共同憧憬未来的见证。现在,它只是一件家具,一件承载着过往与疼痛的家具。"他不懂,他永远不懂孩子。"云子低声自语,语气里有一点埋怨。她的手指无意识地抚摸着那些磨损的木纹,它们似乎也在诉说着那些无法言说的往事。

云子发现,自己是有期待的,她不知道在期待什么,或许是在期待一个让她释怀的奇迹,或许只是在等前夫回来,和她一起吃一顿简单的晚餐。但她知道,他不会回来了。他已经有了自己的新家。她见过那个女子,很平常的模样。她想不通,前夫为啥会爱上这样一个人。记得,正是这一变故,击碎了儿子的幸福。

门外,晚风轻轻摆动着吊床,仿佛在摇曳着过去的欢笑和泪水。她闭上眼睛,让风带走内心的涟漪。"记得吗,你曾经是那么快乐,那么渴望被理解和爱护。"她对心中的儿子说。好像儿子正坐在她的对面,还愿意跟她交流。

自然是没有回应,除了风,什么也没有。

她笑了笑，那笑声里，包含了太多的无奈和疲倦，但也有释放。

夜色越来越深，云子站起来，回到儿子的房间。

她打开那扇旧木门，熟悉的画面再一次勾起了回忆：书桌上散乱的笔记本，墙角堆放的篮球，还有那张小床，被子没有叠，胡乱地堆在一起。

过去，这个画面出现时，儿子总会转过身，开心地望向她，问：妈妈你回来了，今天中午吃什么？有时还会缠着她，叫她带自己去吃肯德基。而现在，她看到的是儿子瘦削的凝固般的背影。那背影，算得上骨瘦如柴了。强烈的对比再一次提醒她，儿子病了，儿子不再快乐了，儿子被自己的心囚禁了。

旁边的书架上，放着儿子小时候的一些小玩意儿，每一件都承载着一个故事，每一个故事里，都有儿子跟前夫的影子。

云子摸到了那个小木船，那是前夫做给儿子的，当时他对儿子说："这船能载着我们的梦想，一起航向未知的海洋。"

云子紧握着小木船，不知不觉间，泪水已模糊了视线。现在，前夫真的带着他的梦，航向了未知的海洋，可他身边，已不再有他们母子。"也许他从未理解过儿子，也没有理解过我，他的追求里只有他自己。……对，就是这样，所以他只用一个选择，就击碎了我和儿子的一切。"愤怒再一次生起，但更多的是不甘心。她握着小木船，看着自己的情绪，有一种犯罪般的快感。是啊，真有点像犯罪了，这样放纵自己的思绪。但惩罚的是谁呢？是记忆中的那张脸吗？他分明已在另一个世界。无论她如何将情绪扔向记忆中的他，她的心都只会更痛一点。她有些厌倦了这种放任。

她再一次轻轻抚摸那些玩具，每一次触碰，都像在触摸过去的记忆，触摸他爱过的证据。她还记得他举着玩具走向儿子，一脸宠溺的笑。这一切都还这么清晰，清晰出一种温暖，但也清晰出一种疼痛，失重的疼痛。她还以为，她永远都会是他世界里最重要的人，是她太自信了吗？也许不是，也许是因为，他一直都是她世界里最重要的人，除了儿子。可儿子，也是他的分身，是他血脉和生命的延续。她对儿子的爱里，也有对他的爱啊。虽然这份爱在生活的琐碎中，已经显得那么平淡，不再有最初的清新和浪漫，他也早就丢掉了他的书卷气。但她还是爱着他的身份——她的丈夫，她的天。她心底里是个传统的西部女人。丈夫和儿子，就是她的一切。

她是那么依赖前夫，依赖这个家，甚至依赖儿子。她把所有的人生价值、人生梦想，都放在家里。她从来没有想过，有一天她会失去这一切——不只是失去爱情，失去婚姻，失去完整的家，还会失去儿子的快乐。

儿子过去多快乐啊，那种透明的快乐，就像阳光下灿烂开放的月季花。可现在，他的笑容不见了，脸上不再有任何表情，小小的脸上，总是写着渗透了痛苦的木然。她想走进儿子的心，帮他擦去脑海中那些让他痛苦的想法，可她和儿子之间似乎有一堵墙，她看不到那堵墙，也无法穿透那堵墙。儿子的心，已经被他牢牢地上了锁。

云子叹了口气，走到窗前，推开窗户，让新鲜的夜风吹进来，吹散房间里的沉闷和记忆的尘埃。外面的世界，随着她的视线静静展开，夜空中星光点点。远处的街灯，像是点亮了归途的灯塔，只是，她目光的远处，已没了那个正赶路回家的人。

不知不觉，云子的思绪融进了茫茫夜色，夜的清凉消解了她的苦涩，她渐渐感到了一丝安宁。然而，当她关上窗，转身走回屋里，屋里的物品却再一次让她想起了过去。她记得每一个物品背后的故事，记得丈夫每一次的称赞，丈夫总说她会买东西，把家里布置得那么好，把他照顾得那么好，一回到家，就什么都不用操心了。以前，她总把丈夫的这些话记在心里，当作自己的价值和意义，完全没注意到，丈夫渐渐地变了。她现在回想，才发现丈夫的异常——他总是若有所思，每当跟他们母子在一起，总是心不在焉，笑容少了，哪怕笑，也像是在敷衍。而这一切，在当时的她眼里，都是工作压力大的表现，她总是劝他别太辛苦，他也总是心不在焉地点头答应。现在她才明白，丈夫不是压力大，他只是变了。丈夫是在寻找前行的路时变了的吗？

"你找到你的路了吗？"她望着幻想中的前夫，自问自答。她的声音中，满是苦涩和不甘。

云子转身，眼前是儿子的一张旧照片，那是儿子第一次学骑自行车时的样子，他爸正扶着他，那个瞬间，他们是多么幸福啊。过去，她的生命里有过很多这样的瞬间，她多想留住它们呀，可它们总是不听她的话，飞快地过去了。她发现，快乐的一切，最终来看都只是瞬间，无论多精彩，也总会很快地过去，她最多只能在照片中定格——当然，记忆也能定格那些瞬间，只要她不愿忘记，它们就一直都在。于是，云子就总是进入记忆，于是，她时而幸福，时而痛苦。

云子将照片紧贴胸口，心中涌动着复杂的情绪，既有愤怒，也有感激——愤怒于他的离开，感激于他给了她这份回忆。

时间仿佛在这一刻凝固，云子站在那里，直到月亮爬上了窗台，星星也渐渐隐去。她深呼吸，抬头看向那片无边的夜空，似乎在寻找答案,或者只是在寻找一个宁静的夜晚,让心灵得到片刻的安宁。

最后,她轻轻地走回摇椅,沉浸在这宁静而深邃的夜晚。屋内的空气中,似乎飘荡着童年的味道,那股淡淡的甜味,像是一种古老的咒语,将她带回过去的光阴。

2

梦里,云子又想起了曾经一家三口的温馨。那时候,他似乎总能捕捉儿子渴望冒险的眼神,每当那时,他就会高高地举起儿子,让他触摸天花板,仿佛这样他就能摸到天空。他总是这样,用他的方式爱着儿子。他不知道,许多时候,爱的语言需要被理解,需要被共鸣。

而当儿子渐渐长大,开始有了自己的思想和梦想时,他就不再懂得如何去爱了。那个曾经让儿子眼睛发光的男人,变得越来越沉默。他的沉默,像是一堵无形的墙,将她和儿子一点点隔离了。

即便在梦里,她的情感也像潮水般汹涌。记忆画面在过去和现在之间穿梭,她的心热了又冷,冷了又热。梦醒时,又是满脸的泪。

恬淡的云子有些变了,她很容易陷入愤怒,她不满前夫的离开,更不满前夫对儿子的无视,这让她成了怨妇,总在日记里宣泄一气。后来,她的宣泄少了,因为她发现,对她伤害最大的,不是前夫的离去,而是这一事实所导致的坏心情。而这一点,会在多年后的一次体检中显现出来。

然而,不满背后是浓浓的不舍,她总是痴痴地回想过去的一些夜晚，回想前夫是如何和她一起筑梦。尤其是她怀孕的那几个月，前夫对她非常体贴，还亲手布置孩子的小屋，在小屋的墙上、天花板上画画。那笨拙的一笔一画，渗透着一个父亲对孩子的深情。——因为孩子一睁眼，就能看到画，多年之后，他也喜欢上了画画。——那时她并不知道，这份蕴藏在血液里的浓烈情感，原来也会很快改变。这就是世间情感的真相吗？

但有时，她觉得自己可以理解前夫，对婚姻，她也曾迷茫，面对孩子的不听话，她也曾觉得无力。她时常怀疑自己能不能做个好妈妈，能不能教育好孩子。但转瞬，对孩子的爱，就会占据她的心，让她忘了那一切。她就会觉得自己很幸福，有这样可爱的儿子，有这么美满的家。那时，她怎么能想到，这一切都会在瞬息间改变呢？如果她能想到，她是否能捕捉到最初那微妙的原因，斩断改变的端倪，或者，让改变更遂她的心愿？也许，前夫也是这样，他也曾跟她一样迷茫无力，也想尽力地生活，尽力地去爱，可他的心却像海风中的小船，不一定听话，最后，终于驶向了另一座岛屿。

她又想，也许他并未走远，他的影子仍在家中徘徊。在这宁静的夜晚，她仿佛能感觉到他的存在，感觉到那股熟悉的气息，那股曾经让她心动的气息。

只是，生活中突然少了他，对儿子是致命的打击。这是无法否认的事实。但她不会让这成为未来的阴影。她要让儿子知道，尽管爸不在了，他依然是被爱的，他还有妈，还有家，还有一个属于他的世界。

云子想，只要儿子感受到这一切，他会好起来的。他心里的那堵墙会消失的。

沉默的儿子站起身来，轻轻摆动摇椅，那熟悉的吱嘎声再次响起。它如同时间的回声，提醒她，无论发生了什么，生活都要继续，儿子都要成长，而她，身为母亲，将永远站在儿子身后，给予他最坚实的支持。

她深呼吸一口气，知道自己必须变得更坚强，只有让自己更坚强，才能做好儿子的后盾。她望着儿子的背影，虽然不知道未来会发生什么，但她明白，一切都会变得非常艰难。但最艰难的，也许不是生活，而是如何让儿子找回面对生活、面对自己的信心，找回对世界和生活的热情，找回对亲人、对身边人的那份信任。她要扶起儿子，扶起他来不及建筑，便已被摧毁的人生大厦。

她决定，明天去找前夫，不是为了复合，也不是为了责怪，而是为了儿子，为了尽可能给儿子一个完整的家，为了所有的未完待续——她和前夫之间的，还有前夫和儿子之间的。或许他们都需要一次和解，一次对过去的告别，这样他们才能真正地向前看。她只是希望，前夫能时不时地看看儿子，或是带儿子出去走走。他们能恢复和谐，对儿子肯定有帮助。妈可以委屈自己，放下一切，只要对儿子好。

夜深了，她轻轻地吻了吻儿子的照片，然后将它放回抽屉。再轻轻地，走向自己的房间，心中充满对明天的希望。

3

然而，跟前夫的商量并不顺利，前夫给云子的回复，像冰一样冷。记得一次争吵中，她气过他，说早知道你是这样的人，还不如和前男友结婚呢！这明明是气话，一说出口，她马上就后悔了。她发现，他的脸变得很可怕，他一字一字地说，我知道你们同居过，一想这事，我就像吞了苍蝇。你告诉我，星星是不是你们的孩子？她气哭了，说，你去做亲子鉴定呀。

后来，她多次道歉，但两人的感情再也回不到过去了。那时，她才明白，恶言恶语，是钉在木头上的钉子，即便是有机会拔了钉子，那窟窿还在。

云子不明白，多年的感情，难道就这样叫一句狠话摧没了吗？连对孩子的亲情也没了？还是因为对另一个女人的承诺，才找了个理由，拒绝她和孩子？

云子的心里很堵，给儿子做了午饭，儿子还是不理，她就把饭放在儿子的桌上，然后回房，和衣躺在床上睡了。梦里都是些杂七杂八的东西，一切都在喧嚣着，就像飓风天里街上的垃圾。它们在她的梦里滚动着，占据着她本该宁静和美的心灵空间。醒来的时候，心里塞满了沉闷。

睁开眼，竟看到了一张婚纱照。它还挂在床对面的墙上。她是有意忽略了它，不想把它摘掉，还是心里烦闷，对它视而不见？她也不知道。只是，看到它，就想起了前夫的冷淡，也想起了前夫那既不体面也不负责任的摊牌。

记得那天，世界是阴沉的，天空低垂，像是要压垮人地。家里的气氛也是压抑的，空气凝固，任何一个微小的动作，似乎都会打破这脆弱的平衡。

她慢慢地收拾房间，手指轻轻触摸着那些他们共同生活过的痕迹，心里一阵阵发堵。她不知道该丢掉它们，还是该把它们留下，收藏在一个平时看不见的地方。这些痕迹，曾经是幸福的证据，现在却像在嘲笑她的天真。因为，几个小时前，她看到了老公落下的手机。老公临出门时微妙的不自然，让她隐隐地不安。从不窥探老公秘密的她，怀着忐忑的心情，打开了老公的手机，登入了老公的微信，在微信的置顶聊天列表中，她看到一个不断跳动的女性头像。她颤抖着心，点开那头像，本该隐藏在暗处的秘密，就这样进入了她的视线，那些不应存在的字句也如针尖，一下下刺着她的心。从那些对话中，她知道了老公正去见这个女人，还知道了老公对她的承诺。

　　云子的呼吸急促，她不敢相信自己的眼睛，直到她看到老公留给她的信，才知道一切都是真的——那个曾经说要"执子之手与子偕老"的男人，已经头也不回地走向了另一个女人。

　　信里，老公说，这些天他一直在犹豫，终于决定重新选择。那个女人，是他的初中同学，也是他的初恋。后来，她嫁了人；后来，她离婚了；再后来，他们重遇了。人潮人海中的相遇，让他们相信这就是命运。他们像烈火遇到了干柴，直到不可收拾——她怀上了他的孩子。老公说，云子看到这信的时候，他们两人已同居了。他给她租了房子，离他们的家很远，在城市的另一端，她们见不到面的。还有，他会换一个手机号码，过几天发信息给她。

　　看到最后一个字时，云子的世界彻底崩塌了，她想要放声尖叫，但喉咙被震惊和背叛所堵塞，声音噎在了心里，变成了一阵呜咽。她双腿无力，跌靠在床沿，手里紧握着那部手机，就像紧握着一块烫伤自己的烙铁。

她想起了他们一起度过的日子，那些平凡却又珍贵的时光，还想起了那些他看她的眼神，那些他对她说过的话，那些他们共同筑梦的夜晚。现在，这一切仿佛都成了一场戏。他，那个深爱过她的男人，不再是她记忆中的那个人。

"为什么？"她的声音低沉，带着哭腔，却又异常坚定，"为什么要这么做？"

自然没有回答，只有灵魂中的冷风一阵阵掠过。

她起身，走到镜子前，看着自己，那个曾经幸福的女人，现在眼中满是泪水和疑惑。

她的心在痛，但更多的是愤怒，是对那个曾经承诺要和她一起老去的男人的愤怒。她的爱，她的信任，她的梦想，都变成了空中的灰烬，不得不随风散去。

她坐到桌前，望着那扇两人曾一起凝视星辰、畅想未来的窗，心中涌动着一股无法抑制的情绪。她的手指无意识地抚摸着桌上的照片，那是他们一家三口曾经的欢笑，是她幸福的源泉，现在却只是尘封的回忆。

她的心中，充满了对老公的埋怨，那些话语，如秋日的落叶，一片片飘落在她心湖的表面，激起层层涟漪。她想告诉他，父母是孩子的天地，失去了天，孩子的世界便一片黑暗；失去了地，孩子的心便坠入万丈深渊。但他，他的耳是聋的，听不到她和儿子的呼唤；他的心和眼是瞎的，看不见他们的儿子有多么可爱，有多么需要父爱的滋润。

她一次次追问，生活如此美好，为什么他要横生枝节？是为了那些情绪化的争吵吗？就为这，他就要抛弃这个温暖的家，抛弃跟他血脉相连的儿子吗？在她看来，他就像夜空中那么蛾，盲目地飞向光亮，不知道最终会被火焰吞噬。他的选择，就像是一根刺，也许会永远扎在她的心里，让她永远疼痛，无法忘却。

她想对他说，你看不见儿子的成长，你错过了他的每一个重要时刻，你甚至头也不回地远去，奔向你的新生活，留下我们母子，在曾经的温暖中独自面对寒冷。这是为什么？你为什么连一个理由都不给我们呢？你难道忍心伤害儿子，在他心上留下一个无法愈合的伤口？你难道忍心让儿子否定自己，觉得是他不够好，你才会抛弃我们母子？你难道不担心，他幼小的心灵会受不了这伤痛，变得痛苦而扭曲？你什么时候才能忘掉自己的贪心，看一看你的儿子？

很长一段时间里，每到这样的夜晚，她都会独自对着那片空旷的夜空，讲述自己的痛苦和思念。她的话语看似能穿透云层，传到每一个角落。但当夜风轻轻吹过，她知道，她的诉说只是徒劳，他永远不会听见。

她的目光最终落在儿子的照片上，看到儿子，她的心渐渐平静下来。她知道，无论前路多么艰难，她都要坚强地保护儿子，给他一个充满爱的家。她的爱，如同夜空中最亮的星，将永远照亮儿子的前行之路。

此时的她还不知道，时间会缓解她的疼痛。在这段充满挑战的旅程中，她将学会原谅，学会接受。她将会感谢那个男人，因为他让她看清了自己的软弱，看清了爱情的真相，也看清了生活的真相。她将会明白，不管她愿不愿意，生活中总会有许多无法预料的变故，但不管生活如何变化，只要心中充满爱，就没什么是过不去的。现在的她还不明白，她只知道自己要坚强，要为这个家继续前行。她不能让前夫的背叛摧毁她的全部,她要变得更强大,要为自己和儿子建立一个新的世界。

她抬头,看向窗外,黑云已开始散去,月亮的光辉透过云层,照在她的脸上。她知道,这是一个新的开始,也是一个告别。

室内的灯光格外暗淡,仿佛连电灯也能感受到这压抑的气氛,不敢散发出更多的光芒。她仍坐在桌前,手中的手机沁满了汗水,信也被汗水浸透了,墨迹染黑了她的手掌和手指。泪水静静滴落在地毯上,几乎听不见声音,却让她的心为之震荡。

她想起了他们的婚礼,那一天,他们是如此幸福,那一天,她以为她找到了永远的依靠。如今,一切都变成了泡影,他的心已远去,留下她一个人,在原地徘徊。

"我该怎么做?"她自言自语。这不仅是对现实的迷茫,更是对自己内心的考问。她感到前所未有的孤单。因为,她将一个人支撑这个家,一个人面对未来的不确定,一个人面对那双寻求答案的眼睛。她觉得自己像是一片落叶,正漂在起风的海面上。她从来没有这么清晰地意识到,自己竟是如此弱小,连独自站起来的力量都没有。难道是多年来的婚姻生活,让她的灵魂萎靡了吗?她甚至记不清,认识他之前,她是如何面对自己的人生了。她只记得,认识他之后,她就成了小鸟依人的女人,把他当成自己全部的世界。她以为,好女人就该这样,只有在家庭破裂的时候,她才明白,好女人应该自立,不该为了一份爱,就失去自己。幸好她还年轻,也还健康,她还有儿子,儿子会成为她前进的力量,推动她不断进步,不断突破自己,不断做一个更好的人,一个更好的母亲。到了那个时候,她是不是就能释怀?

她发现，自己对人生的感受不断在变化：童年时代，她觉得人生就是小河，树林，天空，白云，还有散发着泥土芳香的原野；上学之后，她以为人生就是课本，是做不完的作业和测验；恋爱之后，她以为人生就是你侬我侬，是信件上那些滚烫的字句；结婚后，她以为人生就是打理好这间屋子，照顾好儿子和丈夫，让他们健康快乐地奔赴未来；离婚后她才发现，人生是对自己、对梦想、对存在价值、对存在意义的追问，当然，也是对儿子的追问。未来，她心中的人生，是不是还会继续改变？也许，丈夫也是因为一个不断改变的内心世界，才会选择新的人和新的生活。对吗？要承认这一点，有多艰难啊，但云子又不得不承认，毕竟已经发生了。他们只是还没办离婚手续而已，但这也是迟早的事。

云子看了看手中的信，把它放在桌上，再一次看到了他们的全家福。那幸福的画面，现在看来，成了一种讽刺。她轻轻触摸着照片上儿子的笑脸，那种温柔的触感，让她的心再次颤抖。

"我要坚强，为了儿子。"她对镜中的自己说，尽管声音微弱，但充满了力量。

云子知道，这将是一个漫长而艰难的过程。她需要重新找回自己，需要重塑自己的内心世界，需要为这个破碎的家找到新的支点。她不仅仅要原谅，更要理解，要放下，要接受这一切的无常，接受生命中不可避免的苦痛。

她走向儿子的房间，门微微开着，屋里安静而温馨，一切都摆放得井井有条。她坐到儿子床边，看着他熟睡中的脸，她再一次下定决心，无论接下来的日子多么艰难，她都会保护好儿子，保护好他的纯真和梦想。她会让自己变得更强大，不仅是为了自己，更是为了儿子。这句话就像一个咒语，在她混乱的心中不断回响，她想靠着这份信念站起来，因为她必须站起来。

于是，她下定决心，不在阴影中徘徊，她要为自己和儿子找到一条通向光明的道路。

房间里，云子的影子在墙上拉长，随着她移动，仿佛也随着她跳舞。每一个动作都是她心情的映射，是她内心混乱情绪的化身。她的心跳，在这寂静的夜里异常响亮，它是痛苦的，却也是她生存下去的力量。

云子回到自己的房间，那个曾经和他共享的空间。房间里的每一件物品，每一张照片，都在无声地讲述着过去的故事。她坐在床边，手上的婚戒冷冷地进入她的视线，它曾经是誓言的象征，现在却成了她痛苦的源泉。

"你怎么能这样？"她刻意压低的声音，在空荡荡的房间里回响，尽管她知道不会有人回答。她思索着也许有过的征兆，还有那些微妙的变化——他的心中是否早已积聚不满和迷茫，她却一直忽略？他是否为他们的婚姻努力过？如果有，是什么让他放弃了努力？

思绪再一次变得混乱，就像潮水一样淹没了她。她好不容易找到的宁静，也会像小小的火苗遇到冷雨那样，瞬间被浇熄。她闭上眼睛，试图让自己的心静下来。这个夜晚，她需要做出决定，需要为将来做好计划。黎明降临的时候，她就要开始新的一天、新的生活。她没有惶恐和紧张，当然也没有期待，她只是知道，自己必须向前。这是她对自己的责任，也是她对儿子的责任。

她最宝贵的儿子，一定不能在破裂的家庭中长大。就算她和他父亲分开了，他得到的爱也必须是完整的。她需要坚强，需要清醒，需要为儿子构建一个充满爱和安全感的环境。

云子揉了揉太阳穴，闭上眼睛，静静地深呼吸。夜很冷，但也很温柔，它用独有的冷静抚慰着她的心。沸腾的心渐渐地平息了，就像一壶开水终于开始降温。然而，火炉上的火苗未熄，烦恼的火焰依旧在水底深处暗暗地燃烧着，看似平静下来的水面，也就暗涌不断了。

"明天该做什么？"她突然陷入了迷茫。前夫的离去，让她一部分的生命陷入了真空。虽然儿子占据了她大部分的生命时空，但爱情和婚姻的消失，还是抽走了她心中的一种东西。心有了缺口，冷飕飕的。她几乎能听见灵魂中的风声。那风，吹乱了她的心。

云子知道，从此以后，她的生活将会彻底改变。这对她既是挑战，也是成长的机会。她将从痛苦中找到力量，从绝望中找到希望，从失落中重建自我。诵咒语似的，她一遍遍对自己重复着。

云子无力地放下手，却碰到了手机，可能是不小心点到微信好友圈的分享，宁静中传来一个声音："应对一个个场景的时候，无论如意还是不如意，都要观察自己的心，如果你的心仍被外物所控，说明你训练得不够。老祖宗认为，自己做了错事，情绪失控的时候，要在下一顿进食前忏悔和改正。这样一次次调整，就会越来越好。"

在寂静的夜空中，那声音格外清晰。云子的心突然摆脱了混乱的情绪，恢复了清醒。她突然意识到，事情已经发生了那么久，她也早就知道该怎么做了，为什么她还要陷在情绪的奔流中，被念头的巨浪裹挟呢？她为什么不能学着调整自己的心，承认自己在婚姻上的失败，承认爱情和婚姻关系的无常，承认自己做得还不够好——更重要的是，为什么要陷在改变不了的事情里，不去向往一个更加自由的灵魂，不去向往自己不被外物所控，不去试着用爱化解愤怒、化解失落、化解埋怨，还自己一份解脱呢？

云子第一次感觉到不同价值观的震撼，她的心在一种奇怪的情绪中跳动着，一下一下，很有力。

我观察到，那个时候，云子想打电话给我，或者发一条微信来询问我，她甚至已经拿出了手机，但她还是迟疑了。又犹豫了片刻之后，她还是把手机放下了。

在云子心中，我是她初中时代的老师，也是她的姐夫，她不知道该用怎样的语气、怎样的方式向我提问，甚至不知道自己想问什么，该问什么。她不知道人生的关键问题是什么，她要从哪一点出发，才能过好接下来的人生。

云子深呼吸一口气，试着调整自己。滚烫的情绪渐渐缓和了，但暗流仍然涌动着。

她打开抽屉，取出那些重要的文件和照片，她需要重新整理自己的生活，清除那些不再属于她的部分。她的手在颤抖，但她的决心是坚定的，每一张被撕毁的照片，都是她向前迈出的一步。

窗外的天空开始泛白，一夜未眠的她，睁着酸涩的双眼，迎接黎明的临近。这是一个新的开始，也是旧生活的结束。她站在窗前，沐浴着第一缕晨光，她的心中虽然依旧有痛，但更多的，是对未来的渴望和对自由的向往。

她将面对一个全新的世界，一个没有他的世界。但她知道，她不是一个人，她有她的儿子，她有她的梦想，她有她的力量。她会让这一切成为她的盾牌，保护自己和儿子。

随着天际渐渐明亮，她的心中点燃了新的火花。她知道，她必须重新学会独立,学会在没有他的世界里笔直地站立。从这一天开始,她将不再是某人的妻子,不再是一个遭到背叛的女人,她将成为坚强的母亲,一个全新的自己。

她轻轻地放好那些破碎的文件和照片,这是她的过去,也是她成长的见证。她的心中既有释然,也有不舍,但她知道,每一个结束,都是新开始的前奏。

她穿上外套,准备迎接新的一天,新的挑战。她站在镜子前,望着自己坚定的双眼,她发现,即使满脸疲惫,她依然美丽,依然充满力量。她再一次对自己说:"无论未来怎样,你都必须坚持下去,因为你有儿子。"

她告诉了儿子这件事。她对儿子说,你要坚强。

她看到了儿子眼神中的惊恐,但她以为时间会治愈一切。她并没想到,这件事,会成为儿子自闭的开始。

4

不知从什么时候开始,儿子变了。曾经活泼的、喋喋不休的、总是缠着妈问各种问题、分享自己的每一点小心情小发现的儿子,却不再说话了。他总是静静地坐在地上,望着四散的玩具,又似乎啥都没望。虽然妈就在他的身边,可他却好像听不见妈跟他说话,也看不见妈。

刚开始,云子以为儿子只是心情不好,慢慢就好了——自己不也心情低落吗?自己不也强打精神,努力面对新生活的挑战吗?找不到合适的工作，考虑到日后的生活时，自己不也忐忑失落吗？孩子一时接受不了，也是正常的。但她慢慢地发现，儿子不仅没有缓过来，还躲进自己的世界，不再跟她交流了。

儿子的沉默如同一座无形的城堡，将自己与外界隔绝。无论云子对他说什么，甚至只是问他想吃什么，他都不再有反应。云子担心他的听力出了问题，带他看过医生，医生却说没问题。云子问医生，那他为啥不回话，像是听不见似的？医生说，孩子可能得了自闭症，但也不确定，因为她不是那方面的专家。医生说，要真是得了自闭症，家长就要做好准备，多关心孩子，多帮助孩子克服障碍，因为这个病没有特效药，主要还是靠自己战胜它。

医生的话就像炸弹，云子的世界一下就崩塌了，她没想到儿子会这么严重。坐车回家的路上，她用手机上网查了自闭症的资料，网上说，自闭症又叫孤独症，症状有很多，但很多患者都会出现交流障碍，容易焦虑，也很难明白社会上的很多规则。云子看了很多关于自闭症的例子，有些孩子很严重，甚至有智力方面的问题，因为他们的大脑结构不一样。他们的父母希望他们能融入社会，就会让他们读普通学校，但他们的逻辑跟其他人不一样，别人很难理解，他们也容易焦虑，甚至用过激的行为来表达，比如尖叫，抓自己的头发，往课桌上吐口水，扔同学的书包。所以，在普通学校，他们的父母一般得陪读至少一年，才能帮助他们学会跟同学相处。

有个故事，云子看了特别心疼：有个轻度自闭症孩子在普通学校上学，因为举止怪异，很多同学都歧视他。每到课间操，都有很多人骂他"傻子"，他总是不敢出去。有一天，又到了课间操的时候，他不敢走出教室，又很憋尿，看到教室里没人，就悄悄尿在了垃圾桶里。尿的味道那么大，同学们当然闻到了，有人就说一定是他，大家就把他给举报了。老师很生气，就发了停课通知。家长虽然很心疼，但有什么办法呢？孩子确实给老师和同学带来了麻烦。看到这个故事的时候，云子心里很堵，她一方面理解那个孩子的父母，觉得他们真的很难，那个孩子也很难；另一方面又为儿子担忧，怕儿子将来也会这样。于是，云子一边看，一边悄悄地流泪，心里既同情又焦虑，似乎所有关于自闭症孩子的故事，都可能会发生在儿子身上。

她看着身边瘦弱的儿子，看着他细细的脖子和柔软的头发，还有他弓着的背，低垂的头和眼睛，紧紧闭着的嘴，一股酸楚在心里漫延，淹没了她灵魂的每一个角落。在潜意识里，她几乎已经看到发生的一切了。

她被一种浓浓的伤感笼罩着，不由自主地搂住了儿子，想通过这份实实在在的质感，感受到儿子的存在，也驱走自己的不安。可儿子的身子却在被抱住的瞬间僵住了，她想到刚看到的自闭症的症状，心里不由得又沉重了几分。

"自闭症"，已经成了儿子的标签，也成了儿子的命运。

这一切究竟是怎么发生的？

下车的时候，有个女人撞到她的肩膀，她下意识地望了女人一眼，看到那女人怀里抱了个孩子，她看不清孩子的脸，却看到那女人一脸木然，表情非常疲惫。云子想，那女人也在经受痛苦吗？她发生了什么事？是她的孩子生病了吗？这个猜想，让云子瞬间开始同情那个女人，丝毫没有因为那只是自己的想象，就影响她对那个女人的悲悯。她为女人挡开了人潮，让女人能走得顺利一些，女人扭头看她，说了声谢谢，木然的脸上露出了一个很淡的微笑。那一刻，云子觉得跟那个女人的心灵相通了，不管她是不是孩子生病了，都能感觉到她心中的一种情感。

人潮似乎消失了，只剩下被某种情感连在一起的这两个女人。

云子觉得自己脚步虚浮，就像踩在不断摇晃的海浪上，因缘的海浪，流转再流转，流转出满心的沧桑。只有那些脸庞，那些木然，那些恍惚间的笑声，还有一些昏黄的记忆，像是玻璃碎片反射阳光那样，倒映出一个个刹那的晶亮。

云子的心里有一种奇怪的静，痛苦似乎被安放在了另一个地方。

那天，屋内的光线昏暗，仿佛连太阳也感受到了屋中人的忧郁，不愿将光芒洒进这个空间。她坐在沙发上，眼睛盯着对面的那个小小身影，心中不断回想着关于自闭症的一切。情绪稍微平复一些后，她轻轻地擦干眼泪，又擦了擦鼻子，然后轻轻呼唤儿子的名字，声音中夹杂着无尽的温柔和担忧，但他没有任何反应，仍像没有听到一样。她的心揪了一下，像是被人用钳子紧紧夹住了心脏，既痛苦又无力。

她起身，缓缓走向儿子，蹲下身，试图进入他的视线，然后伸出手，轻轻抚摸他的头发。那头发依旧柔软，带着孩子特有的香气，但头发的主人却完全变了，他不再温柔地握住妈的手，也不再温柔地望向妈。他没有任何反应，仿佛她是空气，不存在似的，也像是丝毫感觉不到她的抚摸，更感受不到她的爱和担心。

"儿子，你在想什么？"她忍住心痛，轻柔地问道，语气里充满了爱意。但空气仿佛凝固了，冻结了一切的声音信号，她的话语没有得到任何回应。

她的心沉到了谷底,她开始怀疑,是不是不该告诉儿子离婚的事?她明白这事对儿子的打击,但她没想到,从这一天起,她和儿子之间,就多了一面墙壁。……不,是儿子筑了一道心灵之墙,把自己和世界隔开了,那世界,甚至也包括她。

她想起了儿子以前的笑声,那时候的他,是如此快乐自由,纯真无邪,而现在,这一切怎么都成了过去式呢?她的心,刀割一般疼痛。她深呼吸几次,强迫自己保持镇定,她知道,现在的她必须比任何时候都要强大。她不能在儿子面前崩溃,她要成为他的避风港,要让他知道,无论发生什么,他都不是一个人在战斗。

她轻声说:"儿子,无论你走到哪里,妈都会在你身边,永远不会离开你。"她的话语充满了承诺。她知道,丈夫的离开,打碎了儿子的安全感,儿子原本的童话世界消失了,他发现人是会告别的,就连最亲的家人,也会突然离开自己。这无常,就连云子自己都很难接受,如果不是儿子生病,她觉得别的都不重要了,她不知道还要痛苦多久,何况幼小的、不知道怎么面对离别的儿子?她知道,自己虽然没办法教会儿子接受,但她可以用爱去帮助儿子,让儿子重新建立安全感,让儿子相信,妈是不会抛下他的,他还有妈可以依靠。

可不管她说多少遍,儿子也不回应。但无论儿子回应与否,她总是要说,她要让这份爱变成空气,充满儿子所在的空间。她相信,当儿子像信赖空气一样相信她的爱,相信她不会抛下他时,儿子就会走出来。他会像从前一样快乐,一样愿意交流和分享。一切都会好起来的。

夜幕降临,城市的喧嚣远去了,房间里只剩母子二人的呼吸声。

窗外，偶尔传来虫鸣。云子一直蹲着，静静地望着坐在地上玩玩具的儿子，时间仿佛凝固了。云子忘了找工作的事，忘了双腿的酸麻，甚至忘了自闭症。云子的心里眼里，只有眼前的儿子。儿子动了一下，云子的心也动了一下，她多么希望儿子看她一眼，或者动一动小嘴，随便说句什么啊，哪怕不是对她说，她也会看到希望的。可没有。儿子只是换了个更舒服的姿势。一阵疼痛涌上云子的心头，其中有爱，有痛苦，有自责，也有无力……这些情绪，交织在一起，让她几乎无法呼吸。但她知道，她不能放弃，不能让这些情绪淹没自己。因为，她现在是这个家的支柱，是儿子的依靠——以前，她也是小鸟依人的女子，现在，她却不再有人可以依靠了。她觉得好无奈。

房间里的氛围慢慢变得沉重，云子的思绪飞回了过去。想起那些与儿子一起度过的欢乐时光，以及那些伤害了家庭和谐的争吵，她既怀念，又有些后悔。她想，早知道有一天会这样，她就不会为那些小事争吵了。也许从那时起，她就在无形中伤害了儿子。她可以清晰地想起儿子当时惊恐的表情。不了解大人的世界，不知道父母怎么了的儿子，是不是总生活在恐慌里，害怕爸爸妈妈从此不会和好，这个家会从此破裂呢？

云子的心很痛，这个没办法验证的猜想，就像另一根刺，深深地扎在她的心里，甚至比前夫留下的那根扎得更深，因为这根刺，是她自己种下的。

云子轻轻地把手放在儿子肩上，尽管他没有任何反应，她也相信，爱是有力量的，时间是有治愈作用的，她的儿子一定会好起来。她轻声对儿子说："宝贝，不管你在想什么，感受到什么，妈妈都愿意倾听，都愿意理解。你不是一个人，我们可以一起面对所有的困难。"

虽然儿子依旧没有回应，但云子感觉到一丝心灵的触动，她相信，儿子听到了她的话，感受到了她的爱，只是没有表达而已。这让她的心中充满了希望，也坚定了她的信念，她相信，总有一天，儿子会从自闭中走出来，重新面对这个世界。

5

云子看到儿子的日记，是在发现儿子得自闭症的一周之后。那年，星星只有十岁，正上小学三年级。

那是一个晴朗的上午，星星在大厅里玩玩具，云子陪了儿子一会儿，就去他房间，简单地打扫和收拾。其实也没啥好收拾的，自从得病，儿子几乎很少有多余的动作，每天就是那几样，反反复复，无关的地方，就像房子里没住人一样，原封不动。云子甚至有一种感觉，如果大开着窗，也许那些地方会积满了灰，只有儿子每天固定活动的地方，才是干干净净的。得病后的儿子，总让云子联想到一个小小的机器人。机械化的动作，机械化的习惯，不再像过去那样，是个有血有肉的小孩。每逢产生这个念头，云子的眼里就会充满忧郁。自责、无奈、无助、迷茫，就会像盘旋的风暴，占据她心中那个宁静的角落。

她很想走进儿子的心，把藏在他心里的那个小孩救出来。她相信，儿子肯定躲在他里的某个角落，就像小时候他害怕时那样。

云子记得，有一天傍晚，她提着菜篮回到家，刚打开门，就发现家里没开灯，沙发、电视柜、饭桌……一切都隐在黑暗里。她叫了一声儿子的名字，问他在不在。儿子一听她的声音，就飞也似的跑出来，因为看不清，途中绊到了大厅地上的一块积木，狠狠地摔了一跤。但他咬着嘴唇没哭，马上爬起来，朝她冲过来，一下钻进她的怀里。他的动作那么猛，她不由得后退了一步才站稳。她问儿子怎么了，儿子说他怕，从傍晚天色变暗，他就躲在书桌下面，还用椅子挡住自己，然后胆战心惊地等着妈妈。他数了无数遍的金刚葫芦娃，才听到开门的声音，听到妈妈叫他。

儿子得病后，云子无数次想到这个场面，她想，现在的儿子，是不是像那会儿一样，也藏在了心里的某个角落，正等着她打开门走进去，把他救出来呢？一想到这，云子的心就疼了，她多想找到进入儿子灵魂的钥匙啊。但它在哪儿呢？她找不到，只能一声声地呼唤。可儿子啊，你怎么还没听到妈妈的声音呢？还是你听到了，也想朝妈妈跑过来，但被那个放大无数倍、大得像是一座大山那样的积木挡住了，过不来？你是不是也在叫妈妈，但声音也被挡住了，妈妈听不到呢？孩子，你如果望妈妈一眼，妈妈就可以从你的眼睛里钻进去，把你从心里救出来。你望望妈妈好吗？

但儿子没有抬头，也没有望她，还是低着头玩着手里的玩具，沉浸在自己的世界里。

也许是上天听到了这位母亲的声音，于是，云子在收拾书桌的时候，意外地发现抽屉的夹缝里有个本子，她找了根筷子，把本子撩出来，却发现那竟是儿子的日记本。云子不知道儿子有写日记的习惯，她的心脏猛地一跳，她颤抖了手，打开日记本，举到眼睛可以清晰看到的位置，然后颤抖着心读了起来。

日记中的儿子还没得病，但他已经有半个身子淹在坏情绪的沼泽里了。云子一边看，一边流眼泪。她不敢相信，她那么关注儿子，却还是没发现孩子心里有过的风暴。也许，儿子心里的风暴，都发生在她被烦恼席卷的时候。也许，是她在不知不觉中，把坏情绪传递给了儿子。

2011年1月30日　星期天　天阴阴的

好黑啊，我好怕，妈妈不在。房子里有一点声音，我就觉得有怪兽要爬进来了。我甚至听到它沉重的呼吸声了。我总是觉得，它会一口吞掉我的脑袋。我恨不得躲进抽屉里，这样，它就找不到我了。但有时我也会想，会不会我过了几个小时，听到房子里安静了，伸出脑袋张望时，却被一直埋伏在周围的它，把脑袋给一口吞掉呢？我也不知道，这个想象是从哪里冒出来的，可能是上个星期……也可能更早。我好害怕啊。但我不知道怎么跟爸爸妈妈说。不知道从什么时候起，爸爸就不太管我了，他变得很像一个陌生人，我跑到他面前，叫他抱抱我的时候，他也只是心不在焉地摸摸我的头。我虽然只是一个小孩，但还是可以感觉到他的心跟他的手是不一致的。他摸着我的脑袋，但他自己的脑袋里想着别的东西，不是我。爸爸怎么了？是我惹爸爸生气了吗？

妈妈对我还是一样好，但我每次跟妈妈说我害怕的事情，妈妈都会笑。在大人眼里，小孩子的恐惧都是没道理的，但他们不知道，那些他们觉得没道理的事，在我们的世界里就跟他们害怕的地震、龙卷风一样啊。

我现在，觉得家里也不安全了，怪兽随时都会钻出来。它已经给我家定位了。可它怎么会找到我的呢？我又不是拯救地球的小英雄，我又没有超能力，吃我的肉也不能长生不老。它怎么会注意到我的呢？好想叫妈妈救我、保护我。可妈妈就是不信我。

2011年2月1日　星期二　有雾

怪兽又要来了，我好怕，只好躲在小屋里，把门关上，然后躲到书桌下面，用椅子把自己挡住。我还想藏进衣柜里的，但电视里说，有个孩子藏在衣柜里，结果被闷死了。我可不想闷死在衣柜里。如果那样，衣柜里就臭了，我的衣服就都臭了。我可喜欢那件棒球服了，那是爸爸在我三岁时买给我的。那时的爸爸，还会抱着我举高高，现在的爸爸不知道怎么了，总像看不到我一样。有时我觉得，爸爸的眼睛肯定不好使，没办法望矮一点的东西。不然就是他的脖子不好使，不能弯下来，所以他看不到我。爸爸的病好奇怪。妈妈跟他差不多大，但妈妈就没有这个病。再不然……就是爸爸不喜欢我了？不，这样太可怕了。……但爸爸得了怪病也很可怕。真矛盾啊，我既不想爸爸得怪病，也不想爸爸不喜欢我。我该怎么想好呢？

2011年2月5日　星期六　天阴阴的

今天好可怕，爸爸妈妈吵架了，他们的声音好大，我躲进房间，甚至躲到了衣柜里，当然，为了不被闷死，我没有把衣柜门关得太严，但我把耳朵都捂住了，那声音还是要往我耳朵里钻。我只好拼命地摇脑袋，我对上天爷爷说，我不要听不要听，声音虫虫不要进来我的耳朵！妈妈的声音好尖啊，我从没听过妈妈用这种声音说话。她的声音都变成刀了，刺得我的耳朵好痛。我拼命跟声音虫虫商量，叫它去别处玩，但它就是不听，非要往我耳朵里钻。怎么办呢？

这些天，家里变得越来越可怕了。就像一个充满危险的迷宫。每一个转角，都好像会钻出什么可怕的东西。要不就是怪兽，要不就是讨厌的声音虫虫，它们铺天盖地的，总是来欺负我。我真想冲出去对妈妈说，妈，你不要这样说话，你的声音好尖啊。但我觉得妈妈好像很难过的样子，好像还哭了。不知道发生了什么。我好怕。我听不懂他们说的话，大人的话总是很奇怪。但肯定不是什么好话，要不，他们怎么那么难受呢？

我们家会怎么样呢？爸爸妈妈会分开吗？

2011年2月15日　星期二　天阴阴的

今天妈妈陪我玩机器人，爸爸给我买的。但爸爸把机器人给我的时候，脸上没有一点笑容，那个机器人，他真的是买给我的吗？今天妈妈又跟爸爸吵架了，我躲在房间里，用棉被盖住了自己，声音小了很多。这次他们的声音也小了很多。他们是不是发现会吓到我呢？但他们要是能不吵就更好啦。我真的好怕他们吵架啊。

妈妈今天陪我玩的时候，我问妈妈，她跟爸爸到底怎么了，为什么吵架的次数越来越多了呢？妈妈说，爱情就像植物，需要耐心培养。那这个家是不是就像枯萎的花朵？如果我拼命浇水的话，它能变得像过去一样美丽吗？

刚才想睡觉的，也闭上眼睛，躺在床上了，但怎么睡都睡不着。我看着天花板上画的星星，看了好久，只是想起爸爸以前说的话，他说看到天花板，就像在宇宙遨游，他不能带我去宇宙，就只能给我一个画满星星的天花板了。其实，只要爸爸像以前那样，喜欢笑，喜欢抱着我举高高，跟妈妈也笑嘻嘻的，不要吵架，我就很开心了。真的不需要爸爸带我去宇宙，也不需要爸爸带我去大海的。真的。……我数了好久绵羊先生，但还是睡不着。只好来写日记啦。我最近又认了很多字，是妈妈教给我的。妈妈给我买了好多画画书，上面也有字。认字最大的作用，就是让我可以写日记，把想说的话写下来。……爸爸，你怎么了呢？

2011年4月1日　星期五　下过小雨

妈妈今天哭了，因为爸爸要永远离开这个家，离开我和她了。妈妈说这就叫离婚。我好害怕。怪兽终于扑过来了。它不但把我的脑袋一口吞掉了，把妈妈的脑袋也一口吞掉了。我好害怕。

妈妈的眼睛肿肿红红的，脸色也不怎么好看，但她看起来好平静啊。妈妈怎么这么平静呢？我可不平静了，我就像掉进冰窟窿，又像被怪兽吞了脑袋一样，身体只想打哆嗦。我想问妈妈，爸爸为什么要离开我们，可我张开嘴，就忘掉了自己想问什么。我不是故意的，真的，但一张开嘴，脑子里就开始想别的事了。好像乱七八糟的事搅在一起，我也不知道自己想说什么。真奇怪。……爸爸真的不回来了吗？我和妈妈该怎么办？心好痛啊，屋子好黑啊，妈妈老说命运，这就是命运吗？

2011年4月3日　星期天　下过小雨

比起家里，我更愿意待在学校，因为学校里有好多小朋友，好多人，我不用害怕怪兽会来吞掉我。我可以藏在人群里，藏在老师的讲台下面。怪兽不会找到我的。

但我越来越怕听到声音了，同学们说笑的时候，就像有人拿了个小锣，专门钻进我的脑子里敲。咣咣咣的。震得我脑瓜疼。这几天，我觉得呼吸都困难了。同学们的脸也变得好远，就像隔着什么似的。他们的声音在我脑子里钻，他们的脸却像在另一个世界。这个感觉好奇怪啊。我想问问小朋友，但他们都说我傻了。我又问老师，老师用一种奇怪的眼神看着我，叫我去医务室躺一躺。老师是不是觉得我想偷懒睡觉啊？我可不是这样啊。谁可以告诉我，这是怎么了呢？

妈妈老是不在家，就算回来，也心不在焉的。瞧，我还懂成语呢。我也不是那么糟糕对不对？爸爸为什么要走呢？是我不好吗？

2011年4月5日　星期二　还是天阴下雨

最近我很喜欢待在学校里，妈妈就算接我的时候来晚了，我也不着急。反正有小朋友和老师陪着我。还有值日生。他们拖地板，擦桌子，擦玻璃，忙得顾不上管我。我就自己坐在那里看着他们。

今天上午没下雨，天上有好多黑云，厚厚的，重重的，挪得可慢了。但慢是慢，它们可没有烦恼啊。它们的爸爸妈妈可没有离婚啊。它们也没什么好怕的，对不？怪兽就算把它们吞掉，也像是吞掉棉花糖一样。怪兽张嘴打个哈欠，它们就可以钻出来飞走了。我可不行，我的脑袋要是被吞掉，可就没有了。

人一个个走了，妈妈还没来，老师也不在，课室里只有我一个人。我又开始害怕了。我最怕的，就是怪兽踩在热气球上，直接飘到三楼，从窗户跳进来吞掉我的脑袋。

　　妈妈后来过来了，她来的时候已经下雨了，她半个身子是湿的，我听到她跟班主任说对不起，她刚面试完，打不到车。什么叫面试啊？是一种考试吗？妈妈最近都在考试，所以才顾不上管我吗？妈妈开门的时候，我的心里不由得默默地念叨着，希望一开门，就见到爸爸半躺在沙发上看电视，看到我们进门，就问妈妈有没有买什么吃的，他都饿了。但门开了后，沙发上没有爸爸，只有可怕的空荡荡的黑。

　　妈妈开了电视机，电视里播着无聊的电视剧。我还是喜欢玩我的玩具。它们是爸爸买给我的。它们可厉害了。我总是在幻想里让它们对打，它们不分胜负，都很强。

　　但是，我好想爸爸啊，虽然爸爸已经有好长时间不理我了，看我就像看陌生人一样。我在他面前也不由得开始害怕，不敢像以前那样抱着他的腿，叫他举高高了。有时觉得爸爸就像陌生人一样。家也变得陌生了。空荡荡的家，还有可怜的妈妈。妈妈也老是心不在焉的。不像以前那样，开开心心地陪我玩，跟我聊天了。我也不想再说什么了。每次想说，总是看到她的后脑勺，看到她在忙前忙后，就不想说了。外面越来越暗，什么都蒙了一层灰影子，妈妈也像蒙了一层灰影子。

　　同学们，老师们，妈妈，还有那么多的邻居阿姨、邻居小朋友，他们是不是都会像爸爸那样离开我？

2011年4月10日　星期天　云好多

　　在学校里也不开心了。因为大家都知道我的爸爸妈妈离婚了。

他们好像都在嘲笑我，说我是个爸爸也不要的孩子。我不敢跟大家聊天，甚至不敢跟大家说话。有时我很想像以前那样，什么都不用想，和大家都一样。可现在，我和同学们不一样了，一切都变了。我该怎么面对变化呢？我不知道。现在，恐惧成了我的影子，老是跟着我，怎么甩都甩不掉，真是讨厌。

我开始怀疑一切，开始觉得自己真是个爸爸也不要的孩子。如果连爸妈都不能永远爱我，还有什么是可靠的呢？

但我不想别人来同情我，更不想别人同情了我然后又离开我。于是，有人注意到我时，我就会笑着看他们，哪怕心里觉得他们马上就会变化。这样，他们就不会知道我的家已经破碎了。他们就会觉得一切都好。让大家放心开心，才是好孩子该做的，不是吗？

那片小马一样的云又飘过来了，它跟我的小积木好像啊。我有点不想说话了，我也不知道自己想说什么，我想去玩积木。

中午做了个梦，梦到爸爸妈妈都在家里，爸爸又把我抱起来举高高了，我摸到了云。不是那片小马一样的云，是一只小乌龟一样的云，因为它爬得很慢，所以被我摸到了。我很厉害吧？我才不是爸爸都不要的孩子呢。但爸爸为什么不要我了？

梦里好开心呀，爸爸妈妈又一起做饭了，我们三个人还一起去了公园。家里一点都不黑，到处都是笑声，好灿烂呢。但醒来之后，我发现自己躺在课桌上，旁边的同学们都在睡午觉。我的心就破碎了。我看着那些睡着午觉的同学，突然有些恨他们，他们的家庭那么幸福，我却永远失去了我的幸福家庭。这个字用得合适吗？我也不知道，电视上的大人们总是这么说。反正我心里很难受。

变化也总是让我难受，可是一切都老是在变化。一有什么跟过去不一样,我就开始烦躁不安,就想去玩积木。积木可以让我暂时忘掉这一切不开心的事,而且积木不会离开我。我只有眼里心里都是积木的时候,才会觉得自己是安全的。我会把怪兽给忘掉,把爸爸不要我给忘掉。否则我就会像小刺猬那样,别人稍一触碰,我就会恐惧焦虑。有一次,有个同学笑着跟我说话,我想表达什么,却不知说什么,心里一急,就推了同学一把。同学吃惊地看着我,然后走开了,跟别的同学说我现在好奇怪。从那以后,我就再也不想看别人的眼睛了。我也不想看别人,不想听别人在说什么,哪怕他们是在对我说话。不管我听到看到什么,都会让我想到爸爸。想到什么都会变化。

不说了,我想玩积木。

看到这里,云子泪流满面,她真的不知道,儿子竟然自己扛过了这样的日子。儿子为啥不对她说呢?哪怕他像以前那样,钻进自己怀里,跟自己诉苦,自己也会全部接受,然后把最好的爱给他的。但儿子为啥要自己走过那条路呢?日记能记录他的一切,可日记不会说话,日记永远不可能告诉他,他该怎么走出困境。

不过,她觉得儿子还是有希望的,好些自闭症的孩子是基因出问题,所以特别难治,而她的孩子只是情绪出问题,思维出问题,影响了神经系统。只要找到方法,把他从他囚禁自己的小笼子里叫出来,让他自己从里面打开一扇窗,让他看到些许光亮,他肯定会好起来的。

日记里记载的,是两年前的事了。儿子的脑子里,现在是什么状况呢?云子担忧地看着他。他已经长大了,肩膀宽了,个子也高了，渐渐像个大男孩了。他有没有比过去更懂得如何面对自己冲突的心呢？他为什么还是不说话？是因为冲突的念头，让他不能很好地组织语言，还是一说话，脑子就空了，不知道自己想说什么？云子回忆着这些年她看过的所有资料，还有医生给的建议，极力地想要了解儿子在面对什么。但他还是低着头，像是什么都听不见，什么都看不见，而云子的世界里，也像永远下着雪。

但有一天，云子发现了一个特别的细节：夜晚，当一切都安静下来时，儿子会坐到窗边，看着夜空中的星星。云子记得，儿子在日记里写过一句话，就是讲星星的。儿子说："它们静静地闪烁着，好像在告诉我，即使在最黑暗的夜里，也有光亮存在。那一刻，我的心感到了一丝宁静。我开始像大人们那样思考，思考我面对的一切。也许我能找到一条路，从这个黑暗的深渊中爬出来。"说这些话的时候，儿子不像一个十岁的孩子，更不像一个内心充满风暴，没办法组织语言的孩子。他的心好像很静——那一刻，他是不是超越了疾病，也超越了年龄，进入了一种特别的境界呢？

云子在书里看过那种境界，书中说，它是每个人本有的，跟肉体等任何东西都没有关系。那么，它是不是儿子穿越疾病，得到救赎的可能性？儿子怎样才能找到它呢？

云子似乎在刹那间看到了一线光。她坐到儿子身边，对儿子说："孩子，你现在有什么感受，可以告诉妈妈吗？你的心是不是静多了？还难受吗？能不能说出心里的话？"她期待着儿子抬起头望她，然后像那篇宁静的日记里那样，淡淡地告诉她，他现在在想什么，淡淡地告诉她，他相信自己可以走出深渊，走出牢笼，变回那个无忧无虑的小孩——虽然他的童年已经远去了。但现实再一次叫她失望了。她的儿子，还是低着头不说话，也不看她，不给她任何回应。

2013年3月1日　星期五　小雨

今天看到一款游戏，玩过觉得挺好的，发了信息给妈妈，妈妈帮我充了钱。妈妈还想跟我多说一些，但我没有回复。妈妈对我很好，我也知道。这些年她一直在鼓励我，想让我走出来。但我也不知道怎么走出来。它又不是一个看得见的屋子，我打开门，就可以出去。就算是，也总得找到钥匙吧？但钥匙在哪呢？算了。不说了。说了妈妈也不懂。再说我也说不出。妈妈总是问我怎么了，叫我跟她说说我的感受。其实我没什么感受，只是什么都不想说。反正什么都在变化，有什么好说的？游戏里才好呢，大家都不聊生活，不聊心情，只聊游戏。来来去去都不用难过，大家也都不知道彼此是谁。这样多轻松啊。不会觉得谁会离开我。游戏里，总会有人跟你一起组队，打怪。不用难过。

2013年5月1日　星期三　天阴阴的，还有雨

妈还是没有放弃跟我说话，她说我的世界越来越小，我把自己变成囚犯了。她说我每天重复着相同的生活，还说我打游戏，是在尝试打破自己建立的围墙。她鼓励我说，虽然每向前一步都需要极大的勇气，但儿子你不要放弃。我也不知道妈说得对不对，我只是想玩。玩游戏不会不安，没有让我恐惧的念头。可跟人相处不是这样，我表达不出自己的想法，对方就会很着急，我也会着急，一着急，我就容易犯病。还不如自己待着。有游戏玩就行。游戏的世界

才不是小世界呢。里面有些人还是讲英语的。我看不懂他们讲话，但他们的招式我都懂，他们一操作，我就知道他们想怎么打。游戏多容易啊。

妈还说，孤独是个良师，叫我学会享受孤独，享受得病的这段时光。但它教给我的，只有如何与我的影子对话。妈妈还叫我把心静下来，好好睡觉，不要没日没夜地打游戏。她不知道，我总是睡不着，心里总是不安，总是恐惧。如果不打游戏，我不知道该怎么过每一天。

2013年5月10日　星期五　晴

我开始怕看镜子，怕看到那个满是恐惧的自己。每当不得不面对人群时，我就觉得自己像是被暴露在聚光灯下的演员，每一个动作、每一句话都可能是错误的。我害怕这些错误会被放大，变成别人眼中的笑话。

妈总是希望我跟她说话，我也想说，但每次我想努力地说出来，都会觉得没什么好说的，也就什么都没说。要么就是简单地回几个字。妈问过我为什么，难道跟妈说话，还有什么好恐惧的吗？但以前，我也觉得跟爸没什么好恐惧的，结果呢？哪怕到了现在，一想到爸，我的心还是会一阵焦躁。就像他会再离开我一次似的。我总觉得自己代表了妈不便提及的过去，在证明她做过一个错误的决定。我也总能看到邻居看我时复杂的表情。他们大概同情妈，觉得妈要是没我这么个累赘，就可以早点前行吧。我听过他们劝妈再找一个人，但妈只是笑。好多话我也想对妈说，但我脑子里就像有一大堆风暴，一面对人，我就紧张，就组织不了语言，哪怕那个人是妈。

妈说，这叫被害者心态，总是觉得自己会被伤害，其实别人并没有伤害自己，也没有这种想法。这种心态会把自己跟别人隔开，让别人觉得自己是个异类。也许是吧，但我不想把糟糕的心情宣泄给妈，让妈的心里再多一块石头。就算不说，我都成了妈的负担，如果说了，会咋样？我不想说，也不懂怎么说。反正我有游戏，一样可以跟别人玩。

有时，我也会梦见一个不同的世界，一个没有离婚、没有分离的世界。在那里，我可以自由呼吸，让笑声充满空气。但晨光一到，我就会醒来，那个世界就会像露水一样消失，留下的只有床单上的泪痕。我都不记得自己流过眼泪。我的心里只有恐惧和焦躁。梦里的我会是什么样子呢？不过，我很少能好好做一次梦，很少能好好睡一次觉。有一次，妈问我想不想去上海，因为上海有个专业护理自闭症孩子的组织，那里的孩子在一个大房子里睡觉，彼此陪伴，更有安全感。但我不想去。这个家虽然已经不是过去的家了，只是一个我和爸曾经一起生活的地方，但我还是能感觉到爸的气息。我舍不得。

那天，我看到了爸和他的新妻子，还有那个只有两岁的女儿。看到那女孩，我像看一只小羊一样，我以为我会恨她的，因为她夺走了父亲对我的爱，可我没有一点感觉。对那个女人，我也一样。好怪。

2013年6月1日　星期六　好多云

书桌上堆满了没完成的作业，妈一定很失望吧，但我不是故意的，我不知道为什么，就是没办法集中精力做作业。老师老是找妈谈话,也教育过我,叫我上学要更用心,不要这么孤僻,要多跟同学们交流,把心放开,成绩也会慢慢地好起来,不要给自己太大压力,也不要让家里的事影响学业……他还说了好多。老师是好心,但他不了解情况,我也说不出来。不过,最糟的反正已经发生了,这也没什么好怕的了。

妈总说我把自己的世界缩得太小,小得只剩自己一个人。她不知道,这是我最大的安慰。因为,这个世界虽然孤独,但至少是可控的。在这里,我不需要面对可怕的未知,不需要担心被抛弃,不需要面对外界的评判和期待,因为这里只有我一个人。哪怕就像他们说的,这有点病态,但它仍然是我的避难所。

但我确实很难跟人交流了,别人的声音总像离我很远,我努力想要回应,但我的声音,总像被困在了深海。每次我想跟人交流、跟人交往,这种情况就会让我觉得焦躁,我就会有他们认为古怪的反应。但我不知道怎么才算不古怪。我发现,我的逻辑跟他们不一样,我就像一条直线。他们认为的,我常常想不明白,他们的很多行为和表情,我也搞不懂背后的含意。我只好在自己的世界里静静地观察,看世界如何不断运转,而我却停滞不前。

有时,我也会想象一种不同的逃避方式,一种可以让我从他们说的牢笼中飞出去的方法。比如有一双翅膀,飞越这片混乱和痛苦,飞到一个只有阳光、微风和笑声的地方。但每当这些幻想闪过脑海,现实的重力就会再次提醒我,就算我有翅膀,我的翅膀也被锁链拴住了,而那把钥匙,似乎也早已遗失。

妈说我现在太消极了,为自己做一点努力都不肯。可能妈说的是对的。但我又能怎么样呢?我连写下这些日记都要拼尽全力。人们说，得自闭症的人脑子出了问题，我想可能是，要不，我的脑子里怎么乱糟糟的呢？还有人说，自闭症是一种残疾，也许严重的时候真的是。说真的，我想帮帮他们说的那些人。但我能做到吗？我连走出游戏，融入正常生活的勇气都没有。我有能力去关爱那些更严重的自闭症病人吗？我能解除他们的恐惧、孤独和不安，让他们感到被爱和安全吗？

2013年7月1日　星期一　阵雨

在学校，我成了一个影子，总是默默地走在走廊上，尽量避开同学们的目光。我害怕别人看穿我的伪装，看到内心里那个脆弱的我。有时，我甚至希望自己真的能变成一个影子，最好是透明的，连黑色都没有，这样就再也不用担心被伤害了。

其实我也渴望改变，因为我厌倦了这个死循环。但恐惧却那么重，它就像一堵墙，把我跟改变隔绝了。我知道，要想飞出这个牢笼，就必须先找到那把遗失的钥匙——勇气。但勇气似乎总是和我保持着距离，每当我伸手想要抓住它时，它就会像烟雾一样消失。

看着这些日记，我觉得自己好像也挺正常的，就是心情有点糟糕，有点消极，对不？我有时甚至觉得，其实自己也没那么不正常，也许要好起来也不是那么难。也许真像妈妈说的，关上游戏，接受变化，用微笑面对世界，不要用坏情绪和悲观的念头催眠自己。也许真的该这样，至少应该勇敢地试一试。

2013年7月15日　星期一　好多云

今天，我对妈说我决定退学。妈很遗憾，但妈尊重我的决定，她带我去学校办了手续。从此,我就要待在家里,没日没夜地打游戏了。但我的心里还是恐惧。今天看窗外的天空,哪怕是晴天,也觉得灰蒙蒙的。有人说,世界是心的投影,我的心也许就是灰蒙蒙的吧。这层灰色,有没有可能从我的生命中消失呢?我不敢这样期待,却还是忍不住期待。

但因为妈在身边,我的心定了一些。妈老说她会一直陪着我,任何时候都不会抛下我,她说这些话时,我从来没有回应过她,但我全都听在心里了。我的心里,夜很黑、很浓,但妈的关心和爱,还是像星星一样,点缀在那片天空中。它提醒着我,即使在最黑暗的时刻,也不是完全没有希望的。希望妈真像她无数次对我说的那样,永远陪着我,永远做我的避风港,永远支持我,不要离开。

6

回到家里的星星最怕黑暗,一个人待在黑暗里,恐惧到不能自控时,他就会尖叫着逃出来,云子就会从床上惊醒,外衣也顾不上穿,就冲到客厅里,把所有灯都打开。房子里刹那间亮如白昼,孩子的情绪就渐渐地平稳了。看着他蹲在地上,双手环抱着膝盖,像是小刺猬想把自己藏进背针里,云子就心疼。所以,她最上心的事,就是及时给儿子发红包,让他给游戏账号充值,让孩子能把自己藏进游戏世界里,不要承受走出来后的恐惧。

每当做这件事,云子的心情就会非常矛盾。她不希望儿子逃避痛苦,希望儿子勇敢面对,救赎自己,但儿子每一次从黑暗中跑出时的慌乱无助，又总会深深刺痛云子的心。她知道，这是儿子成长的必经之路，她不能代替他去面对，她能做的，就是在他需要的时候，给予最温暖的拥抱和鼓励。

随着时间的流逝，儿子慢慢学会了与恐惧共处。他开始能够独自待在黑暗的房间里。虽然心里仍然会害怕，但他不再像以前那样惊慌失措。虽然这个改变很小，但云子很开心，她觉得，多小的改变，只要发生了，就是希望。她总是在搜寻那些小小的变化，既是在慰藉自己，给自己打气，也是一种本能——爱的本能。她会把自己发现的每一个小细节写成微信，发到儿子的手机上。儿子从不回复，但云子知道，儿子会一遍一遍地看。这是她和儿子之间的默契。哪怕儿子生病了，成了人们认为的不正常的人，云子还是相信那种默契的存在。她也相信，那点点滴滴的变化，不但能给自己带来希望，也会给儿子带来希望，儿子会在她看不到的地方悄悄努力，竭力地站起来，为了自己，也为了妈妈。

夜深了，云子轻轻给儿子盖好被子，然后起身，走出房间。她知道，前方的道路仍然漫长且充满挑战，但她已经准备好了，准备好用自己的爱去战胜一切困难，为儿子打造一个充满爱与理解的家。无论过去发生了什么，现在她需要做的，都是找到治愈儿子心灵的方法，让这个家重新充满温暖和光明。她不能让过去的阴影继续笼罩他们母子的生活，她需要采取行动，哪怕只是小小的一步，也要朝正面的方向迈进。

在那个决定重生的清晨，她站在窗前，凝视着窗外新的一天。阳光透过树叶的缝隙，洒在她的脸上，给她带来一丝温暖。她深吸一口气，心中充满了决定放下一切，重新生活的坚定。

她还开始做一些简单的禅修训练，那是我过去教给她的——她以前是我的学生，但不是禅修的学生，而是初中时历史课的学生。但我教了她一些简单的冥想方法。我知道，一个人在痛苦的时候，只有放下一切，进入物我两忘的宁静，才能真正地消解痛苦。

我看过一些自闭症孩子画的画，那种蓬勃的生命力、天马行空的想象力，还有隐藏在画面背后的深刻哲理，是很多正常人比不上的。人们说，他们是高功能孤独症患者，也有人说，孤独症病人里有很多天才，但我了解过一些孤独症病人之后，发现并不是这样。孤独症病人的世界里充满不安，充满混杂的思绪，他们很难专注于寻常的事物。但如果找到一个他们能够专注的东西，比如一幅画，或是一个简单机械的行为，他们就能拒绝整个世界，或者说忘掉整个世界。这时，他们就会做出一些人们觉得很惊艳的东西，比如那些画，还有一些发明。

人们说，很多孤独症患者，尤其是生理性的孤独症患者，都是图像思维者，接收的一切信息，他们都会转化为图像进行理解，甚至会像电脑存档那样，把图像储存在大脑里，随时调用。听起来很奇怪，跟我们很不一样，但这对他们来说，是理所当然的，就像文字对我们那样。然而，很多自闭症患者，并不是天才，如果说自闭症患者中有些人很杰出，就像夜空中闪亮的星星，那些寻常的自闭症患者，就是闪亮的星星旁边，那些不起眼的小光点。他们也在努力地发着自己的光，却还是弱小得让人心疼。因为，他们拼尽全力，也许只是在谱写一个六七岁的孩子就能做到的剧本。云子很让人心疼，但在无数的孤独症患者家属里，云子又是幸运的，因为她的孩子还有自理能力，还能走出心灵的阴霾。而且，她把自己的善良传递给了儿子，她和她的儿子在无数个瞬间，总能想起更多得了这个病的孩子，他们总想帮帮那些孩子。

自己还淋着雨，却想为别人打伞，听起来有些荒唐，也有些不自量力，但也正是这点念想，让他们的生命中有了一种美好。那是关爱之外，他们生命中的一点光亮。不管多么微弱，总能把黑色的幕布撕开一条小缝，让他们的灵魂里进来一线光。

所以，我总想让人们看到他们的内心世界，看到他们非常平凡，却又在平凡中闪着微光的心。就像那首歌里唱的："四季，冷暖的交替。多鲜活的生命，有枯萎的痕迹。是奔跑中突然袭来的风雨，是黑暗中一根火柴燃烧的光明。也许你猜不透未知的宿命，像流星飞翔着它却不知目的。可是啊，我却，却愿意去相信，最渺小最微弱最柔软最无畏的你，用尽了全力，努力地回应，再无边再无尽再无解总有一线生机，光亮你自己。"在竭力走出灵魂封锁的那段日子里，那个孩子或许也是这样，也在对遥远梦想的仰望中，尽全力地焕发着自己的力量。

我想帮助他，也想帮助很多自闭症的孩子走出痛苦，于是我写下了这本书，定格了一对母子有过的心声。我想告诉无数的母亲和孩子，包括自闭症患者和家属之外的人们，生命也许会经历风雨，甚至会经历无数的风暴，但就像苏轼说的，"莫听穿林打叶声……一蓑烟雨任平生"。人生的终点，不过是骨灰盒，那捧灰白色的粉末有什么价值，全在于它的主人活着时，怎样为自己的梦想和信仰努力过。他们所有努力的痕迹，都会成为他们生命中最美好的注解，留下他们曾经鲜活的灵魂。

当然，这个故事还在继续。

云子转身看向熟睡的儿子，他的脸庞在晨光中显得格外安详。她轻轻地走过去，弯下腰，亲吻了儿子的额头。这一刻，她的心中充满了爱，也充满了力量。她知道，为了儿子，也为了自己，她会开始新的生活——一种没有过去阴影的生活。

她开始整理那些跟前夫有关的物品，衣服、钱包、皮鞋、皮带……它们大多是她买给他的，每一件都承载着难忘的回忆。她轻轻地抚摸着这些物品，心中涌动着复杂的情绪。然而，当她将它们一件件放入箱子，送去小区的垃圾站时，她感到一阵释然，仿佛随着这些物品的离去，她的心也逐渐变得轻松。

在整理的过程中，她偶尔会停下来，沉浸在回忆之中。她想起和前夫的点点滴滴，想起儿子的成长过程，每一个片段都无比清晰，如同昨日重现。然而，她知道自己必须放下回忆，如果一直停留在过去，她就无法前进，无法拥抱和创造未来。

当她完成最后一件物品的整理，站在空荡荡的房间里时，心中充满了一种莫名的感觉。这是一个结束，也是一个新的开始。她对着镜子中的自己微笑，笑容中充满了释放和勇气。

没多久，她开始了新的生活——她找到了一份新的工作，尝试结交新的朋友。她学会了独立，也学会了如何在忙碌的生活中，找到属于自己的小确幸。

在这条漫长而又孤独的路上，她带着儿子，穿梭在城市的每一个角落、每一家医院、每一个专家的门前，希望能找到治愈儿子的方法。每一次的尝试，都像在海面上挣扎，想要抓住那根救命的稻草。于是，她总会将儿子的手紧紧握在手心，就像握住生活的全部。尽管儿子的眼神里没有光芒，尽管她与他的世界隔着无法逾越的鸿沟,她也从未放弃过,更从未怀疑过,她相信自己的爱能穿透一切阴霾,唤回健康快乐的儿子。然而,每次咨询新的专家,她得到的都是失望。专家们的话总像冰冷的刀子,一次次割裂她的心。

他们说,自闭症,药物是没办法治愈的,只能尽量缓解症状。这样的话,她听了不知道多少遍,每一遍,都像在重温一个无情的咒语,也像是叫她放弃,死心,任孩子沉沦在无尽的黑暗里,也任自己沉沦在无尽的黑暗里。但她不允许自己沉沦,不允许绝望吞噬她最后的光明,不允许自己放弃儿子。她知道,她是儿子唯一的依靠,她的坚强,是他痊愈的基本保障。她始终相信,曾经快乐的儿子,总有一天,会重新绽放出灿烂的笑容。

这段旅程让她备受打击,但也让她充满对光明的向往。她开始恢复中断了很多年的读书习惯,开始捡起过去对精神世界的探索。她发现,婚姻生活本身没有错,女人却容易因为结婚,把自己定义为家庭的机器,为了照顾儿子和丈夫而活着,尤其是西部女人。越是传统的女人,越是容易无条件地放下自己,为家庭而牺牲,将自己作为个体生命的所有可能,都献给爱情和家庭。云子就是这样。结婚前,她喜爱文学,充满纯粹的文学梦想,想用自己的笔,为世界贡献一份美好和力量。恋爱后,她一天天失去了自己,她觉得自己是为爱情活着的,她的梦想就是让爱情开花结果,和相爱的人建立美好的小家庭。结婚后,她的梦想成了教育好儿子,让儿子健康快乐地长大,让家庭能富足和睦。她的眼睛,已经从广阔的世界,回缩到了小小的家庭里,回缩到了家庭的琐碎里,甚至回缩到了儿子的一颦一笑里。

这有错吗?没有,这是大部分女人的幸福。但要是一个女人不懂得处理关系，她的这种回缩，就会给家人带来极大的压力。尤其是她对孩子说："妈做的一切都是为了你，为了你，妈放弃了自己，你还不好好学习，考个好成绩，你对得起妈吗？"这时，孩子会觉得自己是罪人，自己让妈失去了一切，妈期待的感恩心，会完全变成一种罪恶感，不但不能让孩子积极向上，反而会变成一座大山，压得孩子喘不过气。在这种罪恶感中，孩子会想尽办法实现妈的期待，不但失去自己，还会活得非常疲惫。

当然，云子没有这样，她唯一的期待，就是儿子能恢复健康，快乐地活着。然而，她知道自己必须改变，她的内心世界越广阔，儿子就可能越广阔；她的内心世界越豁达，儿子也越容易释怀。她的一切改变，都会慢慢牵动儿子的改变，让儿子在耳濡目染中放下痛苦，找回自己。云子相信是这样的，对她来说，这是一个不可动摇的信念，无论受到多少打击，无论承受多少失落，她都会一往无前。儿子的病，重燃了她对光明和美好的向往。她知道，她必须做一个勇敢的斗士，才可能打破"自闭症难救"的诊断，带着儿子走向充满希望的明天。

在这条路上，她学会了坚强，学会了忍耐，也明白了爱的真谛。

7

儿子安静地睡去后，云子常会独自坐在窗边，望着漆黑的天空，任思绪泛滥。

每当那样的夜晚，她总会想起儿子无忧无虑的笑容，想起曾经完整的家，想起平凡幸福的时光，但随即，她又会想起儿子的现在，想起艰难的求医，想起说不清的未来，然后陷入浓浓的伤感，觉得一切美好都变得遥不可及。

这时，她的心就会像被千万根针刺穿，疼痛难忍。她就会埋怨前夫，不明白那个曾经跟她携手走过风雨的男人，为何要狠心离去，为何要建立新家庭，开始新生活。他的离去，带走的不只是他们曾经的爱，更是儿子心中的光明。她不想恨他，却又无法原谅他，也无法忘记知道父母离婚那一刻，儿子眼中的绝望。

她甚至记得更早的时候，儿子每一次由期待转化为失望的瞬间。那些场面，她都看在眼里，疼在心上，她跟前夫的争吵，大多有这个原因。她愤怒于自己的无力，悔恨于没有更早发现儿子的孤独和挣扎。在那些关键的时刻，她竟然没有站在儿子身边，没有成为他坚实的后盾。但到了这个时候，后悔已经晚了，她只能想办法治好儿子。这世上，所有人都可以离开儿子，但她不会。是她把儿子带到世界上，让他见识了人间的美好，也见识了人间的不美好。接下来，她要教会儿子，如何接纳他认为的不美好，甚至接纳他认为的残酷，因为这就是世界的真相。她想做个接纳真相并仍然能创造美好、带来美好的人，她希望儿子也能做这种人，不管世界如何变化，都安享自己的一份幸福和坦然。

然而，现实和向往总是有距离，包括她自己。她想要原谅，但每逢看到儿子的痛苦，她的内心就会充满对前夫的责备和愤怒，每一个思绪都像千斤重担，压得她几乎无法呼吸。她无法理解，为什么前夫看不见儿子的需要，为什么他不能在儿子的生命中，扮演一个更积极的角色，多给儿子一点爱。她想对他说，真的爱儿子，就不要仅仅在物质上供给，更要在精神上陪伴和支持。但这些话，她知道他永远不会听见，即使听见了也不会理解和接受。每当这时，她就会感到前所未有的孤独和无助。

她想象着儿子在虚拟世界中寻找慰藉的心情，她知道，那是一个他可以自由挥洒、不受束缚的世界。在那里，他不需要面对现实世界的残酷，也不会感受到同龄人之间的排挤和欺压。但这样的想象反而令她更加痛苦，因为她知道，无论虚拟世界多么美好，终究是在逃避现实，孩子越是习惯逃避，越是依赖于逃避，就越是不可能接纳现实、面对现实，也越是容易在现实中受伤。逃避，不能给予儿子真正的幸福和成长。

在那一刻，她下定决心，无论付出多大的代价，她都要帮助儿子重拾对现实世界的信心，帮助他建立自我价值感，让他重新拥有与人交往的能力。她知道这条路很艰难，但她愿意为了儿子的未来，忍受一切的煎熬和等待。

她开始为儿子寻找专业的心理辅导，鼓励儿子参加更多的社交活动，帮助他建立积极健康的人际关系。她知道，这不是一朝一夕就能看到成果的事，需要经历漫长而曲折的过程，但她相信，只要坚持不懈，总有一天，儿子能勇敢地面对现实，拥抱真正的幸福。

那年秋天，树叶渐黄。她站在宽敞的客厅里，目光穿过窗外，落在远处那片萧索的树林中。她心里日益加深的疼痛，就像林间每一片黄叶的飘落，沉重而无法避免。

"妈，我不想活了。"一个下午，儿子的声音打破了房间的宁静，也刺破了云子那颗已经裂开的心。

云子转过身，看着儿子那双失去光彩的眼睛，心里一阵剧痛。

在他的眼神里，云子看到了绝望，但更多的是无助。那一刻，她仿佛看到了自己的影子，一个曾经也满怀希望却被生活重重打击的灵魂。

"为什么呢？你咋有这想法？"云子尽力让声音听起来轻柔，但痛到极点的心，又如何发出轻盈的声音？云子担心地望了眼儿子，怕儿子听了不舒服。可儿子却像听不到，只是眼神空洞地望着地面，手指像是无意识，也像是宣泄不安似的摆弄着衣角。

"孩子，你告诉妈妈，为啥有这个想法？简单几个字也行。"云子不再压抑情绪，她担忧地问道。

"没意思。"他的声音很小，云子几乎听不到。

云子心里一紧，想要安慰他，却不知道能说啥。但即便这样，她还是找了个话题，想引导孩子，让他看到心里那还未完全熄灭的火苗。她意识到，儿子告诉她这事，是因为他在挣扎。

"咋没意思？以前，你不是爱看书吗？"

"也没意思了。"儿子的声音里充满了疲惫，就像是经历了长时间的奔波，倦怠到极点了。

云子走过去，轻轻地抱住他。那一刻，她多想将他所有的痛苦都吸过来，让他再次露出孩子该有的笑容。但她感到的只有孩子的紧绷，她知道，对自闭症的孩子来说，拥抱已不再是一种安慰，只会加深他的恐惧。只是，云子每次都会忘掉这一点，也可能是潜意识里期待着孩子的变化。于是，她轻轻地松开手，心上的绳子却随之紧了，刀割似的疼。

怎么办？一个又一个想法冒出来，又一个一个被否决。云子的心迷茫又疼痛。

重新让一家三口聚在一起，孩子会不会开心一些？上次为了孩子跟前夫联络，遭到了拒绝，这次他会同意吗？想到有可能见到前夫，云子的心又嗵嗵嗵地跳了。

云子有些气自己，但也无奈地承认，经历了这么多，自己却还是没有放下。

然而，她还是整理心情，拨通了那个让她纠结的电话，把孩子的话告诉了电话那头的男人。前夫听了却只是沉默了一下，然后说："不要紧，我带他去吃他以前最喜欢的料理。"

云子听了，不由得眉头紧锁，对前夫这种不以为意的态度感到不满。

"不，你不应该这样想。那件事可不是小事，知道不？按精神科的诊断，人一想到死时，已很严重了。"她的声音里充满了责备。

前夫深吸一口气，努力让自己平静下来。"我知道，但他只是在向我们求助，不是吗？要是他真的想死，是不会告诉我们的。"

"但你不觉得，要是我们不积极对待，他会越陷越深吗？"她说。

前夫说："我小时候也这样过，可爹一顿皮鞭，就把啥问题也解决了。按爹的说法，这是皮胀了，该用鞭子松松皮了。"

云子看不到前夫的表情，可这话像一把锋利的刀，直刺她的心。她无法回答。她也明白，如果不适当地引导，让孩子自由地滑下去是很可怕的。但她不相信，一顿鞭子真的能对孩子有用，更怕过度的责罚会伤害孩子纯真的心，让他对这个世界彻底失去信任。

云子望向窗外，夜色已深，晚风轻轻吹过，带走了部分沉闷的空气。不远处的儿子，仍像局外人那样茫然，不知道有没有听到她刚才的话，要是他知道妈在跟爸通话，他会想拿过电话，跟爸说几句话吗？也许会，但也可能不会。儿子变了许多，以前，他的眼神总是那么清澈，那么纯真，他的笑声如同夏日午后的微风，轻柔而让人愉悦。但现在，他总是不望人，哪怕抬起头望妈，眼神里也藏着不安和拒绝。云子总感到恐惧，恐惧外界的严苛和不理解，会彻底侵蚀他的纯真，让他变成一个不再相信美好的人。

"我只是不想在他心里种下仇恨的种子。"她终于开口，声音压得很低，"我怕，那样他会失去成长的方向，变得冷漠和疏离。"

电话那头的前夫沉默了。

她知道，这个话题太沉重，沉重到大家都不知道如何是好。但无论如何，她都会站在孩子这边，保护他，牵着他的手，陪着他一起勇敢地走下去，尽可能地给他送去温暖和光亮，哪怕会引起所有人的误解。她相信，无论遇到多么复杂的挑战，无论道路多么崎岖，只要让儿子感觉到被爱，他就有可能走出困境，找到属于自己的光明。后来，她义无反顾地住进前夫家里，和孩子生活在一起，就是因为这份心情。

最终，云子答应了前夫的提议，三人一起去那家餐厅，先试试看。如果不行，再另外想办法。云子想，不管怎么样，前夫没有冷漠地拒绝，就算是尽了一点当爹的责任。心里对他的责备也不由得轻了一些，心舒坦了许多。她发现，埋怨别人只会伤害自己，还会影响孩子，让孩子对世界更恐惧，更没信心。她暗暗地提醒自己，以后不管多愤怒，都要尽可能地控制自己，尤其在孩子面前。

第二天晚上，一家三口终于又坐在一起吃饭了，这是两三年来的第一次。云子以为儿子多少会开心一些，因为他已经很久没见过爸爸了。可孩子并没有太明显的反应。云子不知道儿子是封闭自己，不表现出紧张和兴奋,还是真的没有感觉?儿子连他最爱的料理也没有吃几口,低着头,用刀叉随便拨弄了一会儿,就走到远处的阳台,藏进了黑暗里。儿子很矛盾。人群中的黑暗让他感到安全,一个人时的黑暗又让他感到不安。似乎,他既需要跟人群在一起,又需要跟人群保持安全距离。有时,云子也会觉得茫然,不知道究竟该怎么做才能帮助他,让他觉得最舒服、最自然。但慢慢地,云子就发现了规律——儿子不懂怎么跟人交往,云子在帮他建立人际关系的时候,必须陪在他身边,做好沟通的工作,既向别人解释他的行为,也告诉他别人的意思。熟悉之后,儿子也就慢慢有了勇气,有了游戏世界之外的交往对象,哪怕彼此不交流,只是一起做些简单的事。但这已经是很多年之后的事情了,因为就连云子,真正了解儿子的行为,也要花去很长的工夫。

在那个光线昏暗的房间里,时间仿佛凝固了。餐桌上,光线在各色菜肴上折射出斑斓的色彩,食物的美味也没能改变气氛的沉重。墙上的挂钟嘀嗒嘀嗒地走着,但对于坐在桌边的她来说,世界已经失去了它的节奏,甚至失去了它的存在。她的眼神空洞却又深邃,仿佛能看透厚重的心灵墙壁,触及那些无法言说的痛苦深处。

"你知道吗?"她的声音低沉而沙哑,如同磨损的唱片在夜风中旋转,"是我们,是你,把孩子推入了这无边的黑暗。"她望着远处隐在昏暗光线中的儿子,仿佛能看到,他那双迷茫的眼睛,时不时闪烁着痛苦的光。

儿子走了过来,声音微弱,就像是远处海浪的回声。

"我累了。"他说。

"累了?"云子的声音忽然提高,"你只是累了?不,你是绝望了！是我们，是他，让你感到了绝望！"

餐厅里的空气突然变得凝重，就像即将爆发。前夫一下站了起来，一个茶杯被碰在地上摔碎了。碎片散落一地，宛如云子心中的希望。

"你看看你，你的眼神里已经没有光了！"她几乎是在嘶吼，"你的笑声，你的梦想，都被他给毁了！"

两年多来，这是云子第一次在儿子面前失控。

儿子低下头，那碎裂的茶杯，仿佛也成了他心灵的写照。他的肩膀轻轻地颤抖，每一次的抖动，都像在对抗无形的重压。

云子期待着儿子能说话，说出他心里压抑了那么久的话，哪怕是宣泄，甚至是怨她，怨他爸，也不要紧，只要他能说出来。可没有。儿子只说了一句："我走了。"就转身跑出餐厅，冲进了外面的黑夜里。

云子的眼泪一下子涌了出来。她狠狠望前夫一眼，追了上去。

回家后，儿子又进了自己的房间，这一次，他锁上了门。云子长长地叹口气，思绪如同雨后山林中缭绕的薄雾，不断在现实与回忆之间游走。她的内心是复杂的，就像一个丢失了指针的罗盘。只是，她在寻找方向的同时，也在试图找回那些已经消逝的时间。

"儿子……"她低声呢喃，仿佛对面的空气能回应她的呼唤。她的声音是如此柔弱，却又充满了力量，就像一朵在风暴中仍旧顽强盛开的花。

那个曾经在她的庇护下无忧无虑成长的孩子，现在却被生活的暗流所吞噬。他那颗纯真的心，原本应该是接力棒，将善良和真实传递给下一代。但是，他们——作为父母的他们，却成了他生命故事中最真实的掘墓人。

"我如何才能救你,我的孩子?"她的双手紧握,那是一种母性的本能,她想要护住孩子的一切,"我们给了你生命,却也给了你一个让你受伤的世界,让你承受无情的风暴,甚至让你坠入看不见的深渊。"

她闭上眼睛,那些过去的日子,像旧电影一样在她的脑海中闪回。每一个笑容,每一次拥抱,都像锋利的刀片一样,割裂着她的心。

"你以为你上岸了,你以为你安全了。"她在对脑海中的前夫说话,声音中有一种苦涩的讽刺,"但你不明白,当你站在岸上时,你的孩子还在水中挣扎。你的安全建立在他的痛苦之上。"

她站起身。她知道,这个世界充满了因果循环,而她,也许在不知不觉中,已经种下了一颗种子。她害怕,害怕那颗种子会生根发芽,长成一棵挡在儿子面前的巨大的树。

"你只爱你自己?"她既是在质问脑海中的前夫,也是在自嘲。她在这种矛盾的情绪中笑了。

她的念头像溪水一样流淌,她的内心战斗仍在继续。她知道,她必须面对自己的恐惧,才能找到救赎孩子的方式。因为在这场无形的战斗中,她是唯一的士兵,也是唯一的救援。

"我会找到方法的。"她坚定地说,她的声音在空旷的房间里回响,仿佛在呼唤着希望的降临,"无论要跨越多少山丘,无论要穿越多少暗流,我都会找到方法。"

她的心跳随着决心的加强而变得有力,每一个跳动都是对过去错误的反省,对未来态度的誓言。在她的脑海中,回忆变成了狂风巨浪,每一个场景都是对抗的战场,她在其中寻找着儿子的救赎。

"你只爱你自己。"她的眼中闪烁着泪光,"爱,真正的爱,难道不是无条件的吗?难道不是像海洋一样深广,像空气一样强大,即使在风暴中也能给予庇护吗?"

她想象儿子站在风雨交加的海边,孤独而迷茫。她的心如同被重锤击打,那种痛苦让她几乎无法呼吸。但她知道,自己不能在悲伤中沉沦,因为她的儿子需要她,需要她的力量和勇气。

"我会撑起一片天空给你。"她喃喃自语,"即使我自己被暴风雨吞噬,我也要保护你。"

她的内心充满了纠结和痛苦,她知道这个世界的残酷和不公,她知道儿子的每一次挣扎,都是对生活不易的证明。但她也知道,她的爱如果能纯粹而强大,或许会成为儿子抵御风暴的盾。

那个夜晚,她没有睡去。她在书桌前坐下,关了电灯,点燃了一支蜡烛。那微弱的光芒渗入她的笔,在她的笔下跳跃,就像她内心的火焰。她开始写信给儿子,每一个字都是她心中的呼唤,每一行句子都是她灵魂的流露。

"爱,是没有条件的。"她在信中写道,"我可能犯过错,可能在你需要的时候没有给予足够的支持,但请你相信,我对你的爱从未改变,以后也将一直这样。我将一直陪着你找回自己,我相信,你总有一天会恢复笑容,我会一直等着你。"

这是她作为母亲的承诺,也是她对儿子的祝福。她相信,这封信可能无法立刻改变什么,但时间和真诚的爱,终将抚平所有的伤口,治愈所有的创痛。

夜越来越深,蜡烛也渐渐燃到了尽头。但女人的目光仍然在文字间游走，正如她的心在黑暗中寻找光明。她知道，她必须先在自己心中点燃希望的火光，才能照亮儿子的路。在那个寂静的夜里，她的爱，正悄然变得更加坚忍和纯净。

写完最后一个符号时，女人深吸了一口气，然后如释重负般地将心中的沉重呼出。她站起身来，轻轻将信从儿子的门下塞进屋里。她知道，虽然儿子不一定会回复，但儿子会看的。她也知道，这封信不是终点，而是新旅程的起点。她的心在沉默中渐渐明晰，每一点思绪都像星辰，指引她走向更加深邃的夜空。

她走到窗前，推开窗户，夜风带来土地的芬芳和远方无声的消息。她的视线穿越漆黑的天际，试图触及那遥远的光点，那里，有她独自仰望的星空。

"你看，星星依旧明亮。"她低语，好像儿子就在她身边，能听到她的心声。

她回到房间，坐在那张摇椅上，闭上眼睛，让自己的心与周遭的一切融为一体。她感受到大地的脉动，听到了远方的呼唤，所有念头都沉寂了，化为空气的一部分，沉重的心也渐渐变得宁静和轻盈。在这份宁静中，她找到了内心的力量，那是一种超越"母亲"这个角色的力量，是一种作为生命个体的觉醒，是一种内心逐渐饱满的救赎的力量——既是救赎她自己的力量，也是让她有足够的心力去救赎儿子的力量。她闭着眼睛，在宁静中积蓄着自己需要的一切。

"你将会过得很好。"她在心中默默地说，而这次，不仅是为儿子祈愿，更是在坚定自己的信念。

她知道，前方的路还很长，儿子还需要面对许多挑战，她也需要继续学习如何真正地放手。但此刻，她感到了前所未有的宁静。

她相信爱的力量,相信那份力量能穿越时间和空间,穿越疾病和身体的阻隔,抵达儿子的心田。

8

在那个满载沉重过往的房子里,时钟的嘀嗒声不仅计量着时间,也仿佛在倒数着某种不可避免的真相最终的揭露。

"你怎么跟他相处的?"她的声音低沉,带着一丝颤抖,就像是风中残破的树叶,努力挣扎着不被卷走。

面对她的,是幻想中的前夫,他的面容刻着岁月的痕迹,眼中藏着逃避的阴影。

"他是我的儿子,我们的相处……就像普通父子。"

"普通父子?"云子的嘲讽如同冬日的冰霜,冷冽而锋利,"你见过哪个普通父亲会两三年不见儿子,甚至一次都不联络?你见过哪个普通父亲可以轻轻松松地离开,连一点安慰都不给儿子?你见过哪个普通父亲明知儿子很痛苦,却只是陪着吃上一顿饭,就不闻不问?……你冷酷得不像父亲,像个陌生人。"

在云子的幻想中,前夫的眼神躲闪,他知道自己的罪责,知道孩子的自我封闭是对他无言的控诉。但他的自尊和倔强让他不愿承认。

"你不懂。"他终于开口,声音里带着一丝无力的辩解,"生活不是你想象的那样简单。"

云子笑了,笑声里有着无尽的悲哀和讽刺。"我也知道生活不简单,但我没有丢失我的良心。我还知道,孩子是我们带来这个世界的,我还懂得去爱。我还知道,孩子病了,他不知道该怎么活在这个世界上,他很需要我们的支持、帮助和关爱。我会无条件地爱他,陪伴他,支持他,带他走出所有的阴霾,让他重新快乐起来,哪怕没有你的参与,我也会坚定地走下去。"

汹涌澎湃的意识波,让客厅里充满了紧张的气氛,两个灵魂在云子的脑海中激烈对抗。云子的心痛和愤怒与男人的逃避和自私交织,形成了一个无法轻易解开的结。意念中的宣泄,将寄托于记忆和理解的痛苦加深。

她继续对幻想出来的前夫说话,声音里带着一种痛楚,那是一种遭到背叛后的伤痛,"你把他变成了什么?"

脑海中的前夫无法回答,他无力的辩解,比任何言语都更加刺耳:"我……我没有……"

"没有什么?"云子打断了他,"你没有尽到一个父亲的责任,你没有保护他,没有爱他!"

在这场紧绷到极致的幻想对峙中,真相逐渐浮出水面。女人的心在这个夜晚被无尽的反思所唤醒,她的母爱如同被压抑的火山终于爆发。

"既然你不管他,我会带他回西部,让他跟我和他外婆生活在一起。"她坚定地说,"我会让他知道,这个世界上还有人是真正爱他的。"

在她坚定的话语中,老房子的墙壁仿佛颤抖起来。在这一刻,历史的重量似乎也变得轻盈。因为女人对爱给予了重新定义。而她的爱,不仅仅是血缘的连接,更是灵魂深处对生命的守护和承诺。这份爱像西部的大地一样厚重,也像西部的风,不会给孩子任何压力。

不过,上面的对峙只发生在她的想象中,她并没有找过前夫。在这场不欢而散的婚姻里,她一直保持着坚强和自尊,独自吞下了无数的痛苦和孤独,步履艰辛却也无比坚定地,背负着她的孩子,努力走向更明亮的未来。

但她仍然痛苦着——不是为自己感到委屈,而是为儿子感到心痛,心痛儿子不能像别的孩子那样,拥有如山的父爱。人们都说,父爱如山,可儿子的背后却只有冷飕飕的风。她想用瘦弱的身子为儿子挡住寒风,就只能把自己冻伤。于是,这样的对峙就时不时发生在她的世界里。

审判一阵,她转过身,向儿子的房间走去。每一步都如同走在薄冰上,心中充满了不确定性,但更多的是决心。她知道,她即将面对的,是一场对心灵的救赎,也是对过去的一种告别。

门是关着的,像是儿子自闭世界的具象化,门的那边,藏着儿子的秘密和痛苦。她轻轻地转动把手,发现门并没有锁上。也许,儿子是看了她的信,放下了重逢带来的失落,愿意接受妈的爱了。这个打开的锁,就像儿子打开了一条缝的心门,让云子看到了一线光。

云子轻手轻脚地推开门,走进儿子的房间,也像悄悄走进儿子的心灵世界。月光透过窗户洒在儿子的床上,儿子仍在睡梦中,背对着云子。夜有点凉,孩子把被子拉得很高,严严实实地盖住了自己。被子勾勒出的身体那样单薄,丝毫不像一个正在发育期的健康的孩子。云子的心很痛,也很自责,她觉得自己不懂怎么去爱,没把孩子照顾好,让孩子身心都这么受苦。

云子想起附近的篮球场上，那些跟儿子差不多大的孩子，他们总是穿着汗衫，在球场上飞奔着，快意地笑着，一身的汗，无穷的活力。云子每次都很羡慕，她多么希望儿子也是他们中的一员。云子总是想，要是儿子没得自闭症，现在是不是就能加入他们，有个阳光灿烂的人生呢？云子甚至把其中一个高大健硕的孩子，换上了儿子的脸，这样的想象，让云子得到了一点慰藉，但也让她感到更加痛苦。因为，不能满足的期待，另一面就是失落。云子有点明白陷在虚拟世界里的儿子了。然而，她可以从想象的世界里出来，苦涩一笑，将失落放下，儿子却不行。云子也想，是不是因为自己过去太宠爱儿子，让儿子太过依赖大人，他才会那么排斥现实中的不如意呢？又或许，像人们说的，是基因的问题？想起自己给了儿子这样的基因，云子的心里又是一阵愧疚。

自从知道儿子得了自闭症，云子就陷入了这样的循环。她只能不断地反思，不断地寻找希望，她知道，她如果也陷进痛苦的深渊、陷入绝望的黑夜，儿子就会更加痛苦，更得不到救赎。

空气中弥漫着少年的汗味，还有些许墨香的味道。儿子小时候爱看书，云子买了许多绘本和漫画书给他。后来，他开始看《哈利·波特》那类小说，云子也给他买了许多。再后来，他迷上了游戏，在虚拟世界里越陷越深，云子怎么拽，都没办法把他彻底拽出来。云子就想进去看一看，看看他关住的心门背后，到底隐藏了多少恐惧和痛苦。

她轻轻地翻着儿子桌面上的书，浏览了一本又一本，却只能看到一个个恢宏的魔幻世界，她想象不到儿子代入书中的灵魂。也许，儿子将心隐在了绚烂的情节背后，就像隐藏在喧嚣的游戏世界里一样。在浮躁的生活中忽视灵魂，成了儿子的保护色。儿子并不知道，正是他依赖的保护色，让他远离了生命本有的救赎。就像一个人身上着了火，却刻意不看水源的所在。云子很心痛。她忍不住坐下，轻轻抚摸儿子柔软的头发。

也许是感觉到身边有人，儿子醒来了，他扭过头，看到妈，就坐了起来，被子从身上滑落，露出他骨瘦如柴的上半身，那双曾经充满好奇和活力的眼睛，仍写满茫然和疏离。

云子的声音轻柔而坚定，每一个字都充满了爱与疼惜："我想带你回家。"

儿子的眼神仍旧木木的，没有回应妈的话。

云子充满怜爱地抚摸他的头发，希望在他眼中看到变化，哪怕只是一闪而过的快乐，云子也会抓住它，让它在儿子心里慢慢地放大。但没有，孩子的眼神里还是只有迷茫和疏离。

"家，是我们心灵的栖息地。无论在哪里，只要我们在一起，哪里就是家。"

她的心随着记忆中摇椅的节奏摇曳，她很想问问儿子，有没有看到她的信，但她没有问。她相信儿子看了。她伸出双臂，轻轻将儿子拥在怀里，感受着儿子身上传来的温暖，一个生命的温暖。一个活着的生命，哪怕是封闭的、弱小的、不快乐的，也仍然在散发着温暖。因为，他在唤起别人心里的爱，别人在对他的爱和救赎中，一天天打碎着自己，一天天变得更加纯粹，更加无求，也更加伟大，哪怕他们只是一些很平凡的人，比如云子。

爱的反思，就像云子灵魂的食粮。她的整个生命都在救赎儿子，她的心就时常在自我与存在的交界处徘徊，搜索着那些渺小却坚定的光。正如此刻，她像雕塑一样宁静地坐着，只有手部微微的移动，显示着她内心的涟漪。外界的寂静就像温柔的海浪，抚慰着她的心。她想象着儿子读到上封信时的样子，希望他能感受到她的爱，就像她此刻能感受到夜空的宁静和广袤。

在这个小小的世界里，她是掌舵人，是导师，是母亲，也是朋友。而在更大的世界里，她是个体，是生命的传承者，也是生命的给予者。她的爱，无论经历了多少岁月的风雨，始终如一。而她爱的方式，也随着不断的反思在一天天成长着，于是，她就越来越像"妈"。

"我曾经以为我知道怎样爱你。"她的心对儿子无声地倾诉着，"但现在我才明白，真正的爱，意味着勇于面对自己的不足，意味着学会倾听，即使是倾听那些不愿面对的真相。"

儿子微微动了一下，云子的眼睛一下有了光——儿子是不是感应到她的心声了？人们不总是说，母子之间有心灵感应吗？她松开手臂，仔细看着儿子的双眼，儿子的眼神却没有明显的变化，还是黯淡，还是不愿跟她对视，甚至不愿在她怀里待得太久。也许刚才那微微的动作，只是因为孩子不再适应这样的亲昵，又不忍心伤害妈。云子心里有些痛，但很快就放下了，她告诉自己，要用更大的爱，去接纳孩子一切的变化。但儿子过去的笑脸仍在她的脑海中跳跃，那些天真无邪的日子如此清晰，她仿佛还能听到他的欢声笑语。她的心一次次期待，一次次失落，一次次疼痛，就像一个极力想要正常走路的人，却偏偏来到了一片乱石滩。每走一步都会跌倒，膝盖总会摔得鲜血淋漓，但她还是会爬起来，背着孩子继续往前走。因为她爱孩子，不管她的心多痛，不管这种疼痛会持续多久，她都不会抛弃孩子。她对自己说，不要再去埋怨自己，也不要再去埋怨前夫了，接受孩子现在的样子，接受孩子在受苦这个事实，哪怕看不到希望，也要一直往前走，唯有这样，才可能走出命运的风暴，为孩子撑起一片天，让孩子能再一次欢笑。她把这份对爱的坚持当成了一种修行，她在这种修行中强大着自己。每一次的失落和放下，每一次陷入妄想后的宁静，都在磨炼着她的心。

"爱不该是负担，更不该是锁链。"她在心中继续说道，"爱应该是一种释放，一种力量，让你自由飞翔，即使飞向未知。"

她轻轻留下一张纸条，上面写着："无论何时，我都在这里。"话语虽简单，却蕴含了无尽的含意——她的支持，她的理解，她的不离不弃。她相信，自己的心意，会变成儿子心头的力量，量变引起质变之后，儿子一定会勇敢地站起来，勇敢地拥抱当下的自己，勇敢地创造更好的自己。

她在网上看过一首自闭症孩子写的诗——为了救孩子，她学会了用电脑，学会了上网，甚至能熟练上网查询信息，也能熟练观看视频，浏览双语的病情资料了——虽然很朴实，但很感人，也能看出自闭症孩子的内心。他们中的一些人，在正常人眼里也许是怪异的，甚至有些精神残疾、智力障碍，但他们也有自己的感受，只是他们的感受跟很多人不一样。但哪怕都是正常人，对同一件事，不也有不同的想法、不同的反应吗？自闭症孩子就算不敢看人、说不出话、突然尖叫乱动，也是真实的他，不是吗？所以，云子现在可以理解很多人，不再因为别人跟自己不一样，就不理解别人，甚至看不上别人。她知道，自己的成见和偏见少了，对很多人很多事都能理解，也能包容了，这就是命运的坎坷赐给她的礼物。

她把那首诗也抄在了纸条上，塞进门缝给孩子看，这已成了她和孩子最独特的交流方式。既隐秘，又好像很有趣，有点像小时候陪孩子捉迷藏——如果换一个角度想，把帮助孩子找回自己，当成一场灵魂的捉迷藏游戏，自己和孩子是不是会少一些痛苦呢？

那首诗是这样的：

> 我格格不入，落落寡合，
> 不知你是否也如此寂寞。
> 我听到声音在空中诉说，
> 而你没有，
> 上天为何这样厚此薄彼。
> 我也不想闷闷不乐，
> 只因我格格不入，落落寡合，
> 我假装你也如此寂寞。
> 我仿佛天外来客，在太空漂泊，
> 繁星触手可及，我却身无着落。
> 我为别人的眼色而惶恐，
> 人笑而我哭，使我畏缩忐忑。
> 我格格不入，落落寡合。
> 我现在懂了，你也会如此寂寞。
> 我说我感觉自己是孤岛上的流浪者，
> 梦想着有一天，岛外的世界不再苛刻。
> 我也在试图与他人押韵合辙。
> 或有一天，与常理再不相克。
> 我格格不入，落落寡合。

看到这首诗的时候,云子的脑海中出现了一个小男孩,他跟儿子一模一样,只是再小一点。他就像网上那些照片中的自闭症孩子一样,蹲在地上,不断地动来动去,几乎一刻都停不下来,但他还是写出了这首温馨的小诗。有点哀伤,有点软弱,但很美好,不是吗?这世上总有不同的存在,自闭症的孩子就是其中的一种。他的内心世界,跟儿子的内心世界,是不是也一样呢?

但她很想告诉那个孩子,不需要跟常理不相克,也不需要害怕落落寡合,只要做最好的自己,让自己善良有爱,不迷惑,没有烦恼,就够了。不需要考虑合不合群,也不需要刻意地合群,只要活好那个独一无二的自己,就有自己存在的价值。

她还听说,有个自闭症孩子喜欢听轻摇滚,有个中国摇滚歌手的音乐,他每首都能听上几十遍,从不厌倦。云子能理解那个孩子,那个孩子看起来很古怪,好像他能做的事,就只有专心致志地组装塑料花,但他也有一个想要成长的精神世界,他也有自己对精神的追求和追问。他既和所有人不同,又跟大家都一样。但很多人只能看到他的不同,也往往会因为他的不同,将他隔绝到自己之外。很多孤独症患者都是这样,他们虽然得到了一些帮助,但他们很少能获得跟其他人相同的机会,他们中的大部分人始终处在社会边缘,依靠一些爱心人士的援助,或是亲人的努力活着。他们的尊严几乎只存在于他们的小群体中,能在主流群体中得到尊重,也能自信从容地与主流人群相处的孤独症患者不在多数。原因也许就是对自己的不同感到自卑,甚至羞耻,没办法接纳社会的异样眼光。

云子很想告诉他们,社会的眼光其实是他们内心的反射,当他们活成最好的自己，自信从容地站在人们面前，人们就会给予他们足够的尊重和认可。云子看过一个孤独症患者的演讲，她的动作没有别人那么自然，显得有些怪，但她获得的掌声与喝彩不比别人少，因为她活出了一份对自己的认可和自信，她告诉了世界，孤独症患者也是值得尊重的，他们的世界只是不同，并不需要羞耻。当他们不再追求社会的接纳，反而想给予社会的时候，他们自然就是值得社会尊重的人。

云子虽然做了很多年家庭主妇，却从来没有丢失过自信和尊严，就是因为她没有依附的心，总想让家庭更好。虽然因为各种原因，这份付出没有换来她期待的结果，但她仍然是一个有尊严的人。她的自信和尊严并没有被打碎。反而因为肩上的责任，她变得更加独立，更加清醒，也更加自信了。

她还发现，因为想要救赎孩子，她渐渐地拥有了一个新的世界。这个世界里充满了叫她心软的人。因为，这些人都让她想起了儿子。如果用儿子的痛苦，去理解世上所有痛苦者的痛苦，用自己的无助，去理解世上所有无助者的无助，心就会越来越软。前提是，她不能被负面情绪裹挟。比如，她每次想起前夫，想起前夫对儿子的冷漠，想起前夫竟然到这个时候还不闻不问，就会觉得非常愤怒，就会在幻想中审判他，斥责他，这给了她糟糕的心情，但她控制不了。她发现，人心真是奇怪的东西，没有一颗平等心的时候，总会因为情绪的裹挟，不知不觉地失去自我。幸好，她的身边有一个需要她关爱的儿子，儿子就像她的警枕，时刻提醒着她，不要陷入愤怒和埋怨，要让自己的心明亮一些，纯粹一些，无我一些，这样才可能救赎儿子。于是，云子在无数场灵魂战役中战胜了自己。虽然步履蹒跚，但总算朝着期待的方向前进着。

9

云子回到自己的世界，坐在那个充满回忆的摇椅上，任由清冷的夜风拂过她的脸颊，她的思绪再次飞扬。她知道，明天太阳又会升起，地球会继续旋转，而她和儿子都会在各自的轨迹上前行。但儿子的轨迹上，定然有她坚定的步履。她将如承诺中所说，一直陪着儿子，亲眼看着儿子的世界里重新充满阳光，儿子像向日葵一样灿烂地绽放。

"生命是一场旅行。"她轻声对心里的儿子说，"我希望你的旅途充满爱，虽然有时它看起来不完美，但它是真实的，是我们自己的。"

她的眼中闪烁着决心的光芒，随着夜色的深沉，她的内心逐渐恢复平静。她的爱，经历了风暴的考验，变得更加强大，也更加纯粹。

在深夜的宁静中，她的灵魂如同流淌的溪水，穿越时间的沙漠，滋养着生命中那些干涸的角落。她重新审视自己的过去，每一个选择，每一次抱怨，每一个不耐烦的瞬间，她都一一反思。她的心变得柔软，愿意接纳那些曾经的不完美。

"这世界充满了复杂的色彩。"她对着夜空低语，"我希望你看到的不仅仅是黑暗和挑战，还有爱与希望的光芒。"突然，她看到最小的那粒星辰忽闪了一下，她把它当作儿子对她的回应，不由得微笑了。儿子已成了她的空气，占据了她所有的思想和生命，即便在反思自己的时候,她也是在想,究竟自己该怎么做,自己该是一个怎样的母亲,才能治好儿子,让儿子拥有一个他可以选择的未来,一个他可以选择的梦想?

云子明白,躲在游戏世界里的儿子,并不是对人生没有期待,他只是太无奈。他就像风雨中一片弱小的、没有力量的叶子。云子多想把力量给他,让他能在风雨中找到自己的方向,不再随风飘荡,不再随波逐流,哪怕有再多的变化,他不可能控制,他也能主导人生的航向,看到一个活着的生命的无穷可能。

不要躲在一个与现实失去关联的世界里,一天又一天地消耗生命,消解自己作为一个年轻灵魂的无限的生命活力。用尽全力去奔跑吧,我的孩子。你会发现,不管路上有多少尖利的石头,哪怕会让你鲜血直流,你还是会感受到奔跑的快乐,感受到与风同行的快乐。

孩子,不要白白来到这世上,忍受完痛楚便离开。接受命运,挑战自己,不管能飞多高,都勇敢地飞翔,如何?你要相信,不管你飞到什么方向,妈都会陪着你飞。妈希望,你做一只翱翔在天空中的鹰,不要浪费了妈给你的生命,不要躲在阴影里,如何?

你还记得雪师吗?他的《大漠祭》中说过,鹰被兔子蹬了之后,往往会失去捕猎的勇气,但鹰不再是鹰了吗?不是的,它还是有它尖利的喙和爪,它只是迷失了自己作为鹰的灵魂。孩子,你的人生虽然还没有开始,你也还没有经历过奋斗、挫折、收获和失去,但你跟那只鹰一样,也被现实这只兔子给蹬怕了。你为啥不勇敢一点,接受那种疼痛,仍然站起来?为啥要放弃经历这一切的权利呢?

人生是什么,你知道吗?我的孩子。它是一场巨大的盛典。你只管尽情地奔跑吧，不管遇到什么，它都是你的剧情，只要你的灵魂有足够的容量，只要你的心足够地博大，像宇宙一样宽广，你就会成为星辰。

孩子，我们在失落无助、迷失方向的时候，总是仰望夜空，看着天空中高悬的星星和月亮。这世上，黑夜虽时时降临，但没有人可以熄灭满天的星光。你为什么不能做一颗给迷路的人一点温暖、一点希望、一点慰藉的星星呢？你的身上也许有无数的坑洼，你也许并不完美，但你仍然有你的光明和力量。孩子，妈就是因为你的存在，因为你在疾病中的柔弱，变得越来越像一个妈，变得越来越强大、越来越独立的。所以，谢谢你，我的孩子。妈在照顾你，但你也在成全着妈，你让妈有了成长和强大的理由。

因为你的存在，妈有了一个更加广阔的世界，看到了好多我们生活之外的人，看到了遥远的别的城市中，很多心中与我们有着同样痛苦的人。妈妈的心，因为他们的存在和努力，因为他们的从未放弃，也有了巨大的力量。

孩子，你呢？你愿意跟妈一起成长吗？我们都勇敢一点，过一段无悔的人生，如何？哪怕跌得鼻青脸肿，哪怕步履仍然艰难缓慢，也一直向前奔跑，如何？

恍惚间，云子看到夜空中的儿子笑了，那是成长后的儿子的笑容，温暖、清澈、没有痛苦和恐惧，云子相信，那就是儿子若干年后的样子。

在无尽的夜色中，在冷冷的夜风中，云子觉得自己很温暖，因为她想象着儿子的未来；想象着他如何勇敢地走出家门，面对世界的广阔和复杂；想象着他如何在阳光下迈开自信的步伐，失败后也能坚定地重新站起来……这些画面，虽然还未发生，在云子的心中却已栩栩如生，给云子带来了巨大的幸福。

多么美丽的夜晚啊……

云子站起身，走到写字台前，取出一张新纸，开始书写对儿子的愿望。每一笔每一画都是她心中的祈祷，她希望这些文字能穿越时间，到达儿子最需要勇气的那一刻。

"愿你在生命的路上，能遇见真正的自己。"她写道，"愿你的心灵足够宽广，勇敢地拥抱这个不完美的世界。"

她将这封信折好，放到一个精致的信封里，然后轻轻塞进儿子的门缝。这是她给儿子的礼物，是一个母亲的祝福。

云子再次走到窗前，仰望星空。夜已深，但星光依旧闪烁。她想，即使在最黑暗的夜里，星星也从未放弃发光，人为什么不能这样活呢？为什么不能只把当下活好，要用期待和追忆去伤害自己呢？星星能在最黑暗的夜里发光，就是因为它们不怕夜的黑，也不怕孤独，它们可以在宇宙中孤独地活上数千万亿年，也仍然会这样恬淡地发着光，仿佛并没有经历过多少岁月、多少风霜。它们甚至不去想宇宙大爆炸，也不去想忽然袭来的陨石和那些被撞碎的邻居，只管这样静静地存在着，享受着孤独背后的浩瀚和自由。它们总是给人希望，总能指引人方向，不就是因为这种精神和力量吗？再说，如果没有夜的黑，人又怎么会看到星星，怎么会被星星感动呢？白天里，人们甚至连月亮都看不到，更不会感受到月光的皎洁和温柔。

这么一想，云子就有了无限的勇气和信心。

"生命如此脆弱，而爱如此强大。"她在心中感慨，"儿子，我愿意成为你的星光，指引你前行。"

夜的尽头，女人终于躺下，心中一片平和。她告诉自己，即使儿子看不见，也感受不到，她的爱仍旧存在，它将静静地在夜的深处，像星星那样闪烁着温暖的光。终有一天，儿子会在这点光的指引下，走出疾病的黑夜，走出灵魂深藏的恐惧，走出不安，找回属于自己的一份幸福和安心，找回对于未来的选择和希望。

怀着这个念想，云子沉沉地睡去，她的梦里也有一个繁星璀璨的夜，她和儿子坐在星空下，默默地彼此相望。儿子没有说话，她也没有说话，她只是静静地陪着儿子，可这陪伴本身，便能给她带来浓浓的幸福。

10

清晨在云子还在梦乡的时候降临，带来了新的一天。

星星醒得很早，他从床上坐起，望了望周围，似乎记得昨晚妈妈来过。他摸了摸妈妈坐过的地方，那点温暖，已经被夜的凉意和时间带走了。但他的记忆留住了它。他很想打开门，去妈的房间看看妈，可那一步就是迈不出。他的心中有两种力量，一种很想改变，一种又觉得害怕。就像他非常依赖妈，喜欢妈待在身边时的安定，却又抗拒妈妈的拥抱和抚摸一样。妈每次抚摸他的头发，他都会觉得痛苦，身体不由得变得僵硬。但他怕妈妈会伤心，于是就极力地忍耐着，尽可能地让自己放松。他不知道妈有没有发现这个秘密。但他想，就算发现了，妈也会理解的，不会觉得自己不想跟她在一起。

"疾病就像暗夜一样降临。"

这句话是谁说的,他已经不记得了,也许是游戏中的某个人物吧,也可能是他的某个队友。虽然游戏世界里很少谈生活、谈人生,但游戏世界里的也是人啊,那些虚拟图像的背后,都是一个个像他那样孤独的灵魂。最初,他们都在逃避某种东西,可慢慢地,游戏就成了他们的生活方式。他们在工作之外的所有社交,几乎都在游戏世界里。人总是在寻找一个灵魂的树洞,填补自己的某种缺失。游戏世界其实也是他的树洞。只是,他需要的不是倾诉,他甚至已经有很久不写日记了。他需要的是一种他可望而不可即的生活,灵魂能自由飞翔,也不怕被伤害的生活。他当然知道,要是这颗心只能在游戏世界里自由,那就不是真的自由。因为,他总要从游戏世界里走出来的。但有时,他确实理解那些因为游戏出问题就自杀的人,他们的整个人生、所有尊严,都寄托在游戏里了。游戏世界一旦消失,他们的世界就崩塌了,他们也许没办法面对那种幻灭感吧。

他也会这样吗?

这个疑问突然从他的脑海中跳出时,他点击鼠标的手指就会突然停下。

他的人生,会不会好起来呢?

妈妈说会的。还是信妈吧。他对自己说。

于是,他就会努力地走出对游戏的专注,试着去做点别的什么,比如看看书,比如看看远方的大自然。时间就这样一天天过去了。

要是能好起来,他希望能为像他一样的人做点什么。

妈妈是不是也这样想呢?

云子有时会跟他讲一些故事,比如别的自闭症患者的故事。在那些故事里，他看到了一个可以理解又有些遥远的世界。他觉得故事里的人很亲近，但他知道，他们就算在一起待着，也会像一群很奇怪的人那样，逃避彼此的眼神，内心充满焦虑和不安，他更喜欢跟妈妈一起待着。

妈妈就像他的世界里的星星，虽然疾病的夜很黑、很深，但星星总是陪伴着他。哪怕妈去上班了，不在他的身边，他恐惧不安时，他只要拿出妈妈的字条，心里就会觉得好一些。妈说过，虽然自闭症不好治，但国外也有很多治好了，或者好了很多的例子。有些人就是因为找到了自己适合的专注方式——只要找到那种方式，自闭症患者的专注是很多正常人不一定能达到的——不但找到了生活的乐趣，还一步步战胜了自闭症带来的很多障碍，实现了自己的成就。他们的秘诀，就是坚持不懈，永不放弃。他记住了这句话。

有些瞬间，他甚至会忘掉自己是个自闭症患者，比如非常宁静的时候。打游戏的时候不行，那时他就算非常专注，心也静不下来，常常是一片喧嚣。妈妈说是因为他专注于欲望，欲望不可能让人宁静——这句话是雪师说的——他觉得很在理，因为，当他望着星空，望得出神，把自己和世界都忘掉时，他就会觉得身心愉悦。就连折磨他的神经也感觉不到了，身体消失了。但这种状态不是他能自主的，又很容易消失。他也很想找到一个方法，让他能尽量在这种状态里久一些。

上次，妈妈说到雪师的书，还说到雪师写鹰，那个细节也留在了他的脑海里。他有时会想，雪师是个什么样的人呢？他有点想叫妈买几本雪师的书给他看，但话到嘴边，就被某种东西给掠去了。

得了自闭症之后，脑子总是跟他作对，他觉得真是奇怪。

11

这个世界如同一本永不完结的书,每个人都在书写自己的故事,每个故事都蕴含着无限的可能。云子的故事,星星的故事,还有无数人的故事,都在时间的长河中交织,汇聚成生命的大河,向未知的大海流去。

星星得病的第三年,云子做了个决定:带着儿子回到老家武威,那个位于中国西部,拥有沙漠和雪山的地方。那是一块充满原始之美的土地,也是她心灵的栖息地。

虽然大城市里医院更多,专家也更多,但没见儿子有太显著的好转。有些专家还说了好些打击她的话。云子当然失望,也当然锥心地疼,她就想,既然大城市治不好儿子,就去辽阔的西部吧。每次踏入家乡的土地,她就会放下好多东西,心就会非常平静。她的母亲——儿子的外婆说,是沙漠的辽阔给了她思考的空间,雪山的巍峨让她的心灵得到了净化。她也相信是这样。于是,她就想,母子连心,儿子肯定也这样。她希望老家的自然能治愈儿子的心灵,希望老家的纯净能让儿子找回自我。

星星第一次看到如此壮观的景象时,虽然没有言语,但眼中闪过了一丝光芒。那一刻,她的心中充满了希望,也许,这里真能给他们带来奇迹。

她开始带着儿子探索这片土地,每一天,他们都会去沙漠散步,或是仰望雪山。在沙漠和雪山之间,他们找到了属于他们的感动和自在，也找到了前进的勇气。虽然儿子依旧沉默，但她能感觉到他心中的变化——他对世界的好奇正被慢慢唤醒。

在这里，她又找到了一种与儿子沟通的方式——她给他讲述沙漠和雪山的故事，告诉他，这里的风是如何吹过千年的沙石，这里的雪是如何覆盖山巅。那些西部独有的故事，就像那些古老的沙石和雄伟的雪山，历经风雨洗礼，却依然坚韧不拔，散发着生命的光芒。云子对儿子说，人也要这样。虽然儿子不回应，但她知道他在听，她的故事正在慢慢温暖他的心。

她还发现，儿子对自然界的细微之处特别敏感，一朵开在沙漠边缘的小花，一只在雪山脚下游荡的野兽，都能引起他的注意。于是，她开始用自然元素来教育儿子，希望他能通过了解自然，感受到生命的美好和世界的精彩。

每天清晨，当第一缕阳光穿透窗帘，洒进简陋却温馨的小屋时，云子便会轻轻地唤醒儿子。简单洗漱，吃过早餐后，两人便走进大自然的怀抱。云子不但告诉儿子如何感受沙漠的辽阔、雪山的壮丽，还告诉儿子如何品味河流的潺潺、草原的翠绿。她对儿子说，这些都是大自然的奇迹，它们都在无声地诉说着生命的意义，讲述着坚韧与希望的故事。

日子一天天过去，星星开始有了一些小小的变化——他对外界越来越感兴趣，眼里时常闪烁着好奇和探索的光芒。有一次，他在沙漠里捡了一块形状奇特的石头，拿给妈妈看；还有一次，他指着天空中飞过的鸟儿，说"小小的一个点"，又指着地上爬行的小虫，说"软软的"。那些时刻，云子的眼泪几乎夺眶而出——三年来，这是儿子第一次与她分享和交流，虽然只是一块普通的石头，几个怪怪的词，对她来说，却已重若千斤，就像绵绵春雨，滋润着她干涸已久的心田，让希望的小树苗成长茁壮。再后来，三年没笑过的儿子，竟开心地微笑了，而且慢慢地爱上了绘画和俯卧撑。心里的喜悦，几乎让云子忘掉了所有的辛苦和忧虑，她甚至能完完全全地原谅前夫了。

她知道，儿子在努力与世界对话，也在用自己的方式表达着心中的爱。自闭后，儿子显得很冷漠，脸上总是写满拒绝。云子虽然相信儿子还爱她，却很少能从儿子的表情中读到爱。只有一个细节，让她特别感动，也证明了她的信任没有错——有一次，从儿子房里走出去之后，她出于怜爱，把门打开一条小缝，想再看看儿子，于是看到儿子正低着头，轻轻抚摸她坐过的地方。那一刻，她的心一下子暖了，所有的失落，所有的无助，所有寒风中的瑟缩，都消失了，只剩一个母亲对孩子的爱，浓浓的、无怨无悔的、无条件包容的爱。

她开始相信，这片土地真的有着治愈的力量。这里的淳朴自然，这里的宁静纯粹，正在慢慢地改变着儿子，让儿子一点点打开他的心，也在改变着她自己，让她越来越懂得感恩和原谅。

但这段治愈之旅并不是一帆风顺、没有挑战的。有时候，有陌生人路过，或是有认识的人来打招呼，儿子仍然会感到焦虑害怕。这时，她就会轻声安慰儿子，告诉他，无论发生什么，她都会在他身边，永远不会离开他。慢慢地，儿子就学会了接纳妈妈以外的人，只是心里还是焦虑不安，还需要妈妈在身边。云子也学会了耐心和坚持，学会了如何去理解和接纳儿子的不同，更重新发现了自己内心的力量，学会了如何在逆境中寻找希望，如何在绝望中寻找生命的意义。

随着时间流逝,星星逐渐适应了这里的生活。他渐渐变得开朗自信,不再像刚开始那样害羞,开始试着与其他孩子交流。虽然他的交流方式仍然不同于常人,尤其是不看对方的眼睛,让小朋友们很是不解,但那些纯朴的孩子还是接纳了他,并没有因为他的奇怪而疏远他,笑话他。就连他有时焦虑大叫,孩子们也没有感到害怕,反而温柔地安慰他,叫他不要急,有什么慢慢说。因为他们的爸爸妈妈告诉过他们,阿姨的孩子生病了,身体很难受,脾气比较急,有时还会有怪怪的举动,孩子们要多包容。于是,孩子们就约好了,要一起陪他玩,一起治好他。

孩子们善良的心和纯真的友谊,让云子特别感动。尤其当她看到儿子在阳光下奔跑的时候,或是在做俯卧撑——这是他答应妈妈做的,每天至少一百零八个——的时候,她心中的感激和喜悦,好几次都差点让她流泪。她不知道怎么感谢这片土地,怎么感谢这些善良包容的乡亲,就时常做些好吃的,送到他们家里。乡亲们也都很开心,每个人都在鼓励她,脸上心里都是满满的善意。云子不由得想起城里的那些专家。那些专家不是没有同理心,更不是没有经验和见识,但他们也许被科学束缚了,不明白人是一种复杂的生命体,很多东西其实说不清。所以,凡事都不该轻言放弃。

她也相信,儿子的变化,是他内心强大的表现,他在努力与世界和解。所以,虽然还是有不完美的时候,有时,云子还会重新陷入失望,在深夜里无助地哭泣,担心自己的努力还不够,担心孩子走不出自闭的阴影,但她最终还是相信儿子,也决定要坚定信念,无论如何都坚持下去,因为她是儿子唯一的依靠。而且,儿子也终于变得勇敢，敢于积极地改变。她相信，这是一个新的开始，虽然和谐与平静维持的时间还很短，前路充满了挑战和未知，她也仍然有很多忧虑没能放下，但只要他们母子俩心中充满爱，手牵手一起前行，就没有什么是克服不了的。他们一定会共同走向光明，儿子也一定会彻底打开心扉，找到属于自己的那片天空。

12

故事似乎就要在这片西部大地上缓缓展开，就像是慢慢摊开一幅精美的画卷，画卷上的每一个画面，都细腻地描绘着云子和儿子的爱与坚持。在这遥远的地方，他们找到了属于自己的平静与幸福，也找到了面对生活的勇气与力量。如果故事一直这样进行下去，母子俩的命运中就会少了很多坎坷，但命运偏不愿这样安排，它似乎总要在西西弗斯快要把大石头推上山顶的时候，让那块石头轰然落下。很多人的命运都是这样。云子也是这样。

回到西部的半年后，星星的生命中有了曙光。他的微笑越来越多，跟小朋友的相处也越来越融洽。他的脸上有了红晕，云子最爱看到的，就是他跟小朋友一起踢球，回来后，脸上红扑扑的，毛孔里渗出一个个汗珠。汗珠反射着阳光，也激起了云子满心的幸福感。她想起一年前在重庆的篮球场上的想象，那时，她的心里写满了绝望，她虽然一直想要坚持治好儿子，但那个时候，她在下意识里并不相信儿子有一天会好，她的内心世界是荒凉而寒冷的。她从没想过，她只是回西部试试看，儿子却发生了这么大的变化。多少年来，这是她第一次有一种被命运眷顾的感觉。她怎么能想到，大石头会在这个时候落下呢？

她命运中的大石头，仍然是她的前夫。

某个午后，她正在娘家洗碗，窗外传来了汽车的轰鸣声。她习惯性地瞟了一眼，却发现那车牌是重庆的——是前夫来了吗？他是来看孩子的，还是……她的心嗵嗵地跳，说不清是期待，还是有种不祥的预感。

车门开了，下车的果然是她前夫，男人一下车，就往她家的方向望过来，然后看到了正在望着自己的她。他停了一会儿，像是低头犹豫着什么，然后就走了过来，手上拿着个小包。

进了云子的娘家，他跟云子妈寒暄了几句，然后看了眼云子，又别过头望向窗外，像是有什么话想说，却不知道该咋说。过了一会儿，他扭过头，小心地看着云子的眼睛，告诉云子，他这次来，是想把星星带走的，他妈想孙子，非要他把孙子接回去。

云子冷笑了一声，说："孩子生病时，你去哪儿了？孩子现在好些了，不需要你这个父亲多操心，你倒是来了。说吧，如果我们不把孩子给你，你打算怎么样？"

男人像是为了缓解尴尬似的咳嗽了一声，说："那就只能法庭见了，我问过律师，要是真打官司，孩子肯定归我。到时候，你们是既丢脸，又要承担所有费用……我记得，你们是最不愿跟这类事沾边的，还是把孩子给我吧。你们看到我的车了，我现在挺好的，可以给孩子更好的生活。再说，这儿没有好学校，你们想让孩子一直不上学吗？孩子的前途怎么办？他以后怎么生活？"

云子说："现在关心起儿子来了？以前孩子在你身边，你珍惜过他吗？生活好不好，前途好不好，跟物质可没关系。在这里，怎么就不会有好前途了？你没看到孩子的变化吗？他比待在重庆开心多了。"

男人看了一眼窗外远远望着他的儿子，想说什么，云子妈却开口了："你带走孩子也行，但你要保证照顾好孩子，不能让孩子受委屈。……你不是和她有孩子了吗？"

"她"，就是男人的新老婆。男人又咳嗽了一声，像没听到似的，刻意忽略了第二个问题，只说："我会照顾好儿子的。"

云子皱眉对妈说："你真信他？他以前是怎么对孩子的？"

云子妈叹口气说："要是真打官司，会伤孩子的心，他肯定又会躲进游戏世界，到那个时候，可能就更难治了。"

云子沉默了一会儿，走开了。她知道母亲说得对，却也知道，儿子要是跟了他爸，日后很可能会受苦的，毕竟那家里有别的妈，还有别的孩子。亲爸都这样对他，后妈和后妈的孩子，会像亲妈、亲兄弟一样待他吗？

母亲抹了把泪，索性什么都不说，走开了。她实在不忍心看着外孙离开，走向一个明知不会幸福的命运，却也理解女儿，因为她没有选择。

星星没有哭闹，甚至没怎么说话，他绝望似的木然。云子一边流泪，一边帮他收拾行李，看到行李包里，自己写给他的那摞字条，泪不由得涌得更厉害了。男人什么也没说，更没有退步，只是递过一张纸巾给云子，然后又走开了，索性回到车里等。他当然能感觉到屋里的氛围。

星星看到爸爸走出去，进了车子，就看着妈妈说："现实跟想的完全不一样。"云子的心一疼，就走到儿子身边，儿子却移开了眼睛——他又不跟人对视了。云子又流泪了。这段时间的努力，难道就这样白费了吗？难道，她不管怎么做，都不能让孩子少受点伤害吗？

云子对儿子说："孩子，虽然你要去跟爸生活，但妈的爱还是陪着你，永远不会离开你的。只要你需要，妈就会到你身边去，不会离开你的。"

星星扭过脸望着旁边凳子上的猫咪，一下下摸着猫咪的背。猫咪舒服地叫着，眯着眼把脸迎上去，叫小主人摸摸它的头。儿子照做了，猫咪发出幸福的咕噜声。

时间一分一秒地流逝着，可以跟儿子在一起的时间越来越少。云子多想忽略时间，忘掉外面等待中的前夫，把儿子永远留在身边啊。就让儿子幸福地跟孩子们在一起，跟猫咪在一起，从此忘掉自闭症，甚至忘掉未知的命运，多好！

"妈，如果我必须走，你能一起走吗？带上猫咪。"星星小声说，手还放在猫咪的背上，一下下抚摸着。

"爸有新家了，妈去了，谁也不舒服……"

门响了，前夫走了进来，云子望了一眼前夫，擦干了眼泪，拍了拍儿子的手臂，然后拉着儿子的手往外走。

星星回头看了一眼猫咪，又看了一眼屋子，再看了一眼妈，他的眼神里充满了痛苦和请求，他很想留下，不想去爸的新家。云子看了一眼前夫，非常希望他能心软，改变决定，但没有。前夫低下头，丢下一句："我在外面等你们。"就拿着儿子的行李出去了。

云子的眼泪又涌出来了，她对儿子说："妈在门口送你，你自己去找爸,行吗?妈会给你写信的,一直写,哪怕你收不到。你要记住,妈的爱会一直陪着你,不会离开。你要坚强起来,害怕的时候,给妈打电话,告诉妈你在哪里,妈不管在哪里,都会立刻赶去陪着你。好吗?"

星星点点头,放开了妈的手,又看了一眼猫咪,然后向爸和汽车走去。

在老家的小院里,阳光洒满了每一个角落,空气中弥漫着泥土和野花的香气。自前夫接走儿子的那一刻起,一切都变得复杂起来。

云子坐在院子里的大杨树下,一遍遍回想儿子走时的画面。

儿子小小的身躯,在阳光下投下长长的影子。他的眼神中充满了绝望,那种绝望超出了他的年龄,仿佛他已经看透了世上的一切。

"现实跟想的完全不一样。"

云子又想起儿子的话,它简单却沉重,每一个字都像是重锤,敲打在她的心上。她感到一阵眩晕,这些简单的话语背后,隐藏着多少失落和不解。

回想起当初,为了让孩子在单纯里慢慢长大,学会自然而然地面对生活,自然而然地成长,她费尽心思地说服孩子,让孩子离开他熟悉的环境,跟她去西部。她告诉孩子,那是一片充满希望的土地,去了那里之后,一切都会慢慢地好起来,他会慢慢地明白生命最本真的样子,也会变得像过去那样快乐。孩子相信她,跟着她来了,也真的有了起色。但她没想到,所有的努力,都因为前夫的介入而白费了。

到底是从什么时候起,那个曾经共同筑梦的伴侣,成了她心中的阴影,甚至成了她命运中的梦魇?

她又想起儿子，想起儿子从天真无邪，到郁郁寡欢，到一天天恢复，又到重新坠入炼狱。这每一个节点的背后，都是她和前夫的一个个选择。她问自己，是不是他们之间的每一个决定，都在无形中影响着儿子的心灵？是不是他们的每一次选择，都在塑造着儿子的世界观？她如何才能告诉儿子，世界必然变化，但自己心中的爱不需要变化，自己的明白和幸福也不需要变化？就像西部的大天大地，它们经历了数万亿年的沧桑变化，可它们依旧坦荡巍峨，无惧岁月风霜。人也该这样。也许，只有当她成为这样的母亲，她才可能真正地指引孩子，让孩子放下变化，慢慢地长大。

思绪在她的心中蔓延，激起了各种复杂的情感，爱、恨、怀疑、希望交织在一起，让她几乎无法呼吸。她反反复复地思量，为啥她的命总是这样？如果说，真有个叫命的东西，那她的命到底是什么样子？是不是每当她的生活有一点起色，那个叫命的东西，都会把它无情地撕碎，彰显自己的强大和无所不能？但她总是记得那个叫西西弗斯的英雄，即便他每一次接近成功，所有努力都会顷刻化为乌有，他也会一直努力下去，既不沮丧，也不失落，甚至不觉得生活无望。她很敬佩这个英雄，她想，要是自己也像他一样，生活给她的一切，是不是就不会再让她痛苦？她是不是就能把一切都当成试炼，让自己变得更包容，更坚强，也让自己的爱变得更加没有条件？

在那一刻，她做了个决定：无论未来如何，她都要为儿子创造一个充满爱的世界，让他知道，不管世界多么复杂，无论他在哪里，跟谁住在一起，他总有一个温暖的家可以依靠，妈会一直在这个家里等他。

做出这个决定时,她觉得内心汹涌澎湃,似乎未来又有了方向,不再晦暗不明了。可下一刻,她想起儿子绝望的眼神,心又沉了下去。她总是这样,虽然她的步履一直坚定,但她同时又过于敏感和脆弱。她的敏感,像是一把双刃剑,既让她对世界有着深刻的感受,也让她在面对世界时更容易受伤。就像这次,她想当儿子永远的守护者,时刻在身边默默地支持儿子,用她的爱筑起一道防护墙,让儿子只感受到世界的温暖,不要感受到冷漠。但前夫只是顺应了他母亲的一个念头,就摧毁了她这个无比简单的美好愿望。

现实总是这样,总是提醒着一个女人的无奈。而敏感的她,对这种无奈的感受,又会更加深刻。她觉得世界就像快速播放的电影,所有画面都在穿梭着,互相关联,互相影响,引发一个又一个蝴蝶效应般的变化,再把那效应延伸到更远的地方。可要是这样,到底是她的什么选择,导致了这次计划的横生枝节?又是她的什么选择,让前夫总是在她和儿子的生活中,用各种形式捣乱,似乎想测试他们心灵的承受度,看看他们什么时候会崩溃,崩溃之后又能不能站起来?

思绪如流水,没有带来释然和放下,只带来了更大的痛苦。云子索性躺在了大杨树下,任泪水肆意奔涌。温暖的阳光落在她身上,抚慰着她的身心,凉风吹干了她的眼泪,也给她带来了微微的睡意。当然,她也可能是累了。你知道,思虑过多是很耗神的。于是,她在不知不觉中睡着了。醒来时,她的身上披着一张薄薄的毯子。她知道,那肯定是母亲拿来的。母亲大概很担心她,也很担心外孙吧?她突然一阵自责,她想,自己光顾着想自己的心事,却没有考虑到母亲的感受。母亲的年纪大了,花过多的心思去担忧,对她的身体不好。自己必须振作起来,平静地面对命运给她的一切,就像《大漠祭》中的老顺常说的:"老天能给,老子就能受。"一种跟西西弗斯精神一样的尊严。她虽然不是英雄,也不像老顺那样有一门手艺,但她可以做个平凡却坚强的母亲和女儿,给孩子、给母亲一份平凡但无求的爱。于是,她整理了一下衣服和头发,平静地回到屋里,去帮母亲做饭。母亲看她恢复了平静,就不易察觉地叹了口气,像是把一颗提着的心放下了。

让老人担心,真的不该。她想。

云子还不知道,这次她放儿子跟前夫回去,会给儿子带来多大的影响。她明明担心甚至确定,这个选择会让儿子的自闭加重,然而她还是心存侥幸了,又或者她没有更好的办法坚持不同意。总之,她淡然的性格,很多时候让她没有办法去坚持内心真正想要的东西,也让她没有足够的勇气做必要的抗争。这让我很无奈。每个人都有自己的天性,只有自己搏一把才能逆了这天性,战胜惰性。别人怎么劝都是没用的。

儿子走后的日子,成了另一幅用细腻笔触描绘的画,每一个细节,都涂抹了思念的色彩。云子独自坐在空旷的房间里——怪的是,儿子在时,她从不觉得这房间空旷,反而觉得它满当当的,非常温馨,儿子一走,房子也空了。也许,空了的不是房子,而是她的心。就像《世界是心的倒影》中说的,对世界的一切感受,都来自自己的心。那么,对前夫的感受,对自闭症的感受,也来自她的心吗?但她没有多想,只是脑海中飘过一个念头,转瞬间,这念头就消失了。她的心,又被心中的儿子占领。四周的物品还保留着儿子的痕迹,每一处都是对过往幸福时光的提醒。她的世界在那一刻失去了颜色,所有的喜悦和温暖,似乎都随着儿子的离去而消散,留下的只有无尽的空白和痛苦。

她的心被撕裂了,那种感觉无法用言语来形容。她时不时去摸儿子睡过的地方,试图在冰冷中找到一丝温度,找到一丝与儿子相连的痕迹,但这些努力都是徒劳的,它们只能提醒她,她最宝贵的儿子已经不在她的身边。

尤其在夜晚来临时,房间里弥漫着寂静和黑暗,那种孤独感和失落感就会更加强烈。她躺在床上,凝视着屋顶的掩尘纸,思绪万千。她想起了儿子的笑声,那些快乐的画面是如此清晰,如同昨日重现,但紧接着的,是更深的绝望。因为她知道,那些时光不会再回来。

她在心中对儿子说话,倾诉着自己的思念和疼痛,虽然儿子听不见,但这是她唯一能做的。于是,她问儿子,是否还记得他们一起度过的时光,是否还记得那些晚上她为他讲的故事,是否还记得他们一起约定的小小梦想,是否已经在为这些梦想而努力?更重要的是,现在过得好不好?……在一次次的询问中,她似乎离儿子近了一些,似乎儿子就在她触手可及的地方,她甚至能看到儿子的脸了,但这样的幸福,就像水中的幻影,想象消失的那一刻,她就陷入了苦涩。

幻想出来的幸福,很难改变现实中的痛苦。

自己都这样,何况躲进游戏世界里的儿子呢?她真希望,儿子现在有了跟人交往的勇气,懂得怎么面对自己的焦虑不安,也能相对从容地面对人群了。

每当她走在乡间,看到其他孩子和妈妈手牵手走过,她就会产生一种扭曲的情绪。她羡慕那些家庭的平凡和幸福,那是她曾经拥有现在却失去的。但转瞬间,她又开始忏悔,她知道自己不该跟人比较。下一念,她又开始质疑自己,觉得自己是不是做错了什么,要不,为啥人家都能幸福平淡地生活,她却要经历那么多的曲折呢?为啥人家的孩子能健健康康,她的孩子却这么痛苦呢?

这时的她,还不知道自己对儿子的教育缺乏一种刚健的精神。细腻温柔的爱固然必不可少,但对于男孩子来说,粗犷和勇敢更是重要,能让他们扛住人生变故的压力。她对儿子的爱太细腻太绵软了,儿子已经成了她怀中柔弱的花草,而非天地之间茁壮的良木。但此刻,她能想到的,只有祈盼有什么奇迹发生,能够让一切重来。

然而,时间是无情的,它不会因为任何人而停留。她必须学会战胜自己,接受这个残酷的现实,学会在没有儿子的日子里继续生活。

为了熬过这个艰难的过程,她开始尝试用写作来倾诉自己的感受,将那些痛苦、思念和爱化为文字,记录在一张张稿纸上。每当夜深人静时,她就会拿起笔,在那张旧桌子前记下自己的心情。这成了她与儿子心灵相连的一种方式。尽管儿子看不到这些文字,但她相信,这份爱会穿越时空,抵达儿子心里。而这一篇篇文字,也为她留下了一段最独特的生命印记。

在这个痛苦挣扎的过程中,她也在慢慢地成长,她学会了面对生活中的一切,学会了即使绝望也不丢掉勇气。她的写作不仅是宣泄对儿子深深的思念,更是她自我疗愈的过程,她在文字中找到了失去的自我,也找到了继续前行的力量。

日复一日，季节更替，她的心慢慢平复，但儿子的缺席始终是她心中无法愈合的伤口。最让她难以忍受的，是生活失去了意义。

在前夫接走儿子之前，她一直没跟儿子分开过。儿子就是她全部的世界，儿子的健康快乐就是她的一切。尤其在儿子得病之后，她更是将所有心思都用在了儿子身上，哪怕找了新工作，有了新朋友，她也还是为了儿子，把一切都抛下了。她当然可以回重庆，但回去又能怎样？跟儿子在同一个城市里，却又不能见面，不是更大的痛苦吗？她经过每一条街道，都会盼望跟儿子偶遇；在儿子喜欢的饭馆里吃饭，也会到处张望，看能不能见到儿子。老人们说，执着越深，人就会越痛苦，生活在这样的心情里，她定然会比现在更痛苦。西部的大天大地总能熨平她的心，化解她灵魂中的许多烦恼，只要她能沉浸在微风细雨哪怕是扑面的黄沙中，她也会消解许多烦恼。她会觉得红尘是一场戏，无论怎样的剧情，都在告诉她世界的本质。啥本质？变化。什么都在变，一切都在变。她总想让孩子接受那变化，而现在，同样该接受变化的，除了孩子，不也有她自己吗？不管什么原因，不能接受变化，都只会给人带来苦恼。她现在是深深地体会到了这个道理。所以，她学会了在没有儿子的日子里寻找生活的意义，学会了独自面对黑夜的恐惧，也学会了在痛苦中找寻生命的美好。

再说，母亲年纪大了，她也想陪陪母亲。于是，心里就一直生不起回重庆的打算。

她还开始联络旧友，尝试恢复那些因为出嫁而中断的联系。朋友们的理解和支持给了她很大的安慰，让她感到自己并不孤单。在这个过程中，她慢慢学会了释放自己的情感，也学会了接受生活赋予她的每一个挑战。

然而,无论她如何努力地向前看,儿子的影子总会在不经意间出现,提醒着她那份刻骨铭心的爱和想念。在某些寂静的夜晚,她仍会独自坐在儿子的房间里,轻抚那些保留着儿子气息的物品,让回忆在心头泛起涟漪。

13

儿子走后,云子早起了,开始了清晨的散步,她也履行着自己的诺言,给儿子写了一封又一封的信。她知道,儿子在另一个虚拟的世界里,她想给儿子另一个世界。她想用一封封饱含爱意的信,把自己剖开,展露给儿子,也展露给世界;她会讲述身边的美好、成长的记忆、与丈夫的相识……孩子外婆、孩子的二姨,还有被称为雪师的我,她会把许多人和事都融在墨水里,诉诸笔尖,飘进云子想象中儿子被牢笼禁锢的心。

说真的,我是被她的信感动的。当我读到那一封封信时,我的心总是会一阵阵揪疼。虽然我当过她的老师,但我一点也没想到,她会有那么浓的情感和诗意,还有一种寻常人难以企及的达观。也正是因为这一点,在她遭遇困难的时候,我会心甘情愿地帮她。

西部的清晨很是恬静清雅,天空宁静而高远,晨光里的远山轻纱掩面,跟天空连接在一起,朵朵白云在空中悠游。每天散步的时候,云子都会忘掉对儿子的牵挂,沉浸在家乡的大自然中,心情很是明澈舒畅,脸上也总是带着恬淡美好的微笑,丝毫没有世俗人所认为的"悲惨"。因为这一点,云子赢得了很多人的尊重,人们都说,这真是一个美好的女子,只可惜命太苦。

对人们的同情,云子很感恩,却也明白,任何心外的东西都改变不了命运,能改变命运的,唯有那颗就算命再苦,她也能放下,淡然,感受美好的心。

就这样,云子开始给儿子写信,倾诉自己的感受和变化。虽然儿子不一定能收到、看到,有些信,她甚至有可能永远都不会寄出,但她还是想写。就像她当年对心中的儿子说话,对心中的前夫进行审判一样。她在慰藉着自己的灵魂,也在接近着儿子的心。她相信,每写一封信,她的心都会离儿子近一些,心中的思念将如同穿越时空的桥梁,连接他们母子俩的心,让他们之间的情感永远不变。假如她的儿子能收到、看到,或是能感应到,她依托这些信告诉他的世界,就能为他自闭的心带来一线光。

让我们先看看她给儿子写的第一封信:

我的星星,从今天开始,妈会经常给你写信。

今天这第一封信,妈想跟你谈谈老家的清晨。

在这个世界上,有一种清晨的气息,总是如此清新,如此令人心动。当第一缕阳光穿透薄雾,轻轻洒在乡村的小径上,一切都被赋予了新的生命。妈在这样的清晨中醒来,心中充满了对生活的热爱与期待。

我独自漫步在乡间的小路上,凉风习习,带着大自然最纯净的味道。四周是无边的田野,一望无际,金黄色的稻田在晨光中泛着淡淡的光芒,远处的山峦在薄雾中若隐若现,像是一个害羞的少女，躲在云层后面窥视这个世界。

我喜欢这样的清晨，它总是那么平静，那么美好。鸟儿们开始了它们忙碌的一天，清脆的叫声在空气中回荡，为这宁静的乡村添上了几分生机。小河悠悠地流淌，水面上泛起了层层细波，阳光透过树梢，洒在河面上，像是撒下了一袋袋金子。

我坐在河边，静静地看着这一切。心中没有一丝的杂念，只有对这个世界深深的热爱。我想，这就是生活吧，平凡而又不凡，简单而又复杂，却充满了无限的美好。在这样的时刻，我仿佛可以忘记所有的烦恼、所有的忧愁，只想静静地享受这份宁静、这份美好。

清晨的乡村有一种特别的魅力，它会让人变得格外地宁静与平和。我喜欢在这样的时候，独自一人，沉浸在自己的世界里。我想，这就是我的心灵归宿，我的灵魂安慰，我心中最美的风景，我心中最温柔的地方。在这里，我找到了自己，找到了生活的真谛。在这里，我学会了珍惜，学会了感恩，更学会了爱。

生活不总是一帆风顺，但只要心中有爱，热爱这个世界，那么，无论走到哪里，都是一场美好的旅行。我愿意用我的心，去感受这个世界的每一份温暖，每一份美好。我愿意用我的双手，去创造属于自己的小小世界，让它充满爱，充满光明。

从红尘中回归自然，就像是从喧嚣的市井走进一条宁静的林间小道。在这个过程中，我感受到了一种从未有过的释放和平静。那些曾经的心灵创伤在大自然的怀抱中慢慢愈合，就像雨后的天空，虽然还有几朵孤云，但更多的是那清澈见底的蔚蓝。

在人世间受到伤害后,我曾经迷失过,痛苦过。那些痛苦像是一根根细针,时时刻刻刺在心上。然而,当我离开那一切,走进自然,我发现这个世界还有很多美好等着我去感受。山川河流、花鸟鱼虫,它们都在以它们独特的方式告诉我:生活不仅仅有伤害,更有治愈。

在自然中,我学会了倾听。风吹过树梢的声音,雨落在叶片上轻盈的节奏,夜晚虫鸣的合奏,都让我感受到了生命的力量。这些简单而又纯粹的声音,让我的心灵得到了净化,那些曾经的烦恼和伤痛,在这份宁静中逐渐淡去。

我也学会了观察。每一朵小花的开放,都有它的坚强和不易;每一棵大树的挺立,都有它的历史和故事。它们教会了我坚持和耐心,让我明白即使在最艰难的环境中,生命也能以最美的姿态绽放。

更重要的是,自然教会了我宽恕。在这个广阔的自然中,人类的恩怨似乎变得微不足道。我学会了放下那些不愉快,学会了原谅那些伤害过我的人。因为我知道,每个人都在经历自己的痛苦和挑战,我们都需要宽容和理解。

回归自然,我找回了真正的自我。那个简单纯粹、热爱生活、充满希望的自我。在自然的怀抱中,我重新找到了生活的意义和方向。我学会了珍惜身边的一切,无论是人还是物,因为它们都是这个世界赐予我的礼物。

儿子,我希望你也像我一样,去热爱生活。

14

在另一封信中，云子写到了她的爸爸，和一段星星不曾听说过的岁月。

这也是一段我经历过的岁月，在那段日子里，我亲眼见过有人饿死，所以，后来每逢见到乞丐，我总会给一些钱，叫他们买吃的。我知道饿肚子的感觉不好受。怪的是，那个艰难的时代却没有抑郁症，孩子们只要有一个饼子吃，就会非常开心。当然也没有那么多人离婚，男人女人们只要组成了家庭，就会尽可能地一起过一辈子。不过，其中隐忍的多是女人，也有一些女人喝农药的例子，我在中篇小说《丈夫》中，就写了一个对丈夫绝望而喝了农药的农村女子"改改妈"。同样的故事，要是放到现在，改改妈是不会自杀的，她只会像兰兰那样离婚，或是像兰兰那样去修行。可兰兰的离婚，主要是因为引弟不在了，她心里的那个牵挂和顾虑没了。如果引弟还在，她一想到女儿要在破裂的家庭里长大，可能还是会强行地忍下去，给女儿一个完整的家。这样的选择好，还是离婚更好，说不清。两种家庭都可能给孩子造成伤害，唯一不会让孩子受到伤害的，就是父母和睦，互相理解关爱，互相给对方自由和空间。这样的家庭里长大的孩子，心灵会相对健康自信很多。所以，父母对孩子最好的给予，不是物质环境，而是自己的幸福和快乐，只有自己幸福快乐了，孩子才可能幸福快乐。否则，就算不离婚，不出轨，貌合神离地过一辈子，也同样会给孩子带来心理阴影，甚至会让孩子将来不懂得跟另一半相处。虽然听起来好像很可怕，似乎稍微一点错误，就会影响孩子一生，让孩子一辈子不幸福，但确实是这样的。这就是人心的微妙之处。人心就像最精妙的仪器，必须好好去守护和爱护。

儿子，现在家乡的生活好多了，再也没人饿肚子了。但有的时候，我仍会想起过去那些艰难的岁月，还有那段岁月里的一些人，尤其是在我生命中留下厚重痕迹的那些人，比如我的父母和爷爷。

你没见过我的爷爷和父亲，爷爷是一个游走于乡间的卖货郎，在农闲季节，他会深入群山之中，寻找可以交换米粮和钱币的宝贵货物。而爹，则曾远走他乡，在山丹的煤矿中辛勤劳作。

岁月流转，家族的生活在平静中缓缓前行，直到1960年，一场无情的自然灾害悄然降临，它夺走了无数人的生命，也给我留下了难以磨灭的记忆。那是一个让生存下来的人终生难忘的年代，就如同从战场上生还的士兵，永远无法忘记自己所经历的战火和磨难。三年自然灾害，使得田地颗粒无收，饥饿成了人们的常态，为了生存，人们几乎将所有能吃的东西都消耗殆尽，野菜、树皮成了日常饮食。更有人因饥饿难耐，去挖掘地下的种子食用，不料种子中拌有农药，他们吃下就死去了。饥饿的折磨，让许多人在逃荒的路上或是家中饿死，而幸存下来的人，也曾为了一线生的希望，在饥饿和绝望中挣扎了很久。对他们来说，那也是梦魇般的记忆。

在这场灾难中，母亲成了家里的支柱，她挖掘野菜，熬制树皮，艰难维持着家人的生存。到了爷爷病重垂危，母亲再也无计可施的时候，爹终于归来了，并且带回了希望的火种——食物，它及时挽救了爷爷以及全家人的生命。爹在煤矿的工作表现出色，他其实不用这么早回家的，但他知道饥荒的严重，心里记挂着每一个家人的生死存亡，所以他毅然决然地放弃了一切，用所有积蓄换取食物，带领我们度过了最为艰难的岁月。母亲每每提起这段往事，对爹的敬意和自豪之情便会溢于言表。在那个时代，能够让家人吃上一顿白面馒头，仿佛是天方夜谭，而爹却做到了，他不仅是家中的支柱，更是母亲心中永远的英雄。

在那段岁月中，每一顿饭都显得格外珍贵。记得有一次，爹在寒冷的清晨前出发，踏着未融的雪，只为寻找那些能维持我们生存的食物。天色已晚时，他满载而归，背上的粮食袋里承载着全家人的希望。家中的气氛因此而变得温暖，尽管外面的世界依旧寒冷刺骨。

母亲则用她那巧手，将有限的食材变成一桌桌能够让我们暂时忘却恐惧、缓解饥饿的佳肴。那时候，即便只是一碗简单的野菜汤，对我们来说也是无比地美味。我们围坐在炉火旁，分享着这份温暖和光明，虽然食物不多，但足以让我们感到幸福和满足。

在这样的日子里，家庭成了我们最坚强的后盾。每当夜幕降临，我们便聚在炉火旁，听爷爷讲述过去的故事。尽管他的身体已经非常虚弱，但那些关于坚持和希望的故事，还是能给予我们力量。我记得爷爷总是说："无论多么艰难，只要我们团结一心，就没有什么是过不去的。"这些话如同灯塔一般，照亮了我们心中的道路，让我们在绝望中找到了希望。

随着时间的推移，困境终于被一点点克服。父亲的坚持和母亲的智慧，加上家人间的相互支持，让我们度过了那段看似无尽的黑暗时光。当第一缕阳光穿透乌云照亮我们的家园时，我们知道，生命的春天终于来临。

那些艰苦的岁月如同一场深刻的教育，教会了我们珍惜、感恩和坚强。我们学会的不仅仅是对食物的珍惜，更是对生命的尊重和对家人的深爱。在团聚和相互扶持中，我们学会了在逆境中成长，变得更加坚韧不拔。

如今，当我回首那段艰难的往事时，心中总会充满对父母和爷爷的感激之情。他们用自己的行动编织了生命中最宝贵的教诲——无论遇到多大的困难，只要有希望，有爱，就有克服一切的力量。这段历史永远镌刻在我的心中，提醒我，在未来的日子里，无论遇到什么困难，都要以坚强和勇敢的态度面对。

在我记忆的深处，爹的形象始终是那么鲜明，那么坚韧。

记得小时候，夏日清晨的微风轻拂着窗帘，鸟鸣声渐渐唤醒了沉睡的世界。我匆忙地整理好自己，跟随爹的步伐走出家门。天空的蓝色清澈而深邃，宛如爹眼中的世界，广阔而包容。

爹是个普通的农民，却有着不平凡的坚忍。他的生活俭朴，话语不多，但每一次轻声的讲述，都深情而凄美，透露出生活的沧桑和不易。我从他那里学会了做人的清高、做事的底线，以及在红尘中保持一颗纯净的心。

然而，在我十八九岁，正值青春年华，满心憧憬未来的时候，家里发生了突如其来的变故——爹得了一种不治之症。在那个医疗条件有限的年代，我只能眼睁睁看着病魔一点点侵蚀爹的身体,而无能为力。爹的坚强和乐观,以及母亲无言的坚守,构成了我青春岁月里最沉重的记忆。

尽管生活给予了无数的打击和磨难,爹也从未放弃。他用自己的方式,用那份坚忍不拔,书写着生命的奇迹。记得,母亲生病时,爹每天骑着自行车去寻医求药,穿梭于城乡之间。那段日子,他几乎成了路上的风景,那份坚持和努力,最终换来了母亲的康复。他用实际行动告诉我,生命中没有过不去的坎,只要有爱,就有希望。

爹不仅是家庭的支柱,也是我们心中的英雄。我们的生活虽然简单,但却充满了智慧和创造。无论是家中的小修小补,还是农田里的艰辛劳作,爹都能巧妙地完成。他的手艺不仅让家里充满了温暖和便利,也成了乡邻之间传颂的故事。

爹的生命之旅虽然结束了,但他的精神和坚忍,却如同乡村清晨的风筝,高高飘扬在我们心中。在这个快节奏和浮躁的时代,我常常回想起爹的教诲和榜样,提醒自己要坚强,要勇敢,要善良。

每当清晨的第一缕阳光穿透薄雾,我就会想起爹。那些和他一起走过的日子,虽然简单,却充满了爱和温暖。在我心中,爹的精神就像那不屈不挠的山,坚实地支撑着我不断前行。无论生活多么艰难,他的形象总是那么坚定,给予我无尽的力量。

爹走后,家就像失去了方向舵,母亲和我们都在悲痛中艰难前行。那段时间,我们更多地依靠回忆中爹的身影,寻找前进的勇气。爹生前的坚忍和不屈,成为我抵御生活风雨的盾牌。

我常常思考,生命的意义何在?是不是像爹那样,无论遭遇何种困难和挑战，都坚持下去，用自己的方式照亮他人，温暖他人？慢慢地，这就成了我人生的信条。所以，爹虽不在了，但他的精神像种子一样深深植入我的心田，生根发芽，成为我人生旅途中的灯塔。

在这个世界上，每个人都是独一无二的存在。爹用他的一生证明了这一点。他虽然只是一个普通的农民，但他的生活态度、对家人的爱、对生活的热情，都是那么不平凡。他教会了我，无论身处何种环境，都要有一颗感恩的心，一份坚持的勇气。

如今，每当遇到困难和挫折，我就会想起爹那双坚定的眼睛，那双曾经为家庭撑起一切的手。爹虽然没有留下什么财富，但留给了我最宝贵的精神遗产——坚韧不拔、勇往直前的品质。

父爱如山，沉默而深沉，给予我们无尽的力量和勇气。爹的身影如一座沉稳的山岳，坚韧无私，如同山根深植大地，为我遮风挡雨，给予我生命中最坚实的依靠。在我心中，爹就是那不屈的脊梁，支撑着整个家庭的天空，无论外面的风雨如何肆虐，他总是我坚不可摧的避风港。

许多时候，一想到爹，我就会想到清晨的第一缕阳光透过薄雾，温柔地洒在乡间的小径上，爹在前方引路，步伐稳健而坚定。他的背影，在朦胧的晨光中显得格外高大。飞鸽自行车静静地倚靠在老屋的墙边，见证了无数次爹为家庭奔波的身影。田野上，金黄的稻田在微风中摇摆，就如波浪的涌动，远处的山峦被薄雾轻轻掩盖，如同一幅水墨画。爹站在田埂上，手里拿着犁头，额头上的汗水滴滴落下，滋润了这片沃土。他的面容被岁月雕刻，皱纹里藏着坚忍和智慧。夏日的傍晚，爹坐在院子里的小马扎上,手中拿着刻刀和一块木头。他的眼睛专注而深邃,手下的刻刀轻轻舞动,一件件精美的木工艺品逐渐成型。孩子们围坐在他的周围,眼睛里满是对他手艺的敬佩和好奇。那段艰难的日子里,爹骑着自行车,一趟又一趟地往返于家和县城之间。飞鸽自行车的链条发出吱吱的声响,伴随着爹坚定的脚步声。他的背影被落日的余晖拉长,写满了对家人的责任和对爱的坚持。母亲病重时,爹在厨房里不断忙碌,他小心翼翼地熬制着药膳,每一个动作都透露着温柔和关怀。夜深人静时,他还坐在病床边,紧握着母亲的手,低声安慰,直到第一缕晨光照进房间。爹离开后,那辆老旧的飞鸽自行车静静地停在家门口,仿佛在等待着主人的归来。院子里,爹种植的树木依旧茂盛,每当风过,树叶沙沙作响,像是爹在和我们诉说着生活的故事。这些生活的片段,像是一幅幅精美的画卷,在我心中缓缓展开。爹留给我的,不仅仅是记忆中的画面,更是一种生活的态度和精神的力量。在这个忙碌而又复杂的世界里,这些画面提醒我,珍惜眼前人,珍惜每一份简单而又平凡的幸福。

15

我后来才发现,在云子的一生里,最宁静的,也许是儿子离开后,她跟母亲相伴的那段日子。那时,生命中出现了大片的真空,她开始反思自己的人生,跟自己的心灵对话,寻找自己心灵的救赎。

母亲传下的习惯开始复苏,她开始在清晨里独自散步。清晨的寂静、大自然的纯净,就像海水淹没身体那样淹没了她。她心中的痛苦和躁动消失了,西部大地纯净的磁场悄悄地抚慰了她。

静下来的她,看到了灵魂澄净的力量,想把这份力量传递给儿子,让儿子心里也生出力量,这成了推动她每天写信,即便得不到回音也一直坚持的动力。

云子对儿子的爱很美好,很伟大,也很无求,但光有这份爱,是救赎不了儿子的。心外所有的爱,都只是一份情感上的慰藉,就像一个人寒气太盛,非常怕冷,却不从调理身体入手,只肯多穿衣服。衣服可以让他取暖,却不能让他的身体焕发热量。爱也是这样,人本来就有一份圆满的爱,不需要外界的填补,但这份爱被执着掩盖的时候,我们就会感受到灵魂深处的寂寞和寒冷,渴望从外界得到一份温暖和慰藉。云子在儿子的生命中,扮演的就是这个角色。但儿子却总是不肯靠近妈妈这个爱的火炉,不愿来取暖。因为他一旦习惯火炉的温暖,又失去了火炉,就会觉得更加寒冷。

所以,他已经发现了无常,明白情感是无常的,但他还是放不下。真正的救赎,就是让他不但发现了,还能放下。一旦放下了,内心那份圆满的爱就会生起,它会像生命深处的一轮圆月,让他时常沉浸在诗意的大爱之中,即便漫步在浓浓的黑夜里,也不再觉得恐惧和寒冷。

云子和儿子的故事,讲的就是红尘的苦,儿子之所以自闭,就是拒绝面对这种苦,宁愿生活在虚拟世界里,强行把这种苦从心里挤出去,让自己忘掉红尘中的不可控。也许,这才是真正囚禁他的小屋,也是真正囚禁了每一个人,尤其是每一个自闭症病人的小屋。

也许，每一个得了自闭症的人，不管有没有生理结构上的问题，只要走出这种苦，心理上的障碍都会消失。只要心理障碍消失，就算生理上跟别人不同，也不会带来痛苦。或许，这就是自闭症最究竟的救赎。当然，也是我们每个人最究竟的救赎。

它是宇宙对我们最深沉的爱，最深情的赐予。它给了我们最究竟的、不可动摇的安全感，不管我们要多久才能发现它，它都在等待着我们，无怨无悔，不增不减，不来不去，不离不弃。当我们消除小我的一切执着，用全部的身心融入它时，就能用无我慈悲的大爱面对世界，在每一份随缘的唤醒中，释放我们的热情和诗意。

瞧，云子和儿子，正在跌跌撞撞中向它走去。

儿子，你还记得老家的宁静吗？

今天，晨光熹微，天际的色彩柔和而宁静，你的外婆站在沙枣树下，身影仿佛融入了清晨的寂静。她的身体微微前倾，眼神穿过小巷深处，似乎在等待着什么，或许只是在回忆。风从巷尾吹来，她的衣角轻轻飘动，一种淡淡的哀愁在无声中流露。

黎明的凉意让人清醒，我快步走出家门，迎着初升的日光，心中装满了对即将开始的一天的期待。微风带着草木的清香，扑面而来，让人不禁想起即将到来的伏天的骄阳。但今日的凉风，却带着秋日的先声，凉爽中透着些许寒意。

树木和山峰被薄雾轻轻笼罩，宛如梦境中的风景，若隐若现，给这清晨的乡间添了一抹神秘的色彩。在这静谧的庭院里，绿意盎然，花香袭人，树木在清风中轻轻摇曳，鸟鸣和虫声交织成一首大自然的交响乐,让人的心灵在这宁静中找到了归宿。

你的外婆坐在亭中,让思绪随着清风飘荡,回想那些曾经让她心痛的日子。

生活总是在不经意间教会我们成长,所有的经历都是命中注定,它们让我们变得更加坚强,学会在变幻无常的世界中保持内心的平静。一切烦恼和困惑,只要内心足够淡定,都会如云烟般消散。

随着季节的轮回,我回到了心灵的故乡,那个藏着童年记忆的小村庄。你外婆一直在那里,守望着我的归来。如今,我终于能够陪在她的身边,用我的陪伴驱散她的孤单与无助,用我的关怀温暖她余生的时光。

你外婆已八十岁了。以前,她演过阿庆嫂,在当地也算个名人。现在,一副风烛残年的样子。

坐在你外婆的旁边,我倾听着她的话语,比如那些关于过去的故事,那些饱经风霜的岁月,以及那些生活中点点滴滴的美好。在她的叙述中,我看到了她年轻时的模样,那份坚忍和温柔历历在目。她的记忆如同一本书,记录着风风雨雨的人生旅途。

儿子,每个人的生命都是一部厚重的书,书页间藏着自己的笑与泪,自己的得与失。那些过往的岁月,如同翻过的书页,不再回来,但却永远镌刻在自己的记忆之中。我想,这就是生活的意义所在——在无数个清晨的光影中,陪伴我们走过人生路的亲人,他们的故事,他们的爱,就像这乡间的风,虽然无形,却轻柔地触摸着我们的脸颊,温暖着我们的心房。

你外婆的身影渐渐融入了小径旁的风景。清晨的露珠挂在树叶上,晶莹剔透,在微光中闪烁。你外婆的手中,缝纫针穿梭在补丁上,她的指尖轻轻托起,细腻的线条在布料上织出了岁月的痕迹。那一丝丝的线头,好似时间在悄悄诉说着往昔的故事,而每一个结,都承载着你外婆对这个家无尽的爱和期望。

早晨的太阳爬上了山梁,金色的光芒穿透薄雾,洒在了田野上,把大地也染成了金黄色。你外婆的目光似乎穿过这一片丰饶,落在了遥远的地方。她在等待,也许在等待过去的回音,也许在期盼未来的到来。

我和她一起走过田野,看着一旁的田地里,那拼命生长的嫩绿的秧苗。它们就像不屈的众生,无论遭遇多少风雨,都要顽强地向上。

你外婆的步伐不紧不慢,她在每一块土地间穿行,那些她年轻时辛勤耕种的田地,如今依然肥沃,依然滋养着新的生命。

当一天的劳作结束,夕阳染红了西天时,你外婆就会在门前的木椅上静坐。晚霞的余晖照亮了岁月在她脸上刻下的沟壑,那双慈祥的眼睛,在晚霞的映照下明亮如昔。在这宁静的时刻,我们静默无言,一起聆听着世界的声音——听那清风吹过树梢,听那虫鸣在夜幕中渐起。

生活的画面在我眼前一幕幕展开,像一本不断被记忆翻阅的相册,充满了温情。这些画面就像是心中的风筝,虽然随风飘扬,却始终牵系着我、引导着我,告诉我,不管世界怎样变迁,家的温暖和你外婆的爱,都永远是我最坚实的依靠。

随着时间的流逝,这些生活的片段,这些感动和温暖,将会如同河流中的水，悄无声息地流淌到远方，但它们的力量却能穿透岁月，穿透时空，汇聚成生命中最宝贵的财富。

在这乡间的每一个早晨，在这片被爱浸润的土地上，我会继续给你写信的。

16

云子散步的习惯是从母亲那儿继承的，母亲年轻时就像云子这样，经常静静地一个人在清晨里散步。散步的过程中，生命本有的宁静出现了，偶然造访的情绪消失了，生命沉浸在恬淡之中，与恬淡的大自然融为一体。大自然将最美好的能量灌入身体，为她洗涤着负能量在体内残留的信息。沉重没有了，浑浊没有了，混乱没有了，迷惑也消失了，生命中只剩一种纯净到透明的感觉——那就是灵魂本有的样子。

它就像一缕风，却是最饱满、蕴藏着最丰富情感的风。它吹过的每一个角落，都会留下清新至极的气息，都会带走一缕灵魂的苦涩。然而它从不言语，甚至从不说服，只是轻轻地滑过，轻轻地磁化，如春雨滋养万物，也如清晨小径上的薄雾，诉说着红尘的如梦如幻。

而云子的回忆，就是在这如梦如幻的氛围中浮现的，于是，她的讲述也便如梦如幻了。

儿子，今天我想继续跟你聊聊你外婆。

清晨的空气带着一丝凉意，穿透了夜的沉静，唤醒了沉睡的小巷。你外婆按照每天的习惯，悄然起身，整理好自己，便步入这安详的早晨。街道静谧，只有几个晨练的人影轮廓在远处朦胧。她沿着熟悉的小径，走向那个充满回忆的沙枣树林。风中似乎有沙枣花香飘过，她边走边寻找那微妙的香气来源，它或许来自某个隐秘的庭院，随风轻轻飘洒，悄无声息地告诉我，生活总有些意外的温柔。

那个沙枣林里有个属于她的老地方，她每一次在那儿坐下，都像是打开了时光的门扉，被引向那些遥远而又深刻的往事。她的身影，总是在这些回忆中格外鲜明。她的故事，就像是一本翻开了封面的书，一页页展现着她的生活、她的青春，以及那个时代的缩影。

她的青春在邻村的戏台边开始了新的篇章。她那时年轻而有才华，会唱戏，有知识，是村中的骄傲。偶然的邂逅让她撞入父亲的怀抱，一段姻缘就这样在无声中萌芽。父亲的勇敢，母亲的羞涩，交织成了一幅动人的画面，成为十里八村传唱的佳话。

然而，母亲的婚后生活并不像那些浪漫故事中描述的那样轻松。面对家庭的重担，她像一株坚韧的青草，不怕风霜雨打，默默地支撑起这个大家庭。奶奶的早逝，留给母亲太多的思念和责任。我依稀记得，那个时候，母亲的日子是那样忙碌。她的手从不停歇，无论是在灶台前忙碌的身影，还是在田间劳作的背影，都显得那么坚强，那么温柔。

我奶奶临终前，你外婆是那样不舍。她用自己的嫁衣为奶奶缝制垫褥，那一针一线都是爱的延续，都是生命的传承。奶奶的离去，让你外婆更多了一份坚定，她决心不让任何一个家庭成员受到忽视,哪怕是最年幼的妹妹,她也执意亲自抚养成人。

儿子,你外婆的青春,就这样在无数个清晨和黄昏中慢慢消逝。随着时间的推移,她的生活也在悄然改变。爹妈共同经历的那些岁月,尽管充满了艰辛,但也洋溢着深深的爱。他们一起走过风雨,一起耕种田地,一起育儿养女,一起建设家园。每一道皱纹,都是岁月给予你外婆的勋章;每一个笑容,都是她对生活最美好的回应。

家中的每一个角落都留有你外婆的足迹。那台破旧的缝纫机下,依旧堆着待补的衣物。外婆的双手在针线间跳跃,她的眼神专注而温柔,仿佛在每一次穿针引线中都倾注了全部的爱与希望。外婆的坐姿稳重而从容,就像那个时代的女性,无论生活多艰辛,都依然保持着优雅与坚强。

黄昏时分,你外婆常常坐在院中的石阶上,手中拿着那块被洗得发白的手帕,轻轻抹去额头上的汗水,看着儿女们在院子里嬉戏,眼中满是慈爱与宽容。那时候,你外婆总是能用最简单的语言,给我最深刻的教育。

岁月像一条悠长的河流,爹妈就像河岸两边的树,静静地守护着我们成长。即使风雨交加,他们也从未动摇。我记得,在那些艰难的日子里,每当我们受挫或心灰意冷时,你外婆总会用她那双充满力量的手,抚平我们的伤痕,给予我们无尽的安慰和鼓励。

如今,你外公已离开许多年,而你外婆依然坚守在这个家中。虽然孩子们都已经长大,有了自己的生活,但每每回到这个家,都能深深感受到你外婆带给孩子们的那份温暖。她的话语,她的故事,她的一切,都已经成为我们生命中不可或缺的部分。

在这个不断变化的世界里,你外婆的存在就像一颗永恒不变的星,引导着我的方向。清晨的露水和夕阳的余晖,都承载着她对这个家的爱和对生活的期待。每一个清晨,当你外婆走在这乡间小路上,心中总会充满感激,后来,她又把这个习惯教给了我。因为有你外婆,我的世界才会如此美好。孩子,希望你也能养成这个习惯。

在这份感激之情中,你外婆继续着她的生活,继续在这宽广的田野上行走,继续在这充满回忆的亭子里沉思。你外婆的身影,就像这乡村的晨光,永远温暖而明亮。

17

人活着有很多追问,什么样的追问,有时决定了会有什么样的人生。云子对自己说,虽然懒惰是天性,但还是要战胜天性,每一天积极地前行。这就是云子对自己的追问,也是她对人生的选择。云子虽然经历了很多坎坷,但她不仅没有下滑,反而变得更美,更纯粹,更无求,就是因为她的追问。有了追问,才会有所守候。

清晨的漫步是她的修行,不懈地救赎是她的修行,无我地去爱也是她的修行。因为有了一份守候和坚持,人生中的很多取舍都成了她的修行。所以,她的世界里有疾病,也有厄运,但她的心是恬淡宁静的。

人生真正的开始,有时就源于一份美好的追问。

所以，星星的人生从自闭开始，这虽然是一种坎坷，甚至是一种命运的留难，给自己和母亲带来了痛苦，让未来蒙上了一层浓重的雾霾，几乎看不到希望，但也不是完全没有益处的。它会逼着星星追问生命和灵魂，追问一颗心如何才能自由，如何才能无忧无虑地面对红尘，为何要走出可控的虚拟世界，用一颗柔软的心，去面对未知的红尘。当星星完成这些追问，走出封闭心灵的小屋时，他就是一个全新的人。很多孩子还在追求好工作、高工资，只想满足对物质和名声的追求时，他可能已经走到了更高的生命阶段。而这个阶段，对于很多生活平顺，满足于安逸的人来说，也许要到四十多岁名利双收的时候，才会去考虑。因为他们会发现自己的钱花不完，银行账户上的数字改变不了自己的苦恼和焦虑，填补不了自己心灵的空洞，甚至不能让自己不生病、不死亡。很多人如果到不了这一步，被各种生活琐事所束缚，事业等各方面都不成功，就算到了四五十岁，也不一定会考虑这些问题。那么，他们可能终其一生，都不知道智慧和精神的生命是什么样子，不知道人如果为精神和灵魂活着，内心会有什么样的感受。

但星星这样的孩子，是不是真能找到自己的答案，很难说。因为他们非常执着，正是那份难破的执着，让他们封锁心灵，逃避世界，甚至没办法与世界有最基本的交流。所以，虽说"无限风光在险峰"，但真正登上险峰的人会看到什么，能不能走出险峰，能不能让险峰的风光完善自己、放大心中的智慧和诗意，还很难说。而他们的希望，就是弥漫世界的智慧之光。当整个世界都被智慧的光点亮时，他们也会更容易看到光明。

而云子的这封信也是一线光。也许不那么耀眼，但温暖而美好。

儿子，今日醒来时，我的身体被一股懒洋洋的疲惫感包裹，仿佛昨日匆匆的步伐仍在体内回响，引发了腰酸背痛的后遗症。我在床上躺了片刻，然后强迫自己起身，希望通过些许活动驱散这份不适。随着洗漱完毕，身体似乎也重获新生，于是我决定，不让懒惰占上风，还是去迎接清晨的第一缕阳光吧！人之常态之一，就是偶尔会想要偷懒，但内心深处，总有一股力量促使我们前行。

步出家门，迎面而来的是一片生机勃勃的景象。花朵、小鸟、昆虫和草木，每一样都在以自己的方式诉说着生命的故事。天空虽然沉重，远山被云雾缠绕，但这份朦胧中透出的是一种无法言喻的美。鸟儿的叫声穿透这宁静的早晨，清脆悦耳，它们仿佛永不知疲倦，用歌声唤醒世界。

我选择在一个沙枣树林里稍作休息，任由轻柔的清风拂过脸颊，它似乎能听懂我的心声，轻轻一吹，便带走了我所有的疲惫与困顿，唤醒了我对生活的新感知。此刻，我的思绪不禁飞回那个充满儿时欢声笑语的家乡小院，那里承载着我成长的每一个瞬间，也见证了几代人生命的延续和传承。这份平凡中的真实，虽不惊天动地，却是我生命中最宝贵的记忆。

在那个小院里，我陪伴着年迈的母亲，思念着你，日子虽简单，却充满了温馨与满足。兄弟姐妹虽各自忙碌，却也不忘以自己的方式关心这个大家庭。就这样，小院成了亲人们的世界，上演着平淡中的温情故事，日复一日，温暖而真实。

转眼间，一年匆匆过去，时间的脚步总是让人措手不及。

春天再次来临，带着新的生机与希望。我和母亲相依为命。生活变得更加简单，但也更加宁静。母亲一天天变老，心中的牵挂也随之加深，她对子女的深深思念，化作一声声叹息，在小院中回响。我明白，那是她心中无法割舍的牵挂，即便我尽力安慰，她的忧思仍旧如影随形。

随着时间的流逝，你外婆的身心逐渐衰弱，她的忧心焦虑、坐卧不安，仿佛成了小院的常客，给这份宁静蒙上了一层忧伤的阴影。我尽我所能地陪伴在她身边，用默默支持来安抚她那颗焦虑不安的心。许多时候，我们之间不需要太多言语，相互的陪伴已是最好的安慰。因为有些忧愁和思绪，是难以用言语表达的，那些深藏在心底的痛苦和忧虑，只有通过时间的沉淀才能逐渐化解。

在你外婆的晚年，我深刻体会到了代际情感纽带和责任传承。你外婆对我们这一代的深情厚爱，如同我们对下一代的无私奉献，是一种生命中不断循环的美好。即便在生命的暮年，面对生离死别的恐惧，你外婆依旧坚强，她教会了我许多关于爱与牺牲的深刻课题。

岁月如流，你外婆的身影日渐消瘦，她的每一个动作都显得格外珍贵。我开始更加珍惜与她共度的每一刻，无论是在小院中一起沐浴在温暖阳光下，还是在夜晚共同仰望满天繁星，每一个简单的瞬间都变得无比重要。在这些平凡的日子里，我们共同编织的一段段温馨回忆，成为我们心中不可磨灭的宝贵财富。

随着时间的推移，我意识到，生命中最宝贵的，不是物质的富有，而是与亲人共度的每一个瞬间，那份情感的联结，才是生命中最真实、最持久的价值。

18

云子有时在信里，也会流露对儿子深深的想念，但在浓浓的牵挂之外，仍有一种恬淡和美好。她总想告诉儿子，治愈自闭最好的药，就是忘我的爱和内心最深处的平和。如果能忘掉自己和世界，就不会再封闭自己，也不会再恐惧世界，内心的痛苦就会消失了。

她的儿子会明白吗？也许在看信的某个瞬间，儿子沉浸在妈的恬淡心境中，跟母亲的心共振，于是也沉浸在温暖与平和的氛围之中，感受到春风对心灵的抚慰，感受到痛苦消融在爱的暖阳下，感受到恬淡像阳光下的小花，静静地盛开。

儿子，今天，当我从梦中醒来，发现雨已经开始下了，它的声音在窗外稀里哗啦地响着，雨势看似并不小。我决定先去洗漱，顺便享受一个舒适的热水淋浴，期待着洗完后雨会有所减弱。淋浴间内，热水如雨般落下，仿佛我置身于一场温暖的大雨中，雨打在窗外，我却在屋内享受着这份别致的温暖，真是有趣。水珠轻轻拍打着肌肤，冲刷掉了一夜的疲惫和相思，带走了被窝中的余温，让慵懒的早晨瞬间变得清新而充满生机。

外面的雨水仿佛洗净了整个世界，连带着将前几天的闷热和尘埃一并带走，让所有受过阳光灼伤的生灵都恢复了活力。

雨水浇灌下的一切,都在风中摇摆,展现出对生命的满足和喜悦。

清晨被各式各样的雨声填满,从大雨的滂沱到小雨的淅沥,再到细雨的绵绵不绝,风也不甘落后,不时地加入,带来一阵阵凉意,让人感到既清新又略带寒意。尽管风雨给人带来了一丝凉意,但它们挡不住生灵的梦想,也阻挡不了人们奔向生活的坚定步伐。

我坐下来,静静地聆听雨声,感受风的轻抚。这时,我想起了远方的你,早餐吃了吗?是否记得按时喝水和吃药?这样的牵挂已成了我每天的必做事项,无论是早上、中午还是晚上,都不能忘记。

这世上我最牵挂的,就是你了。一想到你有可能一个人在家,我就会忧心忡忡。虽然远隔千里,但我总是有一种冲动,想回到你身边,给你带去一些安慰和陪伴。毕竟,分离会让习惯了彼此陪伴的心感到空虚和不安。这么多年来,我和你相互依赖,构筑了我们之间深厚的情感,这份牵挂如同细雨般绵绵不断,无法用言语完全表达。

感谢这世上有电话,它成了我表达对你的爱的通道,每一次拨打,每一句问候,都是对你深深的关怀和思念。尽管距离将我们隔开,但心却因这些简单的交流而更加紧密相连。我常常在想,你在电话那头听到我的声音时,是否会露出微笑,是否会感到一丝的安慰和温暖,然后,我就会想起你在西部开心玩耍时的样子。

随着对话结束,我重新坐回窗边,望着窗外依旧绵绵不绝的雨。雨,似乎有着魔力,能让人的思绪飘远,飘回那个充满回忆的小屋,那里有我和你共同度过的岁月,那些平凡而又珍贵的日子,就如同眼前这场细雨,轻柔而持久。

思念如雨,无声却深刻,它让我意识到,无论生活多忙碌,都不能忘记给家人足够的关爱和陪伴。时间是不等人的,每一次的离开和重逢,都是生命中不可重复的篇章。我渴望在未来的日子里能有更多的时间陪伴在你身边,聆听你的故事,和你共度每一个宁静或喧闹的时刻,让爱如雨水般滋润我们的生活。

突然间,一阵更为猛烈的风雨打在窗上,打断了我的沉思。我意识到,无论是风雨还是生活的艰难,都无法阻挡我对你的爱。正如现在的我,虽然身处远方,但心始终和你在一起,这份情感超越了时间和空间的限制。

生活总是在不断地前行,你也在这个过程中成长。妈的教诲、妈的笑容、妈的关怀,都是你生命中不可或缺的部分。

风雨虽然仍在继续,但我的心已经暖和起来。

19

在云子的心中,亲情总是最深的羁绊,她可以在命运的坎坷中微笑,可以在疾病的折磨中微笑,甚至可以在生命响起警报时微笑,但她唯独见不得亲人痛苦。儿子的自闭,母亲面对暮年的恐惧焦虑、对儿女的不舍和思念,都会打破她的宁静,让她陷入不安和痛苦。这就是母亲,天性中有一种无我奉献的爱,却也因为这份爱,而备受牵绊。所以,每一个母亲要想真正地幸福,除了这份无我奉献的爱,也许还需要一份对"放下"的深刻理解。

老人也是这样,老人越是爱子女,就越是容易牵挂、放不下,但生命是终将结束的,这不会因为子女是否陪伴而有改变。不管子女如何陪伴,老人在生命将逝的过程中,都会独自承受痛苦,独自承受不安。子女真正对老人好,就要尽可能地为她点一盏灯,让她看到光明。

有段时间,我的学生阿诺每天都为父母读书,她的父亲虽然十多年前就已病重,备受疾病折磨,但心里很快乐、很自在,对女儿只有爱和支持。他在灵魂独行的路上,有伟大精神做伴,有内心的明灯做伴,所以活得很好。对母亲来说,云子的陪伴很美,亲情的慰藉和羁绊也很美,但她真正需要的,也许是亲人为她举一盏灯,让她找到自己心头的光。这样她才能摆脱不安,解除死亡带来的一切恐惧,真正地感受到晚年的安详。

智慧地活着,才是老人真正的安享晚年。

孩子,在冷风中的等待里,每当我从繁忙中抽身,回到那个充满回忆的小院,看到你外婆那瞬间的笑容,我就会深深地感受到,无论生活给予我多少挑战,让我多么疲惫,这里总是我的避风港。然而,每次听到你外婆沉重的叹息,我的心便沉重起来,被一种难以言喻的忧愁所包裹。

在家庭的聚会中,兄弟姐妹们经常会聊起你外婆。岁月已经在她的身上留下了痕迹——曾经坚如磐石的背影,如今变得佝偻,步伐蹒跚,呼吸急促,视线模糊。她曾经无所畏惧,为了我们的未来默默承受所有的艰辛与不易。如今，岁月的侵蚀让她变得胆怯，她担心成为我们的负担，害怕我们不再需要她，担心自己变得多余。其实，每个人都渴望被需要，被关心。在我们忙碌地刷新朋友圈，寻找自我的存在感时，是否忘记了，那个给予我们生命的人，正默默地期盼着我们的关注和陪伴？

随着我们长大成人，独立的生活让我们远离了你外婆，她的孤独、焦虑与牵挂，成了我们心中无法抹去的痛。我们总是口头上说要"放下"，但如果放下那么容易，人间的亲情又有何意义？生儿育女，又是为了什么？

随着你外婆年岁增长，她对生活的需求变得简单，但她更加需要我们的关爱和陪伴。你外婆的存在，在我心中就意味着幸福。我对兄弟姐妹们说，是时候反思我们的关爱是否真的到位，我们是否真的尽到了孝顺的本分了。要让父母有幸福感，不应该仅仅在特殊的日子里，才想起那个在老家小院中默默等待我们的母亲，我们要用日常的行动和陪伴，让她感受到自己依然重要，依然被需要，是我们生命中不可或缺的一部分。

想想看，少赚一点钱，少做一件事，又能如何？当我们享受生活的美好时刻时，是否曾想到，那个在小院中焦急等待我们归来的母亲？随着年纪增长，她开始对许多事情感到恐惧，哪怕是我们认为微不足道的小事。她渴望家人的围绕，却又害怕给我们带来麻烦。

反思之下，我们不禁自问，我们是否做得足够？是的，我们都有自己的生活和责任，但这真的是不能多陪伴母亲的理由吗？我与我的兄弟姐妹分享这些思考，并非要唱高调，而是想通过自己的经历和感受,呼吁大家给予母亲更多的关心和陪伴。母亲不需要多么华丽的物质,她需要的是我们的时间和情感的投入。当一个人的精神世界因为孤独和被忽视而崩塌时,再多的物质供给也无济于事。无论身处何地,面对何种挑战,每当回到那个温馨的小院,看到母亲那熟悉而温暖的面容,所有的烦恼似乎都会烟消云散。然而,每次听到母亲的叹息,我的心便会沉重起来,被忧愁和不安所填满。我们,作为她的子女,时常讨论着母亲的变化——她的背不再挺拔,步伐变得缓慢而沉重,呼吸渐显吃力,眼神也不再明亮。她曾经为了我们的幸福不惜一切,如今却因年老变得胆怯,害怕成为我们的负担,害怕在我们的生活中变得多余。

每个人都渴望被需要,被关注。我们忙于社交网络,分享自己的日常,寻求他人的认可和存在感,似乎忘记了养育我们长大,帮助我们渐渐学会独立,曾经在我们的生命中不可或缺的母亲,她正在寂寞焦虑中等待着我们。有时,无论我们身处何方,心中的牵挂和担忧始终如影随形,却又无法真正抓住她的手,让她感到安心。

母亲常说,她不是无欲无求的泥菩萨。这话一点也不错,每个人都有自己的需求和欲望。虽然我们有各自的生活和工作圈子,但对于母亲而言,我们就是她全部的世界。如果我们表现出冷漠,不够关心,母亲的心中将充满失落和不安。精神的支柱一旦倒塌,再多的物质供给也于事无补。在那个被雨水轻拂的清晨,我的思绪如同细雨般缠绵不绝,漫过心头的,是对你外婆深深的牵挂和担忧。每一次从她那里听到的叹息,都会在我心中激起阵阵涟漪，将我包裹在一片无形的忧愁之中。在与兄弟姐妹的交谈中，我们共同忆起了她的身影——那个曾经为我们变得坚如磐石、不畏风雨的母亲，如今已步履蹒跚，身形佝偻，视力模糊，她的变化让我们心痛不已。

母亲，那个曾经为了家庭不惜一切的女强人，现在已显露出老年的脆弱和不安。她害怕成为我们的负担，害怕不再被我们所需要，害怕被遗忘。这不怪母亲，在这个世界上，每个人都渴望被需要，被关注，哪怕是得到虚拟的社交网络上的一丝存在感。而我们，曾经如雏鸟般依赖她的翅膀，而学会独立飞翔，可以翱翔在遥远的天空时，却忘了回头望望那个给予我们力量，让我们起飞的港湾。

我们的忽视，让母亲感到孤单焦虑，变得非常脆弱，即使她还拥有我们的牵挂，也无法抵挡那份空虚和心灵的孤独。她恐惧着微不足道的小事，恐惧离家太远，渴望儿孙的陪伴，却又害怕给我们带来麻烦。每一次电话里的交谈中，我都能感受到她内心的挣扎和不安，那份作为子女的无力感，让我深感自责。

是的，我们总是以忙碌为借口，将生活的重心放在个人的追求上，忽略了那份对母亲最基本的关怀和陪伴。母亲的叮咛，母亲的唠叨，不是无端无谓的，而是一种最真实的情感表达。我们有自己的生活圈子，而母亲只有我们。爹离世后，我们成了她全部的依赖和期盼。

孩子，我理解母亲，就像我理解你，你的世界里也只有我。然而，我现在不能在你身边，只能通过这种方式，给你一点依靠和支持，让你感受到母亲的心和存在，让你走进母亲的世界。希望你也能把心打开，勇敢地面对生活中的一切，勇敢地去爱身边的人，不要害怕变化。就像我陪伴你外婆，理解你外婆那样，陪伴和理解你身边的每一个人。希望爱会为我陪伴你，带你走出自闭症的寒冷和寂寞。

20

母亲在寒风中等待儿女的细节，不仅云子看着难受，我看着也很心痛。云子的母亲是个好强的女子，要强了一辈子，她当然没想到，自己的暮年会在床上度过。八十岁之后，她就卧床不起了，她没有病，但不敢下床，怕摔坏，于是只能躺在床上，睁着一双不甘心但无奈的眼睛，度过看得到尽头的岁月。后来，我给她买了一个电动轮椅，但只有在试的时候她坐过一次，此后，便扔到角落里了。她的儿子每天早上都要出摊卖水果，没人为她搬出电动轮椅，让她自由地出入。

我写《白虎关》时，也写过在风中等待的月儿，她得了重病。她在生命最后的日子里，也像云子的母亲这样，即便外面刮着大风，也苦苦等待着自己心中的盼头——她的丈夫。丈夫就像她生命中的稻草，在外面等待，哪怕不知道啥时候能等来他，甚至不知道他还来不来，她也比待在屋里幸福。因为，等待本身，便能缓解走向死亡带来的痛苦。

信中的母亲也是这样，待在小屋里虽然很宁静，但母亲的心不宁静。对于母亲的这份不宁静，云子是无能为力的，就算每时每刻地陪伴，也不可能驱走老人心中的不安。云子能做的，仅仅是分散母亲的注意力，尽可能地让她不要想起死亡。当她忘了死亡，跟死亡有关的一切烦恼，包括对子女的不舍，都会消失。所以，每个老人都觉得自己需要陪伴，事实上也是这样，但老人真正需要的，是一个能让灵魂独立的世界，比如学会读书，学会跟灵魂对话，学会思考生命这件事——不只是知道死亡的必然，也是接受死亡的必然，学习正确地面对死亡。

有信仰的人就是这样，死亡对他们来说，是生命中最重要的试炼。为了保证自己能正确面对死亡，在死亡的那一刻能把握觉悟的契机，他们生前就会不懈地训练，让自己的心能不动不摇，安住于智慧的境界。见到生前最害怕的事，也不会被吓跑；见到生前最喜欢的事，也不会被吸引；见到生前最讨厌的事，也不会勃然大怒。有这样一颗心，能让自己安住于极致的宁静，融入宇宙中的那片智慧大海，这是灵魂可以达到的最终极的升华。

我有个读者叫老报人，他在七十多岁的时候，非常恐惧疾病和死亡，得了重度抑郁症，药石无医，生不如死。后来，他就是因为一遍遍读书，改变了思维，终于得到了灵魂的安宁，走出了抑郁症。所以，就算老人的思维不那么容易改变，只要让他们接触新的思维，他们也还是有可能豁然开朗的。子女在陪伴父母的时候，可以带父母吃好吃的，带父母去旅游，但最好也给父母读读书，让他们尽可能地拥有一个独立的精神世界，拥有一份对灵魂的思考和升华。这才是他们安享晚年最好的保障。

你看，就算云子天天陪着母亲，用自己的爱去温暖母亲，母亲内心的痛苦也还是解除不了，她还是会坐在寒风中的巷口，用茫然的等待驱走内心的不舍和焦躁。对此，云子无能为力，只能陪着母亲一起痛苦。

然而，在云子的信中，就连疼痛也是一种美好，也能让人心软，让人想起自己的父母，自己得病的亲人、朋友，然后想一想，自己能为他们做些什么，他们是不是也沉浸在这样的痛苦里？或许这也是文学的力量，哪怕不能像阳光那样唤醒人心，也能在类似情感的共振下，让人忘掉忙碌，忘掉浮躁，唤起内心某种柔软的情感，想起跟这种情感有关的所有人。也许是一个家庭，也许是一个群体，也许是一个民族，也许是这个地球上的所有人，也可能像云子这样，想起一个得病的亲人。

对每个人来说，这份情感都很重要，因为所有的爱，都来自人的情感，情感饱满而不再有执着和局限，世俗情感就会上升为大爱和智慧。人才能爱而不痛苦。

儿子，又到给你写信的时候了。

在这个雨滴悠然下落的清晨，我思绪万千。

很想与你分享一份来自心底的领悟，并非想将想法强加于任何人，只是想说说我个人深刻的感受。

每当看到你外婆那渐行渐远的背影时，我的心便会不由自主地被一种深深的情感所充满，眼角不禁湿润。随着岁月的流逝，身体会逐渐衰弱，各种疾病会渐次出现，每个即将走到生命尽头的人，都会有一种深深的危机感。你外婆已走入她生命的黄昏，我觉得，她现在就正承受这种被无形的力量所吞噬的恐惧，每日每夜都饱受折磨。也许，这种感觉就像一片无边无际的黑暗，或是一个深不见底的黑洞，在不断将她向深渊里拖拉。所以，她用尽所有力量，想要紧紧抓住我们，希望通过我们的存在，来寻找一丝安慰。而我们，往往以轻描淡写的态度回应，未能真正理解她的心声，使得她频频叹息，甚至常听她说"早死早脱孽"。

我的星星，你帮我出个主意，如何能减轻你外婆的痛苦，让她的晚年生活稍微轻松一些？或许，常伴她左右便是最好的良药。又或许，我该为她读读书？

近来，我深深地感受到你外婆对我无言的爱和等待。这份等待，不仅仅会给她带来身体上的寒冷，更会给她带来心灵深处的孤独和期盼。我的母亲，一生中为我付出了太多，而现在她最需要的，就是我的理解、陪伴和关怀。

我接下来要讲述的，是一件让我内心深受触动的事。

记得，那是一个春寒料峭的日子，午后的风格外刺骨。我在厨房洗完碗，准备出门倒掉洗碗水。推开门的瞬间，一阵冷风迎面袭来，我不禁打了个寒战，门外的景象更是让我如堕冰窟，心如刀绞——母亲正瑟缩在树下，目光在空旷的巷道里游移，仿佛在寻找着什么。也许这已成了母亲的习惯，也许母亲在等待其他的兄弟姐妹。然而，四周一片寂静，只有冷风在呼啸。看着母亲那孤独无助的身影，我的心瞬间像被重击，泪水模糊了我的双眼。我轻声呼唤她："妈，进屋吧，里面暖和。"

每当我或其他兄弟姐妹不在家，母亲总是在寒风中等待，那脆弱的身影成了我心中最深的痛。我发誓，无论如何，都要尽早回家，因为我知道，母亲总会站在门口，顶着寒风默默地等待。每当我看到她那期盼的目光，我的心便充满了疼爱与自责。也许，正是在这样的时刻，我才真正走进你外婆的心里，体会到她内心深处的无奈与挣扎，以及那份难以割舍的深情。每当我回头望向母亲那逐渐弯曲的背影，我就无法控制自己的泪水。

我开始尽我所能地增加与母亲的互动，仔细聆听她的话，陪她散步，跟她一起回忆过去，规划未来。这些简单的行动，虽然无法完全消解母亲心中的孤独和恐惧，但至少能让她感受到，她并不是一个人，在这个世界上，还有我们这些爱她的人陪伴着她。

此外，我告诉我的兄弟姐妹，无论身在何处，都不要忘记向母亲表达我们的爱和感激。可能的话，我们可以轮流回家陪伴，或者利用视频通话让母亲感受到家的温暖。母亲的笑容和快乐，是我们最大的幸福。

儿子，上面的内容，是我心底最真实的感受。我希望通过分享这些感受，唤起你对家人，尤其是对年迈父母的关爱和珍惜。我们在忙碌的生活中不要忘记，家的温暖和父母的爱是我们最宝贵的财富。让我们用行动证明，无论走得多远，我们的心始终与家人同在。

儿子，我们每个人都在追逐自己的梦想，都在为生活而忙碌奔波，却往往忽略了那些默默在背后支持我们的人。这不是一种责备，而是一种自我反省。或许我们每个人都该想一想，亲人最需要的是什么，我们可以给他们什么，如何在追逐梦想的同时，让他们也有一份幸福和快乐。

21

人的情绪就像天上的风雨，忽来忽去，虽然云子为母亲的焦虑而心痛，但回到一个人的世界，她还是那样淡淡的，平和宁静地活在当下。她看起来很柔弱，却是一个非常坚强的女人。她的坚强就像小溪，天地间可以狂风暴雨，可以电闪雷鸣，但小溪还是小溪，还是那样潺潺流动着，看不出一点被风暴闪电肆虐的痕迹。因为她明白，有些事她改变不了，她只能改变对待那些事的态度。

如果星星也这样，他肯定不会得自闭症，因为平和会为他消解一切。但对于一个男孩来说，在小时候养成坚强的品性，要比达到平和更容易，也更符合孩子的生理心理发育规律。可惜，云子无法将自己的平和直接传给儿子，她也没有着意地培养他坚强。历史上没有父爱的优秀人物很多，范仲淹两岁丧父，成吉思汗九岁丧父，但这并没有使他们的生命一蹶不振。如果星星能够坚强些，他会明白，完整的家庭虽然很温馨，爸给过他的爱虽然很美好，但他就算没有这些，也仍然可以很幸福、很快乐，他心中的诗意和温馨不会减少。他不需要爸给他爱，因为他的生命是完整的，他可以去爱爸，时不时地跟爸联络一下，让爸明白，虽然他跟妈分开了，但自己尊重他，并且仍然爱他、关心他，爸不需要觉得尴尬。这时，就算他们不住在一起，他其实也还是没有失去爸，爸在他心里。

在这个网络时代，人与人要想联络其实很容易，我们可以找到无数种方式。只是我们太容易被一种关系束缚，觉得它决定了我们的一切，它给过我们的温馨和幸福，似乎也会随着它的改变而消失。但其实不是的，关系在变，我们也可以变，只要我们学会变通，很多事可能就不是无解的。比如，两个家庭放下芥蒂，变成一个大家庭。世上不是没有这样的例子，只是人太难放下，能够放下的人，就能拥有一个没有隔阂，也不会因为变化陷入灾难的世界。

很多时候，人是思维和习惯的动物，总是被思维和习惯，还有诸多的概念所操控，不明白一切都在变化，概念不能概括一个鲜活的生命。我们不需要控制世界，只需要让自己的心静下来、鲜活起来，既不让自己固化，也不追求外界某种状态的固化。慢慢地，改变就会发生。

儿子，在这个被雨声轻拨的夜晚，我从梦中惊醒，只听见雨珠急急地敲打着窗户，宛如夜的低语，打破了宁静，让人难以再有睡意。心里暗想，这场雨落得不轻。待到黎明，雨已停歇，窗外的世界被一层薄雾轻轻覆盖，一切都显得朦胧而神秘。整理好自己，我踏出了家门，迎接我的，是一幅生机盎然的自然画卷。

清新的空气中，每一片草尖都挂着晶莹的水珠，仿佛大自然的珠宝，而那些红叶上则闪烁着如同钻石一般的光芒。各种色彩斑斓的花朵在雨后更加艳丽夺目，娇嫩的粉红、炽烈的红色、深邃的紫色，都美得让人心生倾慕，难以割舍。

虽然天空仍旧布满阴云，远处的山峦与天空交融，界线模糊，但近处的花草树木散发出的清香，已足以让人沉醉。漫步在这片自然中，我总觉得自己仿佛置身于梦的世界。

生命的旅程总是充满了各种滋味，酸甜苦辣、喜怒哀乐，交织着人生的丰富多彩。我的童年随着时光流逝，已淡出记忆，但那时的纯真和欢乐，仍旧藏在心底最深的地方。

岁月如沙漏，悄然流逝，留下的，是那些刻骨铭心的记忆碎片。尽管时间让我们遗忘了许多，但对过年的期待却是永远不会改变的情感。过年意味着新衣、美食、欢乐和团聚，那是一年中最为温馨和快乐的时刻。我们一起荡秋千，观看戏曲，聆听曲艺，家家户户洋溢着欢声笑语。大人小孩一同围坐，共享故事的乐趣，一起数星星，一同赏月。

夜晚，我们在繁星点点的天空下分享鬼故事，紧张又刺激；月光洒落的夜晚，我们围成一圈玩丢手绢，不时传来开怀的笑声。无论是"老鹰捉小鸡"还是"瞎子摸象"，都让夜晚变得热闹非凡。孩提时的我们，沉醉在这无尽的快乐中，总是玩到夜深人静才依依不舍地离开，心中满是对明天再聚的期盼。

那些日子如同一首无尽的歌，旋律悠扬，回响在每一个平凡的生命里。我们的童年虽然随着年代的变迁逐渐远去，但那份纯真的快乐和无忧无虑的日子永远镌刻在心底，成为我们最宝贵的记忆。在成长的道路上，那些简单而又美好的时光，如同一座灯塔，照亮我们前行的路，提醒我们无论未来如何变化，那份纯粹的快乐和温暖的情感都永远不会改变。

时光流转，我们从无忧的童年走入了复杂的成人世界，面对生活的压力和责任，我们或许已经忘记了如何像孩子一样纯粹地笑，如何无拘无束地玩耍。但每当回想起儿时的过年时光，所有的烦恼似乎都会烟消云散，心中只剩温暖和感激。

那时的我们，无须太多物质的拥有，简简单单的一顿团圆饭，一场家庭成员的聚会，就足以让我们感到满足和幸福。我们珍惜彼此的陪伴，享受着那份来之不易的温暖。在那个没有手机和互联网的年代，人与人之间的联系更加真挚和紧密，我们用心感受每一个人的情感，用爱回应每一份关怀。现在，虽然物质生活有了极大的提高，但那份简单的快乐却似乎越来越难寻找。我们忙碌于工作和生活，忘记了停下脚步，感受生活中的每一个美好瞬间。

孩子，让我们在这个快节奏的时代中，重新找回那份童年的纯真和快乐，不要让繁忙蚕食我们对生活的热爱和对家人的关爱。无论未来我们能走多远，都不要忘记那些陪伴我们成长，给予我们无尽快乐和温暖的人和事。让我们用心去感受生活中的每一份美好，用爱去温暖每一个人的心灵，让那份简单的快乐和温暖，成为我们永远的追求和珍藏。

今天，你二姨来看母亲了。正好，我也该给你讲讲她了。

这时，夜幕降临，宁静至极，仿佛整个世界都沉浸在一种神秘而又静谧的氛围中。在这样的夜晚，我常常会感受到一种难以名状的情绪，它如同深埋在心底的尖刺，隐隐作痛，那是一种仅在生命中的鲜活时刻才能体会到的疼痛。

我从未有过令人瞩目的成就，生活对我而言，似乎就是随波逐流，日复一日。然而，每当我看到二姐，心中总是既感慰幸运又充满心疼。因为一旦做出选择，其他路径就似乎被封闭了。我选择了一种平凡的生活，自然少了许多烦恼，但二姐选择了雪师，却预示着她会有一段跟一般女人不同的人生。

自从二姐嫁人之后，我们的相处变得不再像过去那样随意。每次见面，都似乎被一层难以言喻的东西笼罩，产生了一种微妙的距离感，仿佛现实生活中不得不遵循的某种规则在作怪。

幸好，我们之间仍保持着亲人间的信任。二姐和我之间，存在着一种不言而喻的理解和默契。在一起时，我们的对话常被外人视为笑料，因为我们似乎都在自说自话，都想将心底的话尽快说出来，得到释放。旁观者似乎难以理解，但对我们来说，却是彼此心灵的真正交流。

童年时，我总是喜欢黏着姐姐们，晚上睡觉时也要挨得紧紧的，仿佛她们是我的避风港。尤其在黑夜里。小时候我最害怕黑夜了，总怕被黑暗吞噬，所以总是紧紧地抓住她们。也正是因为这样，我才能与她们共享那些美好时光，感受到她们的喜怒哀乐。

我们之间的相处模式非常和谐，姐妹之间互相照顾，彼此支持，是我们家的传统。但随着时间流逝，那些曾经的美好时光变得越来越模糊，仍旧清晰的，是深深的怀念。

有时，我会在朦胧的梦中重逢那些美好时刻，仿佛时间静止，让人不愿醒来。那些时刻就像清晨的微风，轻轻拂过心田，带来一丝丝的温暖和快乐。

在那个简单的小院里，孩子们天真地追问星星月亮的奥秘，老人们总是耐心地回答，那份纯真和疑惑，构成了我们童年最宝贵的记忆。

如何将这些记忆重新捕捉，化为永恒的画面，留在心底，成为我们生命中不可或缺的一部分,是一个值得我们深思的问题。当然,有时也不必刻意捕捉,刻意珍藏,因为,这份深情厚意总像充斥幽谷的薄雾,缭绕在心头,让人难以忘怀。即便时间的长河无情地冲刷,那份记忆也不会消失,而寄托在它们身上的对家人的爱和思念,也只会愈发浓烈,如同老酒,越陈越香。

记忆中的画面如同一幅幅精致的油画,每一次回想,都会受到深深的触动。那些简单却充满爱的日子,像是一座永不熄灭的灯塔,指引着我们在人生的旅途中前行,无论遭遇怎样的风雨,我们都不会停止向前。

在那个充满欢声笑语的小院里,我们曾一起追逐,一起探索世界的奥秘。那些关于星星和月亮的天真疑问,让我们的童年充满了无尽的想象和探索的乐趣。每当夜晚来临,我们便会围坐在院子里,抬头仰望那满天的星斗,心中充满了对未知世界的好奇和向往。

岁月流逝,我们各自走上了不同的人生道路,但那份纯真的情感和美好的回忆,却如同心中的宝藏,被我们永远珍藏。在我们每个人的心中都有一个属于自己的小院,那里住着我们最真挚的情感,最纯粹的欢乐和悲伤。

现实生活或许充满了各种挑战和困难,但只要我们心中保留着那份对家人的深情和对美好记忆的珍视,就能在生命的旅途中找到力量和希望。无论我们身处何方,那份对家的思念和对亲人的爱,都像是一条不可见的纽带,将我们紧紧相连,让我们共同面对生活的风风雨雨。

让我们珍惜每一次的相聚，无论是欢笑还是泪水，都是生命中不可多得的珍宝。让爱如星辰般璀璨，照亮我们前行的道路。让回忆如清风拂面，带给我们无尽的温暖和力量。在这个快速变化的世界中，保持那份纯真和对美好的追求，或许就是我们能给予彼此最好的礼物。

孩子，这是我对生活和亲情的感悟，也是对你的一份祝福，希望你也能感受到我所说的。那时，你一定走出了自闭，生活在快乐和幸福之中。我的孩子，希望那一天快点来临，我期待见到，你的脸上总是洋溢着笑容。

22

在接下来的信中，云子讲到了她的童年生活。她虽然饿过肚子，那份记忆刻骨铭心般地深刻，然而，童年在她心中仍然非常美好，是那种渗透着阳光和清风的美好，看不出一点悲惨生活的痕迹。

云子有点像我在《西夏咒》中写的雪羽儿，雪羽儿因为偷粮食救村民，被碾断腿，送到了劳改所王景寨滩，那是一个荒凉的戈壁滩，人烟稀少，但也辽阔宁静。雪羽儿在那儿，就像云子每天清晨的散步这样，宁静安然，心就像水晶一样清澈纯净。不过，她不是在享受大自然中的清风和美好，而是放下了一切，活在一种智慧的坦然和了悟之中。有时，这种心境跟世俗的美好很像，它同样会让人陶醉和喜悦，但世俗的美好心情会改变，智慧的坦然和了悟却不会改变。就像我常说的，虽然双眼了了分明，洞察秋毫，心却如如不动，大爱充盈。

然而，云子的这份恬淡纯净也很美好，如果说雪羽儿的智慧像是天上的太阳，云子的恬淡纯净就是一泓春水，即便会随风泛起涟漪，也不妨碍它给我们带来美好心境。

在那些长夏短秋的年代里，我们总梦想着快速长大，因为大人们总说，成长会带来智慧和能力。每当这样的话语在耳畔回响，我总是满怀期待地想象自己成为那样无所不知的存在。在我们那个温柔的乡村，夜晚总被老人们的话语和孩子们的梦想包裹着。

"别哭了，快起来。今天你不能跟我去。回家去吧，我回来时给你带糖吃。记得要乖，如果你哭着睡着了，万一有狼藏在暗处，它会把你吃掉的。"那是一个夏日的午后，我因为跟不上二姐的步伐而哭泣，蹲在渠沟边。二姐担心地跑回来，一边说着，一边急匆匆地将我拉起，眼中满是心疼和焦急。她温柔地擦去我脸上的泪水。我透过泪水望着她，心里既委屈又安慰。

"乖，回家去玩吧，我会给你带糖回来的。如果你跟着我，没有人照看你，你可能会走丢。"我疑惑地看着二姐焦急的面庞，最终点了点头。二姐就放开我的手，跑去追赶她的伙伴们。我站在原地，目送着她远去的背影，心里五味杂陈，一边往家走，一边仍然不甘心地抹着眼泪。我知道二姐和她的朋友们去学校学习唱歌和跳舞，她们总是悄悄行动，从不让我们这些小孩参与。我们只能偶尔偷偷地扒在门缝或窗台上偷看，试图窥探她们的秘密。那时，唱歌跳舞并不像现在这般自由，一旦被大人发现，必然会遭受惩罚。

　　我原本最亲近大姐，但她加入了学校的篮球队，忙于训练和比赛，几乎没什么时间在家。于是，我只能依偎在二姐身边，无论她去哪里都跟随着。现在，连二姐也会偷偷离开，留下我一人。弟弟总是黏在母亲身边，而哥哥则沉迷于他的军事游戏，不断在村子周围奔跑，他的裤子总是破了又补，补了又破。母亲每晚修补，他每天都弄破。后来母亲生气地打他，想要好好管教他一顿，他却总像一只狡猾的小兔子，灵巧地躲闪，母亲总是抓不住他。最终，母亲只能气喘吁吁地放过哥哥。

　　哥哥的世界是村子周围的那些山丘，他在那里自由地奔跑、探索，仿佛那是他征服的王国，他在其中寻找着属于自己的快乐。当五奶奶——那位缠着小脚的老人，步伐缓慢地走在只容一人通过的小路上，阻碍了哥哥的快速前进时，哥哥便会跟在她后面，理直气壮地要她让路。五奶奶偏不让。呵呵。五奶奶向爹抱怨时，爹只能无奈地笑笑，说："孩子们不懂事，别介意。"

　　哥哥在学校也很叛逆，老师批评他的时候，他曾大胆地说："你不让我在这里上学，我就去'大学'。"这句话后来成了我们家里的一个笑话，哥哥的野心和童真混合在一起，成为我们家族故事中一种抹不去的色彩，一段美好的回忆。

　　这些故事，就像是一幅幅细腻的画卷，展示了我们的童年，充满了纯真、欢乐和一点点的顽皮。在那个悠长的夏日午后，阳光透过稀疏的云层，将大地染成了金黄色。村庄里的孩子们，带着对未知世界的好奇和渴望，总是怀着一颗探索的心。我，作为其中之一,总梦想着能快速长大,因为大人们总说,长大了就能明白所有的事,就能掌握所有的知识。

随着时间的推移,我们每个人都在生活的路上慢慢前行,有时候分离,有时候重聚。但无论怎样,那些关于童年的记忆总是在我们心中占据着最柔软的部分。每当夜深人静、星空璀璨时,那些关于兄弟姐妹间的争吵、游戏、笑声和泪水,都会在心海中悄悄涌现,温暖着我们的心灵。

就像那个夏日的午后,二姐承诺给我买糖的情景,虽然简单,却深深地刻在了我的记忆里。那份纯真的承诺,那份无关成败的陪伴,构成了我们共同的记忆,成为时间长河中最宝贵的珍珠。而这些记忆,正是连接我们过去与未来的桥梁,提醒我们无论走到哪里,都不要忘记那个纯真、温暖、充满爱的家。

孩子,记忆中的美好是我们的力量,哪怕会遇到风雨,美好的记忆建成的小屋,也会让你拥有一个可以休憩的地方。它会保护你的心,让你的心始终有一份感受美好的力量。

孩子,希望你能感受到我信中这些生活的美好,发现你生活中的美好。发现我的爱给你带来的温暖,发现你的爱在你生命中的力量。在现实生活中找到你的梦想和快乐,走出那个切断了痛苦,但也切断了美好的封闭的世界。

23

今天的信很有意思,它不但讲了云子的回忆,还提到了关于我的一段往事。从另一个角度看那段时光，有些青涩，有些遥远，就像从记忆的河底深处捞出一粒珍珠。我的人生中有过一粒又一粒珍珠，这封信中写到的，肯定是很重要的一粒。因为，它将为我的人生翻开新的一页。这一页在我的人生中，将是非常重要的一页。但云子在经历这件事的时候，丝毫不知道，她眼中寻常的一件小事，将成为另一个人一生中非常重要的一块基石，它和别的基石，将一点点砌出我的整个人生大厦。

世界就是这样，环环相扣，每一个环节都有着错综复杂的关联，相关的所有人的人生，都将经过这个环节，发展出不同的剧情。我们都是这样。

云子的这些信，也许不能给儿子带来立竿见影的效果，但一定会给他心中种下一粒种子。我们永远不知道，哪一粒种子会在孩子的生命土壤中发芽，只有一粒接一粒地种，等待种子破土而出的那个瞬间。

这是云子的等待，同样是我们每个人生命中的某种等待。

孩子，今天继续讲我小时候的故事，记忆就像一个装满了宝贝的檀木匣子，一旦打开，就发现里面琳琅满目，每一样都值得拿来跟你分享。希望你的人生也是这样，希望你在回忆生活的时候，也有说不尽的喜悦和怀念。

小时候，在那些未通电的夜晚，村庄里的生活仿佛被拉回了旧时光。我们围坐在院子里，仅有的煤油灯发出微弱的光芒，勉强能照亮每个人的脸庞。为了节省煤油，大家都挤在一起，仰望星空，聆听老人们反复讲述的古老故事。那些故事已经被陈述了千百遍，而我们每个听众，都仍然听得津津有味，渴望着有朝一日能成为故事中的一部分。

七十年代，是一个将劳动视为荣耀的年代。大人们忙于田间地头，孩子们也跟着参与劳动。大姐和二姐都投身于这样的生活中。那时的人们热情洋溢，在广袤的土地上挥汗如雨，挥锹播种，满怀希望地期待着丰收的季节。每当劳作结束，他们满载而归，家中的气氛便生机勃勃，笑声和谈话声充满了每一个角落，仿佛他们用汗水浇灌的希望之花在此刻盛开。

随着季节的轮回，我们的生活也日渐富裕。大姐开始筹备婚事，二姐和哥哥步入中学的大门，我和弟弟也踏上了小学的征途。哥哥每天骑着那辆旧飞鸽自行车，带着二姐往返于家与学校。家里的书籍像是传家宝，从一个人手中传到另一个人手中，二姐读过的书，我几乎也都翻过。

记得那是一个慵懒的下午，我无聊地靠在廊柱上，看着夕阳慢慢被西墙遮挡，院子渐渐沉浸在阴影中。这时，两个陌生人走进了大门，一个高个子，一个略显矮小。大姐、二姐和哥哥都忙着招待。我偷偷问过，才知道是二姐和哥哥的老师来访。原以为与我无关，大姐却悄悄告诉我，那位稍显矮小的老师竟对二姐抱有特别的情感，于是我惊奇不已，立刻来了兴致。

不只我，家族的每个成员都是这样，那位老师的每个动作、每句话，我们都观察得极为细致，仿佛要从中寻找线索，审查他是否适合我们的二姐。这不仅仅是好奇，更是一种守护二姐的决心。我们成了家庭的守护者，决定着眼前人能否成为我们中的一员。现在想想，幸好没有阻挡二姐的爱情。很多时候，一个小小的决定，改变的可能是历史。

在我们家，关于爱情的讨论总是热门话题。无论是小姑姑、大姐还是二姐，恋爱对象都必须得到一致认可。这种集体的参与感，让每个家庭成员都密切关注着彼此的幸福，共同守卫着家族的温暖与和谐。

那天，两位老师离开后，我们一群孩子围坐在院子里，星光下的讨论比平时更加热烈。我们讨论着那位对二姐有意的老师，每个人都发表着自己的看法，有的坚决反对，有的则表示要更多地了解他。尽管我们的意见各不相同，但这种家庭内部的小会议，让我们每个人都感到自己起着举足轻重的作用。这不仅仅是对二姐未来伴侣的讨论，更是一次关于家族价值观和彼此信任的重申。

随着时间的流逝，这个事件逐渐成了我们家族史上的趣谈。每当家庭聚会时，总有人会提起这件事，引发一阵阵笑声。然而，我之所以深深地记住它，并不是因为它有趣，而是因为，它让我懂得了家庭的意义远超于血缘联系，更多的是支持、理解和无条件的爱。

在那个简朴的时代，我们的生活虽然缺乏物质上的丰富，但却拥有更加宝贵的东西——家人间深厚的情感纽带和共同维护的家庭文化。我们通过共同的经历和讨论，不仅加深了彼此之间的理解和尊重，也逐渐形成了独特的家庭传统，这种传统随着时间的流逝，愈发显得弥足珍贵。

孩子，如今当我回想起那些在昏黄煤油灯下的夜晚，大家围坐在一起的情景，心中充满了温暖和怀念。那时的我们虽然年幼无知，但正是那份纯真和对家庭的深厚感情，构建了我们每个人的性格和价值观。在那些星光璀璨的夜晚，我们不仅守望着彼此，也守护着那份代代传承的家族温暖和情感纽带，这将成为我们一生中最宝贵的财富。

在我们家的故事中，有一段关于老院子的小插曲，它不仅讲述了一个关于手艺和认真的故事，还透露了孩童纯真的观察力，如何影响一个成年人的职业自尊。

那时，我们的老院子刚刚经过新的修缮，四周环绕着精致的廊柱，显得既古朴又庄重。在厨房里，爹特意请来了我们村里最有名的泥瓦匠，一个以手艺精湛著称的老匠人。他用了整整三天，专注而细致地砌出了一个灶台。就在所有人以为这份精美的工作即将完结时，我的弟弟，一个还说着童言童语的小家伙，站在厨房门口，眨着好奇的眼睛说道："我以为你在绣花呢，原来是绣了个土墩子。"尽管他的话语中带着孩子特有的发音不清，却像一记重锤，击中了老匠人的心。

那位泥瓦匠师傅，一个饱经风霜的中年人，就这样陷入了沉默，他静静地坐在厨房里，点燃一支烟，独自思考着什么。过了好一阵，他竟开始拆除那已经砌好的灶台，重新砌了一个更加完美的灶台。完成后，他才开口说道："我干这一行半辈子，从未有人如此直接地质疑过我的手艺。没想到，被一个小屁孩看出了问题，真让人脸红啊。今天我是真正体会到了，如果没有足够的本事，就不该随意承接重任。既然承接了重任，就要精益求精。"

这件事成了泥瓦匠师傅每次来我们家时必谈的经历。每当提起,他总是一半自嘲一半感慨地重复那段经历,仿佛那个小小的评论已经深深钉在了他的心中。尽管他与我们是平辈,年纪却与爹相仿,他们之间还有着不错的交情,讲究礼节的成年人怕他难堪,一般不会说这些话。这件小事让我们明白,孩子的眼睛看不到复杂的世界,他们的直觉反而能够触动人心,唤醒或许已经被成年人忽视的真诚与专注。

24

这封信对那件事的叙述更详细了,它不只关于我,也带着那个时代独有的印记。

那个时代的老家尚武,对武功好的人特别崇敬,尤其是孩子。我小时候也是这样,正是因为这份崇敬,我将武术梦想保持到了三十岁,闭关创作之前。其他的很多梦想,比如音乐,我都放弃了。武术梦想不仅让我的人生有了侠义色彩,也让我有了强健的体魄,能在自强不息的同时不影响健康。在我的人生选择中,武术虽然没有陪伴我到最后,但同样是很重要的一环。

有时我也会想,对于一个抑郁自闭的孩子,武术会不会是一个很好的选择呢?假如他能好好练武,生命中会不会有更强大的能量,让他能在坏情绪涌来的时候,仍然拥有一份心灵的自主?答案是肯定的。武术不仅能强健身体,更重要的是强健意志与神魄,能使孩子养成一种强韧的心性,更加自信,且有耐力。而练武养成的对于身体的良好控制力,也会有助于对心灵的自控与调适。

星星从小被云子呵护太多，母亲虽也带着他一起散步、一起放风筝，但这远远不够。并且，他与母亲过于黏腻亲密，使得长成少年的他，还是如婴幼儿时期那样，喜欢依赖母亲，性格也更偏向与母亲接近的柔弱敏感。而这些，云子完全没有意识到，她心中全都是对儿子柔软的爱与依恋。

儿子，我还是接着上次的内容给你分享吧。

在那个静谧的夏日傍晚，我们一群孩子聚在一起，围坐在老榆树下，秘密地讨论着那位老师。空气中弥漫着泥土和青草的香味，夕阳的余晖洒在我们稚嫩的脸庞上，每个人都带着几分期待和好奇，低声交谈着。

"他会不会是二姐理想中的那一位呢？"我们互相对视，脸上浮现出不确定的笑容。"听说他说话时会脸红，显得有些害羞。"有人说完，马上有人小声补充道："不，不，书上说那叫腼腆。"随即引来一阵窃笑。

突然，有人兴奋地插嘴："听说他还会武功呢！"我们的眼睛一亮，似乎找到了某种共鸣。"真的吗？如果他真的会武功，那个子矮一些也没关系，至少能保护二姐。"这个想法迅速得到了大家的认同。

在那个时代，老家练武的人多，孩子们心中充满了对英雄人物的崇拜，岳飞的忠诚，杨家将的勇猛，二郎神的神通，赵子龙的英勇，都是我们童年时期耳熟能详的英雄形象。在我们的想象中，他们不仅是历史上的英雄，更是梦中的侠士，代表着正义与勇气。与那些武侠小说中的英雄相比，我们自然不会喜欢贾宝玉这样的文弱书生，他甚至连林黛玉都保护不了。

于是，我们将这位老师与那些历史和文学中的英雄人物联系起来，幻想着他如果真会武功，那该有多好。这样的讨论，不仅是对二姐未来伴侣的天真设想，更是我们的英雄梦想的一次共鸣。我们的笑声中充满了纯真的期待，仿佛在那一刻，每个人的心中都种下了一粒希望的种子。那是我们童年记忆中一个温暖而闪亮的瞬间，给我们留下了深刻而美好的印象。

在那段充满期待和梦想的日子里，我们对这位老师充满了敬意。这种尊重不仅缘于他的身份，更因为他拥有那种让人敬佩的品质。经过一番热烈而认真的讨论，我们都默契地支持了二姐的选择。二姐因此更加坚定，对未来的幸福生活充满了憧憬。正是在这份支持和鼓励下，二姐的学生生涯最终画上了圆满的句号，她步入了人生的新篇章。

当然，这不是立刻发生的，在一切美满之前，人总会遇到意想不到的转折和挑战。当一样东西太容易获得时，命运就会在别的地方设置障碍。因此，二姐的情感之路注定不会一帆风顺。她必须面对生命设下的种种考验，用自己的坚持和努力去跨越它们，追求属于自己的幸福。正是这份坚持和勇气，让她最终超越了所有困难，找到了通往幸福的道路。

在那段充满青春活力，也不乏坎坷和冲击的日子里，雪师与二姐的爱情终于迎来了春天，周围的反对声音慢慢消散，大家开始默许他们的关系。我们与老师的相处，也进入了最为随性的阶段，他甚至以强身健体为目的，从基础的扎马步开始，指导二姐习练武功。我、哥哥还有弟弟也跟着加入，在小院里练得热火朝天。每天的早练晚习我们都异常认真，努力地练习着每一个动作。尽管随着时间流逝，大家都在生命的旅途中各自前行，没能坚持下去，但无论我们走到哪里，那段在小院里一起练武，一起聆听历史故事的日子，始终是我们心中最宝贵的财富，清晰地留在我们的记忆深处。那份热血，不亚于武侠小说中的兄弟结伴江湖。对从小梦想着仗剑走天涯的我们来说，那是此生最接近梦想的一段日子。后来，即便我们有了别的梦想，开始为了别的目标而努力，想起那段年少懵懂的日子，心里还是会涌起一股暖流。至今我还能隐约记起，雪师教的那套防身术中几个标志性动作。而雪师的奋斗故事、二姐的坚忍，还有我们之间的友情，更像一颗颗明亮的星星，照亮了我们前行的路。

在那个被霞光染红的窗台边，春天的故事轻轻摇曳，生命以最灵动的方式绽放，余音袅袅，如同自古以来未曾变化的旋律。燕子在细语中筑巢，院里的小花小草恢复了翠绿的生机，在一缕炊烟轻飘中，生活显得恬淡而又惬意。

岁月悠长，我们在时光的窗台上留下一笺诗意的书信，雨滴在禅意中弹奏，岁月的温柔在掌心中交汇。在微醺的禅意中沐浴，看见禅院中晶莹的露珠。

风生水起，意境之美令人心动。风中的烛火，月下的箫声，山谷的鸟鸣，竹林的轻响，以及松间的明月，构成了一幅幅动人的画面。

雪花在完成它的使命后，轻轻吻别大地，蕴含着锐不可当的气势，在冬日中展现出料峭之美。就像我们的青春，不知何时踏上这个世界，却在这里相遇，相识，相伴。

就像孩子们的童言童语，一盏灯照亮了黑夜，一根树枝勇敢地挑战天空，虽然只留下了微小的痕迹，却也是对生命的美好诠释。

这一切，都是我们共同的回忆。青春的画卷缓缓展开，在每一个细节中，我们看到了彼此的成长，感受到了生命的温度和岁月的温柔。

这段青春的记忆就像是一场梦，更重要的是，在雪师的引导下，我们学会了如何用心去感受生活，如何用勇气和智慧面对困难。即使在梦醒时分，这些智慧和品质也没有离开我们的生命。对我们来说，这也许是一生的裨益。

生活不断地变化，但有些东西却永远不会改变，那就是我们对美好事物的追求和向往。就像雪师那些不太茂盛的花草，经过二姐的细心呵护仍然变得生机勃勃，只要有爱和关怀，生命的每一个角落都能绽放出美丽的光芒。

我们在青春的路上相遇，共同经历了那么多的风风雨雨，这些经历让我们成长，也让我们更加珍惜彼此之间的关系。就算在未来的日子里，我们可能会因为各种原因而分开，但在我们心中，那段青春的记忆就像是一首永远不会结束的歌，让我们无论在何处，都能感受到彼此的温暖和支持。

孩子，我们的故事还在继续，每个人都在用自己的方式书写着自己的人生篇章。虽然不知道未来会遇到什么样的风景，但我们相信，只要心中有爱，有梦想，就没有什么是不可能的。让我们带着青春的记忆和教导，勇敢地迎接每一个新的挑战，追寻属于自己的星光，继续在人生的旅途上前行，直到到达梦想的彼岸。

风轻了，雨润了，周围静了，我们的心也随之变得更加宽广和明亮。每当回首，那段青春岁月便如同一道美丽的风景线，永远定格在我们的心中，提醒着我们，无论未来如何，都要勇敢地去爱，去生活，去追求那份属于自己的美好。

二姐的婚礼那天，我们每个人的心中都充满了喜悦和感动。她不仅赢得了爱情，更实现了自己对幸福的追求和梦想。在那个阳光灿烂的下午，我们围绕着她，分享着这份难得的喜悦。看着她幸福的笑容，我们的心里感慨万分。我们知道，这份幸福来之不易。她排除了外界所有的干扰，勇敢地坚持自己对爱情和人生的选择，坚信这就是她生命中最重要的使命。她的勇气和坚持，是我们无法想象的。她的爱情故事就像一盏明灯，照亮了我们的心灵，它告诉我们，在追求真爱和幸福的路上，无论遇到多少困难和挑战，只要有足够的勇气，能一直坚持，最终都能抵达自己的幸福彼岸。直到今天，我还是相信这一点，我希望你也不要怀疑，要始终相信人生，相信坚持和努力，相信真爱和幸福，不要因为爸爸妈妈失败的婚姻，就怀疑一切。只要你肯努力地走出来，跟妈妈一起努力，我们一定可以重新收获幸福的。

25

这封信里，云子记录了一段我也想记录的往事，当然是从另一个角度。

云子说得对,爱总是我们前进的理由,不管是什么样的爱。在云子记录的这段往事里,让我前进的,同样是爱,其中有男女之爱,也有大爱,对世界、人类和真理的爱。信中的二姐鲁新云,也就是孩子的二姨,心里同样有这份爱,所以她才能在世俗人所认为的寂寞中,安然快乐地度过几十年的岁月,从信中写到的这个时候,一直等待到现在,当然,也是陪伴到现在。她陪伴的不只是我,也是我们的梦想,是她心中的大爱。也许,她心中的爱也一直在感动和鼓励着云子,让她能勇敢向前,不畏苦难。

儿子,昨天讲到你二姨结婚,今天我想跟你讲一讲她婚后的故事。

随着时光流转,二姐完全沉浸在她的婚后生活里,而我也顺利完成了中学学业。在那些悠闲的日子里,父母常会让我到二姐家去,帮她照看孩子,陪她消磨时光。我们的回忆如同一幅幅精美的画卷,在每个共同度过的时刻里缓缓展开。

我记得,我们曾在她家后院的豆架下轻捻嫩绿的豆角;我们曾一同走过狭长的田埂,呼吸着油菜花的清新香气;我们曾在微风中摇曳的麦田里,弯腰拔除杂草;我们曾在夕阳渐沉的黄昏,挑水浇灌渴求滋润的农田;我们曾坐在秋天金黄色麦粒堆上,分享收获的喜悦;在她温暖的小屋里,我们依偎在炕头,倾听彼此的心声;在她的新楼房里,我们畅谈人生,分享梦想。我们肩并肩肯起孩子,笑看村头戏曲。那些天真的笑脸如同阳光,驱散了所有的阴霾,我们与孩子一同成长,见证了二姐坚守的信仰。

在支持心爱的人追梦的路上，二姐不惜一切代价，哪怕要面对自己最不情愿的挑战——曾有一段时间，她不得不经营一家书店，尽管对商业的尔虞我诈感到厌恶，但为了支持雪师的梦想，她还是坚毅地承担起这份责任。我目睹了她在这段旅程中的艰辛和泪水，还有那些只有我们俩才知道的苦楚和辛酸。

记得有一次，我们一起送书，坐在不断颠簸的三轮摩托车上。那些崎岖不平的道路上布满了大小不一的石块，每一次出行都是对勇气的考验。我的心中满是畏惧，但面对生活的种种不易，二姐总是乐观坚强。

她对我说："无论生活如何艰难，都不足为惧。只要心里充满爱，就会拥有前进的动力。这么一点辛苦，算得了什么呢？生活中的孤单，等待的漫长，从未让我感到后悔或寂寞。能为心爱的人出力，支持他在自由的天空翱翔，追寻我们共同的梦想，即便终将迎来生命的暮色，我也将无怨无悔。因为我深信，与爱人在酒红色的黄昏中相视而笑，便是此生最为浪漫的记忆。"

二姐的话语如同春风般温暖，她的生活哲学和对爱的坚持，不仅为我树立了一个生活的榜样，也深深地影响了我对爱与生活的看法。在二姐的身上，我看到了爱的力量，看到了即使在困难和挑战面前，依然可以选择坚持与乐观，也依然可以用一颗感恩的心拥抱每一个瞬间的生活态度。因为，这些瞬间构成了我们丰富多彩的人生。

随着时间的推移，二姐的孩子逐渐长大，我也从一个青涩少女变成了妈。每当我回想起与二姐一起度过的那些日子，心中总是充满了温暖和感激。那些简单却充满幸福的时光，如同一串珍珠，串联起我人生中最宝贵的记忆。

二姐和雪师的爱情故事，让我深刻地理解了真爱的含义。它不仅仅是两个人情感的相互吸引，更是在对方需要时毫不犹豫地给予支持，是在共同的生活中彼此扶持，共同面对困难，一起追求梦想。这份爱，既是对个人的坚持，也是对家庭的责任，更是对生活的热爱。

在二姐的小屋里，我们分享过悲伤，也一起品尝过快乐。那间小屋见证了二姐的泪水与笑容，也见证了我们深厚的亲情和无尽的爱。每当我站在新的人生岔路口，面对选择和挑战时，我总会想起二姐坚毅的身影和她那句永远鼓舞人心的话："生活无论怎样，都不怕，只要心中住着爱人，就是最值得的。"这句话如同一盏明灯，照亮了我前行的路，让我在人生旅途中不畏风雨。

当然，我心里住着的，现在不是爱人，而是你，我的儿子。只要你住在我心里，不管生活是苦涩还是明媚，我都会觉得每一天是值得的。我活着的每一天，都会变成你的阳光，为你送去温暖，让你感觉到我的陪伴，感觉到自己是被爱的。所以，你也是我前行的理由，让我能一路往前。我的孩子，希望我的爱能陪你一路向前，走出生命中所有的阴霾，走出内心对命运的所有恐惧，活出一个属于你自己的故事，一个你愿意去圆满和创造的故事，在故事里，成为一个更勇敢、更幸福的自己。

孩子，妈没有更多的期待，你想要什么样的人生，想往哪个方向前行，妈都支持你。妈仅仅希望，你能感受到阳光下奔跑的那份幸福和快乐，你能感受到妈的心吗？你愿意答应妈吗？

孩子，照顾好自己，妈爱你。

云子是典型的西部女人，对儿子的那份感情甚至超过了对丈夫。离婚了的她，更是将儿子放到了心中原本放爱人的位置。这一点，让我唏嘘不已。母爱的伟大使我动容，同时我也清楚地看到，把儿子看得如同爱人一般重、一般紧密，长远来看，并不是一件好事。一旦儿子有了什么变故，做母亲的就如同天塌了一般。我弟弟得病去世的时候，我母亲恨不得跟着他一起去了。这份亲情动人之中也有一份沉重的执着。再者，母亲对儿子的心太重，儿子以后成了家，很容易产生家庭矛盾。当妈的很难接受儿子的爱转移到另一个女人身上，她那时候的失落与痛苦可想而知。善良点的，就暗自神伤、郁郁寡欢；不善良的，就开始挤对儿媳，甚至撺掇儿子打骂儿媳。这种事在西部太多了，历史上也随处可见。

当然，星星现在面临的不是这个问题，而是自我封闭。他定然需要妈妈坚不可摧的爱，也更需要从自己心中生出主动的爱和力量。所以，我希望，所有的母亲在爱儿子的同时，能够给自己的心灵留下一点空间，也给儿子留下一点空间，让他能够主动生发自己的爱。

26

等待是我们每个人生命中的主题，有时是等待一个梦想的实现，有时是等待自己的成长，有时是等待一个回音，有时是等待一个更好的自己，有时是等待一个人，有时是等待一件事。无数的等待，汇成了看似漫长的一生。等待时的心情，也决定了我们人生的走向和质量。

云子和她二姐也是这样，她们两姐妹因为不同的等待，有了不同的人生，相同的是，她们都在等待中修行，成就着一颗更纯净更美好的心。

孩子，转眼间，给你写了这么多信，你是不是都收到了呢？你看了几封？如果你收到了的话，有空多看看吧。它们会代妈妈陪着你。寂寞的时候，就看看它们，想想里面的那些话，那些话都是我想跟你分享的世界。我们的世界都不大，但我们的世界合起来，就很大了。你会看到更加宽广的天地，就像那年我们在西部老家时那样。妈真怀念你那时的笑脸，你现在过得好不好？有没有胖一点？有没有经常笑？

人们总说时光是艺术家，我觉得也是，它总是悄悄在岁月的画布上浸润出一丝丝淡淡的香气，让每个人的生活，都成为这世间独一无二的珍藏。

儿子，你二姨的世界更是如此。从那年到今天，我见到的她，始终生活在静谧的等待中。在那个静谧的世界里，二姐独自面对生活的种种考验，孤独地继续着那似乎无休无止的等待。在那漫长的等待中，人生化作一首古老的诗，时而是一幅斜阳脉脉的落寞画卷，时而又是一场巴山夜雨中的期盼，或是一帘闲暇中的棋局。在这等待的岁月里，心因静默而平和，人因期待而明确了方向，生命因等待而获得了依靠。

正如泰戈尔所言："人生的意义并非在于留下什么痕迹，而是你的经历本身就是最大的美好。"在二姐心中，那盏明灯始终燃烧着，她坚守着自己心中的小小天堂，不曾有一刻偏离。她用生命诠释着那份深沉无悔的真爱，一生都在为那份约定而努力。

不管风怎样吹，雨怎样落，世界怎样变换，她都保持着那份纯真与质朴，始终如最初般鲜活与静美。她用最清澈的心、最真挚的笔触，记录着属于自己的平凡生活，如同一碗盛满雪花的银碗，轻轻倾斜，让时光的真谛、岁月的本色缓缓流淌，化作一份温婉而淡雅的宁静。这样的生活，被她精心收藏，就像一幅永不褪色的画卷，讲述着生命的故事、人生的温度。

而二姐就在那画卷里，默默无闻地承担着生活的重担，坚如磐石地守候着典雅的今生。她的生活哲学，仿佛是古人留下的智慧——深沉与厚重是人生最宝贵的资质。只有心怀泰然，生活才会平安；只有伴随礼德，和谐才会常在。在繁忙的世界中，我们只要心无愧疚，便能感受到安宁；在变幻的时光中，我们只要无所悔恨，便能达到豁达的境界。

二姐的故事是一首赞颂坚持与真爱的诗，是一幅描绘等待与希望的画。她用自己的生活告诉我们，无论世界如何变化，只要我们坚守内心的光，勇敢地面对每一个挑战，生活中的每一份等待，都将是一次向美好致敬的旅程。

二姐的坚守不仅是对个人情感的维系，更是一种对生活深深的热爱和对未来不懈的追求。她的故事就像一首悠长的诗，跨越了时间的界限，触摸到每个人内心深处对美好生活的向往。

27

这封信里仍然谈到了我年轻时的故事。

云子的信很有意思,有点像普鲁斯特的《追忆逝水年华》。在对往事的追忆中,云子放下了很多现实生活中的不如意,为自己营造了一个美好诗意的空间。在这个空间里,我看不到一丝埋怨,甚至看不到一丝痛苦,哪怕在担心孩子的外婆不知道该怎么做的时候,她的信里充斥的也都是爱,而不是焦虑和痛苦。哪怕那份爱有些沉重,让人看着心里有些难受。所以,当一个人总是用爱对待生活的时候,她的心里就会少了很多负面的东西。也许,当我们感到痛苦的时候,我们也可以问问自己,我们的心里是不是少了一份爱?我们是不是不记得用爱去面对生活,陷入了某种执着造就的误区?

我一直想知道,云子写给儿子的信,在儿子的生命之海中,激起了怎样的涟漪?多年之后,我见到了云子的儿子,我问,你妈写了那么多的信,你都看了吗?他没有回答,眯了眼望窗外的天,那双眸子,开始显得很木然,但渐渐地,竟然涌出了大滴大滴的泪。我于是知道,那些信,孩子是读了的,而且妈妈写信这一行为,也一定打动了他。

我想,有时让生命中充满爱,本身就是一种了不起的警觉。

瞧,孩子,岁月轻轻地微笑,它从不局限于任何一种形态,如同清风拂过绿草,星河流转不息。究竟,最美好的岁月是什么模样呢？我总会回想起那些温馨的夜晚，我们依偎在那个星光璀璨的小院里，仿佛能触摸到那散落在茫茫夜空中的星河，我们轻捧着脸庞，沉浸在对月亮和星辰神秘美丽的遐想中。

你不在的这段日子里，我每当想起那些画面，就会觉得你仍在身边，仍在跟我一起仰望星空。这时，那段美好的岁月，就会重新回到我的生命里。我在静静的思念中，等待着与你再次相见。

说到等待，我总会想到二姐。等待似乎是她生命中永恒的主题。自我们的青葱岁月起，她就开始了漫长的等待，现在，那等待似乎更看不到尽头。每当我看向她，心中总会涌起一种难以言喻的心疼，还伴随着一缕缕的惆怅。但也是在二姐身边，我学会了珍惜每一个瞬间，学会了在这短暂而又漫长的人生旅途中，寻找并把握那些让心灵得到宁静和快乐的时刻。

在这片广阔的天地之间，我们的无奈往往超过了我们的努力。如果每一次选择背后都隐藏着不可言喻的理由，坚持这条路同样需要无比的勇气，不论时间长河如何静静流淌，不论空间距离如何变幻无常，我们始终如一。

我们都在自己的朝圣之路上稳步前行，那种无声却强大的力量，反射出我们生命中最深刻的意义。我们勇敢地面对风雨，不惧岁月的沧桑，用真心守护每一份情感，生死相随，永不分离。

二姐曾经深情地对我说，只有在静心禅修的时刻，她才能真正地找到自我，体验到一种超然的快乐。但生活不仅仅是禅修的寂静，还有那些踏入尘世的日常。牵手岁月，我们走过的每一个平凡的日子，清晨的微风，夕阳的余晖，夜空中闪烁的星星和明亮的月亮,都像今夜一样,温柔地包围着我们……这样的时刻,是我们生命中最真实而美好的瞬间。它们如同一首首悠扬的歌曲,让我们的心灵得到慰藉,让我们的生活充满了诗意和温暖,同样值得我们看重和珍惜。然而,有时,看到二姐脸上那恬静圣洁的淡淡光辉,还有她从内心渗出的平和安然,我总会忘了她的等待,忘了她曾经有过的忧伤。我也会想,是不是我还没参透禅修的真谛?禅修之中,是不是还有一个更饱满的世界?

当然,二姐的等待和坚守是值得的,她爱的人确实实现了他们共同的梦想。他的作品和行为让他拥有了很多学生,他们都在向他学习做人的智慧,学习如何写作。他就像一艘航向大海的航空母舰,而二姐,则是在他还是小船的时候,推动他驶向大海的那个人。二姐明明知道,从他进入大海的那一刻起,就注定了他始终如一的航向,从此,他的世界将是那片宽广的海域,不会是家庭这个温暖的小天地。可二姐还是用她的信任和坚忍,为他扫清了入海航行的一切障碍。

孩子,你的妈妈没有你二姨这么伟大,你的妈妈虽然也有自己的梦想,但妈妈的梦想就是你,是家。二姐的世界对我来说近在眼前,却又遥不可及。

在我所属的闺密群里,汇聚了一群雪师的忠实读者,她们用文学这种高雅的素材来武装自己的心灵,呵护着那缕藏匿在深巷之中的微弱光芒。在我们的交流中,她们对老师的崇敬之情溢于言表,将他视作心中的偶像,甚至对我有些羡慕之情。我曾发出豪言壮语,承诺送给她们老师亲笔签名的珍贵作品,这让她们兴奋异常。自很早以前,我们就知晓老师正致力于创作关于齐飞卿的故事,这位传奇英雄在我们心中占据着特殊的位置——他是飞檐走壁,悄无声息,能穿越重重困难的本土侠客。现在,雪师的新作《凉州词》终于面世,我决心通过自己的努力,获得老师的签名作,与她们分享这份喜悦。

然而,我从未迷恋过任何偶像。那些狂热的追星族对我来说总是难以理解。对于雪师,我抱有一种对老师的深深尊敬,这也是我至今最高的敬意。这份尊重,部分源自我和二姐之间的亲情连接,尽管我与老师的距离似乎遥远无比。

在二姐和老师交往的初期,我是那个幸运的见证者。老师通过哥哥传递给二姐的每一本书,我都曾细心翻阅——从《少年文艺》到《红楼梦》,再到各种武侠小说,直至后来的琼瑶系列,我们几个沉迷于这些故事,甚至比二姐还要痴迷。每当二姐去拜访老师,她总会带上我。在北安村的那所小学里,二姐和我的身影频繁出现。回想起来,我那时的确有些天真,总是喜欢跟着去。但二姐乐意带我一同前往,也许是为了证明他们关系的纯洁性,担心外界的闲言碎语会带来不必要的麻烦和压力,让原本简单的情感陷入复杂的泥潭。二姐始终在为她心中的理想伴侣减压,努力让所有的互动都无可挑剔,以期铸就一段佳话,顺理成章地迎来他们爱情故事的完美结局。

尽管外界的风言风语不绝于耳,但二姐总是以一种超凡脱俗的态度面对,她的坚持和理智,让这段情感更加纯粹和坚固。每次随二姐去见老师,我都能深切地感受到他们之间深厚的情感和相互的尊重。老师对二姐的关怀细致入微,让我明白了什么是真正的关心和爱护。二姐对老师的支持和理解，也让我懂得了伴侣间的相互扶持是怎样的一种力量。

随着时间的推移，我见证了他们爱情的成长和转变，见证了他们如何从最初的青涩到后来的深沉。每一次的相遇，每一次的交流，都像是在为他们的故事添上浓墨重彩的一笔。《凉州词》的出版，不仅是雪师个人创作生涯的里程碑之一，也是二姐和他共同生活的一个缩影。这部作品，蕴含着他们共同的理想、追求和对未来的憧憬。

当我手捧《凉州词》的签名版，分享给闺密群里的每一个成员时，我有一种特殊的成就感。这不仅仅是因为获得了一位大作家的亲笔签名，更是因为我在分享二姐和老师之间那份深情厚谊，以及他们共同创造的美好。这份分享仿佛成了一座桥梁，连接着我们每一个人的心灵，让我们在雪师的文字中找到共鸣，感受到生活的美好和爱情的力量。

在这个过程中，我也逐渐理解了崇拜和追随的真正含义——它不仅仅是对一个人才华的欣赏，更是对其人格魅力和生活态度的认同。二姐和老师给予了我们这样一个生动的例证，让我们明白，在这个复杂多变的世界里，坚守爱情、追求理想、珍视亲情，是我们每个人都应该拥有的信念和力量。

28

我常说自己是个愤青，眼睛里揉不得沙子，云子的这篇日记，刚好替我做了注释。从当年到今天，我变了很多，但写作的时候，我还是会针砭时弊，这是作家的责任。我年轻时最敬仰的中国作家是鲁迅，他最大的特点就是"不宽容"，但凡见到时代人心生了病，他就一定会在文字里说出来。我也是这样，平时做人我常包容，只在学生面前，或是讲课的时候，说出对方该听的话，但到了写作时，我就会写出众生相。《西夏咒》就是这样，里面既有悲悯和光明，也有黑色幽默，或直接的批评。那也许是我最有鲁迅气的一部小说，也是最自由、阅读体验最酣畅淋漓的一部小说。

云子这篇日记里，还说到了我当年做老师时的习惯，那个习惯跟现在一样，就是把史实变成故事，让学生从别人的故事里读出命运和人生，得到自己需要的营养。现在想来，我跟当年也一样，也是在把很多过去的故事，很多就快要消失的文化，变成新的故事让人们知道。也许，从那个时候起，我的梦想就已经形成了，它不只是一个作家的梦想，更是一个守护者、保存者、传递者和实践者的梦想。云子这篇日记，不但记录了她自己，也记录了我的一段早已过去的故事。有时想想，人生真是有意思，在那个小院里讲历史故事的时候，我并没有想到几十年后发生的一切。但现在我人生中的许多故事，都跟那时我人生中的故事一样。我后来的人生，就是从最初的讲台，还有当年那个小院开始的。每个人都是这样，梦想一旦形成，剧本就开始运作，只要中途不改写剧本，持之以恒地走下去，剧本里的很多故事就会一天天圆满，哪怕跟最初的设计不完全一样，方向也肯定是一样的。但演绎剧本需要一颗清醒的头脑，需要一双敏锐的眼睛，也需要不断地学习，不断让自己进步，让自己明白剧本的发展需要如何做出选择，如何创造机缘，如何让想象中的世界，一天天变成现实。这个努力的过程，不管成功与否，都是剧本最精彩的部分。正如我这几十年的成绩不断在变化，留给我自己的，是为梦想而努力的过程中形成的那个自己。

儿子，我该讲讲雪师了。

记得，雪师那时候的个性颇为独特，可以说是一个真正的另类。他那份血气方刚的气质，有时让人感觉他有点孤芳自赏。这种态度，无形中为他设置了无数的障碍。尽管我那时年纪尚小，但看到他那种处世方式，内心也难免有些不理解。二姐却仍旧倾心于他。那时的我虽然只是个懵懂的孩子，不懂他所追求的高洁与理想，但我懂得，若你无法包容他人，他人又怎会随你的意愿而行？现在回想，或许那时的雪师还未找到真正的驾驭自我之道，只能通过冲撞来寻求突破。这是我对当年疑惑的一种自我解释，后来看了雪师的书，才发现自己当时的局限和糊涂。幸运的是，二姐拥有自己的智慧，不会像我这般天真糊涂。

话题似乎有些偏离，回到正轨，雪师那时尽管生活俭朴，却喜爱栽培花草。每当我拜访，总爱围绕他窗台上那些不太茂盛的植物转悠。有时，二姐会将这些花带回家中培养，不久，那些花儿就比在老师的窗台上时更加繁盛。我爸也酷爱养花，无论多忙或疲惫，总不忘照料他的花草。

雪师的宿舍里，除了花草、书籍和报纸外，便是那些锻炼用的石锁、哑铃、刀剑等器械。他总爱练习武艺，空闲时刻便扎马步、舞刀弄剑。虽然那里没有我特别感兴趣的东西，但我特别喜欢听他讲历史，每逢他兴致勃勃地讲起历史故事，我就会听得津津有味,如痴如醉。

雪师博学多才,对古今知识甚是了解,他的讲述不仅仅是对历史事件的简单叙述,更像是在讲一个个鲜活的故事。而且,讲述每一个故事的时候,他都充满了情感和智慧,声音也总是随着情节起伏而变化,时而低沉有力,时而高亢激昂,让人不由自主地随之悲喜。枯燥的历史知识因此变得生动有趣,易于理解。我们这些孩子也总像被一种神奇的力量所吸引,在想象中穿越时空,与历史上的英雄豪杰并肩作战,体验那些时代的风云变幻。

所以,那些夜晚,我们总爱围坐在他的身旁,聆听他对历史长河娓娓道来,随着他的讲述,那些古代智者、勇士和美女,似乎在我们眼前一一复活,上下五千年的历史也变得栩栩如生。就是在那个时候,我体会到了知识的魅力,对历史产生了浓浓的兴趣,也开始懂得人类历史的多彩和复杂。

二姐在这个过程中,更是成为我们之间沟通的桥梁。她在雪师的影响下,也对历史产生了浓厚的兴趣,我们经常一起讨论雪师讲过的故事,甚至会自己去查阅相关的资料,深入了解那些历史人物的生平和成就。这些共同的兴趣和活动,让我和二姐的关系更加亲密,也让我对二姐的智慧和韧性有了更深的认识。

雪师的影响远不止于此。他不仅仅是我们的知识启蒙者,更是我们人生观、价值观形成过程中的重要导师。通过他,我学会了怎样从历史中汲取智慧,怎样在复杂的人际关系中保持自我,怎样在逆境中寻找成长的机会。虽然当时我对他的某些做法感到不解甚至失望，但随着时间的推移，我开始理解到，每个人都有自己的生活方式和追求，重要的是怎样在这个过程中保持真诚和勇气。

如今，当我回想起那段与雪师和二姐共同度过的时光，心中充满了感激和怀念。他们不仅给了我知识上的滋养，更用自己的生活态度和选择，给了我生活上的启示和力量。这份影响将伴随我一生，激励我在未来的道路上不断前行，勇敢地追寻属于自己的梦想。

29

每一段故事的开始，都有它的偶然性。最初总是很美，但没人知道下一步会怎么发展。甚至，一直用心呵护的关系，也可能因为某些说不清的原因，渐渐走向另一个方向。云子和前夫的关系就是这样。知道他们故事的结局，再看他们有点武侠色彩的开始，不由得有些唏嘘。但这就是世界的真相。云子刚离婚时很痛苦，因为她接受不了变化，那些美好的回忆还在脑海里挥之不去，现实却已是另一个样子。后来，她的心被儿子的病情占据了，慢慢地就对前夫的事放下了。然而，给儿子写信的这一刻，再一次回到最初的那个场面，再次重温当时的心情，再次见到那个打动过她的男人，她的心还会不会悸动，会不会想念？

也许会，这份想念，就像生命中不想丢失的一份温暖。但因为放下了，它便不再打扰云子的心，只会让她的生命多了一份厚度。

哪怕这段故事的发生,在她的生命中留下了不可磨灭的痕迹,有好的,也有坏的。对这一切,云子都选择了放下、宽恕,因为,说到底,好坏都源于自己的心,所有的外在都只是在激起自己内心原有的污垢,让它干扰自己的生命。接受这个事实,云子的心才能慢慢地平和。就算后来还有波动,还会因为新的事情荡起涟漪,云子最终也会放下,因为她已经接受了变化。

承认甚至珍藏有过的美好,接受变化,不再追究和埋怨,也许就是人和过往爱情最好的和解。

儿子,讲完二姐和雪师的故事,也该讲讲我和你爸的故事了。

在那个洗净铅华的清晨,昨夜的雨仿佛用它的画笔,轻轻抚过庭院的每一个角落,使得一切都分外清新、鲜亮。天空释放了累积的乌云,虽然不及湛蓝的广阔,却也摆脱了沉重的压抑,呈现出一种深远而宁静的美。世间万物依旧遵循生命的律动,宁静而美丽地存在。

我也继续在生命的轨迹上,做着我该做的事情。人们常说,生命中的每一次相遇都是命中注定,茫茫人海中,正是因为遇见了他,才有了我们的故事。这份相遇既是缘分,也似乎是命中注定的安排。就如那句古话所言,千年的等待只为与你共枕眠,夫妻缘分是前世修来的福分,我们相扶相携度过了十五年的时光。生活总是充满了邂逅,在不经意间相遇,没有任何预兆。或许,生命中的一切都是机缘巧合的结果,因为一次偶然的小意外,我的注意力被他吸引,从而有了后来的情缘。

记得那时,我们这群追梦的青年中男多女少,寥寥无几的女孩,自然成了众男孩暗中竞争的对象。一次聚餐后,你爸邀我一同散步,我们边走边谈,渐渐来到一片树木葱郁的地方。那里,情侣们或牵手或低语,人来人往,生机勃勃。也许是这温馨的氛围触动了我们的心弦,我们也找了一处幽静的地方——一块青石板,他轻轻抹去上面的水珠,示意我坐下。接着,他不时地讲笑话,分享故事,气氛非常轻松愉快,我们都沉浸其中,忘了时间,随着天色渐暗,才想起要回去。

正当我们起身离开时,三个陌生男子突然走了过来,看样子不怀好意。气氛变得非常紧张。他示意我先行离开,我走了几步回头一望,见他被那三人围攻,不由得心急如焚。他一边躲避,一边劝和,看到我停下,就对我喊道:"快走!"我的腿脚却不听使唤,像是被钉在了原地。他见状摆脱围攻奔向我,拉着我疾跑,一边跑一边说:"不用怕,我会保护你。"那一刻,他的坚定和勇敢让我心动。

那次遭遇虽不堪回首,却也成为我们情感的转折点,我们自此便走到了一起。尽管当时我们生活拮据,未来充满了不确定,但简单的幸福和相互的扶持,让我们能勇敢地面对一切。岁末,他回乡,我毅然决然地跟随他,踏上了新的人生旅程。

儿子,这便是我跟你爸相恋的过程。

踏上他乡的土地,是一个充满未知的开始。那里的风土人情与我曾经生活的环境迥异,一切都显得那么新奇,同时也充满挑战。尽管身边有他,心中的孤独与不安仍旧如影随形。我像是被置于一个全新的世界中,一切都需要重新适应和学习。

在这片陌生的土地上,我们的生活并不容易。我们的小家虽然简陋，但却充满了爱。每一天，我们都在为了共同的生活奋斗，尽管前路未知，但我们有彼此，这份陪伴成为我最大的安慰和力量。我们相信，只要我们手牵手，心连心，无论多大的困难都能一一克服。

他的家人对我格外照顾，特别是他的父母。虽然岁月夺走了他们的强大，让他们走向衰老，但他们依然用自己的方式，默默为这个家撑起了一片天。他们的生活不易，但他们从不抱怨，总是尽自己最大的努力，为我们提供支持。他们的善良、坚忍和无私，让我深深地感动，也让我更加明白生活的意义和责任。

起初，因为环境陌生，我感到有些格格不入，心里难免寂寞和难受，但通过不断的努力尝试，再加上他家人的包容和接纳，我终于在他的家里找到了自己的位置，和他的家人建立了深厚的感情。你的出生，更是给我们的生活带来了新的希望和快乐。每天，看着你天真无邪的笑脸，我的疲惫和忧虑都会烟消云散。

生活总是在变化，但有些东西是永远不变的，那就是家人之间的爱和支持。无论遇到多少困难和挑战，只要我们心中有爱，就有力量面对一切。

儿子，虽然我和你爸已经分开了，但我和你的故事还在继续。在我们的世界里，每一天都是一个新的开始，我们将继续携手前行，在这个充满爱的家庭里，共同创造属于我们的美好未来。

30

生命的故事进入了重要的篇章,虽然一切都温馨美好,一切似乎都将这样下去,但变化在看不见的地方发生着。云子写这封信的时候,并不知道,她的孩子正经受着新一轮的煎熬。对抗自闭症的折磨,需要更强大的精神能量,单纯靠心外的关爱很难真正地战胜而不反复。但所有的故事,只要不放弃,不绝望,愿意放下一切,一直往前走,就一定会赢得转机。这就是这个故事最美好的地方。

自强不息的人生,不管有着怎样的剧情,都不会是绝望的。

下面是她的又一封信。

儿子,今天是你十四岁的生日,这封信不仅是庆祝你的成长,也是对我们共同走过的岁月的一种纪念。我希望,无论未来我们的路如何分岔,你都能记得,无论走到哪里,妈永远是你最坚强的后盾、最坚定的支持者。

我还想对你说:生命中的每一步,都是一次新的开始。不要害怕失败,不要畏惧挑战,因为,这些都是通往成功的必经之路。记住,无论遇到什么困难,都要勇敢地面对,坚持自己的梦想,保持一颗温暖而坚忍的心。记住,你并不渺小,你是我生命中最美好的奇迹。你的到来,为我的生活带来了新的喜悦与活力,那些初为人母的欢笑和泪水,是我生命中最珍贵的记忆。这些年来,日子虽然过得平凡,却也有过无数个难忘的瞬间。其中的滋味,唯有亲自经历,方能深切体会。

接下来,我想说说你十四年前的诞生。

随着婚礼的花瓣落定,我们步入了婚姻的港湾,开始了新的生活篇章。你爸外出打工,辛勤劳作以维持我们的生计,我则留守家中,悉心照顾家人。我们的日子虽无璀璨的光芒,也没有轰轰烈烈的宣言,却充满了平淡中的温馨和宁静。幸福在默默的陪伴中绽放,如同一潭清泉,在岁月的长河里静静流淌。

某天,你进入了我的生命,在我的身体里静静地孕育。从那时起,我就知道,此生将会永远与你相伴,用自己的生命来温暖你,支持你,无条件地爱你。这是从你出生前,我就对自己许下的誓愿。

生你的那个清晨,空气里充斥着一种特别的气息,宣告着生命中一个重要而令人喜悦的时刻即将到来。随着它的逐渐接近,阵痛也变得越来越剧烈,我几乎要被那一次次波动撕裂。我在痛苦中呻吟,即便医生再三劝告,叫我保持沉默以节省体力,我也无法控制自己的声音。

从前一天的后半夜开始,那种感觉就伴随着我直到天明,吃过早饭后,我在家人的陪伴下缓缓走向医院。路上的每一次阵痛都让我停下脚步,等待它过去才能继续前行。到了医院,相熟的医生帮我们快速办理入院手续。可随着阵痛的加剧,我的忍耐还是到了极限,每一次痛击都让我忘却所有,唯有在内心深处呼唤母亲的名字,仿佛她是唯一能解救我于痛苦的力量。

就这样,在无数次的挣扎、等待和呼唤之后,我终于迎来了你的第一声啼哭,那个清脆的宣告自己到来的声音,带走了我所有的疼痛和煎熬。

随后，所有目光都聚焦在你身上，一家人围绕着小小的你，欢声笑语充满了整个房间。看着紧闭着眼睛不断伸展四肢、皮肤皱皱的你，我体会到了一种前所未有的幸福，那是所有艰辛和付出都无法掩盖的美好。

孕育生命或许是一个偶然的奇迹，抚养孩子却是一生的承诺。把襁褓中的你一天天抚养长大，其间的每一个阶段，我都倾注了所有的心血和关爱。看着你从牙牙学语到迈着稚嫩的步伐前行，然后慢慢地长大，我体会到了生命中最大的考验，也深深体会到了作为母亲的责任和乐趣。你的成长让我感到骄傲和喜悦，也成了我最大的幸福源泉，你的每一个微笑、每一句话语，都是生活给我最宝贵的礼物。

虽然十四年光阴带走了青春，但我心中的幸福和满足从未改变。我一直在静静地守候着你，无论是否在你身边，都在见证你的成长，与你共同度过每一个或悲或喜的日子。因此，我不为未来忧虑，也不为过往悔恨，只愿眼前的每一刻都能被珍惜，只愿与你一同踏着生命的节拍前行，一起迎接旭日和夕阳，细细品味生活的点点滴滴，让爱在岁月中绽放，直到永远。

十四年的光阴荏苒，我们在这生命的旅途上，默默书写着我们母子的故事。每一个字，每一行诗，都是我们心中的感慨与祝福。随着你步入成年的门槛，我的心中既有欣慰，也有期待。希望你能在未来的日子里，展翼高飞，勇敢追求自己的梦想，成为一个独立、坚强、有责任感的人。我愿意成为你背后的力量，支持你每一个梦想的实现，每一次飞翔的勇敢。

孩子，生活是一本厚重的书，每一页都记载了我们的足迹。在这本书中，每个人都是主角和编剧，都可以用心书写属于自己的故事。所以，虽然生活必然不会尽如人意，必然会充满无奈和挑战，甚至会有一些不易察觉的伤害，如细水长流般悄无声息地侵蚀我们的内心，但不用害怕，只要努力地完善自己，用爱和勇气点亮前方的路，自主地选择和创造人生的剧情，就没有什么是我们不能克服的。我们会在泪水中找到微笑，在挑战中找到希望，在艰难中一步步成长，在简单中感悟生活的意义。最终，我们会沉淀出属于自己的节奏和温度，也会留下我们爱的印记。

喜怒哀乐、悲欢离合是人生常态，也是每个人生活的写照。我们十四年的共同生活中，不是写满了这样的故事吗？但我们的感情没有变，我对你的爱没有变，无论经历什么，我们都会一起哭，一起笑，一起爱，一起痛。妈妈永远都是你最好的伙伴。所以，答应妈妈，任何时候都不要放弃希望，不要放弃对美好生活的追求。妈妈会永远和你相互扶持，共同面对每一个困难。只要足够用心，能在生活中发现美，我们就能把简单的日子过得有滋有味。我们的故事或许平淡无奇，总是重复相似的起起落落，但正是这份平凡中的坚守与陪伴，让我们积累了深厚的感情和不可替代的家庭记忆。对妈妈来说，这就是幸福。你呢？

31

云子有段时间的信，很像是自言自语，没有具体的剧情，没有过多的细节，只是心底的一种情绪在流动。思念，美好，诗意，关怀，还有些许的忧郁，就像水乳交融的溪流，缓缓地流动着。我能理解她，她只想把内心的宁静传递给儿子。她希望儿子就像听雨时的她那样，在信的呢喃中忘掉世界，忘掉自己，进入一个静谧的世界。在那里洗净灵魂中的热恼和焦虑，还原成最初那个纯真的孩子。就像她自己一直在做的那样。

儿子在读到这些信的时候，会联通妈妈的心，感受到妈妈信中的那份宁静吗？他会不会因为心中有过多的喧嚣，堵住了与妈妈连接的那条管道，无法感受到妈妈信中的那种氛围？他会不会受困于自己的世界，就像隔着一堵双向玻璃墙，看着妈妈。墙那边的他拼命地捶着墙，想捶出一条细缝，然后沿着细缝凿出一道出口，破墙而出。而墙的这边，他却只是木木地看着妈妈，像个没有灵魂的木偶？但孩子，别担心，只要一直捶，一直捶，墙总会裂开的。你只要听着妈妈的声音，感受妈妈心中的那份宁静，甚至不用管妈妈说了啥。你只要静静地听。在你的心接通那声音的频率的瞬间，你凝了神，奋力一击，墙就会在你的拳头下应声而倒。你会重新回到玻璃墙外的世界，闻到花香，听到鸟鸣，被妈妈拥抱在怀里。

儿子，昨夜我没睡着，听了一夜的雨。雨像是有心想陪我，也下了一夜，未曾有片刻停歇。但它又不忍与我强势对话，只是悄悄地下，淅淅沥沥的。如同一位温柔的画师，生怕惊扰了画布，于是用轻柔的笔触画着每一个线条。那清新的水彩洗净了一切，让漂泊的灵魂也得到了净化。在这片难得的静谧中，听雨的浅吟，听风的低唱，听心的呢喃，时间匆匆流逝，天色渐明。雨丝虽细，但生命的约定仍需继续，生活的旋律未曾停歇，稍作休息，便是新的开始。

雨后的空气，带着清新而湿润的气息，我喜欢沿着湿漉漉的小径漫步，听着雨水敲打伞面的声音，沉浸在这份宁静与清新之中。庭院里的一切都显得更加清新，更加静谧，偶尔有鸟儿的歌唱，路旁的蛐蛐仿佛也在弹奏着它们的琴弦，为这静美的风景增添了几分生动。

在这块土地上，我已经生活了许多年，但从未像现在这样，如此平静而安然地享受着每一刻。生活总在奔波中消磨我们，生存的压力让人喘不过气来，但幸好，我从未迷失自我。岁月的磨砺让我心智成熟，更加懂得了生活的意义。

离开这里再回来，发现一切在我心中，都已随风而去。我不再为波澜壮阔或惊艳的瞬间所动，而是默默地做着我该做的，忙着我该忙的，管着我该管的，不再将闲事放在心上。只是想到你的祖父母，一对历经风风雨雨，历经艰辛挣扎，却始终坚强、硬朗的老人，我的心里就会涌起无限的感动。他们用尽全力支撑着这个家，从大山中走到大城市，尽管岁月在他们身上留下了痕迹，但他们依然身体力行，为家庭减轻负担，从不抱怨生活的苦与累。他们是我的榜样，在用自己的行为告诉我，人在面对家庭的责任时，哪怕有万般的理由，也不应有所推脱。忘我地为家人着想、为家庭承担，就是在创造自己的价值，完成理想中的自己。这样的行为，哪怕他们自己觉得理所当然，也总是在感动着身边的人，影响着身边的人。很多事跟年龄没有关系，跟身体和力量也没有关系，就算他们只是在呵护家中的每一株植物，打扫家中的每一个角落，为年轻人烹饪每一顿饭，在儿女为了加班而熬夜时悄无声息地放下一杯水、一杯热牛奶，也足以温暖他们身边的人。所以，虽然我跟你爸的关系已经变了，但对你祖父母，我还是一样地尊重。我甚至不怪他们叫你爸把你接走——你也不要怪他们，他们只是爱你——虽然想到你在西部的笑容，再想到你现在的封闭，妈的心很疼，但我还是不怪他们。我能理解他们对你的爱，也感恩他们对你的爱。他们只是不明白一个孩子的寻觅和无助，还有那种被抛入陌生的疏离和恐惧。

回到这个本不应再回的家，却发现一切都已改变。唯一不变的是，我仍是你的母亲。小时候的你总是渴望母爱，你的眼中充满笑意，依偎在妈身边，让我好生惬意。现在，你虽不再像过去那样表达，我却还是能感受到你的爱。我知道，小时候那个依赖我的你，仍在你心底的角落里。但我希望你能变得更坚强，努力走出灵魂中的层层围堵。

生活的过往如同流水，岁月会将一切都带走，甚至连生命本身也不例外，但那份恩情永远不会断绝。我们在世的每一刻，心中的感激与回忆都如影随形，永不消逝。这就是生命中最珍贵的印迹——感恩与珍惜。能够与你相遇，把你带到这个世界上，与你共同走过人生的路，我怀着无尽的感激，无怨无悔。

生活，就像一场漫长的旅行，我们在这旅途中遇见了许多人，经历了许多事，有的让我们欢笑，有的让我们流泪。正是这些经历，构成了我们丰富多彩的人生。每一个遇见，每一段经历，都是生命中不可多得的财富。即便有时会遇到困难和挑战，只要心中有爱，有感恩，就能找到前进的力量。

就像雨后的清晨，虽然雨水还在轻轻地落下，但新的一天已经开始。我们不能停留在过去，而应该勇敢地迈向未来。就如同我和你一起，手牵手，心连心，一步一步地向前走。生活或许不会总是一帆风顺，但只要我们能够珍惜眼前人，感激每一次遇见，就能在生活的旅途中，找到属于自己的幸福和光明。

感恩那些在我们生命中留下深刻印迹的人，他们让我们学会了坚强，学会了爱，学会了珍惜。让我们带着这份感恩和爱，继续在人生的道路上前行，无论未来如何，都要保持一颗感恩的心，勇敢地面对每一个挑战，享受每一个当下，因为这才是生活最美的模样。

32

每个女子都像云子，都问过同样的问题：为什么美好的爱情不能持久？为什么对方突然就变了？婚姻真的是爱情的坟墓吗？为什么曾经的誓言不能实现？自己觉得做到了最好，付出了一切，也完全忠诚，为什么对方却变了？是自己不够好吗？爱情真的不能相信吗？

其实不是的，如果爱情只是内心的情感，是对对方深刻的认可和欣赏，还有一份希望对方幸福的心情，那么，就算对方变了，甚至像云子的前夫这样，毅然选择了另一个家庭，自己也仍然可以保留一份爱。有时是爱他的某种品质，有时是爱他给过自己的美好。

只是，这份爱里不再有欲望。

云子还爱前夫吗？也许爱，至少在这封信里，还能看出往事在她心中的重量。愤怒、埋怨和指责消失后，记起的，就往往都是往事的美好。可人在情绪翻涌的时候，却往往会禁不住地埋怨和指责，给感情种下变化的种子，种子积累到一定程度，就会长出变化的果实，两人的关系就变了。所以，我们心里一旦对爱有了索求，就把爱放进了无常的程序，不管这份爱是男女之爱，还是朋友之爱，都必然会变化。

但有的时候，哪怕没有埋怨，没有指责，只有全然的奉献，爱也仍然有可能改变。因为爱的感觉本身就是无常的。我常见网上新闻，说某对明星相爱了，他们之间爱得非常用心，但结果如何，我们还是不知道。

我还记得去年看过的一个故事，有个非常美好的女人，她为自己所爱的男人和他的女儿奉献了所有的爱，但男人还是出轨了，她放不下，最后过早地死去，让很多爱她的人都很伤心。如果那个时候，她能看到云子的故事，或是看到这样的一种生活态度，慢慢地洗去内心的执着，她会不会有另一种命运？我想会的。如果那样，很多喜欢她的人，至今仍然能得到她的温暖。当然，有的时候，人给别人带来温暖，跟他是不是活着没太大关系。就算他已经死去了，只要他的故事、他做人的态度，能依托一些渠道留下来，就能温暖很多喜欢他的人。云子的婚姻变故，也同样遵循因缘的变化规律。所有事情的发生，不管表象呈现出来是什么样子，谁伤害了谁，根本上依然是因缘的变化与聚散。缘分会来，也会走。至于每个人在其中做了什么，是否珍惜和善待，最终还是会由自己承担一切行为的反作用力。因此，对于云子的爱情、婚姻，我不做过多评判。从某个层面讲，这也是她的功课，鞭策她学习如何在亲密关系中自立、自强，不依赖。

所以，女人在爱情里最大的幸福和成功，也许不是能留住自己所爱的男人，而是能在爱情里始终如一，始终保持心中的一份干净。没有哪个女人是真正平凡、真正渺小的，她只要做好自己，就会留给世界一份感动、一份力量，这就是她对世界的贡献。

我的星星，晨曦初照的时候，窗外的世界还笼罩在一层薄雾之中，鸟儿已经开始了它们一天里最快乐的歌唱，似乎在告诉世界，早起的鸟儿有虫吃。匆匆整理了一番，简单地吃了些早餐，喝了几口清水，我便步出家门，踏上了晨曦中的小径。

昨日还是烈日炎炎，今天却见天空布满了厚重的云层，但天气还是闷热。幸好有微风轻拂，带来了一缕凉意，让汗水悄然湿透了衣衫。坐在路边小憩，风似乎懂得我的心意，阵阵凉爽的风吹拂而过，驱散了周身的暑意。思绪也像这风一样，轻轻掠过心田，勾起了尘封的往事。

我知道，一谈我二姐的婚事，你定然会联想到我的婚姻，联想到我们这个家的破裂。这是你心上的伤疤。每揭一次，你都会痛，我也痛过，但我还是想面对它。

维护两个人的感情就像织毛衣，一针一线，用心而漫长，看似普通，其实在创造生命的奇迹。因为，一段关系能始终如初，是非常艰难的事。经历在改变着我们，我们的想法不断在变，喜好和选择也不断在变。我只能给你爸爸我认为最好的，你爸爸需要的东西却已经变化了。过去我想不通,现在我想通了,爱情是自己心里的一种美好情感,它会带来痛苦,是因为我们需要对方满足我们的要求,实现我们对爱情的期待。可对方也有自己的期待。

后来我细细地想过,也许你爸爸早就不爱我了,要不他也不会抛下我们,投入另一个家庭。他之所以不跟我们道别,只是不知道如何面对我们,并不是对我们一点也不在意。也许,如果我更有智慧,懂得用更好的行为来影响他,维护我们共同的梦想,事情会有另一种发展,但我只是一个普通的妻子,一个普通的母亲。我看不透命运的轨迹,也没办法读懂他的变化。不过,对这段婚姻我是坦然的,因为我没有对他不忠诚,也没有变成一个污浊不堪的女人。对我来说,这就是一种成功。

当然,就算你爸爸变了,有了另一种选择,也不代表他不好,更不代表他不爱你。他专门开车去西部接你回来,就说明他需要你。哪怕他不懂表达自己的情感,有时会冷落你,让你在新家里感到寂寞无助,你也要理解他,并不是所有人都懂得表达自己。

现在回头看,我甚至有些感恩他了,如果没有他,我又怎么会有你呢?孩子,你是我和他骨血的结晶。如果没有你,我不会努力地成长;如果没有你,我不会一次次战胜自己;如果没有你,我不会拥有现在的这份心境;如果没有你,我不会看到家庭以外的世界,不会拥有梦想。

孩子,你有没有发现,你其实是个了不起的珍宝?你在妈妈眼里很有价值,不要在别人的眼睛里衡量你自己。妈妈知道,你是个柔软细腻的孩子,你可以做得更好。只要你相信自己,更勇敢一点,找到你的梦想,找到你愿意倾注生命去做的事情,然后完善自己,一切都会慢慢地好起来。当然,刚开始会很艰难,你会承受很多挫折和煎熬,但你只要一直看着你设定的方向,不要管眼前的一切,也不要管自己和理想的差距,你就能一直往前走。

妈妈只是一个普通的女人,没有很高的见识,也没有很强的能力,有的只是一份坚忍、向往和感恩。那一年,刚解除十五年婚姻的枷锁,妈妈的身心也经历了无尽的煎熬。从一种生活状态突然转换到另一种,习惯的生活节奏被突然打乱,让妈妈感到很是茫然失措。虽然心中无数次告诉自己,这是最好的选择,但妈妈还是焦虑不安,心仿佛掉进了无尽的黑暗中。可后来,妈妈不还是走出来了吗?走出来之后,妈妈的心就宁静多了,反而对很多事看得更清楚了。因为痛苦逼着妈妈反思,妈妈的见识就提高了。妈妈终于明白,人该像河流,不管风雨多大,都要沿着河道向前奔跑。哪怕有时河水泛滥,漫到岸上,它的大方向也不会改变。只要能做到这一点,视野变得更宽广,随时能看到值得学习的,也随时能看到需要帮助的,让向往的力量高于恐惧,把恐惧也变成成长的推动力,我们就终究能成长。也许不会成为别人眼中的精英,但我们会更加快乐,更加释然,拥有一份风雨后的平静。妈妈就是这样,虽然没了别人眼中的完整家庭,也没有可以依靠的男人,但妈妈的心安宁多了,这就是一种幸福。如果你能放下自闭,坦然追求自己想要的幸福和快乐,妈妈就会更加幸福。

孩子，面对生活的困难和挑战时，我们需要勇气和智慧。勇气让我们敢于面对和接受变化，智慧让我们在经历中学习和成长。这就是婚姻的解体让我迷茫和失落，却没有击垮我，反而让我更加勇敢和释然，追求幸福生活的决心也没有丝毫改变的原因。当然，人的情感非常复杂，对过往的留恋似乎是我们的本能。我不再害怕现在，也不再担忧将来，却还是对过去不舍。那些年月，记录着我们的喜怒哀乐，所有的回忆都储存其中。解开那些牵绊，仿佛也是对过往的一次埋葬。或许，让人心痛的是那些已经逝去的日子，而非现在或将来可能的变化。这就像是一种仪式，一种告别过去、重新开始的标志。就像一次重生——经历了阵痛之后，我们又重新站在了世界舞台上，变得更加释然，也终于看清自己需要什么，自己的力量来自何处。

美好的缘分以冷漠告终，从彼此慰藉到无言默望，曾经的亲密成为过往，曾经的誓言如同海浪上的泡沫，轻易地消散。然而，什么也没有改变。时光从不会因为任何人而停留，日月依旧在轮转之中。点亮心中的灯，勇敢地向前行走，我依然是那个自己，没有任何缺失，生活也仍然美好。

这就是生命的美丽之处——无论我们经历了什么，无论我们失去了什么，只要我们愿意，总有重新开始的机会。生活是一场旅行，每个人都是旅途中的行者。虽然路途中会有风雨，会有泥泞，但只要我们不放弃，就一定能够看到彩虹。

所以，无论现在你处于生活的哪个阶段，无论你面临什么样的挑战，都请记住，勇敢地向前走，因为未来充满无限的可能。让我们在生活的旅途中保持一颗坚强和感恩的心，珍惜每一次经历，珍惜身边的每一个人，因为这一切都是我们生命中最宝贵的财富。

33

当我们在忙碌的街道上走过时，我们在想什么？当我们在无人的林间小道走过时，我们在想什么？当我们坐在地铁上，坐在公交车上，坐在火车上、飞机上，望向大地上的土地、河流与海洋，望向不断退后的风景时，我们在想些什么？生活中有无数的瞬间，每一个瞬间都是独一无二的。但我们能不能好好珍惜这独一无二，又是否知道，什么才是它们真正的独一无二之处呢？

云子是懂得珍惜的，因为她即使遭遇坎坷，也还是愿意轻盈地活着，享受每一个当下，过好每一个当下，在每一个当下的融入和感恩中，不断柔软和温暖自己的心。对她来说，那一个个当下，就是真正独一无二的，她没有虚度。

我的星星，清晨的空气中弥漫着雨后的清新。我今天起得格外早，淋浴的那一刻，感觉自己从内到外都被洗净，如同重生。水珠如甘露般洒落，带走了尘世的烦恼，让身心都沐浴在清凉之中。随后，我轻盈地踏出家门，似乎脱胎换骨，能够与云端相约。

日复一日，我与自然的一草一木为伴，听蝉鸣鸟啼，感受大地的清欢与喜乐。花朵用它们的语言诉说情感,草儿倾吐它们的心事;树木间私语,蝉儿为之歌唱;鸟儿在枝头谈恋爱,尽情跳跃。在这样的环境中,我的心也变得柔软而温暖,享受着这份宁静与自在。微风轻拂,生怕打扰了花朵的美梦。这是一场生命的盛宴,花开花落,草木枯荣,演绎着生命中最生动的篇章。

时间永远向前,不会因为花开停留,也不会为了花落叹息。在草长莺飞中,岁月悄然流逝,转眼间,已是五年。这五年,对我而言,无疑是一次重生……

五年前,我将名字签在那份解除婚姻的协议上,结束了那段美好而又遗憾的旅程。我相信,我尽到了作为伴侣的责任,诚心诚意地生活在自己选择的道路上。我坚实地踏着自己的步伐,体验着生活的酸甜苦辣,这些感受都是生命的正常调味料。在世界的纷扰中,我学会了淡泊明志。如今,心已寂静,情已淡去,虽然心中满是痛楚,但我还是选择了勇敢地放手,让所有的过去随风而去,让黑夜吞噬那些曾经的温馨岁月,相信这便是两人最好的结局。

我们曾因因缘际会走到一起,最终却因彼此间的疏离而分道扬镳。世间没有无缘无故的相遇,也没有莫名其妙的离别。感情的变化,如同四季的更迭,悄然而至。当共鸣不再,当默契消失,我们只能以陌生人的身份重新出发。感情的线,一旦断了,便难以再次紧密相连。如此,我们各自寻找自己的方向,愿彼此都能找到属于自己的幸福。

每个人的生命中都有这样的转折点,它让我们学会了放手,也教会了我们如何在起落中寻找自我，如何学会成长和接受，如何携带着对过去的感激，在这轻薄的岁月中，活出自己想要的模样。

那些年月，虽然带着离别的苦楚，却也是自我发现和重塑的宝贵时光。我开始重新审视自己的生活，寻找那些被日常忙碌掩盖的、真正属于自己的梦想和欲望。我学会了更加珍惜自己，学会了独立，也学会了如何在孤独中找到内心的平静和力量。我开始尝试新的事物，探索未知的领域，让自己的生活变得更加丰富多彩。

放手之后，我才真正明白，生活不仅仅是为了别人，更是为了自己——为了让自己远离狭隘和卑琐，变得更加博大，为了让自己远离局促和隔离，变得和谐和融入。

于是，我开始更加积极地面对生活中的每一天，无论是晴天还是雨天，我都以平和的心去接受，欣赏生活中的每一份美好。我重新找到了生活的节奏，懂得如何在忙碌中找到片刻的宁静，在宁静中发现自我的价值。

随着时间的推移，我渐渐学会了释怀。曾经的种种，无论是快乐还是痛苦，都已成为过去，成为今天的我的一部分。我感激那段经历，因为没有它，就没有现在更加坚强独立的我。我开始用一种更加开放和包容的心态去面对生活，面对未来。

我明白了，生命的意义在于不断地成长和进步，而不是停留在过去的阴影中。每一段经历，无论是喜是悲，都是生命赠予我们的礼物，都值得我们去珍惜和感恩。我学会在变幻莫测的人生旅途中，保持一颗平和的心，勇敢地迎接每一个挑战，享受每一次旅行。

如今，我在岁月的书页上，慢慢书写着自己的故事，那是一篇关于成长、关于爱、关于希望的故事。尽管未来仍然充满未知，但我相信，只要心中有爱，有梦想，就没有什么不可能的事。我将继续在这薄如蝉翼的光阴里，活出最真实、最美好的自己，用心感受生活的每一刻，珍惜与这个世界的每一次相遇，让自己的生活充满阳光和温暖，直到永远。

我的星星，你愿意与我相约，一起这样生活吗？

34

前面的信中提到，云子回到了原本以为不会回去的家，那其实只是一个梦。梦中与儿子相遇。

思念儿子，是云子每天固定的内容，但接受一切，净化灵魂，让心澄净，也已成了云子的功课。所以，思念没有让云子的心变得沉重，只是让她多了一份爱的诗意。

云子写给儿子的这些信里，也仍然透着纯净和淡然，只要她的儿子能看进去，定然会有启迪。因为，母子之间容易有量子纠缠，儿子只要能放松下来，然后慢慢地调整，就有可能感应到母亲的心。母亲对他的爱，母亲心中的恬淡，母亲看到的大自然，母亲感受到的蓝天和大地，母亲感受到的一切美好的事物，母亲感受到的启迪和值得学习的精神，还有母亲的向往和对父亲的原谅，这一切，只要儿子能放松下来，都能有所感应。所以，母亲写的每一封信，对孩子来说都是一次救赎，都是在为他注入一种正能量，也许不足以点亮他的心灯，但至少可以给他一点温暖，让他愿意为自己做一点积极的尝试，比如读一读好书，比如想办法让自己静下来，尤其是不要沉迷于游戏，要找到自己愿意为之投注生命、觉得很有意义的事，这件事会变成他和世界的桥梁。

有些自闭症更严重、生理上有语言障碍的孩子，通过训练也可以一步步说出话来，甚至可以训练写作；或是他们讲述，由别人整理出来。天宝·葛兰汀就是这样，她写过一本叫《天生不同》的书，讲的就是自闭症患者的故事。其实自闭症患者并不怪，他们在他们的世界里是正常的，因为他们的大脑结构就是这样。就像我们中国人长着黄皮肤，西方人长着白皮肤，印度人长着褐色皮肤，这都是生理结构不同导致的。有时，我觉得生理上的自闭症也是这样。很多生理上的自闭症患者更容易掌握的语言往往是绘画和图像，就像我们如果想说英文，就必须学习和训练一样。

有个非常聪明的自闭症患者做过演讲，她说，她的弟弟妹妹都是自闭症患者，他们一句话都说不出来，但她刚好相反，她非常喜欢说话，头脑活跃到极致。平时在学校里，老师讲的课她总是会觉得枯燥，于是老师一边讲，她就一边静静地想象。她可以用想象力游历多个宇宙，建立非常庞大而细致的画面，你可想而知，一般的代数几何怎么能吸引她的注意。更让人觉得奇怪的是，她的想象会赋予她很大的能量，因此她时不时就会发笑，或是做一些奇怪的动作。别人不理解，觉得她在捣乱，其实她只是在释放无处安放的能量。她可以做很多研究，也可以写书，完全没有自卑的困扰，也不焦虑，原因就是她接受了自己的不同，也接受了这种不同带来的寂寞。在这种寂寞中，她只交真心实意的朋友，只做自己喜欢做的事情，她觉得自己很快乐。

所以，我们总是以约定俗成的标准，去衡量各种各样的人、各种各样的生活，但人其实有很多种，自闭症也有很多种。就像那个自闭症患者，光是她家里，就有两种自闭症类型。而她也找到了跟弟妹沟通的方式，因为她爱他们。很多时候，爱可以代替各种语言，为不同的心灵建立桥梁。艺术也是这样，艺术表达不了具体的语言，但艺术可以表达一种心境，可以把人带进另一个人的世界，他可以在那个世界里看到作者的灵魂，也可以看到他自己，这就是他和作者之间的沟通。

云子跟星星之间的沟通也是这样，云子向儿子展示着自己的灵魂，展示着自己对自己的救赎，展示着自己对世界的感受，展示着自己看到的美。她希望儿子能进入这个世界，看到真实的自己，哪怕暂时还不能像雄鹰那样展翅高飞，也可以做一只小小的雏鹰，轻轻地拍打着翅膀，静静地摄取食物和能量，静静地成长，等待有一天能飞上天空，在天空中翱翔。她的儿子，也许也在自己的世界里努力着，只是他的方式别人看不懂。因为一切都发生在一个无声的世界里，发生在他的灵魂深处。但也许，他的妈妈都懂，因为他的妈妈爱他，爱为他们建立了一座无形的桥梁。

后来我也懂了，因为我也爱他。我对他的爱，跟他妈妈对他的爱很像，都是心疼，希望他能从自闭症的困境中走出来。因为，我们都能体会到他的痛苦。我们也都在乎他的痛苦。当我们想到他在痛苦中的无助，还有那种迷惑之中的绝望时，我们都会心痛，都会想要多找一些办法，帮助他从内心里生出自救的力量。我还认为，爱的熏染背后，要有一种真理的光明，要照亮他的内心，让他打碎自己心里那些想不通的东西，有一种豁然开朗的力量。当他豁然开朗的那个瞬间，他就会从游戏世界里走出来，为自己努力一下。这个"努力一下"，就是他的希望，也是很多痛苦无助者的希望。

　　当清晨的第一缕阳光透过窗帘，投入屋中，我在鸟鸣声中醒来。外面的世界被笼罩在一层淡淡的雾气里，预示着前几天的晴朗天气即将结束，新的雨季将润泽大地。我像往常一样，开始日常的生活仪式，机械而快速地完成每一项任务，然后匆匆走出家门。

　　尽管天气闷热，清爽的风依旧让人感觉舒适。我甚至觉得风进入了我的身体，在我体内轻盈地流动着。而我的思绪也在这种舒适的宁静中，留在现实生活的平凡里，没有焦躁，没有不安，只有一种恬淡的观看。

　　我知道，这样的心境，对于家庭解体后的你来说，是一种奢望。父母各自寻找新的生活道路，只留下你在夹缝中挣扎。跟随妈意味着失去爸，跟随爸则意味着妈的缺席。可你，你既舍不得妈，也离不开爸。孤独中的坚强，成了你向往的标签，你却不知道如何解开心中的结。

　　在父母面前撒娇的权利，你早早便已失去，大手牵小手的温暖更是不复存在。无助的你在虚拟世界中寻找慰藉，扮演着保卫自己王国的勇士，即使只剩下最后一兵一卒，你也要誓死捍卫。

　　你渐渐远离了现实，心被封印在一个遥远的时空。面对一切，你都变得冷漠，甚至连自己的心都不再关注。这种状态不断地持续，它夺走了你内心的情感，意愿更是如此。

你用脆弱的身体苦苦支撑，现实中总是无法随心所愿。你常自嘲地说"我欲成仙，法力无边"，背后其实是孤立无援的悀惶。夹缝中的生存对任何人都不容易，更何况是你，一个心智尚未成熟的孩子。

于是你躲进了这高楼的小单元里，将现实锁在门外。在"家"这座避难所中，住户仿佛只有你一人。祖父母虽在你身边，却也像隔着一层看不见的墙壁。他们极力想进入你的世界跟你亲近和沟通，你却一步步闪躲，不知道自己在畏惧着什么。

在虚拟世界中，你却勇猛无畏，可以与古代的将军大战三百回合。你是三维动画世界的王者，那里才有你的立足之地。你乐在其中，索性关闭了通往现实的门。一切都成了另一个维度的事，无法再进入你的心中。

随着时间流逝，年岁渐长，你也意识到要改变。你知道自己不可能一辈子蜗居，你也不想做一只敏感的蜗牛。你知道那层壳太脆弱，经不起现实的一点重压。你希望自己像那游戏中的勇猛战士，不但能主宰自己，还能改变世界。可那激情只是刹那的烟火，你刚一眨眼，便只能看到轻烟。

你仍按照惯性生活，任何人的介入都无法干扰。在你勾画的世界里，你是霸主是英雄，是不败的将军，你能吞天叼地降妖伏魔，无所不能。你不在乎别人的看法，只在乎自己的感受，你把自己封闭在了一座茧房。

你给那茧房起了个堡垒的名字，在那里逃避你的恐惧和迷茫。但虚幻的荣耀无法充实心灵,你的灵魂依旧在数码世界里颤抖。疲惫不堪的你终于开始呼唤光明,你向往真实的温暖和沟通。你面对破碎的镜子深深叩问,真正的你在何处,你如何才能走出心灵的迷雾?

于是,你慢慢试着打开自己的心扉,虽然每一步都异常艰难,但你没有放弃。你先是尝试与父母沟通,试着理解他们的无奈和苦衷,然后尝试与外界建立联系,哪怕每一次都只有失败,你也没有被挫折打垮。你慢慢学会了坚强和独立,在孤寂中成长着你的灵魂。你渐渐成了现实中的勇士,将虚拟世界的担当变成了真实……

儿子,这是我梦境中的期盼,然而我相信,有一天它会变成现实。

记住,我的孩子,时光不会因为你在逃避而停止前进,只有勇敢地面对,不断地努力,才能真正地走出心灵迷雾,拥抱那充满阳光的美好未来。

35

云子的信虽然有一个说话的对象,但非常像是在自言自语。她是在用自己的方式,为儿子注入心灵的能量。很多时候,这就像她写给儿子的字条,千言万语,其实只有一句话:"儿子,妈妈永远爱你、支持你,无论你在哪里,妈妈都会陪着你。"将这简单的一行字,化为千言万语,背后的力量就是爱,深沉庞大、充盈身心、永不厌倦、决不放弃的爱，无论走到哪里，都希望孩子能跟自己分享的一份爱。然而，这句誓言却像是寒风中的风铃，虽然能发出悦耳的声响，但远方的那个他，却不知道能否听见。

云子依旧没有收到儿子的回应。

然而，就像她不断对儿子说的，不管他变成什么样子，也不管他在哪里，她都会陪着他。她永远通过爱这条数据线，向儿子传递自己的能量，希望有一天，儿子的心会充满电，然后像游戏人物的重生那样，重新开启自己丢失已久的人生。

儿子，在黎明的微光中，庭院里的景象显得有些凌乱。昨夜的风，如一位不速之客，打扰了花草树木的宁静梦境。此刻已是清晨，它们却仿佛还沉浸在梦乡，来不及梳理自己的美丽，就像未曾整理妆容的梦中少女。天际聚集着浓厚的云层，而远方的山峦仍隐约透过轻纱般的薄雾。晨风却显得格外勤快，轻轻拂过，带着微微的水汽，清新凉爽，令人心旷神怡。

在这里，我已驻足良久，自从与你分别，内心的思念如潮水般涌动，促使我来梦里与你重逢。重逢的喜悦，被你那颓废瘦弱的身影冲淡，我决定留下陪你，希望能够引导你走出困境，恢复身心的健康，打开自我封闭的大门。

梦中你对我的依赖，是我少有的慰藉。你愿意与我共度时光，向我倾诉心声，小心翼翼地不让我担忧，但我还是能从你的眼神中，感受到你对现状的无奈和不满。然而，这就是我们必须面对的现实。

即使在梦中，我也希望带你走出家门，去看看外面的世界——海洋的辽阔，草原的广袤，山村的质朴，以及那些温暖人心的场景。希望它能唤醒你内心深处对现实生活的渴望，激励你找回生命的意义，充满自信地踏上人生的全新旅程，即使前方布满坎坷。

我渴望你能如鸟儿般自由飞翔，穿越高山和大海，充满活力地回到我的身边。我也希望你的思维再次灵动，不再沉浸于沉默和忧郁之中，拥抱青春的光芒和开朗。我永远记得，你只是个八岁的孩子，心却写满了沧桑。

清晨的风，总能带来一份舒适和愉悦。经过一夜的雷雨洗礼，万物都显得更加鲜活和充满活力。花草树木在晨风中轻轻摇曳，展现出它们最娇艳迷人的一面。

天空低沉而阴暗，远处的树木在细雨的轻纱中若隐若现，仿佛天地间的距离被拉得更近，触手可及。风，携带着雨丝，在庭院、楼层间穿梭，每一阵风过，都带来清新的气息，使得整个庭院显得异常清幽，宛如一位含羞待嫁的少女，充满了无限的遐想和温柔。

梦中与你共处的时光，总能让我的心变得柔软而细腻。尽管你已十四岁，身形已是一位青年，但在我眼中，你仍是那个需要呵护的小男孩。梦中的你会时而拥抱我，时而逗我笑，用你的方式表达着对我的依赖和爱。梦中的你会温柔地为我按摩，缓解我的疲惫，这一切都显得如此温馨而贴心，让我深切地感受到，尽管你不言，心中也充满了爱。

我不期望你多么杰出，但希望你具备独立生存的基本能力。因为生命的道路需要你自己去走，我们只能陪伴你一段路程。

不要害怕困难，生活中的每一个挑战都是一次成长的机会。只有亲自经历，你才能变得更加坚强和自信。

孩子，勇敢一些，不要畏惧。我相信，你拥有足够的智慧和能力，去面对生活中的一切。只要你愿意迈出步伐，你就能看到一个更加广阔的世界，感受到生活带给你的无限快乐。打开你的心扉，摆脱那些无形的枷锁，让你的心灵自由地飞翔。在这个光明的世界中自由地徜徉，你将理解，束缚自己是多么不智。孩子，我对你充满信心，勇敢地迈出那一步吧，我将一直在这片晨光中，静静等待你的到来。

我希望你能看到生活不仅仅是电脑中的那个虚拟世界，更是这个广阔天地中的每一抹风景，每一声鸟鸣，每一次心跳。让我们一起踏上这段旅程，去探索未知，去体验生活的每一个细节，去感受每一次的喜怒哀乐。生活虽然充满挑战，但也同样充满希望和机遇。

我们将一起走过山川，越过河流，感受大自然的壮丽和生命的力量。我们将一起走访那些古老的村庄，倾听当地人简单而真实的生活故事，感受他们对生活的热爱和坚持。我们也会一起在城市的喧嚣中，寻找那一份属于我们的宁静和自由，学会在忙碌中寻找生活的意义和价值。

我想告诉你，生活的美好在于体验和感悟。每一次的经历都是一笔宝贵的财富，每一次的失败都是成长的垫脚石。不要害怕面对困难，因为每一次的挑战都会让你变得更加强大。记住，真正的勇气不是不感到恐惧，而是在面对恐惧时仍然能够勇往直前。

孩子，生活等待着你去探索，世界等待着你去发现。不要让自己的生活局限于一个小小的屏幕，走出去，看看这个世界的广阔，感受这个世界的美好。你会发现，生活远比你想象中的丰富多彩，你的潜力远比你自己认为的更大。

让我们一起踏上这个旅程，不再畏惧，不再逃避。记住，无论遇到什么困难，我都会在你身边，支持你，鼓励你，直到你找到属于自己的那片天空。儿子，让我们一起勇敢地迈出那一步，向着光明的未来前进。我相信，那一天，你会站在生活的舞台上，自信地展示自己，用你的智慧和勇气书写属于你自己的辉煌篇章。

儿子，奔跑吧，不为别的，只为了你的梦想和未来。我永远在这里，为你加油，准备好为你鼓掌，等待着那一天，你能自由地飞翔，在这个美丽的世界里找到你的位置。

我希望你能懂得，每一次的奔跑，不仅仅是为了到达目的地，也是为了沿途的风景，和那些在旅途中遇见的自己。我希望你能学会在每一次的停顿中，回望走过的路，珍惜那些曾经让你笑过、哭过、成长过的经历。这些经历，如同生命中不可或缺的营养，让你的心灵变得更加丰富和强大。

生活并不总是一帆风顺，你会遇到挫折和失败，但这些都是生命的一部分。我希望你能在挫折中坚持，在失败中学习，找到前进的动力和方向。记住，真正的强者不是永不跌倒的人，而是每次跌倒后都能重新站起来的人。我相信，只要你拥有不屈不挠的精神，就没有什么能够阻挡你前进的脚步。

我也希望你能学会感恩，感谢那些在你生命中出现的人，无论他们给你带来了快乐还是痛苦。因为，是他们塑造了今天的你，让你学会了爱、学会了宽容、学会了成长。记住，每个人都是你人生旅程中的导师，他们的每一句话、每一个行动，都有可能成为你人生的转折点。

在这个不断变化的世界中，我希望你能保持一颗好奇和求知的心，勇敢地探索未知，勇敢地追求自己的梦想。不要害怕改变，因为改变往往意味着成长和进步。敢于走出舒适区，迎接新的挑战，体验不同的生活，你会发现，你的潜能是无限的。

儿子，生命之旅充满了未知和可能，每一步都值得你用心去体验。我希望你能勇敢地迈出每一步，不畏惧风雨，不畏惧困难，因为你知道，无论前方的路有多么崎岖，都有一双看不见的手在背后支持你、引导你。那就是我的手，无论何时何地，我都会在这里，默默地为你祈祷，为你加油，直到你找到自己的方向，实现自己的梦想。

记住，无论你走到哪里，你的内心都应该如同那自由的鸟儿，勇敢地翱翔于广阔的天空之中，寻找那片属于你自己的蓝天。奔跑吧，儿子，向着你的梦想，向着你的未来，不断前进。我会一直在这里，等待着与你一同欣赏你人生旅程中的每一道风景。

36

情感是世界上最美好的东西，但也是很脆弱，很容易消失的。

拥有的时候，必须好好珍惜，一旦失去，就很难再追回。云子明白这个道理，所以对每一份情感都珍惜，能爱的时候，总是好好去爱，正因为此，她离婚的时候，才能好好地放下。

人就是这样，拥有任何东西时，都要好好珍惜，因为假如不珍惜，就容易破坏一些很美的东西。

儿子，梦毕竟是梦，现实中的我，还是在西部。

请原谅妈妈，在你发出呼唤之前，妈妈无法飞到你的身边，只能像现在这样，用文字跟你交流。并且期待着，有一天能看到你的回复，哪怕是一张照片，一幅画。妈妈还记得，你小时候很喜欢漫画，妈妈给你买的葫芦娃兄弟的故事，你看得那么开心，马上跟小朋友一起，画了一个属于你们的系列。后来弄丢了，你还大哭了一场。你还记得吗？你还记得当时跟你一起画漫画的小朋友吗？你为什么不跟他联络了？那么纯真的情谊，拥有时就要好好珍惜。所有情感都像一朵花，需要用爱去呵护。呵护它，也是呵护你的心。也许，因为这么一点小小的心念，你就会走出黑暗的牢笼。孩子，让心静下来，好好地跟它聊聊天，发现它的向往和渴望。有一天，你一定能走出来的。当下的一切不如意，都只是幻觉，只要你改变自己，它们就会像缭绕山间的薄雾一样消失，显出林间的一片嫩绿。

前几天，妈妈也跟老同学见过面。

在生命的舞台上，我们演绎着各自的角色，经历着各自的颠沛流离。每一次的相遇，都是一场扣人心弦的剧目，一幅精心绘制的画卷。无论是与亲人的温馨拥抱，还是与朋友的欢声笑语，甚至是与自然中一草一木、一山一水的邂逅，都会在心中留下独特的印记。

这次的聚会也如时间倒流，我们回到了那个纯真的年代，回到了我们还是懵懂少年的时候。岁月如同匠人的磨盘，磨去了我们曾经的稚嫩，留下了成熟与淡定。我们这群在人生的海洋中颠簸、在岁月的河流里摸爬滚打的旅者，经历了时间的淬炼，褪去了年少轻狂、焦虑浮躁，增添了从容宽厚、沉静淡默，变得更加沉稳而丰富多彩。就如被时光这个手艺人精心雕琢的珠宝，承载着无数被经历洗涤的记忆，心中留下的，都是最纯粹的怀念和感动。就如那一块块粗糙的记忆石头，被岁月的铁锤狠狠打磨，终于去除杂质成了记忆宝石。

在这个由各种情感气息构成的氛围中，相遇显得格外温馨，不管我们像一朵盛开的花，还是一片翠绿的叶，都散发着各自的魅力和生命的绿意。心与心的交织，释放出幸福的涟漪，波纹层层叠叠，满载着感恩与快乐，也编织着新的美好记忆。只是时间总是不遂人愿，眼前的繁华终将散去，就如那些被岁月遗忘在角落的故事般随风而逝。我们将继续从这个美好的晚上出发，一天天向年老迈进。正如彼此的脸上已没有了青春的水润，曾经光洁的肌肤早已爬上了沧桑纹。生命的洪流波涛滚滚，从来不见它漏下过谁。就连这片美丽的故土，也在不经意间变得满目疮痍，如同一位面孔布满沟壑的沧桑老者。然而，每当我停下匆忙的脚步，总会听见他的低吟，他总在唱着那首岁月的歌。他在告诉我，眼前的一切都在过去，眼前的人们也都在老去。珍惜此刻的记忆，把它的温暖贮藏在心里吧，因为你永远都不知道，哪个蓦然回首之间，它会永远地消失在你眼前。

这片土地上来过多少美丽的女子和健壮的男人，他们演绎过多少或悲凄或绝美的故事？此刻，他们又在哪里？我总是想起记忆中来过的一些人，他们的欢笑，他们的悲伤，他们的纠结挣扎和辗转，他们曾经描述的过往，他们那些无言的选择，一幅幅画面如红尘的旗帜，轻轻在我眼前飘扬，而画面的主人却早已成了一缕青烟。

我曾在无声的夜里追问，他们为何不是另一种命运？明知这些追问早已过时，我追问的对象早已远去，消失在记忆的黄沙彼端，可我仍是忍不住追问——如果那时他们有另一种选择，一切会不会不同？可未来总是未知，唯有坦荡了一颗心，任画面自己去翻转。我抓不住其中任何一帧，也抓不住那早已流逝的过往。那么，就把那双流光般的眼眸放下吧，也放下那一声声浅笑和沙哑低沉。在宁静中，触摸他们后来融入的地方，随喜他们的眼眸中不再有灰尘。

倒是你，孩子，生命如泄洪般流逝，你何时才能不再逃避？

看啊，妈妈找到了一片清凉的翠绿，你来吗？还是仍藏在那片黄沙里？

还是来吧，我的孩子。你的心中若是有洪水猛兽，就来妈妈这片宁静的乐土，跟着妈妈，闭上眼睛，聆听风，聆听呼吸，凝视那个闪光的影子，记住你心中那声殷切的期许，放下一切的恐惧，放下一切恐惧的对象，让自己消融在神圣的微光里。那变化的，就让它变去，你自有一份安详和宁静。

来吧，孩子。现世的纷扰不管多么真实，也终归是刹那就会过去的假象。某个黄沙掠过、迷蒙眼眸的当下,你的心终究会安定。古老的音乐会在你心中奏响,那来处却已不见璀璨景象。你触目所及,唯有苍茫天地和无尽黄沙。而那黄沙深处,便是我们灵魂的故土。

我总是想起它,尤其在寂静的夜里,它的三弦音总是勾起我满心的怅然,却也有一丝温柔的情绪在心间回荡。不管身处家乡的林间小径,还是进入繁华都市,被市井的嘈杂深深埋掩,我的心里总是回荡着那阵沧桑的弦音,它是我无法割舍的牵绊,也是我灵魂中的悲歌。在那些孤寂旅行的日子里,我总是吟唱着它,用我灵魂的声音。它回响在我的心底,也回响在我的笔端,回响在每一个手指触碰键盘的瞬间。而你,你是否能听见那声音,我的孩子?你是否能触摸到空气中的那缕沧桑?

然而,我仍旧珍视这次的重逢,我的心仿佛被温柔地牵引,回到了最初那柔软的起点。虽然相对整个人生,这次相聚仅是短暂的刹那,但它如同春日里一线温暖的阳光,照亮了我内心深处的某个角落,那个叫圣地的地方。我学会了珍惜每一次的相遇,即便是稍纵即逝擦肩而过,也成了心中无价的珍宝。我学会了承受别离的苦楚,也学会了在心底深处默默守候,珍藏那些美好的瞬间。

也许在将来某个温柔的黄昏,那时的我步履蹒跚、白发苍苍,而你,你会紧握我的手,听我说这些老去的故事,然后低声告诉我,我跟我的这些记忆一样,也永远都是你心中的温暖。那一刻,我将感受到人生如晚霞般绚烂,然后静静地随着最后一缕阳光,悄然合上我的双眼,回归那灵魂的故乡。那将是我心中最柔软、最美丽的归宿。

孩子，你怎么一脸恐惧？你是担心妈妈吗？不要担心，妈妈只是想到了生命的无常。你也要明白生命的无常，只有明白了无常，明白很多东西转瞬即逝，你才不会犹豫和拖延。生命需要一点勇气和果断，决不能无限期地拖延。这是妈妈很想跟你说的话。

那天晚上，还有一件事很让人感慨——我有个同学，她曾是个灵动妩媚的少女，如今却被命运抛弃，陷在深深的泥潭里。听着她说那些刻骨铭心的经历，我们都为她感到心疼。可她却说，来参加聚会之前，她确实很痛苦，甚至犹豫过要不要来，要不要让老同学看到她的痛苦，但她还是选择来。因为，我们虽然很久不见，也很少联系，几乎从她的生活中淡出了，但我们一直是她珍藏在生命里，代表了最纯真最幸福那段时光的亲人。她与我们重逢的时候，就像回到了过去，心里有一扇窗被打开了，一股清新的泉水洗刷了她的尘劳，久违的快乐与幸福也如泉水般涌出，心中的冰封终于融化。这一刻，我们所有人都被她感动，为她高兴。我们相视而笑，互相拥抱，心灵紧紧相连。相机留下了那个温馨的瞬间。

那个难忘的夜晚，最终在欢声笑语中结束。别离的时候，我们心中充满了感激和不舍。我们紧紧拥抱，互道珍重，那一刻，我们都明白，这次相聚不仅是一次重逢，更是一次心灵的重聚，让我们在忙碌和疲惫的生活中，找到片刻的宁静和力量。

生命中的每一季都有它独特的风景，每一次的相聚都是我们人生旅途中宝贵的财富。希望未来的日子里，无论我们身处何地，都能带着这天晚上的温暖和力量，继续前行，让生活充满爱与希望，让心灵始终保持最初的纯净和美好。

37

上封信里，云子谈到了老同学给她的感动，这封信却又谈到了友情的变化。

再好的朋友，一旦有了新生活，也可能会彼此疏远，甚至从彼此的生活中淡出。但云子觉得，即便在这个时候，也可以珍惜过去的亲近，珍藏那段美好的记忆，在心中祝福和关爱对方。能够长久的友情就是这样，永远不衡量，不计较，只管记住过去的美好。

每个人经常联络的圈子都很窄，一般只有十几人。其他人，也许有过亲密的来往，但因为不在身边，慢慢就会彼此疏远。即便偶尔想起对方，也是遇到了某种外境的刺激。比如，我们一起仰望过北斗星，再和别人一起仰望北斗星时，我就会想起她，想知道她现在怎么样了，过得好不好，于是，就有可能发一条微信给她。别的时候，我们都在彼此的生活之外，忙碌着自己的事情。所以，我跟老家的很多朋友，都没有过于紧密的联系，但友情一直都在。二十年前感动过我的事，二十年后还是会感动我，每次见到他，谈到他，或想起他，我都会想起那件事，然后再一次被感动。这就是友情真正美好的地方。

更好的朋友是良师益友，就是我们不一定经常来往，但每次想到他或接触到他，哪怕只是得到他的消息，都能得到启迪。

好的爱情也是这样，如果大家在一起不是彼此消耗，而是一起成长，一起变得更好，关系就容易长久。

所以，无论什么样的关系，要想长久，都要及时放下自己的感受和标准，为对方着想，理解对方，甚至欣赏对方，认可对方。

云子对朋友就是这样，她就算有失落，也会及时放下，不会给朋友定义，觉得朋友在疏远她。她只要不下定义，这件事就会很快过去。但现在有很多朋友之间都会下定义，有些人曾经关系很亲密，后来对方因为很忙，很久都不联络，他就会觉得对方不在乎自己，对自己没有心，自己也会慢慢地淡忘这份友情。其实，这份情感在某段岁月里，可能非常美好，而那段岁月、那样的场景，再也回不来了，不会再有另一个人给他那样的情感。所以，对朋友的理解，很多时候也是在善待自己，维护自己心里某种很美的东西。人越是懂得维护这种东西，自己的心就会越有力量。

儿子，今天晨曦微破，一缕轻风穿越尘世的纷扰，悄然而至，宛如细丝轻拂过肌肤，穿透灵魂深处，带来一份难得的安宁和莫名的清凉。

昨夜，雨丝织就了一帘幽梦，细密得几乎无声，以至于我在夜的深处醒转，也未曾察觉。望向窗外，天际依旧有低垂的云帷，看似沉重不堪，却在某刻被一线几乎不可捉摸的粉霞温柔地触碰，如同最羞涩的少女脸颊上轻扬的笑意，浅浅地，染遍了整个天边，终究被一片茫茫的云海吞没，留下一抹若有若无的温柔，美丽得让人心动。

在这样一个清新的清晨，朋友的消息如一股暖流，包围了宁静的早晨。她的问候如同一束光，穿越了物理距离的界限，落在我的心田。得知她到达的消息，我的心头掠过一丝欢喜，好似拥有了全世界最美好的早晨。我急忙回应，心中满是期待与喜悦，在心底为她铺设了一条欢迎的红毯。然而，朋友告知，这次只是路过此地，她正踏上南下的旅程。那一瞬，所有期待都化作了风中的轻叹，只能黯然祝愿，愿她的旅途充满欢笑。

我倚窗凝望，窗外烟雨朦胧，如同梦境一般缥缈。心中不免生出几分怅然，对往日的追忆飘然而来。回忆中，我们曾是那么亲近的伙伴，共享每一个黎明与黄昏，共话人生的梦想与追求。然而，二十年的光阴悄然流逝，我们几乎持续失联，偶尔聚会，也只是匆匆相见，互道珍重，便再次踏上各自的人生征途。

收到她信息的那一刻，我曾幻想，或许我们能回到过去，能再次分享彼此生活的点滴，夜深人静时也可以再次长谈。岁月的沉淀会成为我们情谊的见证。经历了生活的风雨，我们或许会更懂得彼此的珍贵。那份生命中深藏的默契，那份历经风霜后的含蓄与深情，都会告诉我们，真正的朋友如同星辰，即使隔得再远，也能彼此照耀。

然而，梦终究是梦，她要去追寻自己的梦想，而我，将仍旧留在自己构筑的梦中，迎接每一个清晨与夜幕，生活在如梦的日子里。但每个人的生命中，都有那么一两个灵魂深处的依靠，即使不能经常相伴，也会在心底深处相依为命。而她对我来说，就是这样的存在。所以，每逢收到她的微信，或得到她点点滴滴的消息，我都会有一份好心情。哪怕只收到只言片语，看到她的名字，我也会觉得开心，假如当时刚好有困难，或感到迷茫无助，还会觉得自己得到了鼓励和支持。

　　我时常在想，她在远方乘风破浪，追逐一抹遥不可及的光芒，是什么样的心情？她定然也有迷茫无助的时候，她会怎么做？她会不会还像二十年前，与我结伴仰望星空时那样，对着天上的星星祈愿，希望自己不忘初心，不舍追求？她有没有动摇过年少时的追求？这些年来，她还是不是二十年前的她？

　　我不知道。我在心底珍藏的，是回忆中的那个她，是和我在星空下互勉，在沙枣林中畅谈人生，在河畔分享心情和梦想的她。我甚至不在乎现在的她是否已经被生活改变，只是在心中祈愿，希望照耀着我的那颗星，把我最好的祝福传递给她，希望她也能坚持梦想，坚持内心的追求，勇往直前，哪怕现实的路途充满荆棘，我们最终也定然能触摸到那些遥不可及的美好。

　　我也知道，她面对的挑战和迷惑定然跟二十年前不一样了。人在每个阶段，面对的东西都不会一样，因为环境不一样，年龄不一样，面对的人群也不一样，心中的疑问，现实中的困难，又怎么会一样呢？就像我在老家，面对宽广的大天大地，不需要在职场里打拼，我也不会有她现在的迷惑和挑战。只是，多么希望她能跟我谈一谈啊，还像以前那样，能触摸到她现在的心，该多好。不过，怀着一份祝福，远远地想念她，也有另一种美好。

　　妈妈现在有了一个本领，就是无论遇到什么事，大事小事，好事坏事，失望的事或惊喜的事，都能让情绪平缓下来，渐渐恢复平和的心境。既不过悲，也不过喜。因为这样最幸福，也因为一切都在过去。

你要不要试试看？

38

在这封信中，云子谈到了一个小学同学，这是离婚之后，她遇到的第一份来自他人的感情。这个男人对她几十年来未曾忘情，这份感情对放下旧情、心已平静的云子来说，仍然是一份难得的感动。人对爱的渴望，是根植于基因深处的。一个人可能不追求爱情，也不贪恋爱情，但遇到爱情，而且是一份如此忠诚持久的爱情，不被感动几乎是不可能的。这时，云子就面临一个问题：接受，还是拒绝？如果选择拒绝，是因为过去的伤痛带来了恐惧，还是一种对生活方式的选择？因为恐惧而拒绝爱情，是一种消极放弃，是心的软弱；因为享受单身生活而拒绝爱情，是一种自主的选择，是心的圆满自足。两者是不一样的。但不管怎么说，爱是生活中最美的收获之一，是一个人从灵魂深处对你的认可，一旦得到了，不管自己爱还是不爱，都要珍惜。因为，茫茫人海中，多少人在短暂的相聚后淡忘彼此，心灵不再有任何交集，而有一个人，却把你最美的一面珍藏在心中，珍惜了几十年。也许，你的美好，曾经在很多困难的日子里，给过他一份慰藉和鼓励，让他觉得，要配得上爱你，他就要变得更好。如果是这样的爱情，哪怕不接受，选择一个人静静地活着，心里也该珍惜和感恩。

儿子，离开你已经三年零三个月了，你可好？你那妹妹，也五岁了吧。你比她大十岁，要学会爱妹妹。你千万别将父母的离婚跟你妹妹牵扯在一起，虽然你爸是因为你现在的妈怀了你妹妹才跟我离婚的，但大人的事，跟小孩没关系的。你要像个当哥的，大度一些，凡事让着她一些，别给妈丢脸。对你现在的妈也要好，她人不错，将心比心，她已经很好了。还有你的爷爷奶奶，也要常去看看，每当想起这两个老人，我心中总有热水一样的感觉在荡。我心中，是将他们当成爹妈的，他们也把我当成了女儿。虽然我跟他们的儿子离婚了，但我还是忘不了当初他们对我的好。要是将来有需要的话，他们的养老由妈和你承担如何？我相信，你会愿意的。

在这个世界上，总有一种相遇，虽然轻描淡写，却能暖透心扉；虽然相隔千山万水，却能美化所有时光。

那天，在万籁俱寂中，我收到了一个陌生的电话，本来犹豫着要不要接，后来还是接了。打电话给我的，是个声线清晰平和的男人，他的语气听起来有些局促，也有些期待。他问我是不是叶子。这一般是熟人对我的称呼，可这个男人的声音，我却觉得很陌生。

我说是的，谨慎而好奇地问他是哪位，有什么事，他听起来很兴奋，说是我的小学同学，叫赵亮。声音几乎有些颤抖了。

我在脑海里搜索着这个名字，但回忆如同被风吹散的烟雾，捉摸不定。只好请他把名片发到我手机上，我想起来再联系他。他说没关系，他没什么事，只是想跟我聊聊，让我边聊边回忆他是谁。我犹豫了一下，还是答应了。

交谈中，我终于想起，他是当年班里最爱惹是生非的男生，那次小学同学的聚会就是他组织的。他建立了同学群，把很多同学都拉进来了，让大家找到了彼此。

这通电话结束后，我添加了他的微信，想起他是谁之后，那个名字也越来越熟悉，尘封的记忆突然像潮水般涌现。我忍不住眼眶湿润，当年，一次无辜的误会，让我多年来对这个人避之唯恐不及。但就在今天，过去的一切似乎被重新洗牌。他的这通电话，如同时光的使者，温柔地撬开了我心房的锁。随后，在微信的对话框里，我们开始了日常的问候，慢慢地，话题从同学扩展到了生活、孩子和工作。他的每日问候成了我生活的一部分，我们之间的对话充满了温暖和关怀。

随着时间的推移，我们分享了更多往昔和现在的故事，同学间的旧事让我们彼此更加了解。我以成熟和理性的态度聆听他的倾诉，同时也温馨地提醒他，在这变幻莫测的生活中，更应珍惜当下，不被过往束缚。

他坦白了儿时的顽皮，我则以轻描淡写的方式回应，我们在轻松的交流中渐渐拉近了心灵的距离。他的坦诚和我的理解，如同久旱逢甘霖，滋润着彼此的心田。

那天，他终于鼓起勇气，倾诉了多年来的暗恋之情。他说的每个字，都像是精心编织的情诗，既是对过去美好回忆的缅怀，也是对未来可能性的渴望。我听着他的情话，心中泛起阵阵涟漪，那份久违的感动，让我的心境亦发生了微妙的变化。

他的话语，如同夜空中最明亮的星辰，照亮了我心灵的每一个角落。他谈及年少时的笨拙与羞涩，那份深藏心底的情愫，如今终于找到了出口。他说他的生活中始终缺少一样东西,直到今日方知,那便是我的笑容,我的温柔。

"你知道吗?每天能与你交谈,就像是生命中最美好的礼物。即便不能回到过去,即便未来无法预知,此刻能听到你的声音,知道你很幸福,我也心满意足了。"他的话语里充满了情感,每个字都是那么真挚。

我的心被深深触动,年幼时的芥蒂仿佛在这一刻化为春水,温柔地流淌。我回想起自己年少时的梦想和纯真,以及曾经对未来的无限憧憬,突然意识到,尽管岁月如梭,但心中那份对美好事物的向往从未改变。

"我很高兴,你还记得我,也很感谢你,你组织了聚会,我们才能重逢。"我温柔地回应,心里充满了平静和宽容。

我们在聊天中找到了一种特别的默契,仿佛时间和空间都无法阻隔心灵的交流。我们谈论过去,也展望未来,彼此的支持和理解让我们的关系更加深厚。

在那一刻,我们都明白了,生命中的每一次相遇都是宝贵的缘分。无论这份情感最终将走向何方,现在我们能够再次交流,分享生活的喜悦与忧伤,已是难能可贵的幸福。

之后,我们的联系没有因为生活的忙碌而中断,那日常的问候和分享,织就了一根温暖的红线,将两颗曾经孤独的心紧紧连接,编织了一段美丽的人生故事,证明了真挚的情感能够超越时间的考验,为大家留下最为动人的回忆。

儿子,跟你聊到这些事,你也许会觉得有些不舒服,但这是妈妈的真实生活,妈妈希望你能参与,跟妈妈一起经历我们共同的人生；妈妈也是这样，哪怕妈妈没法去见你，也一直在分享你的人生。

如果妈妈想要开始一段新生活，开始一段新的感情，你会接受吗？你会不会祝福妈妈？但你放心，不管妈妈是一个人，还是有了新的爱人，对你都是百分百的爱、百分百的关怀。妈妈还是会像承诺的那样，永远陪伴你，永远支持你。

39

年少时爱上一个人，从此把她珍藏在心里，每当内心苦闷的时候，把她的美好从记忆中提取出来，静静地凝望，就会觉得整个世界都变得诗意了。一切的痛苦都消失了，只剩一种圣洁的、纯净的、属于精神世界和灵魂世界的美。这种美不能给人带来什么，但它能在最痛苦、最无助、最绝望的时候，给人一个安放心灵的地方。它就是灵魂的避难所。所以，心中有爱的人是幸福的，不管是爱上一个人，还是爱上一件事，爱上一首歌，抑或是爱上一片云，爱上一缕风。

嵇康爱上了古琴，爱上了情谊，他在被行刑前，对三千太学生鞠躬，感谢他们的厚爱和支持，然后再抚了一次古琴，演奏了一曲《广陵散》——这个片段，我说过好多次，因为它是我记忆中非常凄美的一个画面。

夕阳西下，晚霞漫天，清风吹动着散落的长发，镣铐碰撞，发出沉重却也清脆的声音。命已经悬在了半空。而嵇康，却只是淡淡一笑，想起《广陵散》，他的笑中才有了一丝凄楚。然而，他的心中，究竟是五味杂陈，还是如水般的寂静呢？史书中留下的关于他的记录很是潇洒，我也相信这种潇洒，因为他在诗中写过，"游心太玄"，他的心就像神灵一样，飘摇在宇宙之间，不再受到红尘牵绊，这样的自在逍遥，也许他确实觉得此生足矣。

爱，毫无保留的爱，淹没一切的爱，甚至，有那么点悲壮和凄清的爱。飘摇在风中，独剩一段弦音的爱……

儿子，绵绵细雨，日复一日地落下，滋润着大地上的一切，也柔和地触及了心灵的每一个角落。我靠在窗边，聆听着雨声，思绪随风飘扬，穿梭在记忆的海洋里。那些似乎已被尘封的往事，像是前世遗留的幽梦。如今回想前段时间发生的事——参加一场儿时同学的聚会，二十多年的沧桑，已让那些面孔模糊，好多人连名字都记不起来了。然而，有人不但清楚地记得我，还对我怀着那样温馨的情感。这份出乎意料的惊喜，让我非常感动。

微信里，信息如织，回忆却时隐时现，断断续续，仿佛患上了健忘症，只能一点一滴地努力回忆。但那些被时间带走的记忆，已经难以追寻。那就随它去吧，人生中的每一次遇见都有其意义，把握现在，珍惜眼前人，就已足够。对于那些在尘世中留给我记忆的人，我心存感激。人生之美，正是来自这些不期而遇。

生命总在不断的轮回中前行，缘分如水，悄然流逝。不必总沉浸在过去的回忆中。多年后，那些被时间尘封的往昔，已经变得不那么重要,不必再费尽心思去追忆。那份年少的勇敢、青春的青涩,已成为记忆中的一部分。那段无法回头的时光,就让它随风而去吧。

我们永远无法回到过去,人生是一场只能向前的旅行。即使有再强大的力量,也无法让时光逆流;即使有再神奇的能力,也无法穿越时空,回到那已逝的年华。本以为这样的想法已经足够完美,然而,总有些出乎意料的情感悄然闯入,打乱所有的平静,让人措手不及。

有那么一个人,从年少时就默默对你钟情,如此真切,却又难以启齿。因为当时的羞涩,只能将那份喜欢埋藏在心底。时间匆匆流逝,转眼间二十多年过去,那份情感经过岁月的沉淀,依然难以抹去。这份突如其来的告白,让我惊讶不已,儿时的相处,原以为早已随风而逝,不承想,竟有人生出情愫,并将其深藏于心中。情感的纠葛,难以言说的牵挂,都显得那么复杂,又那么真实。这份意外的爱恋,像是一场梦境,将我带回遥远的过去,也像冬日里的一缕阳光,温暖而耀眼,照亮了我心中的每一个角落。然而,随着一遍遍回想,我开始觉得不可思议,不知道这到底是一场命中注定的相遇,还是我自己编织的幻想。我开始怀疑,这也许真是一场梦,也许很快就会醒来。

然而,这份心动,还有那经过岁月洗礼变得坚定不移而非一时迷恋的情感,却让我无法自拔。我的心不由自主地泛起一层层涟漪。情感的深渊让我感到既无助又甜蜜,我开始渴望去了解、去探索这个被时间封存的秘密。是的,我开始相信,生命中的每一次遇见都不是偶然，它们都有自己存在的意义。即使是一场玩笑，也可能成为连接两颗心的桥梁。在这个世界上，有一种遇见，虽然淡淡的，却暖在心间；虽然远远的，却唯美着时光，让人感到前所未有的温暖和幸福。这份感情，如同一股清泉，在我心中悄然流淌，滋润着我的每一个瞬间，让我相信，生命中的每一次相遇，都值得被珍惜和感激。

我开始反思自己的人生，那些年轻时的梦想和希望，是否还保留在心中？那份对爱的渴望和追求，是否随着时间的流逝而变得模糊？面对这份迟到了几十年，却异常强烈，可能会改变一生的爱情，我是否有勇气去接受，去拥抱？

我开始憧憬，如果能重新开始，能与他共同探索这份深藏多年的情感，那将会是多么美好的事情。我渴望能够与他共同走过未来的每一天，分享生活的点点滴滴，一起度过那些平凡却又温暖的日子。我在一种浓浓的梦幻感中期待着，同时也聆听着每一种设想如水泡般破灭。

但我慢慢地开始相信，无论结局如何，这段情感都将成为我生命中最宝贵的财富，让我在未来的日子里，带着这份美好的记忆，勇敢地走下去，绽放出属于自己的光芒。

孩子，他给我写过一段信息："走过半生的旅程，方才领悟，你早已是我心底最坚实的寄居者。不畏岁月的长河，不惧距离的遥远，那是缱绻在相思之中的深情。因为有你，我体会了世间所有的渴望与思念，明知无望，却还是执着于这苦涩的相思，绵延无绝期。当我思念你，便渴望将你拥入怀中；当我念及你，心间如同被反钩穿透，痛彻魂魄。无论多么痛苦和辛酸，我的情感始终如一，这是我对你不变的誓言。若是没有你，我的世界便会失去全部的色彩，这份情，超越了所有的爱恋。你在我心中，温暖而长久，我愿意，永远爱你。就让我这样，在岁月老去的路上，永远地思念你，怀念你，爱着你，恋着你，用我所有的日子去祝福你。这份情感，纯净而不染尘埃，随着时间的旋律，在灵魂的深处一遍遍地回响，思念如花，美化了时光，沉醉了心灵。走过无数的日暮星辰，告别无数的晓风残月，儿时的印记永远烙印在心灵的深处。在这一生的寻觅中，回首间，你始终是我最美丽的风景。是谁的微笑暖了心房，是谁的思念滋润了眼眸？蝴蝶穿越千山万水，只为寻找那一丝希望，而我凝视天涯，望穿秋水，只为等待你的归来。托付给相思的云，寄托于明月清风，那是我对你深沉而真挚的爱；捧起思念的雨露，托付给丽日星辰，那是我对你深情的眷恋。在岁月的洗礼中，我们的爱将如低吟浅唱，轻轻沁入心扉。"你是否能感受到他心中的深情？你是否因为有人这样爱你的妈妈，而心怀感激？

但我也明白，长久以来的默默守候，二十多年的情感积淀，已成为一种难以言喻的感动与敬畏，再平凡的生活，在这种等待的底色之下，也蕴含着让人动容的力量。然而，长久相守不是简单的事，想象中的一刻，与现实中的永恒差异悬殊。现实中的相守是否会破坏记忆中的美好？完美的爱情是否会在相濡以沫中灰飞烟灭？懵懂中萌发的梦想般的爱，是不是让它定格在最美的时候，不要接近，更不要亵渎，让它永远圣洁，永远纯净，永远给人一份温暖的力量，会更好？纠结带来的疼痛，无法用言语表达，泪水已然模糊双眼。

孩子，妈感到迷茫，这份突如其来的情感，究竟如何应对才好？如此不可思议，主角却偏偏是我。他铭记最初的我，我却忘了曾经的他，他只好将满心的相思化作诗篇。那么，终于进入他爱的世界的我，又该如何抉择？

孩子，你能读懂妈的心吗？你能感受到，妈在爱的温暖和未知的结局之间的摇摆和犹豫吗？你是否知道，完美的情感就像水中的月亮，我们一旦登上月球，就会发现那皎洁的玉盘其实并不皎洁，上面有坑坑洼洼，有沟沟壑壑，有诸多我们认为不完美的东西。接近它的我们，会发现它也许还不如地球那样美丽，因为地球上布满了蓝色的海洋和长长的山脉，还有诸多人类文明的奇观。而当我们回到地球上，仰望遥远夜空中那个白色圆盘的时候，心脏的跳动还是会和缓下来，还是会感觉到一丝温馨，就像听到天地间最慈爱的呼唤。也许，爱同样是这样。然而，发现相爱对象的不完美之后，人还能感受到爱的抚慰吗？会不会只剩下对那坑坑洼洼、沟沟壑壑的记忆？

儿子，时光将两颗心微妙地牵系在一起，又会不会给我们一个完美的结局？会不会这终将是另一次美好的错过？我的心，是否能经历另一次情感的伤害？

但你不要担心，也不要焦虑，妈不是希望你回答我，妈只是在对你诉说。也许，我会像对待所有事那样，用最淡然的心态去面对——感激始终记得我的他。在人生旅途中，有人能对我付出这样的深情，是一种难得的幸福。但我只能慢慢来，二十多年的光阴，早已改变了他心目中的我，也改变了爱上当时的我的那个他。那份年少时的纯粹，可能早已不复存在。然而，在内心深处，我还是希望能给予他一份慰藉，一种解脱，让这份长久的情感能有一个温暖而美好的归宿。这个归宿，不一定是爱情关系。有时，爱情一旦有了柴米油盐的关系，有了共同的生命结晶，就很难再有最初的纯粹，除非两人的爱情类似信仰。信仰式的爱情，才可能永远纯粹，永远纯净，永远远离世俗的纷争。这就是生命的残酷。

随着内心悸动慢慢平息，我终于明白了这一点。

儿子，你是否读懂了吗？

40

如果是你，面对一份梦幻般的情感，一个近在眼前的童话世界，你能止住那个探寻的脚步，让童话仍然留在幻想中，留在某个自己不会去触碰，也不会去亵渎的地方，让它永远都那么美好吗？你能理性地拒绝，从容地走到远处，默默凝望吗？

云子纠结过，对未来她曾如此设想——面对爱情的失败、儿子的自闭带来的巨大痛苦，自己不断净化自心，与痛苦共生，一天天变得淡然、释怀。而如今，一个美好花园的大门突然向她敞开，幸福得没有一点真实感，就像半空中一个海市蜃楼那样的幻影，似乎，稍一用力就会捏碎。你是否能感受到她内心有过的犹豫？

你是否能感受到，她面对遥远的夜空，面对漫天的星斗，终于明白，有一种美好在念想和观望时便能拥有，不需要握在手里？

你是否能看到她唇边那个释然的笑，你又能否感知，她心中的沧桑和无奈？

从云子做出的选择，我看出她的清醒。此时的她看似没有"拖累"，正好可以走入新的生活，但实际上，如果她选择接受，很可能会带来更多烦扰。儿子的自闭症也会成为这个新家庭的"隐患"，星星一日没走出自闭，云子便一日也无法割舍对儿子满心的爱，那个男人能接受么？并且，星星面对妈妈的再婚，又会如何想呢？恐怕事情会变得更加复杂，把更多的人卷入其中。所以，清醒的云子，只能这样选择。

儿子，窗外的雨仍在倾泻，雷声在远处回荡，仿佛天空也在为这份情感演奏一曲激昂的交响乐。我看着被雨水洗涤得更加清澈的世界，心中有了一丝平静。我知道，生命的旅程还在继续，而我，也将带着这份深藏心底的情感，继续前行。

在生活的长河中，我们都会遇到许多人，有的人与我们擦肩而过，有的人却能在我们心中留下深刻的印记。不论这份情感将走向何方，它曾经的出现，都会给予我们力量，教会我们如何去爱和被爱，对我来说，这才是最重要的。

我轻轻地在心中对他说："无论你身在何处，我的祝福都会永远与你同在。这份情感，虽然未能开花结果，却让我们的生命更加丰富多彩。感谢你，给了我这段刻骨铭心的记忆，让我更加珍惜生命中的每一次相遇。"

然后，我拾起笔，轻轻在纸上写下对他的感谢和祝福，让文字成为心的桥梁，将我的心意带去他的世界。我相信，这份情感如同窗外的雨，虽然终将停歇，但它留在我心中的痕迹，将永远珍贵。

儿子，你明白妈妈的选择吗？你会觉得妈妈胆小吗？你会觉得妈妈是畏惧爱情，才做了又一段感情的逃兵吗？

妈妈不能简单地告诉你是或不是，因为妈妈也在尝试理解自己，理解他，理解这份跨越时空的牵绊，理解这段迷雾般的情感。时间，那个无形的编织者，将两颗心紧密相连，却也无声地将它们拉开距离。同样，他的坚持如同一束光，照进了我的世界，温暖而耀眼，却也让我因无力而感到苦楚。我没有他的勇气，也没有足够的智慧，不知道该如何跨越二十多年的距离，触摸那份他深藏心底的情感。

我发现，随着联络越来越频繁，尤其是他向我表白之后，我对他也有了思念。在思念和被思念之间，我开始慢慢消化这份突如其来的情感。也许，妈妈告诉你这件事，除了想跟你分享一切，也是在梳理自己的心情，跟自己的心对话。以后你就会明白，生活中有些事是我们无法预料，也很难完全掌控、完全看清的。你只有让心静下来，才会明白它的本质，和你可以做出的取舍。于是我发现，我更在乎那份对抗时间、静静呵护的美好，而他却更希望拥有。他定然觉得，强烈的感情可以战胜一切，但他没有想过，在岁月的消磨中，再强烈的感情也会趋于平淡。没了热情和想象的薄纱，那纯粹美好的背后，就有可能是摩擦和挣扎。他能不能足够包容，承担现实和想象之间的落差呢？我不知道。他定然也不知道。一想到这，我那滚烫的心情，便慢慢地平静了下来。

然而，这件事让我发现，无论是瞬间的闪光，还是岁月沉淀出的朴实，情感都是值得尊重和珍惜的，与他人的相遇同样如此。相聚的时间不论长短，我们都会给别人留下某种印象，而这种印象，也将引起对方心中相应的情绪。就像当年，我们只是普通的同学和玩伴，我甚至没有注意到他。我怎么能想到，那个咋咋呼呼的他，会有这么柔软的内心，还会把我最好的一面收藏在心里，怀念那么久呢？也许，这份让人意外，却又真挚到极点的心情，才是最打动我的。爱，有时不仅仅是两颗心的相遇，更是灵魂深处的一种触动。即便是一厢情愿，也是生命中的一种美好。

当然，如果没有开始的可能，他也许会一直守候下去，哪怕有了妻儿，内心深处的某个地方，也会留给这份情感——也许，你爸爸就是这样。把他跟赵亮相提并论，总觉得亵渎了赵亮的感情。但或许这就是事实，否则，你爸怎么会选择他的初恋情人，又怎么会一重逢就失去该有的坚守呢？这么一想，我也就更能理解他了。人的情感，很多时候确实是没有理由的。

所以，解不开的情结，就交给时间吧，我相信，无论是他还是我，都会从这场美好的悸动中走出来。我会用更平和的心态面对这段相遇，无论是过去的刻骨铭心，还是未来有可能的温暖陪伴。哪怕随着我的拒绝，我们会渐渐疏远，我也会把那份美好珍藏在心里。

做好决定之后，我在给他的信中写了答案。既不接受也不拒绝的暧昧，对他定然是一种伤害。我在心底默默许下愿望，希望他能找到属于自己的幸福，希望这份长久的思念，能转化为对生活的热爱和前行的动力。

窗外的风景逐渐明朗，窗外的雨也在慢慢停歇。我望着逐渐放晴的天空，心中的阴霾随之散去。在接下来的生命旅途中，我将带着这份特殊的记忆继续前行，不再为无法挽回的过去感到遗憾，而是珍惜眼前的每一份情感，勇敢地追寻属于自己的幸福。在生命的长河中，每一次的相遇都是最美的风景，而每一段情感，都是我心中宝贵的财富。

随着时间的推移，我的内心逐渐强大起来，学会了如何在回忆与现实之间找到平衡点。那份令人心动的告白，虽然让我的心一次次震荡，但也让我明白，生命中不仅仅有眼前的苟且，还有温暖人心的记忆与深情。我变得更加珍惜与身边人的每一次相处，因为，每一个人的出现，都是生命中的一份礼物。

我不再沉溺于过去的情感无法自拔，而是将深藏心底的爱，化作对生活的热爱和对未来的期待。我学会了释怀，学会了用一颗感恩的心，面对生命中的每一次遇见。而赵亮，我即使不能与他共同走过余生，他在我生命中留下的印记，也将成为我前行道路上最宝贵的力量。

生活，总是在不经意间教会我们成长。通过这段特殊的旅程，我变得更加坚忍，更加明智，不再为无法实现的愿望感到悲伤，懂得将渴望转化为动力，鼓励自己不断前进，探索生命中的无限可能。

只是，从那以后，每逢我抬头望向天际，都会想起那份遥远而美好的情感。但我知道，无论走到哪里，无论经历什么，它都会像星辰一样，永远照耀我的心空。

生命的意义在于遇见，更在于成长与超越。我相信，只要用一颗宽容而温柔的心面对世界和人生，继续在生命的路上前行，就会不断遇见新的自己，也不断遇见新的风景。每一段经历都会让我更加坚信，真正的爱，是一种灵魂的触动，一种生命的共鸣。而且，我无疑是幸运的，这世上，每个人都在寻找能触动自己灵魂的人，而我不仅找到了，还找到了自己内心的答案。

儿子，你会为妈感到开心吗？

我知道你读懂了妈。

我看到你笑了，妈真喜欢你的笑。

41

有时，爱很重要，但善良比爱更重要。在一颗善良的心中守护爱的对象，让爱的对象幸福，比得到这份爱更重要。而能够做出这份选择，放弃一份走向幸福的可能性，需要多么巨大的勇气和力量啊，但也正是因为这份选择的智慧和勇气，云子的一生虽然坎坷，却一直美好，她会带着这份美好，一直走向生命最美的归宿。

孩子，连绵细雨不仅冲刷了大地，也洗净了我的心灵，我的信中闪耀着希望的光芒，如同雨后天空中那道绚丽的彩虹，清晰而鲜艳，喜悦而明媚。我坚定了自己的信念，决心帮助他走出情感的牢笼。而做出决定的那一刻，我在喜悦中自信地笑了，如同心灵得到了极致的慰藉。

　　我意识到，人最大的悲哀，莫过于迷茫而不见希望。但时间的流逝，往往会验证人性的纯真与善良，让我们学会真爱的意义，并因此而自然靠近。世间的情爱复杂难解，但此刻的情感是真切的。爱情虽然缥缈，却因真挚的感动而显得格外真实。当我们疲惫或困扰时，一句玩笑或一个拥抱，便能带来无尽的温暖与安慰。我愿成为那个在心灵上陪伴他的人，无论何时何地，都愿倾听与理解，让他的心灵得到慰藉和依靠。但仅仅是心灵上。

　　儿子，在爱的旅途中，每个女人心中都住着一个梦幻的少女，我也是如此。然而，不管我心里有多少柔情蜜意，也不能将这份情感分给他，哪怕我明知他的爱有多深，多痴狂，也不能接受任何形式的暧昧。我宁愿在灵魂深处哭泣，也不愿在现实中卑微地低头。我不愿让一份纯粹的感情，因为世俗的复杂而染上尘埃。我知道，有些事一旦选择，就走上了一条无法回头的道路，唯有通过安慰与理解，才能帮助他忘记心中的痴迷，放下沉重的爱恋。

　　当雷雨再次来袭，我陷入了沉思。我深知，不管情感多么深厚，面对折磨都必须有放下的勇气。我不愿看到他因为一时的情感纠葛，毁了自己的未来。我尽力说服他，希望他能释怀。我还给他讲了美人鱼的故事。美人鱼为爱牺牲声音，以为自己将拥有一份美好的爱情，谁知她的王子并不属于她。最后，她放下了爱情，化为泡沫融入大海。她在化为泡沫的时候，心并不是沉重的。真正的放下，是为了更好地前行。我希望自己的心能如白雪一般纯净，如雪中梅那样，即使零落在泥地上，被一点点踩碎，也依旧能守住一缕暗香，守住那份唯美童话般的纯真，不贪恋尘世的风华，也不贪恋枝头的摇曳。

我相信，每个人的心里都有自己的理想世界，但只有通过真正的生活，在各种经历中成长，我们才能感受到真实世界的美丽与残酷。然而，我不希望这段爱情带给他残酷。但或者，近在眼前的希望破灭，对现在的他来说，就是最大的残酷吧。好在一切都会过去的。我希望他能明白，真正的爱情，没法被紧紧握在手里，反而要学会放开，放下过往的执念，积极面对现实的挑战。也要学会接纳，彼此有自由和空间能够成长，爱情和生活，也才会真正变得幸福美好。

在我眼中，爱情是一种豁达的胸怀，一种能够超越束缚，让两颗心在自由中相遇相知的境界。如果爱情变成了牵绊，它将失去本质的美好。真爱应当是让彼此更好地生活，而不是相互拖累。我想通过自己的话语和行动，引导他明白这一点，从情感的困扰中走出来，找到属于自己的幸福之路。

儿子，你也许会觉得奇怪，为什么妈妈觉得他跟自己在一起，就会毁了他的未来。因为，开始一段爱情，就要放弃自己拥有的一些东西，承担一些自己不需要承担的东西。我不忍心让他这样。我更希望我们的这次相遇，能定格成他心里的温馨，给他力量，让他记住人间有一种纯粹的美好。我也希望他明白，即使我们无法走到一起，他的情感和牵挂仍是我心中无法抹去的美好。在现实生活的繁忙与责任中，每个人都有自己需要承担的重担，无法轻易被情感所左右。他应该早日放下这份牵挂，但真正的放下不是放弃，而是换一种心态生活，勇敢地选择该走的路，对自己和对方负责，不要纠结和煎熬。只有放下，我们才能让心灵得到真正的解脱和自由，在人生的旅途中，遇见更多的美好。

孩子，长大后，你就会明白。

随着窗外的雷声渐渐远去，雨帘逐渐散开，我的心也慢慢地明朗起来。我相信，只要他能真正地理解和接受我的选择，无论分别还是相聚，都会非常美好。我在心中默默祈祷，希望他能早日找到属于自己的幸福，而我，也会将这段深情珍藏于心底，让它成为生命中一道美丽的风景。

我在心里默默地对他说，真正的爱应该是自由的，是虽然不能占有，却依旧感到满足和幸福。它需要豁达和胸怀，一旦成为捆绑，爱就迷失了方向。我希望他能放下那份执着，也许，真正的转机就在放手却依旧保持信念之后。同时，我也非常感谢他，如果不是他，或者他没有给我这么美好的爱，我不会有这样的感悟，也不会有这种忘掉自己，一心为他的爱。是他让我的爱升华，让我的生命变得更加美好，他是我生命中的贵人。哪怕不能拥有，只能留作记忆中的一抹温馨，我也愿意永远珍惜这风景，让它暖在心头。在我心中，不管是否能拥有，一切都在。我默默地祈祷着，希望他不要再陷入困境。

在这个充满未知与各种可能的世界里，我希望每个人在经历风雨和挑战之后，都依然能坚持自己的信念，保持内心的纯洁与美好，找到属于自己的幸福和温暖。这份信念和希望，就像雨后天空中的彩虹，虽然短暂却异常耀眼，指引着我们前行的方向，让我们在人生的旅程中，不断追寻和珍惜每一份真挚的情感，让爱如花般绽放在心中，永不凋谢。

我心中的爱，如同窗外的花朵，在风雨中也能矗立不倒，即使不能拥有整个春天，也会用自己的香气温暖身边的世界。人生路上，我们都是旅行者，每一段旅程都有它的意义和美丽，有时，最重要的不是如不如意，而是珍惜每一个瞬间，让自己不留遗憾。这是一种宽广和远见，要想做到，就要让心中充满爱，甚至忘掉自己。只有忘掉自己地去爱，我们才不需要别人来填充。

但我也在暗暗地期盼，如果这段缘分真是命中注定，也许我们能在不同的时间和空间再次相遇，到了那时，一切也许都会水到渠成。若是真有那天，当然会比美丽的错过更好。但这也只是一点点期盼，很快就融入了窗外天空中的乌云。乌云滚滚，就像未知的命运，然而，乌云背后是清凉的雨水，雨水过后就是美丽的晴天。我相信，只要净化心灵，静静等待，就会迎来万物萌发的春天。

当雷雨再次来袭，我仍旧沉浸在思考中。我知道，无论未来如何，我的心中都已经有了一个不可磨灭的印记，那就是对他的深情和牵挂。我希望，无论我们的关系如何变化，这份美好的情感都像雨后的彩虹，永远绚烂而纯净，永远是我们心中最宝贵的回忆。

我的思绪如同窗外的雷雨，翻涌不息，每道闪电都照亮了心灵的深处，每滴雨水都滋润了情感的土壤。在这样的夜晚，我的心灵游走于现实与梦想之间，我明白，真爱的力量在于释放，而不是紧握。我希望通过自己的言语和行动，让他明白，真正的幸福，是建立在自我成长和内心平静之上的。

　　我笔下的字句，如同细雨般绵密，透露着心中深深的哀愁和不舍，但更多的是对未来的期待和对美好生活的向往。我希望他能听到我内心的呼唤，能感受到我的真诚和牵挂。我不求我们的未来多么完美，只要他不论走到哪里，都能记得，曾有一个人，真心真意地为他祝福，希望他幸福，就已足够。生活中最重要的不只是拥有，更是体验和感悟。每一次的放手，都不是失去，而是让彼此的心灵更加自由，让彼此的爱更加坚韧和无求，这样，我们才不会成为彼此的枷锁。

　　当最后一道闪电划破夜空，窗外的雷雨也逐渐停歇，天空开始透露出清晨的光辉，我轻轻合上笔记本，心莫名地平静。我知道，真正的感情，就像窗外的雷雨，虽然短暂，却能给我们留下深刻的印象。

　　我站起身，轻轻拉开窗帘，望着天边逐渐明亮的天空，心中充满了希望和期待。我知道，新的一天即将开始，而我，也将带着这份深情和牵挂继续前行，在生命的旅途中寻找属于自己的美丽风景。

　　孩子，生命中的任何一段经历都是这样，只要怀着一颗充满爱、无所求的心，一切都会成为美好的风景。而人生中的很多经历，就是为了让我们有这样的一颗心。也许包括你的病。所以，不要急，也不要怕，既然生病了，就体会这场病给你的一切，体会这场病让你看到的一切。因为，这一切都是人心的钥匙，既能打开你自己的心，将来也会成为你的智慧，让你能够更好地打开别人的心，关爱他人，甚至明白其他生命所经历的一切。

因为你终究会明白，生命中的每一点帮助和关爱都弥足珍贵，值得尽全力去感恩。生命中的每一次不如意，也都只是生命的寻常，值得尽可能地理解和原谅。再没有比有机会去爱的时候好好爱、有机会珍惜时好好珍惜更重要的事了。

所以，孩子，给自己一点时间，生命中的苦乐都尝一尝，不要害怕，妈妈会陪着你的。等到有一天，你终于羽翼丰满，可以自己在天空中翱翔，妈也会做那个在地上为你呐喊喝彩的人。

那一天会来的，妈妈相信你。

42

这封信，写到了云子的另一个转折点：儿子完全自闭了。那年，星星十六岁，割腕一次，自杀未遂。

对云子来说，这当然是晴天霹雳，但也因为这，云子有了再当一回妈的机会——她终于能陪在儿子身边。然而，如果让她选择，她当然宁愿见不到孩子，也不想孩子受这种苦。但既然发生了，她也就再一次接受了，再一次回到那个生活了十二年，只在梦里回去过的地方。

这次的回归，云子思绪万千，上一次去是很多年前了，那时的她还很青涩，还是个充满纯真梦想，没有太多人生经验的女子。这时的她却已被生活敲打了二十多年，成了"妈"。然而，她跟别的妈不同，她的心还是很清澈，充满了对人生和灵魂的追问，并没有像很多妈那样，心被家庭的柴米油盐、孩子学业所填满。当然，在云子的心里，儿子也占了很大的比重，她总是在担心儿子，希望儿子能过得好。但云子对孩子，没有多于健康快乐的期待。她没想过要孩子成为一个多杰出的人，她只希望孩子能有一颗自由健康的心，有能力选择自己的未来，也能为了未来而努力奋斗，做一个积极向上的、善良的人。哪怕儿子这个当下，还离这个简单的念想非常遥远，她也从来没有想过放弃。

每个真正的母亲都是这样，面对孩子时，总是充满了无条件的爱。所以，哲人们在比喻没有条件的慈爱时，总会用母性来形容。母性力量是这个世界上最美好的力量之一。它之所以美好，在于拥有这种力量的人不只是对自己的孩子好，在她眼中，无数的存在都可能像她的孩子一样，对方一个颤抖、一次喘息，或是流下一滴眼泪，她都会心疼。

儿子，接到你爸打来的电话，说你干了傻事，幸好发现得早，不然……你不是要妈的命吗？

出院后，听说你完全自闭了，不吃不喝，也不见人，听说连你爷爷奶奶也不见，你爸希望我马上来，劝劝你。

我一听，心好痛。孩子，我马上买了车票。为了当好你的母亲，我只能辞别我的母亲。

辞别你外婆的那一刻，仿佛一切都凝固在了黎明未破的宁静之中。外头的天色还未完全亮透，朦胧中透着一丝不愿醒来的懒意。清风不急不缓地穿行，仿佛每一缕都能细数过往的点点滴滴。它吻过我的脸颊，温柔地拂过耳畔，带来一丝未知旅途的清凉与舒爽。街道此刻宁静得出奇，偶尔有匆匆的行人，像是夜色中飘过的幽灵，无声无息。

原本打算搭乘一辆的士，却发现在这未完全醒来的清晨，车辆稀少得几乎是一种奢望。无奈之下，我沿着街道向前走去，步履轻盈，心中却是万千情绪交织。街角转过，正值清晨的十字路口几乎空无一车。幸运的是，就在快要抵达下一个路口时，一辆的士悄然出现，像是命中注定的相遇，终于让我松了一口气。

的士在城市的街道上穿梭，每一个红绿灯，每一次转弯，都仿佛在述说着别离的不易。不一会儿，车子已经驶入车站，我从匆忙中稍作喘息，拖着沉重的行李，一路小跑进入候车厅。候车室内的人们或坐或立，像是时间的沙粒，各自散落。我找了一处空位，坐下，静静地吃着桃子，等待。不知不觉间，候车室人声鼎沸，喧嚣中又带着一种难以言说的期待与焦虑。

终于，随着一声响亮的广播，人群涌向进站口，我也随波逐流，踏上了这趟旅程。找到自己的座位，平复了一路上的忙碌与紧张，我给母亲发去了一条消息，告知自己已平安启程。躺在卧铺上，我闭上眼睛，让心随着窗外逐渐退去的景致而飘荡，一路的风景在心中慢慢铺开，成为一幅幅流动的画卷。

旅途中的独处，对我而言，是一种特别的享受。在这份宁静中，我仿佛能听见自己的心跳，感受到内心深处的每一次波动。独处，不仅是一种身体上的独立，更是心灵上的自由飞翔。在这份寂静中，我仿佛能抛开所有尘世的烦恼，让心灵在无边的天地间自由漫游。

这趟行程，不仅是一次身体上的迁徙，更是一次心灵上的旅行。每一次的出行，每一次的相遇与别离，都在无声地改变着我们，让我们在时光的流逝中慢慢成长。随着时间的推移，我在异地的生活渐入佳境，但心底的那份牵挂，却如同一条永不干涸的河流，绵延不绝。每当夜深人静，我便会想起母亲那双温柔的眼眸，以及她对我无言的期盼和祝福。那些平凡的日子，被这份深情渲染得异常珍贵和美好。

我是二十二岁那年才到重庆的。生活在异乡，每一天都充满了新的挑战和机遇。我开始学会了独立思考，独立解决问题，每一次的成长都让我变得更加坚强。然而，无论多么忙碌和劳累，我总会在夜深人静时，拿起笔，将那些关于家的记忆，以及对母亲深深的思念，化为文字，记录下来。这种习惯，成为我与过去联结的纽带，也是我在异地寻找内心安宁的方式。

与此同时，我也更加珍惜与母亲的每一次通话。每当听到母亲声音中那不变的关切和爱意，心中总是涌起一股暖流。那声音对我来说，就如同灵魂的灯塔，无论我身处何方，都能指引我找到回家的路。而每次通话结束，挂断电话的那一刻，我总会深深地感受到，无论世界多么广阔，家乡的方向永远是心之所向。

时间如同一条缓缓流淌的河流，不知不觉中，我已在异地度过了数个季节。春花秋月，夏日冬雪，每一个季节的更迭，都让我感受到了生活的不同面貌。而在这一切变化之中，唯一不变的，是我对家的思念，以及对母亲深深的爱。每一次的体验和成长，我都会与母亲分享，尽管我们相隔千里，但心始终紧紧相连。

随着岁月的流逝，我开始懂得了母亲告别时那复杂眼神中蕴含的深意。那不仅仅是对孩子的不舍和担忧，更是知道成长道路上必然经历挑战，因此默默支持和鼓励。母亲用她的方式，教会了我如何在人生的旅途中坚定前行，如何在面对困难和挑战时，依旧能够保持内心的平和与坚强。

而现在，当我再次踏上归途，心中满载对家的渴望和对未来的憧憬。每一次的旅行，不仅是一段空间上的移动，更是心灵上的一次深刻游历。这次回归，不仅是对家的回归，更是对自我、对生活、对爱的一次深刻认知。

在这份旅途中，我学会了珍惜，学会了感恩，学会了爱。无论未来的路有多远、多难，我都将带着这份对生活的热爱、对亲情的珍视，义无反顾地前进。

儿子，这就是妈在旅途中的感悟，也许有一天，你也会一个人踏上旅途，去往某个承载了你的梦想，在内心深处召唤你的地方。到了那个时候，你是否会想起妈的这些感悟，是否会借它来看一看你自己的旅途呢？

有时，感悟的传递，也是一种生命的传递，是妈将自己的人生嫁接到了你的心上。你虽然把自己关在门的后面，但你因为跟妈保持了联系，也就和妈的世界保持了联系。妈的世界大，你的世界就大；妈的世界小，你的世界就小。所以，妈总是尽量多跟你说一些，当然也都是妈真实的想法，但有些想法，不说也就忘了。因此，妈总是随身带着笔记本，把想跟你分享的事及时记下。

孩子，门外的世界其实非常丰富多彩，并不都是伤害。妈在街上，时常会得到一些陌生人的帮助。来重庆的时候，有人看我的皮箱太大，不好上火车站那条长长的楼梯，就放下自己的箱子，先把我的箱子提上去，再下去提自己的箱子。虽然事情很简单，但我很感谢他，甚至把这件事，当成这次来重庆的好缘起。有时想想，好缘起是什么呢？也许就是一份善缘，一份好心情。一件事要是以一份好心情开始，当然比以坏心情开始好，人的心态会完全不一样。开心愉悦的时候，人看什么都是阳光灿烂的；心情糟糕的时候，看同一片风景，就会觉得充满了忧伤。似乎天地间的所有事物都在唱着悲歌，都在诉说着它们心底的愁绪。心情，是生活幸运或不幸运的密码。所以，让生活幸运的密码，就是让自己的心情好起来。而妈最希望你做到的事，也正是让自己的心情好起来。只要心情能好起来，生活的链条就不一样了。你会启动另一种人生。

所以，妈妈真的希望你走出房间，哪怕只是走到阳台上，呼吸一下新鲜空气，沐浴在阳光里。只要你愿意踏出第一步，尽量放下你的坏心情，很多事都会变的。不要害怕，妈妈在旁边陪你。

接到星星自杀的消息，云子迫不及待就要过去陪儿子。身为母亲的这份心情，谁都能理解。但她没想到的是，出发容易，落脚难。到了重庆后，才是最艰难生活的开始。她又让自己走入一个难言的境地，为了救儿子，却不承想更加伤害了儿子，连同自己。

在她决定出发之前，我给过她另一个选择。她不要急着去重庆，而是让前夫把孩子送过来，这时候他是没有理由也没有底气拒绝的，毕竟孩子差点死在他那里。并且，我还给了她一个能够自力更生的建议：她可以带着儿子加入我们的志愿者团队，我给他们母子发生活补助。但她全部拒绝了。我没有问她原因，每个人有自己的考量和选择，而我也能清楚地看到她的选择将会通向哪里。我只能看着她急切地奔向她的儿子，也奔向那个更为艰难、更具挑战的境地。

43

　　火车一路向前，云子的思绪不断。窗外的景物没有带走她的心，她沉浸在对生命的思考中。她想到的不只是孩子的病，也有生命本身。云子心痛吗？当然痛。她的心浸泡在疼痛中，担忧和无助，总会在不经意间占据她的心。但信里的她，还是那样安静，静得就像风中的一棵树，树下坐着她的孩子。她为孩子挡住风，挡住雨，挡住所有可能伤害孩子的东西，可她挡不住孩子对自己的伤害。她只能默默地流泪，然后擦掉眼泪，把最阳光的心情写进信里，传递给她的孩子，想用自己的温暖，融化孩子心里的黑暗和痛苦。她就像一根摇曳在黑夜里的蜡烛，蜡烛的光影里，呆呆地坐着她的孩子。但即便是这样微弱的光，也照亮了孩子的眼睛，他的眸子里反射出蜡烛的光芒，一下下摇晃着，赶走了黑暗。他看见了妈妈，也看见了妈妈眼睛里的光明。

　　儿子，妈现在还在火车上，看着不断后退的景物思念着你。

一有想对你说的话，就会给你写一封信。也许见到你的时候，已经积累了好几封。你该不会嫌妈唠叨吧？

随着时间的推移，妈越来越发现，尘世之路，既是脚下的石板，亦是心中的河流，更是灵魂深处的一场禅悟。而走过那所有的石板，蹚过那所有的河流，无非一个目的，就是发现自己的软弱和贪执，然后放下它们，回到一颗悟禅的心中。

你是不是知道什么是禅？妈不知道，但妈在慢慢地品它，试着接近它。记得雪师在一次对谈中说过："禅中有大爱，智慧观照之。平等更安详，无忧亦无苦。随缘皆顺境，触目成净土。何时心有禅？当下笑嘻嘻。"如果能时时在这种境界中，我们还会有什么痛苦，什么烦恼，什么放不下呢？现在想想，什么都在过去，都在消失，我们却非要被念头控制行为和命运，是不是很傻？

记得出门时还是清晨，最初一切顺利，仿佛一切都在向我微笑，我对这次见你的信心很足，满心认为你只要见到我，情况就会好很多。然而，命运总爱开玩笑，在换乘的瞬间，我遭遇了意料之外的挑战——本以为能够顺畅前行的我，却迟迟等不来该坐的那辆车，心中既急切又无奈。望穿秋水后，车终于来了，却又在路上遇到了拥堵，真是让人既着急又尴尬。此时，只能灵活变通，改乘小车，以一种几乎是电影里才有的紧张和惊喜，终于在开车前的最后三分钟，奇迹般地赶上了。那种感觉，如同人生的一场小小考验，我终于幸运地通过。当时我又想，也许你的事也是这样，虽然困难重重，但谁知道会不会在某个不经意的瞬间，你突然走出了自我的牢笼呢？有时，走出牢笼就是一念之间的事，但转化那一念却不一定容易。不过，无论多难，妈都不会放弃。妈希望你也能努力一些。

坐在火车上，我喘着粗气，从车尾奔向车头的那一刻，仿佛跑完了人生的一场马拉松。此时此刻，我终于可以深深地吸一口气，让一身的疲惫和汗水得以缓解。赶车的经历如同生活的缩影，充满了不确定性和突如其来的变化，人不得不一次次在迷茫和慌乱中寻找出路。

就在十几分钟前，我突然接到王静妈过世的消息，之前听说过她身体不好，却没想到，她会在这个时候离世。我知道她的很多事，听到这消息的时候，只想起她的笑脸。那双带着笑的慈祥的眼睛，总是在我的眼前飘。挂了电话，还是觉得不可思议。身边一个离得那么近，只是很少见面的人，却突然从世界上消失了。生命是如此脆弱和无常。我想到了你外婆，也想到了很多死去的人，还有那些我重视的人。每一幅画面的跳转，都让我有做梦的感觉。有时觉得，人生真像是一场戏，一切看似的不合理，却那样突然地发生了；好些看似顺理成章的，却不一定会成为现实。孩子，你在游戏世界和现实世界里穿梭的时候，会不会也有这种感觉呢？你也许已经分不清哪个是你的现实生活，哪个又是你的避难所吧？也许，你的避难所已经成了你的日常生活，你在那里生活得太久，已经不知道该怎么走出来了。对吗？没关系，妈陪你走出来，妈带你去看外面的姹紫嫣红，带你去看外面的清风明月。妈会再一次跟你一起捡小石头，跟你一起寻找树叶间藏着的鸟儿，聆听它们的欢唱，妈会陪着你，直到你终于有勇气走出来。

你瞧，生命旅途总是有很多挑战和磨难的，也正是这些经历，让我们学会珍惜每一刻，勇敢地面对生活，绽放自己的光彩。

在这条尘世之路上，我学会了放慢脚步，用心感受生命中的每一个瞬间。无论是阳光洒落的清晨，还是满天繁星的夜晚，在我心中都是对生命的礼赞——我的生命还在，还能感受这一切，为什么不礼赞呢？

接到电话听说王静妈去世的时候，隔壁刚好传来了争执声，几个人为了行李箱的摆放，你说我不对，我说你不对，闹得不可开交。如果接到电话的是他们，面对一个生命的消失，他们还会为了这样的问题不开心吗？假如他们接到的电话是体检通知，说他们的身体也许有严重问题，需要尽快复查，他们还会在乎这种事吗？人就是这么奇怪，小小的情绪总是看得比天还大，只有到了跟死亡打照面的时候，才会真正思考生命最本质的问题。

记得朋友跟我说过一件事。她喜欢铁观音，第一次听那名字，就觉得很有禅意，觉得那泡出来的茶，也定然是草木中的得道者、茶品中的圣者，不然，为啥取了这样的名字？尤其让她不解的，是那叫铁观音的茶，在开水浸泡下，它竟能发出兰花的清香。她感叹地对我说，也许，世间事就是这样，你中有我，我中有你，没有严格的区分，也没办法把一个人、一件事完全隔离。所有人都在同一个环境中存在，你中有我，我中有你，所有人都在相互影响，相互熏染。所以，每一个来到这世上的人，都与不同的人有着不同的渊源，并不是只与一个人有关。

那朋友还跟我说，就是在喝茶的时候，她感受到心的放下带来的清凉。她还说，在清凉的心境中喝茶，才能真正品出那茶香，怪不得人们常说，茶禅一味。在喝茶中品禅，在修禅中品茶。心是一切的主宰。心静，则万物可解；心不静，则万物皆会成为牵绊。孩子，妈妈在如梦如幻的人生中，总算是明白了这个道理：心的自主才是一切。幸福来自宁静的心，快乐来自宁静的心，安宁来自宁静的心。除此之外，世界上的一切现象，都是风雨来时的海面，必定会翻腾不止。你我的生活都是如此。孩子，你能把很多事关在门外，但你能关住自己翻腾的心吗？你有没有发现，就算你没日没夜地打游戏，你的心也并不宁静？孩子，心不静，就会被欲望或思维习惯搅动，就像风暴中的小船，不可能平稳和安宁。心不静，万象都可以夺走你的安宁，但你抗拒的变化，却不会因为你的关闭而停止。甚至，你的恐惧和抗拒，还会加速变化的发生。

看啊，天地间总有大风在啸卷，漫天的沙尘暴总会在不经意间袭来，你就算躲到天边，它也还是会来的。你还是接住妈妈递给你的那把安心的伞吧，在伞下的宁静、清凉和大荒中，看看那个黄沙飞舞的世界。我们就学那骆驼，安坐在沙面上，随着流沙的浮动，慢慢地挪移身体，静静等待沙尘暴停止的那一刻。孩子，再大的沙尘暴，也需要风作为动力，而这世上的风，却不可能一直刮下去。我的孩子。不要害怕风，也不要害怕雪师所说的"八风"——啥叫"八风"？利、衰、毁、誉、称、讥、苦、乐。这八种"风"，跟推动沙尘暴的风一样，也总会过去的——就连生命都会过去，何况其他？

心之所向，即是命运。在这多彩的世界中，我选择用一颗感恩和喜悦的心,绘制自己的人生画卷。无论是在人生旅途中遭遇的风雨和波折,还是那些温暖和光明的时刻,我都将它们视为成长的养分,勇敢地前行。

在面对生命的无常和挑战时,我学会了更加珍惜与你的每一次相聚。王静妈的离世提醒我,每一刻的陪伴都是无价的,我们应该珍惜身边人的每一个笑容,每一句话语。生命虽短,但爱能穿越时间的长河,留下永恒的印记。

我懂得了,在人生的旅途中,真正重要的不是目的地,而是沿途的风景以及看风景的心情。无论是顺风顺水,还是逆风而行,都是生命不可或缺的部分。每一步都是自己选择的道路,每一次选择都代表着成长和进步。

生命之树不会常青,但我们可以在它的每一个季节中找到美丽。青春虽然会逝去,但我们依然可以在回忆中找到它的痕迹,让它在心中永远绽放。

所以,让我们带着一颗感恩的心,继续在人生的路上前行,用心体验生命中的每一个瞬间吧,无论欢喜还是忧愁,都是生命最真实的体现。让我们一起走过这条尘世之路,找到属于自己的光明和希望,在生活的河流中勇敢地划桨,迎接每一个清晨和夕阳,让生命因此而精彩。

对了,这次来重庆,我带了雪师的书。也许我们可以一起读书,或者我每天给你读一点,你静静地听就好。记得我给你讲过你二姨的故事吗?你二姨生活在漫长的等待里,跟全世界分享了自己的丈夫,可她没有痛苦焦灼,也从不怀疑她的丈夫,从来没有被不安全感所折磨。虽然我们对生活的选择不一样,但我每当想起她，就会在想，如果我是她，也选了这样的生活方式，我能像她一样安然，内心像她一样和谐，不产生那种伤害爱人的焦虑吗？我觉得也许不行。后来我问过她，她是怎么做到的，她叫我去看雪师的书，她说，她的很多灵魂经历，《无死的金刚心》中都有。但一直以来，我给了自己很多借口，始终没有去看那本书。现在，我刚好有了读书的理由。你真是妈妈的贵人。

44

这封信里，云子谈到了她小时候爱上读书的经历。她真正地爱上读书，发现读书与心灵的关系，也是从读我的书开始的。她说，读我的书，最初会笑，但读着读着就哭了。有人看一些黑色幽默的故事，也是刚开始笑，看着看着就哭了，心里能噎上很久，因为他进入人性深处了。红尘世界里，人与人总是用习气互相碰撞，用成见互相碰撞，用执着互相碰撞，但彼此都不知道，其实大家是在不同的世界里对话。

我常见新闻里说某人跟别人因为小事争执，闹得天翻地覆。其实他们争的也不是同一件事，他们都只是在宣泄自己的内心世界。而这种宣泄，却往往会导致悲剧。就像云子在不经意间说的："心若宽广，则拥有整个世界；心若狭窄，连一叶障目的狭小天地也无法拥有。"人终其一生，就是在经历中撑大自己的心胸。直到有一天深入骨髓地感受到，一切都在过去，一切都在变化，一切都只是幻影，一切都是情绪与情绪的碰撞,都是念头与念头的来往,才可能体会到所谓的"心空容万物"——心里不留任何痕迹,便没有什么需要容纳,自然也容得下万物。

理上明白,与真正做到之间,总有一个漫长而坎坷的距离。就像列车跨越千山万水,只为到达远方的那个目的地。只是,灵魂的旅途更长更远,而且说不清究竟会有多长的距离。所以,人只能打定主意往前行走,边走边体验,把世界当成自己的镜子,发现并接纳,在一次次的自我战胜中,实现自我的完善。

走出自闭症,实现自我的和谐,消除自己与世界割裂所带来的失落和恐惧,又何尝不需要走过这一程?

儿子,列车穿梭在田野与山川之间,外界的景致如同一幅幅迅速更换的画卷,在我的眼前展开。车窗外的风景犹如一连串闪烁的流星,激起了我心底最深处的感触。深深的牵挂和不易察觉的焦虑时隐时现。

列车在空气中呼啸,我的心仿佛也随之翱翔,不因蜿蜒的山路或蔚蓝的江河而停留,只愿能为你解开心结,打开心灵的窗扉。我渴望找到那一线希望,让你的心境豁然开朗,重新发现生命的多彩意义,而不是沉溺于自我限制的狭隘之中。心灵的广阔与否,取决于个人的修为——心若宽广,则拥有整个世界;心若狭窄,连一叶障目的狭小天地也无法拥有。

在这段行旅中,我沉思着心与行的深意——心若有所向,便应付诸行动,因为只有通过实践,我们的心才能触及更为遥远的理想。历史上的伟人,无论是拥有博大心灵的佛祖,还是教化万民的孔子，抑或是道家智慧的传承者老子，他们都是通过行动实现了心中的伟大理想。日常生活中也必须通过行为，来证明我们的言语和思想，只有言行一致，生活才能创造奇迹。正如旅行，脚步向前，方能抵达心之所向，探索这一路上的风光。

大自然无私地赋予这个世界以活力，阳光、云彩、大地与山川，它们的自然之美，激励着我们前行，让生活充满了无限的色彩。

对了，跟你说个妈妈小时候的故事吧。

妈很喜欢雪，做梦的时候，甚至把漫天星光，梦成了漫天的雪花。整个夜空都是闪烁的雪花，你能想象到有多美吗？妈小时候可喜欢那个梦了，后来的好几个晚上，睡前都会发愿，希望还能再做一次那个梦，在那片美丽的星空下发呆。有一年冬天，妈正和村里的小伙伴一起打雪仗，邻居一个大哥哥，突然往妈的脊背里灌了好多雪，妈的棉衣全湿了。后来妈才知道，那个大哥哥记恨我，因为我把他用铁丝圈偷邻居家苹果的事，告诉了他的爸爸，他爸把他狠狠揍了一顿。不过，那个大哥哥不知道，我可不在乎雪花被灌进脊背，因为我太喜欢雪了，哪怕后背凉飕飕的，一想起那是一脊背的雪，我就开心地把凉给忘了。不过，第二天妈就感冒了，你外婆就骂我，说玩归玩，别玩疯啊。她哪里知道，漫天遍地的雪，在孩提时代的我心里，到底有多美，我心里有多陶醉啊。直到今天，我看到漫天的大雪，走在嘎吱嘎吱响的雪地里，心里都会涌起浓浓的诗意。要是不忙着去什么地方，我就会脱下手套，握起一捧雪，看着它在我的手心里融化，感受那渗进手里的凉。雪，真是大自然的奇观。

当然，在妈的心里，大自然有好些奇观，树啊，鸟啊，鹰啊，山啊，这些充满意象的存在，都让妈的心潮荡漾不已。有时，妈就算遇到不如意的事，心里有些哀伤，看到那些充满力量和诗意的存在，心里也会不由得涌来一些力量。

不过，长大后，童年和少年的快乐少了，心被好些东西填满了。渐渐地，我们不再为了诗意活着，也不再为了快乐和梦想活着。活着的意义，工作的意义，渐渐萎缩到了活着和工作本身。有时，我觉得自己就像一片叶子，时而随着飓风拼命地摇摆，却仍然死死地抓住树枝，时而美滋滋地汲取着根部渗透上来的营养，每一天都喝得饱饱的。日子，就在过山车般的韵律中跌宕起伏着，一直延展到现在。后来，我有了一点不同，因为那时，我读了雪师的书。最开始，我笑着读，读着读着却哭了，人物的命运似乎成了我的命运，我也成了人物本身。人生随着书中的文字，显现出了它最本质的样子，我开始叩问自己的灵魂。现在想想看，虽说净化灵魂和对宁静的追求，是妈从小就熏染我的，但可能也是爱上读书后的事吧。那时，我已隐隐觉得自己的世界不太一样了。很长一段时间里，我不爱说话，喜欢一个人静静待着，外表看似平静，其实内心充满了反思。我渐渐觉得，读书是世上最好的享受，我喜欢陪着书中的人物哭，陪着书中的人物笑，陪着他们或颠沛流离，或快意江湖，我自己，便因之多了无数种人生，也总在不同的人生里追问自己。常常，会感受到灵魂中的阵痛，心便慢慢被撑大了。只是，再后来，我又被爱情淹没了，渐渐走进了一段心被外物夺走的时光。一眨眼，婚姻走到尽头，我才发现自己辜负了自己的灵魂——孩子，但我没有后悔过有你，爱你。虽然我的心也常常被你夺走，可你是妈活着的意义，也是妈成长的理由。在妈心里，你和妈是一体的，从来就没有分开过。妈总是能感受到你的疼痛和恐惧，妈就用自己的心为你消解着那一切。有时，妈也会暗自对心说，希望人们所说的量子纠缠，能把妈的放下和清凉带给你，让你能有一个转机。妈相信你会的，只要你学会跟心灵对话，不要害怕，努力地自我救赎，你一定会走出来的。妈愿意和你一起成长。

生活永远不会辜负那些勇于努力的人。正因为经历，我们的生命才会变得更加丰富和深邃，我们的存在才变得更加完整。若非如此，人生便如同空洞的壳，轻而易举被看穿，毫无分量，也如同飘散的空气，无迹可循。即使是一场风、一场雨，亦有它们存在的价值。关键在于，如何掌握自我，面对人生的不如意，是选择沉沦还是勇敢面对，决定权在你自己。世间既有喜剧，也不乏悲剧，究竟是陷入悲观还是从困境中寻找出路，演绎自己的奇迹，全由自己主宰。

如此，人生不过是一场独自的旅行，不论是天涯抑或咫尺，苦难或疲惫，皆是一次深刻的体验。拥有这样的体验，我们的心灵才能真正充实，步伐才更加坚定，人生的道路才能走得更长、更远。

列车穿梭在朝阳下的大地之上，速度带来的风声似乎在耳边轻语，告诉我，这一切都会好转。车窗外的景色如同流动的画卷，山峦、河流与田野在眼前迅速闪过，它们的美丽虽然转瞬即逝，却在我的心中留下了深刻的印迹。

我的心随着列车的节奏飞扬，穿越山林，跨越河流，不因任何壮丽的风景而停留，只因为那股驱使我前行的力量——为了让你的心灵之门重新敞开，为了找回那个曾经对世界充满好奇和热情的你，我的孩子。我希望找到那把钥匙，将你从自我设下的牢笼中解救出来，带你重新认识这个世界的多彩与广阔。

生命的旅途本就是一次没有回程的探索。我们每个人都是在寻找心灵圣殿的朝圣者，不论是在旅途中，还是在日常的琐碎里，我们都在观赏人间的烟火，笑看世间的起起落落。每一步的行走，每一次的体验，都在悄悄雕刻着我们的心灵，让我们的生命因为经历而变得更加丰富和深邃。

启程的那一刻，心中既有不舍也有期待。生活不会亏待每一个努力向前的人，这是我坚信不疑的真理。人生因为曾经拥有过的体验，将变得更加饱满，正如一杯经过时间酿造的佳酿，愈发浓郁与醇厚。每一个经历，不论是快乐还是痛苦，都是生命给予我们的礼物，让我们的心灵得以成长，让我们的脚步变得更加坚定。

我希望能通过这次旅程，与你一同探索生命的意义，一同体验那些即使微小也真实存在的美好。我希望你能感受到，无论是一束阳光、一朵云彩，还是一片落叶，都有它存在的价值和意义。我希望能带给你力量，让你看到生活中那些或许被我们忽略的美好，让你的心灵得以宽慰，让你的世界再次充满光彩。

人生在世，坐卧行走，本就是一场独自的旅程。但当我们能够共享这旅途中的每一次停留、每一段旅程，当我们能够在彼此的陪伴中找到力量和勇气,这趟旅程便不再孤单。我的孩子,无论这个世界有多么复杂多变,我都希望你知道,总有一个人,愿意成为你心灵旅程中最坚实的支撑,无论何时何地,都为你守候。

在这趟前往你心灵深处的旅程中,我将穿越我们共同回忆的每一片风景,拾起那些曾经让我们欢笑和泪水交织的时刻。每一个经过的站点,都在提醒着我,生活的真谛不仅仅在于目的地的辉煌,更在于途中那些平凡而又真挚的际遇。

我多希望,当我终于到达,站在你的面前时,能看到你眼中燃起的光芒,感受到你心中的温暖与坚忍。我想告诉你,无论生命的旅途中遇到多少艰难险阻,我们都能面对和克服,只要有足够的勇气和智慧。每一次的跌倒和站起,都是对生命深度的探索和理解。

我希望我们的对话,不只是我说你听,更有你无声的理解和共鸣。我将与你分享我的经验和所学,但更希望能与你一起,探讨那些关于生命、爱与存在的深刻问题。这不仅是一次心灵的对话,更是一次灵魂的碰撞。

我希望你能明白,每个人的生命都是独一无二的,我们的价值不在于他人的评价,而在于自己对生活的态度和对梦想的追求。生命之美,就在于它的多样性和可能性,正如这次旅行,它让我们相遇,在彼此的陪伴中找到前行的动力。

孩子,我希望你能重新拥抱生活,用一个更加开放的心态去面对未来的每一天。无论是欢笑还是泪水,都是生活给予我们最真实的体验。让我们一起勇敢地走出去,发现生命中那些未曾触及的美好，实现那些深藏心底的梦想。

在这个没有回程的旅途中，我愿意成为你最坚定的支持者，陪你一起走过每一个春夏秋冬，共同见证那些属于我们的奇迹。记住，无论路途多么遥远，只要心中有爱，就没有到达不了的彼岸。

人生是一场美丽的旅行，让我们携手前行，在这无尽的探索中，找到属于自己的天空。

45

这封信里，云子终于到了重庆，见到了儿子，她同样在信里记录了这次重逢。

这是母亲和儿子，在面对面的静默之外的一种交流。也许云子是对的，她在两人心上搭了两座桥，一座是看得见的文字，一座是看不见的情感，两座桥都在向儿子输送着温暖和关怀。同时，云子也在帮助儿子建立一座通往外界的桥，希望儿子能通过跟自己的交流，打开心扉，首先从个人的世界里走出来，走进跟妈妈的二人世界，然后通过和妈妈一起面对世界，勇敢地走进更大的世界，一天天读懂外面的世界，找到面对世界的勇气。

我相信，云子的努力是可以起作用的，每一个得了自闭症的孩子，都可以找到打碎自己，重新融入世界的路。

儿子，列车仍在平稳地行驶着，妈的心中却不平静——担忧如细雨般无声，愤怒在心底翻涌，无助如迷雾笼罩，期待则如一线晨光，难以捉摸却又真切存在。列车缓缓驶过如画的田野，我的思绪也飘向了遥远的彼岸，此次旅程的尽头。

我仿佛看到那座悠悠岁月抚摸过的古城，我的目光一路向前，搜寻着那栋熟悉的楼房，沿着楼梯一路往上。我的心，也仿佛被一股看不见的线索牵引，跨越重重山川，与你，我的儿子，我沉默的小灵魂，再次相逢。

我轻启手机，指尖轻触屏幕，一条条微信信息如同心中未曾诉说的语言，穿越冰冷的网络，直达你的内心深处。

"儿子，妈妈即将到达，火车上的我心急如焚，渴望着与你重逢。"

你的回应却依旧是那份熟悉的沉默，遥远而深邃。我懂得，这沉默非是冷漠，而是你独特世界里的唯一语言。我的心因这份理解而愈发坚忍。

火车终于缓缓停靠，我几乎在车门打开的刹那冲出车厢，我的脚步快而稳健，行李箱也似乎失去了重量。我坚信，这时踏出的每一步，都在跨越心与心的距离，离你越来越近。

进入这栋熟悉的大楼，一种复杂的情绪涌上心头。这里曾是我们的温馨港湾，如今却成了我不可踏足的异域。而我只是在门前驻足了片刻，便敲响了那扇已经换过的新门。

你的后妈以审视的目光打量着我，视线中藏着戒备也透露出不悦。她显然能认出我，却也显然不想见到我。

"我来看看儿子。"我的声音低沉而坚决，尽管心头波澜万丈，但为了孩子，我愿意忍受一切苦楚。

她的脸色变了一下，然后露出一个生硬的笑，侧过身把我让进屋里。你爸说过,会跟她提前约好,看来你爸没有忘记。我看到,你的妹妹正在写作业,她望了我一眼,却没说话。

"儿子,妈妈在门外,难道你不愿见我一面吗?"我靠在门口柔声对你说话,让声音透过门缝传入。我希望你能感受到我心中的坚定,这份坚定,定然会给你一份依靠感。

门缓缓开启,你的身影出现在我的视线中。你长高了,咋这么瘦?成骨头架子了。你的目光依旧游离不定,但我能感受到,你在紧张之外,有着深深的期待。想到你等了我那么久,我的心里一阵酸楚。那一刻,所有语言都显得苍白无力,我深深地望着你,哪怕你没在望我,我也相信你能感受到我的目光,还有我目光中的含义。也许,这才是最真切的沟通。

我忘掉了身旁那个既陌生又熟悉的女人,忘掉了一份若有若无的被排斥感,忘掉了自尊带来的尴尬,轻轻地拥抱了你,怀中的你有些发僵。我知道你又难受了,于是轻轻地松开环绕你的手臂,但心中仍然充满了复杂而强烈的情感。面对你那既熟悉又陌生的面庞,我的心中充满了欣慰与心痛。

孩子,尽管你的世界与众不同,但妈妈不会停止爱你。

"儿子,无论何时遇到任何困难,都要记得告诉妈妈。"我对你说,希望心中的激励与支持,能化为一道温暖的阳光,照亮你心灵的每一个角落,"记住,妈妈的爱如同坚不可摧的堡垒,永远守护着你。"

看着骨瘦如柴,目光中满是困惑恐惧的儿子,我感到心被无情地撕裂。

"妈妈来陪你了,我的儿子。"我又说了一遍,试图将温柔和爱意传达给你。眼眶中有泪水在打转,我拼命忍住,不让它掉下来,免得你看到会担忧焦虑,觉得自己对妈妈不好。

你低下头,什么都没说,但我能感觉到,你的恐惧正在消散。你偶尔会看我一眼,虽然很快又会把眼神移开,望向地面或别的地方,然后无意识地摆弄你的鼠标,但我还是可以感觉到,我的到来给了你安全感。

过去,你的房间看起来刚刚好,因为你还小,现在你个子大了,房间也显得狭小了。在这个狭小的空间里,我和你开始了一场无声的交流。你继续打游戏,但没有戴耳机,我知道,你是在感受我的存在。我也没有说话,静静地看着你打游戏,看着你的手指每一次点击。你在打游戏的时候就像个健康的孩子,你的手指敏捷有力,你的眼神专注稳定,你的气息平稳和缓,一切都还好。只是,你脸颊和身体的瘦弱,你神色的憔悴,都在告诉我,你在经受着煎熬。

孩子,如果你的自闭跟原生家庭有关,是原生家庭造成了你的心理缺陷,你能告诉妈妈,妈妈做错了什么吗?是妈妈在你面前没控制好情绪,还是过于溺爱你,让你有过强的依赖性,没有勇气面对生活的变故呢?很抱歉,妈妈的智慧不够,无意中对你造成了伤害,把痛苦的种子种进了你的心里。孩子,妈妈很后悔,但妈妈只能尽力补救了。

妈妈这样静静地看着你,看着你在游戏世界里挥洒自如,渐渐理解了你喜欢待在那里的原因——那是一个你擅长的领域，你在那里可以感受到自己的价值，对吗？你没办法应对你看不懂的现实世界，对吗？孩子，我该如何告诉你，让你学会静静地观看世界，理解世界，不要心急，也不要害怕呢？我该如何告诉你，让你学会面对时时发生的变化呢？当你明白世界的运作，不再有迷茫和不安全感时，你就会有回归现实的勇气，可你如果逃避现实，又怎么可能理解现实呢？

孩子，一切秘诀都在你心里。

接下来的日子里，妈会全力以赴地融入你的世界，还会用微信记录你每一天的点滴进步，即便你不愿回应，我也不会放弃。我坚信，细水长流的互动，能逐渐叩开你心房的门扉。

46

割腕后被救的星星越加沉默了，不跟任何人交流。有时候，要是妹妹陪他打游戏的话，他的脸上会露出一点笑意，但孩子妈也不希望女儿染上打游戏的习惯。在出院后陪哥哥玩了几次游戏后，孩子妈就死活不让女儿再碰电脑了，女儿也会哭闹，但一哭闹，妈妈就会给她几巴掌，女儿就边抹泪、边噘着嘴去写作业了。

有时候，爷爷奶奶也会来看孙子，他们最疼孙子了，但他们只能无助地看着孙子，有时候，也会抹泪。他们是无法理解啥是自闭症的，他们有种老虎吃天无处下口的感觉。

云子也想跟儿子说说话，但儿子像一堵墙，任你说得天花乱坠，也很难听到回音。云子甚至发现，她说的话一多，儿子就会皱眉头。

云子知道，儿子不爱听她的唠叨。不过，她发现，儿子的床头柜里有个包，里面盛的都是她以前写给他的信。这一发现让她很是兴奋，看得出，儿子读过那些信，因为在个别信上，明显有水迹，她用舌头舔了舔，似乎有点咸味。她想，这定然是儿子感动的泪水。这一想，她就觉得巨大的幸福波浪般涌了来。

于是，云子暗暗发愿，无论儿子有着如何的心境，她都要给他写信。云子知道，游戏里的世界肯定精彩，她是比不过网络的，但妈妈也有自己的世界，可以把这个世界分享给儿子。她就想，那我还是坚持写信吧，不管儿子愿不愿意看，都会写下去。不过，写信也有难度，有时有话说，有时，云子想破脑袋也不知写啥好，但断断续续，她还是坚持下来了。只是和前夫一家生活在一起，难免一些难堪的场面，因为前夫的女儿也在一天天长大，她一直没自己的房间，她一直在客厅里写作业。云子住了一个小间，她虽然轻声轻气地走路，但仍是能感受到一种别扭的气息。有好多次，在无意间，她看到孩子妈在皱眉头，似乎有点忍无可忍了。云子自嘲地想，我的脸皮真厚。但为了儿子，她只能忍着。儿子仍沉浸在自己的世界里，也不跟妈说话。不过，云子还是发现，儿子在一天天变化着——虽然那变化很微弱。云子相信，儿子一定读了她的信。所以，写信时，她很认真，每封信，总是改了又改，看了又看，觉得没任何问题了，才认真再抄一遍，塞到儿子的门缝下。

几乎在每一封信里，云子都会告诉儿子，妈有多么爱你，妈妈对你的期望，对你的担忧，等等。也会告诉他，儿子的每一个进步，哪怕是最细微的变化，都会让她无比开心。

后来的信里，云子都会这样写："儿子，你是妈妈的天空中最亮的星。"

就这样,日复一日,云子坚守在儿子身边,不顾生活的艰辛,不在意外界的冷漠,甚至不在乎前夫对孩子的不闻不问。她的世界里只有儿子,只有那份她永远不愿割舍的母爱。她知道,前方的路仍然漫长,而且充满挑战,但她无所畏惧。不管要经历多少挫折,她都要让儿子在世上有一席之地。她知道,不管自己多爱儿子,儿子都必须学会自己走路。自己可以陪伴儿子,指引儿子,甚至做儿子的拐杖,可如果儿子自己立不起来,他还是不会快乐。

快乐是心的宁静,是扫除一切牵挂后的安详和释然。所谓"过去心不可得,未来心不可得,现在心不可得",把过去、未来和现在都放下,不要在杂念中纠缠。所以,云子制订了几个计划:第一,每天清晨散步时带上儿子,让儿子像在西部时那样,在大自然里净化自己的心;第二,陪着儿子读好书,让儿子慢慢学会释怀,让心安静下来,学会调整内心突然涌出的焦虑情绪,一次次战胜自己;第三,积极联系自闭症援助小组,寻求适合儿子的治疗和教育机会。

这个过程并不简单,尤其是带孩子出去的时候。自闭症的孩子举止跟别的孩子很不一样,又不喜欢看人,总是让人觉得怪怪的。所以,就算孩子愿意踏出第一步,勇敢地面对社会,想要让社会接受他,也必然要经历一个过程。因为,社会的偏见和误解对孩子是个很大的刺激,孩子必定要经历很长的过程,才能接受社会对他的眼光。当孩子把自己的心调过来,不再急躁焦虑,不再把自己跟世界割裂时,他就能慢慢地走出疾病。毕竟,他跟很多自闭症病人不一样,他没有生理的病因。云子相信他是可以走出来的。

但有的时候,云子也会感到疲惫和无助。夜深人静,看着皱着眉头入睡的儿子时，云子总会质疑自己的决定，总会忍不住追问自己，是不是一定要让儿子接触社会，受别人的冷眼和歧视。但回想这些日子儿子点点滴滴的进步，云子又觉得一切都是有意义的。尤其是有一次，儿子躲在一个角落里很久，云子知道他很恐惧，心里非常难受，不忍心叫他出来，就静静守在一旁。有一个瞬间，云子甚至想把他带回家，让他开开心心地打游戏，不要再出去碰壁了，可就在这个念头生起、云子几乎要说出口时，他却站起来了。虽然他仍然低着头，但看得出，他也想战胜自己。那个瞬间，云子觉得自己也充满了力量。

后来，星星脸上渐渐有了笑容，虽然很短暂。他也仍然不怎么看人，不怎么喜欢别人的触碰，而且不怎么表达，但云子还是看到了希望。这点点滴滴的希望，就是她不屈不挠的源泉。

于是，云子继续通过信的桥梁，为儿子输送着温暖和力量。

儿子，回归重庆这座既熟悉又陌生的城市，我的心随着脚步，跨越时光的长廊，让感动与纯净的情感无形中驻留，步入一种高雅而洁净的境界，从一颗心灵深处传递给另一颗灵魂。

当火车准时驶入重庆站，我踏出车厢，迎面而来的是这个城市特有的熙熙攘攘与陌生感。这里，每一块砖石、每一片云，都带着亲情的温度，让人既感到亲切又充满留恋。正如那句老话所言："朝看花开满树红，暮看花落树还空。"生活在这座城市，就像是在聚散离合的路上不停奔波，每一次相聚都显得弥足珍贵，每一次离别都提醒着我，时间在无法逆转地流逝。

重庆的每一条街道、每一座山丘，都承载着我辗转半生的记忆。这些故事就像山城的云雾，时而浓厚，时而清淡，但总是让人迷恋。我在这些风景中穿行，仿佛每一步都能踏进一个全新的世界，而改变的，只是我心中的境界。心灵悟道之前，有些风景是看不到的。只有当心灵达到某种程度的清明和平静时，才能真正感受到这座城市的韵味和灵魂。

清晨，我带着你沿着嘉陵江边漫步，眼前是一片绿意盎然的风景，即便是深秋，在这里也感受不到一丝萧瑟。走在江边时，心灵如同这条河流，永远在路上，不问归期，不计辛苦，只为寻找那一抹最纯净的风景。

重庆不仅有美丽的自然风光，更有独特的文化和历史。这里的每一个角落、每一条街道、每一座桥梁、每一砖每一瓦，都在诉说着时间的流逝、心灵的沉淀和生活的故事。那些被岁月雕琢的老房子，那些烟火气息弥漫的小巷，那些带着浓浓文化气息的历史故事，都让我感到无比亲切和温暖，也让我更理解这座古老的山城。在我心中，它就像一本打开的书，我在阅读它的过程中，找到了生活的意义和生命的价值。

所以，在我心中，这里不仅是一座城市，更是一种生活，一种心灵归宿。回到这里，不仅是一次身体上的旅行，更是一次心灵的返乡和洗礼。我重新发现了这里的美和魅力，找到了内心深处最真实的自己，也学会了如何怀着一颗平静感恩的心，面对生活的挑战，在困难和挫折中找到自己的方向，用爱去温暖他人。因为，这才是通往心灵深处的唯一道路。

这些天里，我开始慢慢理解，真正让人感动的，不仅是重庆这座城市的风景，更是这里的人和事。那些平凡的日子，那些看似不起眼的瞬间，都是构成生活最真实最美好的部分。在重庆，我学会了珍惜每一次相遇、每一段经历，因为这些都是生命中不可多得的宝贵财富。

记得以前，每当夜幕降临，我总喜欢独自一人漫步在嘉陵江边，看着对岸的灯火阑珊，听着江水轻轻拍打岸边的声音。那一刻，我忘记了一切的疲惫、烦恼和忧愁，心中只留下一片平和、安宁和纯净。这仿佛是重庆之夜的独特魅力。

我相信，无论我走到哪里，重庆都会是我永远的牵挂，也是我的心灵港湾。在这里，我将继续书写我的故事，继续探索生活的意义，让每一天都充满希望和光明。

在那个染着夕阳余晖的黄昏，我的思绪如同被细碎时光轻轻抚摸，一叶轻舟在生命的河流中缓缓漂泊。那些穿过指缝滑落的瞬间，化作了绚烂或素净的花朵，静静绽放在岁月的庭院里，把爱与慈悲悄悄滋养。

我走在这缠绵悱恻的黄昏里，感受着每一个细微的生活片段，它们像是生命薄薄的蝉翼，轻轻承载着快乐与悲伤的交织。在这喧嚣与平静交错的世界里，我和我的影子一起，在岁月的编织中留下了一道道美丽而又苍凉的痕迹。

一缕飘扬的意念随着风起舞，在有限的灵感与无限的生活之间，编织着一个又一个无声的故事。时光悄然流逝，岁月无声地将每一个瞬间的锋芒磨平，直到尘归尘，土归土，而我，在不经意间，也化作了一部分无声的风景。

在那个光阴的小屋里，我轻声诉说着岁月的闲话，领略着时光流逝中的禅意。我终于明白，在这不息的时间河流前，我们不过是匆匆过客，真实的生活藏于日复一日的平淡中，那些曾经装点生命的悲欢离合，如夏花般绚烂，如秋叶般静美，但最终都会随风散去，只留下对生命意义的深刻体悟。

这一生，我们都在自我承担的旅途上不断前行。每一刻如指缝间滑落的时光，都是岁月赠予的礼物，无论是震撼心灵的惊艳，还是平淡如水的素雅，都是对生命深深的爱与慈悲。我们在路过的每一地播撒善良的种子，让生命之花在静谧中盛开。

在岁月的深处，与时光相伴，暗香浮动。如同春雨滋润着绿芽，晨露拥抱着朝阳，无须炫目的开场，无须华丽的言辞，便能柔润一生。泪眼迷离之际，我感受到了一丝忧伤中的喜悦，内心最柔软的角落似乎也被触动。生命中的每一刻，都生活在这种触动中，或许就是一生的修行。

我们每个人都有自己的道路要走，在这条道路上，当世事变得模糊，不知从何说起，我们所守望的美好也终将消融或凋零，留下的，只有与日月同呼吸、与星辰共存的回忆。生命中的必然，如花开花落、云卷云舒，展现了岁月的优雅与美丽。

我的文字中，藏着你来过的温暖与安宁，那是一种深入骨髓的禅意。时光总在不经意间，将岁月的轮廓拉长，沉淀每一刻光阴的韵味。就像一幅精细的水墨画，细腻地描绘了世间的风情万种，却总会在岁月的轮回中，洗尽铅华。留下的，总是那些古老又新鲜、平凡又非凡的故事，它们如大籁般响起，柔和了生命的每一个角落。

月亮，如钩挂于星空之下，静静地观照着这尘世的冷暖与明暗。在这孤寂的夜晚，我愿意独自坐下，不为忧伤，不为等待，不为快乐或幸福,只愿在这一刻,与自己的内心达成和解,学会在变幻无常的世界中,在得与失之间,找到那份淡然与平和。

儿子,我和你作为天地间的过客,应感恩每一次的相遇与别离,它们指引我们与世界共存,与时光共舞,成就了自我的独特旅程。在这旅程中,我以虔诚的心,用文字作为祭奠,记录每一次风过留痕的瞬间。岁月虽无言,但它在每一个深爱这世界的心中,种下了一朵莲花,静待那半掩的门扉后,孕育出春天最初的希望。

许我一生的水墨丹青,绘出一场天长地久的倾城之恋。那些初见时的悸动,到最终的别离,每一刻都如同珍贵的画卷,即便泪水模糊了双眼,那些梨花带雨的忧伤,也成了最动人的挽歌。

在这无尽的日月之旅、江河之行中,每一处风景、每一个瞬间,都是自然赋予我们的力量。群山的雄伟,江河的流淌,蓝天的广阔,大地的沉稳,都在无声中告诉我们:在这短暂而漫长的人生旅途中,我们笑傲于岁月,自在于生活的来去匆匆。

让我们在这一场天地间的旅行中,用心感受每一刻的美好,不论是寂寞的夜晚,还是繁华的日出,都是生命赋予我们的礼物。在这份赠予中,我们学会了珍惜,学会了前行,最终,在自己的心湖里,寻得一片淡然与安宁。

47

阅读云子和星星的故事时,我一直在思考,云子给儿子带来的除了关爱和帮助，还有什么？看到这封信，我突然明白，她还给儿子带来了一份清澈的心境。这份心境的熏染，对儿子也许非常重要。它将会像泉水洗净泥泞的青砖路那样，洗净儿子充满热恼和迷惑的心灵。

在一次次心灵的清洗中，星星会越来越接近最本真的那个自己，心中的快乐也会越来越纯净，越来越不容易被动摇。当然，我说的只是一种可能，在这封信中，星星还是一个需要被治愈的对象。他的心还在忽明忽暗的异度空间里飘荡，追寻着天边那声温暖的呼唤、那线明亮的光。

儿子，今天醒来时，世界已经被淅沥的雨声所包围，就像沉浸于清晨的序曲。原本已经非常清澈澄净的古城，在雨的洗涤中显得更加宁静。我站在窗前，感受着那一刻的清新，任由那清清淡淡的雨声萦绕耳畔。去你房间，看到你还在睡梦中，于是决定不叫醒你，让你多睡一会儿，我先洗漱淋浴。

沐浴后，雨还在淅淅沥沥地下着。我索性给自己倒了一杯温水，静静坐在阳台上看雨。风穿越雨丝飘来，一点点细密的凉意洒在手背和脸上，拖鞋也微微湿了。但我不想更换，甚至不想挪动。我很享受这份清凉而微湿的感觉，它总能给我一种西部没有的感动。

不知不觉，坐了很久，当我意识到时间的流逝，小区里的装修声已此起彼伏。电钻、机器的嘶鸣、磨轮和锤子的敲打声混杂在一起，与雨声交织，构成了一场特别的交响乐。新交付的楼群里，人们急切地装修着自己的新家，小区一时间变成了繁忙的施工现场，尽管如此，我依旧保持着内心的平静与淡然。

穿越雨帘，我看到了远处的山脉，它让我想起了家乡的祁连山。想到家乡，你外婆的脸庞就出现在我的眼前——她独自一人在那小院里，是否也会倾听雨的演奏？于是我拿起手机，拨通了那个熟悉的号码，温柔地询问妈的近况，提醒她早餐要吃好，按时服药，照顾好自己。这样的电话，已成为我每一天不可或缺的仪式，它不仅是关心，更是一种陪伴。虽然相隔千里，我们的心却始终紧紧相连。

在外忙碌的日子里，老母亲的身影总是我最牵挂的念想。这些年来我们在小院的相伴，让我们之间的情感更加深厚，相互之间的依赖也更加坚固。尽管职责和生活有时会让我们暂时分开，尽管重庆是如此让我依恋，我还是渴望早日回到妈的身边，与她共享那份宁静与平和。

这场雨，这个清晨，让我更加深刻地感受到，无论我们走得多远，家的温暖和母亲的爱，始终是我们最坚强的后盾。

在这样的日子里，思念变得尤为浓烈。电话里，不经意的声音总是带着轻微的颤抖，那是岁月在她声音中留下的痕迹。对话的内容却是简单日常，每次只是回答我的问候，叮嘱我要注意身体，穿暖，多吃点好的，鲜少提及自己的不适和孤单。那份简单话语背后满满当当的情感，总是让我感动。而母亲的坚强和自我牺牲精神，也总是让我无法言语地敬佩。

挂断电话后，窗外的雨似乎也变得柔和起来，每一个水滴都像妈温柔的眼神，默默守护着我。我开始反思，生活中真正重要的是什么？是不停地奔波，填充我们的物质生活，让我们的银行账本里有更长串的数字，还是那些我们常常忽视的温情时刻？

母亲的孤单和等待，如同窗外无声落下的雨水，悄无声息地侵蚀着我的心。我意识到，无论多忙都应该抽出时间，去陪伴那个一直在等待我们的人。也许每一个母亲都一样，她们不需要华丽的礼物和宏大的承诺，只需要我们的陪伴和一个电话里的问候。这些简单的事物对她们来说，就是世界上最美好的礼物。

记得以前，每次回到小院，看到妈那熟悉的身影在门口迎接我，我的疲惫和压力都会烟消云散。妈虽然言语不多，但那份深情和关怀却总是我最坚实的后盾。我们在小院里的时光，总是那么宁静美好。我们会一起散步，一起聊家常，一起回忆过去，一起展望未来。那些关于生活的琐碎对母亲来说，却是无比珍贵的回忆。她的笑容，她的叮嘱，都让我深刻地感受到，家的意义远远超过了一间房子，甚至超越了一个地理位置，它不仅是遮风蔽雨的地方，更是我们情感的港湾、心灵的归宿、情感的寄托。

所以，无论我们走得多远，都不该忘记回家的路。要把握现在，不让遗憾在未来的某一天萦绕心头。在这个雨中的清晨，我更加坚定了这个信念，无论未来的路有多么漫长和不确定，我都会让家和妈成为我最坚实的力量源泉。

我们都是母亲掌心里的珍宝，母爱如同天空之下最温暖的阳光，无条件地照耀着我们每一个人。在妈妈的眼里，我们的一切都是最好的，即便我们犯了错，她也会原谅我们。她的包容如同大海，深邃而广阔。我们五个孩子，就像一只手的五根手指，有时伸展开来，有时紧紧握成一个拳头，但每一根手指始终紧密相连，无一不牵动着母亲的心，享受着她的爱。

生活总是充满了意料之外的事，就像手指伸展时的不一致，但无论生活带给我们什么，母亲总是那个最为我们担忧、最为我们心疼的人。甚至，当我们遇到喜事时，她的笑容也总会夹杂着泪水，因为她为我们感到骄傲和幸福，也心疼我们的努力和付出。

每当我想到母亲那无助的身影，我的心就会充满愧疚。如果我能更加用心，更加耐心，用更温柔的方式去关怀她，让她的心情变得更加舒畅，那该有多好。

母亲一生中经历了无数次的离别和重逢，现在，她感到生命的轮回似乎转到了后半段，内心难免会泛起一丝忧愁和不安。面对这样的感觉，我们是否真的尽力做到了最好？即使再忙，我们也应该抽出时间来陪伴妈妈，因为如果我们不行动，可能就真的太晚了。

在这个忙碌纷扰的世界里，我们或许会觉得被生活牵着走，忘记了停下来的重要性，尤其是停下来，仔细聆听和感受那份来自妈妈的爱。她的每一次轻叹，每一个忧虑的眼神，都是对我们深沉爱意的表达。她的爱，如同这场细雨般绵绵不绝，悄无声息地滋润着我们的心田。

昨晚，我独自漫步在繁华的街道上，四周灯火通明，人来人往。手机突然响起，是母亲的电话。那一刻，电话那头传来的声音如同穿越了千山万水的风，温柔而又略带担忧。她问我是否已吃晚饭，是否穿得够暖，是否一切安好，还问你的情况。

简简单单的几句话，却让我眼眶湿润。母亲的声音总会带给我温暖和力量，让我感受到家的方向。

那一刻，我深刻体会到，无论我们身处何方，母爱总是如影随形。母亲总是在最寒冷的夜晚为我们点燃一盏灯，照亮我们前行的路。她的爱，无须太多华丽的语言和物质的堆砌，她的一声问候、一个拥抱，就是我们最温暖的依靠。

儿子，希望我也能让你感受到这样一份温暖的母爱。

写本书的时候，我想到了云子的母亲，那曾是个非常精干的女人，在唱样板戏的年代演过阿庆嫂，八十岁后，就躺在床上了，没啥病，但下不了床。我给她买了个电动轮椅，希望她的儿子能将她抱上轮椅，让她能到处转转，但儿子因为出摊卖水果，没时间抱母亲——母亲可以把儿子从小抱大，但母亲卧床之后，儿子竟没时间抱她了，养儿何用？那个电动轮椅一直没有用上。后来，我在书院有活动，脱不开身，就打电话给她儿子，希望他能将老人送来，转一转，但对方一直说没时间。我问他，这世上，还有比孝敬母亲更重要的事吗？他没答应。我让他叫辆出租车送老人来，我来付钱，他还是不答应。通电话时，一个女人在旁边出谋划策地嘀咕着。那是儿媳，一个被红斑狼疮和仇恨折磨了大半辈子的女人，她将所有的精力都用于仇恨了，却不能将一个老人抱上轮椅，让她能自由地散散心。想来，真是寒心。

后来，我让人收拾好了我的老屋，派人接回了老人，专人陪了她，让她散散心。有人说，你接来老人，人家就不再要老人了，咋办？我说，只要老人愿意，我就把老人养老送终了。这世上，有个能让自己孝敬的老人,是一件非常幸福的事。

48

云子坐在客厅的沙发上,眼神游离地望着远方,心中充满了无奈和尴尬。

星星这几天的情况又不好了,不知道为什么,已有好转的儿子,又不肯出门了。无论她怎么柔声劝说,他也没有反应。清晨的散步也停了下来。

刚看到希望的云子,就像重新掉进了深渊,眼前一片漆黑,只有微弱的星光在灵魂深处闪亮着,那是她永不会落下的信念。

她望着眼前的房子——这里只能称为房子,而不是她的家,虽然她的儿子住在这里,虽然她曾经是这里的女主人,然而,一切都变了。原先放沙发的地方,放上了一排柜子,长长的三人沙发也换成了两人沙发,孤零零地横在客厅里。书架上的书都换了,看得出,新妻子很喜欢烹饪,云子看到了好些烹饪书,尤其吸引云子注意的,是几本烘焙书。它们的封面放了好些蛋糕的照片,云子几乎能闻到那阵奶香。她和儿子都喜欢吃蛋糕,新妻子大概也很喜欢。这是他们之间的共同点,说明他们的关系还是可以破冰的。而随即,云子又注意到墙上那幅巨大的婚纱照,照片上的一对新人灿烂地笑着。云子几乎要忘了,这个房子里,也曾悬挂过她和这个男人的婚纱照。而这每一个细节,都无时无刻不在提醒着她,她不过是这里的住客。

墙上的装饰画,画的是各种各样的鸟,也许她很喜欢鸟。云子微笑了一下。但随即，她想到那里原本挂着的风景画，记得，那幅画总会让她想起与前夫相遇的场景——也是一个幽静的树林，也有一块巨大的青石板，也有那种看似清冷，却充满喜悦和灵动的氛围。她不知道自己喜欢那幅画，是因为回忆，还是因为那幅画本身。现在，那幅画在哪里呢？是被收起来了，还是被丢弃了，甚至被烧了？她听说过，现在有个行业专门烧婚纱照，也许他们的照片也早被付之一炬了吧。她的眼前晃过新妻子充满警惕，也带点妒忌的眼神。她苦笑了一下说，这场游戏赢家是你，你何苦有这种情绪？但如果新妻子带着胜利者的怜悯对她，也许她会更难受吧。云子是个自尊的女人。

一个自尊的女人，却陷入了这样的处境，云子觉得很是沧桑。

她看向电视柜，她曾将自己跟前夫的记忆碎片，都放在了原先那排电视柜的抽屉里。现在，不知那些记忆碎片都去了哪里？

想起自己曾在这屋里有过的情绪，再想起朦胧月光下那些无眠的夜，想起那个充满幽怨的痛苦的女人，云子觉得一切都很遥远。十几年过去了，彼此的生活都变了，不变的，只有他们之间的联系——儿子。这是他们之间永恒的羁绊。她不想摆脱。

回到这间房子，让云子难受的，就是这种往日和今日的错位。她的心时常在这种错位感中晃悠，就像朝阳下的河水发出粼粼波光。若是心里有了苦涩，她就索性把自己想成那河水了，在记忆的长河中，她默默地流淌着，带着一种说不清的复杂心情流向远方，抚慰每一根水草，每一块礁石，还有每一个隐秘的动物。

我不知道云子是怎么忍受这种错位的煎熬的。远离那个环境才有助于她尽快放下，而她现在却身处其中，时刻被那把"钝刀子"在心上割来割去,与之纠缠更深。我知道她也不愿,为了儿子她似乎不得不如此。爱让她放下了自尊,但是否还有别的什么因素使她丢了自尊呢?我不想轻易下结论,说她因为懦弱和恐惧,没有一开始就带儿子出去住。也许她又心存侥幸了,以为儿子很快就会好转,眼下的尴尬只是暂时的。但谁也没想到,情况会越来越糟,那段难堪的日子,给所有人带来了巨大的身心折磨。云子后来的疾病,其实就与这段日子有关。那时她还不明白,只有简单的人际环境才有助于儿子的好转。

想了一会儿,云子的心情就平静了。然而,她还是强迫自己从这种感觉中挣脱,因为她的脑海中闪过一个念头:儿子不知道怎么样了?

她站起身,轻轻走到儿子房间的门口。她知道儿子脆弱而敏感,过重的脚步声总会引起他的不安。

打开门,儿子没在电脑旁,电脑荧幕黑着,儿子仰卧在床上,用瘦弱的前臂挡着眼睛,云子看不清他的表情。不知道他是打完游戏,累了,还是一直这样躺着。

云子轻轻地走到床边,坐到儿子身边,将一旁的薄被盖在儿子身上。儿子的身体微微颤动了一下,云子知道他没有睡着,要么就是睡得非常浅。云子很想问他怎么了,但刚一张口,他却像感应到似的,翻过身去,用那个瘦削的、隐约能见到骨骼形状的背部对着云子。

云子又看了看儿子的房间,儿子房里的摆设倒是没有变。这间房子,跟外面的一切就像割裂一样格格不入。似乎这是旧日生活对新生活唯一的抗衡。儿子心里是否仍然不愿接受现实,想用这种方式来维持内心的一丝执念呢？可儿子啊，无论你如何执着，如何不愿放下，父母离异都是改变不了的事实，如今，妈妈对你爸来说，已经成了陌路人，甚至连朋友可能也算不上了。云子想叹气，但刹那间想到儿子会不安，便忍住了。

她想到前夫现在的眼神，明白这定然跟新的女主人有关。他也许是在用这种方式，给新妻子一份安全感。这当然是无可厚非的。

儿子的门开着，云子进来时，没有顺手带上。透过儿子的房门，她能看到客厅墙上那幅硕大的婚纱照。她突然发现那照片正对儿子的门口。她的心怦怦地跳，一丝若隐若现的愤怒升起，又被她心中浓浓的无常感消解了。也许，这是对儿子的一种提醒，叫他不要再守着父母的婚姻不肯放手了。也许，儿子的这种态度让前夫和新妻子都很尴尬，这大概就是新妻子和儿子关系疏远的原因之一吧。

儿子对妈、对旧家的维护，让云子觉得很温暖，但云子又觉得很担心，也很心疼，因为这会让儿子没办法接受新生活，没办法跟他的父亲和后妈相处融洽。没有和谐的家庭关系，儿子的自闭加重似乎是必然的。云子的尴尬和不自在，敏感的儿子是不是也能觉察到，这会不会也是他病情反复的原因之一呢？

云子的心仍在怦怦跳着，思绪又随着目光，飞到了三人——她跟前夫和他的新妻子——的关系上。

这个渗透着新人审美和生活习惯的，本该熟悉却非常陌生的房子，一直在提醒着她，她和前夫之间无法逾越的隔阂，还有她在这个空间里的无处可去。想到这些，她的心有些苦涩，正是这一点，让她发觉自己还没完全放下。否则，这一切的陌生都只会提醒她世界的变化，她也会变得更豁达。意识到这一点时，她有些沮丧，但随即，她又想起了儿子。她想，她的情绪会不会影响孩子，让孩子替她担心，再一次陷入自我责备、自我否定的旋涡里去呢？如果她对自己的处境感到无奈，儿子心里大概也不会好受的。

想到这，她的心里又温暖，又心疼，又自责。她明白，自己如果没有一颗积极强大的心，儿子很难真正地好起来。

她很想摸一摸儿子的头发，又怕会让儿子不舒服。十六岁的孩子个子很高，但头发还是像童年时一样柔软。云子每次摸到儿子的头发，就会想到儿子的心。她相信，儿子的头发是他心灵的显现，也是他与世界的一种沟通。即使在最黑的夜里，儿子心中定然也会保持一份柔软，保留一个小小的火苗。她能感受到儿子心里的期盼。然而，她随即想到了儿子的眼睛，那双没有焦点，仿佛对一切都毫不在意的眼睛。这双眼睛里释放的信息，有时也会让云子感到迷惑和陌生。她想要帮助儿子，想要成为他最坚实的后盾，却感到自己束手无策。她没办法与儿子建立更深的联系，也无法突破他那看似坚不可摧的心灵防线。她感到无助和沮丧。

正在这时，女孩走到门口，说，阿姨，吃饭了。云子怕吵到儿子，就轻轻地站起来，走出儿子的房间，顺手把门带上，然后对女孩说了声谢谢，便走向饭桌。

每次见到前夫的新妻子，云子总感到更加尴尬和不自在。尽管她知道对方并没有恶意，但每一次见面，都像有一只手，拨动心上的那根刺，让她的心隐隐作痛。云子知道，治疗这种痛，需要她放下对前夫的爱。这份爱，有时不只是对前夫的，也是对过去生活的，是对那段永远回不来的岁月的依恋。但世界就是这样，人永远不可能第二次踏进同一条河流。人生之河也在不断地流淌，她又怎么留得住已经过去的岁月呢？心情非常清澈的时候，她想起那段岁月，总会感谢前夫给过她的温暖。毕竟他们在最纯真的年岁相遇，给予对方的都是最纯粹的情感。这样的情感，虽然没办法抵御时间和变化，但仍然改变不了有过的美好。云子更愿意记住那份美好，忘掉自己感受到的伤害，甚至也宽恕儿子感受到的伤害。

云子慢慢地明白，很多事是错综复杂的，很难说是谁的错。很多时候，自己认为是前夫的错，也不过是站在自己的认知里看前夫，究竟怎么样，究竟是哪些条件导致了这一系列的结果，其实说不清。如果明白，有些伤害来自善与善之间的不同认知，也就是彼此的不理解，也许很多事的发展会不一样。就像现在，她如果能放下心里的尴尬，接受变化，用一种明亮的心情面对新妻子，接受儿子的世界里有她，也用自己的释然告诉儿子，要接受自己的世界里有另一个妈。儿子可以永远爱自己的妈，但也可以接纳，至少不排斥爸和他的新妻子。假如这样，儿子心里就不会有那么多冲突。

云子实在不希望，儿子把对自己的心疼，转化为对世界的不接纳，甚至自闭。这对儿子来说，是一辈子的伤害。也许，修复儿子和前夫的关系，也要从修复自己的心开始。当自己的心不再疼痛，心里再也没有那根刺的时候，儿子或许也会慢慢地释然。

云子闭上眼睛，内心的情绪仍然在冲撞。她有些无奈，觉得自我成长的路好漫长，而儿子的痛苦又在提醒着她，她必须加速成长。儿子已经病了很多年，他错过了太多的成长时间。虽然她不要求孩子多么杰出、多么成功，但她不希望孩子把时间用来自我冲突。她不知道未来会怎么样，也不知道自己啥时候能完全释怀，但她知道，无论发生什么，她都会竭尽全力，为了儿子，也为了那份永恒的母爱。

饭后，新妻子抢过她手上的碗，到厨房里洗起来。虽然新妻子的表现有些刻意，但她明白这份刻意背后的态度。她选择感谢这个态度，忽略那份刻意。毕竟，新妻子完全可以拒绝她的介入，把孩子送去专门的护理机构。这样对孩子不一定不好，她也不需要忍受这份别扭和尴尬，更不用忍受内心那种微妙的不舒服，但她还是选择了接受。这代表了她对前夫的尊重，甚至有可能是言听计从。人即使背负一种不好的名声也要去做一件事，说明这件事可能比名誉对她更重要。云子看着厨房的方向，陷入了沉思。她希望能更靠近新妻子的心。从自己开始，让这段关系真正地缓和。

她坐了一会儿，就进了孩子的房间。

儿子已经起来了，正坐在床边，眼神里充满了迷茫。他不善言辞，不擅交往，仿佛生活在一个旷野无人的世界里。云子很想知道他在想什么，就问他，他却还是不说，只是低着头。云子就坐在他的身边陪着他，压低了声音，哼着他小时候最爱听的儿歌，一首接一首。云子的声音很好听，儿子虽然没说话，但看得出，他听得很认真，眼神有些放空，显然沉浸在歌声里了。

前夫和新妻子想看看孩子，到了房门口，却发现这氛围不适宜打扰，就没进来。在门口站了一会儿，似乎觉得有些尴尬，他们就回了客厅，又过了一会儿，新妻子进来，轻轻拍了拍云子的背，示意他俩要出门。云子点了点头，新妻子就拉着前夫出去了。听到大门轻轻地开了，然后轻轻地锁上，云子的心思重新集中在儿子身上。

儿子应该听到了大门的开合声，但他既没有回头，也没有问话，还是低着头。云子试着摸了摸他的头发，他虽然僵了一下，但很快又放松了。就像一只有戒备心的小猫，条件反射般地起了反应，又很快意识到没有危险，就放下了戒备。不过，儿子跟小猫不一样，小猫一旦放下戒备心，就会放松到极致，甚至有可能把肚皮朝着你，儿子却不是。他的心仍是紧绷的，云子能感受得到。她的心很痛，她想，面对一心疼爱他的妈，他都不能完全放松下来，他究竟啥时候才能恢复呢？一想到这，云子的泪水就向外涌。但她忍住了。她提醒自己，这是一场灵魂的战役，她既然决定要陪着儿子一起战斗，就要做一个勇敢的战士。因为她是妈，而他是她的儿子，是她生命中最重要的存在，也是她永远不会放弃的责任。

就是在这个时候，她理解了社会上的很多人——他们为了给孩子换来一个生存的可能性，愿意付出一切，包括自己的一生。有些人也像她这样，因为对孩子的爱，看到了很多跟孩子得了同一种病的人，他们跟那些孩子的亲人联系，大家联合在一起，为大家的孩子和更多的孩子，建立了援助机构，让彼此的孩子都能得到更好的照顾，甚至在自己去世之后，孩子们也不至于没有依靠。

云子看过一部讲中国孤独症病人的电影，电影里的男人带着一个孤独症的孩子，那个孩子症情很严重，连基本的自理能力都没有，随时都可能受伤。那个男人确诊癌症之后，就带着孩子投海自杀，谁知道孩子水性太好，不但自己游回岸上，还救了父亲。投海失败之后，男人就开始积极寻找能照顾孩子，让他在自己去世之后也能活下去的方法。人总是在没有希望的地方创造希望，正是因为这份不愿放弃的信念，和积极寻找的行为，人间多了很多美好，也给同样际遇的人带来了希望。大家互相搀扶着走下去，走向一个也许很普通、很平凡，不能像电视上的很多高功能患者那样谱写灿烂辉煌的剧情，却充满不屈精神的人生。

有时，因为一份无我的爱，明知不可为而为之，没有路的地方也会出现一条路。春秋时代，孔子不就是这样吗？他受到了无数的挫折，晚年还遭到了很大的打击，但他的文化留下来了。云子是一个平凡的女人，没有改变世界的梦想，却也从这个故事中得到了力量。她想，人既然活着，总该坚持一些自己觉得该做的事。她觉得该做的事，就是带着孩子走出黑暗，让孩子能身心健康，不用在逃避中痛苦自己，虚度人生。哪怕不得不一直住在前夫家，无休止地忍受尴尬，她也甘愿承受。

她记得雪师书里写过，为了提高自己的人格境界，人应当把所有际遇都当成修身养性，锻炼自己的胸怀，升华自己的人格，让自己变得像大地一样，能容得下万物。这样一想，这种处境就不再是折磨，而成了一种测试和锻炼。甚至就连带着儿子看病的过程，也变得没那么沮丧和煎熬了。人生多曲折，确实需要豁达和勘破，也需要为了一件事，有高于生命的热情和坚定。

云子听过一个故事，有个人大哲学系教授很爱他的讲台，五十五岁确诊晚期癌症时，还是拄着拐杖去上课，一堂课都不落下，就连治疗期间也是这样。为了上课，他甚至被医生逼着签了"生死状"，生死自负。这就是一份高于生命的热爱。坚守这份爱本身，就是他追求的精神；在坚守的同时，笑对癌痛的煎熬，热情专注地讲完每一堂课，甚至不舍得中场休息，就是他面对死亡的修行。

她想，有些学问看似无用，但确实很了不起，这个哲学系教授做到的事，很多人可能做不到。他让云子想起了坦然赴死的苏格拉底。她看过一幅画，画面描绘的，就是苏格拉底行刑时的场面。如果不知道这幅画的内容，云子还以为那是宴会的场面，因为苏格拉底无论表情还是动作,都跟在宴会上演讲没什么区别。就连接过毒酒的时候,他也显得毫不在意,仍在宣讲真理,回答学生们的问题,甚至没有看酒杯一眼。倒是他身边的学生,脸上写满了哀伤。云子被苏格拉底的坦然从容深深地震撼了,她觉得,苏格拉底面对死亡,就像面对吃饭穿衣一样自然。也许,对苏格拉底来说,这并不是一种刑罚,而只是在接受生命的另一种历程,一种叫死亡的历程。

云子时不时就会跟儿子说这些故事,她不知道儿子能不能听懂,但她总会尽量讲得简单一些。她希望每一个故事,都变成儿子的精神养分,让儿子慢慢地明白,所谓的黑暗也好,自闭也好,都只是一种幻觉,只要让心里的太阳亮起来,生命中就会一片光明。因为世界是变化的,人心也是变化的,认为心灵疾病无法改变、无法治愈,本身就是一种对生命的误解。但有的时候,人可能要终其一生,才能真正参透这个道理。有些人甚至终其一生,也未必能参透这个道理。云子希望,自己能做第一种人。

49

但理上的明白,到事上的做到,终究有很长的距离。除了被儿子吸引所有注意的时候,只要在家,只要可以分心在别的事情上,云子就会感觉到她作为"多余者"的尴尬。

新妻子虽然总是笑脸相迎,殷勤地打招呼,日常招待也很周到,对她很是尊重关心,但随着时间的推移,云子渐渐发现,新妻子的笑容变得僵硬,眼神中时常流露出嫉妒和不满。云子看在眼里,也只能尽可能地心存感激，保持礼貌、淡定和友好，用这些正面的情绪，来抵御内心时常泛起的波澜。

云子很想告诉新妻子，自己没有丝毫竞争或冲突的心，但新妻子始终没有开诚布公地说过，云子也就没办法开口了。她能做的，就是行为上保持友好，同时尽可能地少接触。幸好新妻子有自己的工作，时常不在家，她的孩子也不在。两人最多的共处时间，就是吃饭。如果单独跟新妻子吃饭，云子会稍微吃得久一些；如果前夫也在，云子就会尽量吃得快一些。总之，就是尽量不打扰夫妻俩的正常生活。云子知道，家庭氛围直接影响着儿子的情绪，儿子的情绪不稳定，病情就很难有稳定的好转。而且，她也希望儿子不要排斥他爸，对爸的排斥，是他自闭的重要原因之一。云子希望儿子能快乐，能像心灵健康的孩子那样，享受自己对父母的爱，不要因为排斥，生活在心灵的缺失里。自己一切的帮助和支持，其实都只能是辅助，真正能治好儿子的，只有儿子自己的振作。

所以，就算一次次调解失败，云子还是会继续努力，不管成不成功，她都会尽量修复他们的父子关系。云子很后悔，儿子小的时候，自己当着他的面，说过他爸的很多不是，也许在儿子心中，父母关系破裂，凶手是爸，他和妈都只是受害者。以前，云子也这样想，所以有好些牢骚、好些埋怨，然而，当她一点点释怀，才发现很多事说不清。更重要的是，她的心里一旦有了埋怨，对方定然不会开心，两人的关系当然会变化。这也许是婚姻破裂很重要的原因。

但反思归反思，眼前的现象对云子来说，还是很大的冲击。她的尴尬一天天变成了无奈，新妻子不经意间的表情变化，或是某个不友好的眼神，总像一记重拳，打在云子心中最柔软的地方。但即便这样，云子在儿子面前还是会尽量掩饰内心的纷乱，努力保持乐观和坚强。云子知道，儿子需要妈，她是儿子唯一的依靠。因此，即使受到伤害，她也会努力隐藏，不让儿子觉出她的烦恼和不安。

其实，他们三人，每个人都有自己的无奈。新妻子不用说，好些女人连丈夫跟前任联系都不高兴，何况云子还登堂入室。她能每天给云子做饭，也能保持基本的礼貌和宽容，已经是很多女人做不到的了。前夫更是这样，他明知新妻子不开心，也知道前妻很尴尬，他自己同样充满了尴尬。儿子的病一天没有好转，他的心就一天不能安宁。担心儿子是一方面，这样的生活状态对他来说，也是一种折磨。他非常希望儿子能早点恢复健康，他也能早些恢复正常生活。

又是一个沉默的晚上，前妻在孩子的房间，新妻子在厨房里洗碗，他独自坐在客厅的沙发上，手中拿着一杯咖啡，沉思着，脸上带着一丝矛盾和无奈的表情。他需要前妻陪伴儿子，因为他无法给予儿子足够的支持和理解，能够真正理解儿子的人，在前夫的世界里，就只有云子一个人。所以，当儿子不但不出门，连饭都不吃的时候，他就陷入了矛盾和纠结。他知道，儿子只听前妻的话，但与此同时，他实在不希望前妻打搅他的生活，因为他有新的家庭和责任，不希望前妻的出现让他的新家庭出现波澜。

他想过找一个陌生的护工，让她来照顾和陪伴儿子，可他找不到合适的护工，普通的保姆又不懂得怎么照顾自闭症的孩子。所以，这个想法最终还是搁浅了，他只能去跟新妻子商量，请她容忍前妻来住上一段时间，直到孩子走出绝境。新妻子很不开心，但最终还是同意了，因为公婆希望孩子能在身边，孩子要是在这个家里，不能去专业的护理中心接受治疗，那前妻的来，就成了唯一的办法。

她也就只能接受了。她骨子里把丈夫当成了天，丈夫的意愿她是不会违背的。她只是觉得不甘心，这些年来，她一直照顾这个孩子，但这个孩子从来没有把她放在心上，甚至没有好好地看过她一眼，没有好好地跟她说过一句话。虽然她知道，后妈几乎是不可能取代亲妈的，但她还是觉得不舒服。可到了这个时候，她有什么办法呢？再不甘心也只能面对现实。可这样一来，他们就只能尴尬地生活在一个屋檐下了。

几乎每一天，云子都在内心深处与自己争斗。看着前夫和他的新家庭，她的心里充满了复杂的情感。有时，她会感到一丝嫉妒和怨恨，为什么他们可以拥有如此和谐的家庭，而她却要独自承受这些痛苦？但更多的时候，她感到的是深深的无奈和无助。她已经没有其他选择，为了儿子，她只能在这个复杂的家庭结构中找到一丝安慰和希望。这种反复纠缠的情绪，时而像烈焰炙烤着她，时而如冰霜冰冻着她，在这无休止的纠缠中，云子的身心不知不觉受到了巨大的创伤。那时，她还不知道，这种负面情绪将会产生多大的危害。

每天吃饭，云子只要看到儿子能安静地吃饭，她心里就既欣慰又心疼。儿子依旧生活在自己的世界里，不与任何人交流，但他的存在却是云子坚持下去的唯一理由。为了儿子，云子愿意忍受一切的委屈和痛苦。每当看到儿子脸上露出一丝微笑，云子都感到无比的满足，那一刻，所有的付出和牺牲都值得。但内心深处，云子始终无法平息那种纠结和矛盾的情感。每当夜深人静，她独自一人坐在房间里，思绪万千。回想起她曾经的家庭、曾经的幸福时光，她的心里充满了遗憾和痛苦。离婚的那一刻，云子以为自己解脱了，但事实上，这只是另一个苦难的开始。

在前夫家里，云子始终是一个外人。尽管前夫和他的妻子对她还算友好——他们也知道，若不是云子，儿子也许就没了——但那种疏离感始终无法消除。有时，云子会想，如果没有离婚，如果他们能够继续努力维持这个家庭，是不是一切都会不同？但这只是徒劳的幻想，现实已经无法改变，她只能面对眼前的生活。

尽管如此，云子还是感到一丝安慰，因为在这里，她至少能看到儿子，能陪伴他。每当他不吃饭时——这种情况常常出现——云子就静静地守在儿子旁边，啥话也不说，只是陪着，这样，过上好一阵，儿子就会吃饭。因为他知道，要是他不吃饭，妈会一直陪下去。有时候，前夫的女儿也会过来劝哥哥吃饭，看到她，云子就会想到儿子小时候，他们长得很像，云子就会在心里说道："儿子，无论你遇到什么困难，我都会尽力帮助你，尽管你从未对我表达过感激，但我知道，你需要我。为了你，我愿意承受一切的苦难。"

看到前夫和他的妻子、女儿，云子会感到自己像一个不合时宜的闯入者。她尽量保持低调，避免引起他们的不适。但内心深处，那种孤独和无助感却越来越强烈。她感到自己像一叶孤舟，在波涛汹涌的海上漂荡，找不到方向和归宿。

有时，云子会怀疑自己的选择是否正确。这种生活真的对儿子好吗？我是否应该离开，重新开始？但每当看到儿子，她的心又坚定了下来。为了儿子，她愿意继续坚持下去，哪怕这条路充满了艰辛和挑战。

她的心情，前夫怎么可能不明白呢？如果不是儿子出事，他甚至很少跟前妻联络，他非常想要摆脱过去的影响，让新生活能稳定融洽。于是，他一直在努力地保持平衡，既要让前妻参与儿子的生活，陪伴儿子，又要尽量减少她对他和新家庭的干扰，维护新生活的稳定。然而，这种平衡总是难以达成，前妻住得越久，他越是心烦意乱。他觉得自己陷入了一个无法摆脱的困境，未来的生活就像一个无解的难题。

50

星星处在风暴中心，所有矛盾的起点都是他的病。虽然爸妈都没说，后妈也不可能说，大家都极力地维持平和的氛围，给他营造一个好些的环境，可敏感的孩子，却还是感觉到了家里的紧张气氛，还有一丝若隐若现的矛盾，这让他心中的世界更加混乱不安。

这个夜晚，父母和后妈在客厅里吃饭，他只是稍微吃了些，然后回到房间，坐在房间的一角，眼神迷茫地望着窗外，内心充满了痛苦和无助。他并不是不明白发生了什么，但他不知道该如何处理这种复杂的情绪，也不知道该如何应对父母之间的矛盾，只能进一步封闭自己。但越是自我封闭，他越是感到孤独和被遗弃，仿佛世上再也没有一个地方，可以让他觉得安全和温暖。

这天一大早，阳光透过窗帘的缝隙洒进房间，星星突然坐了起来。他的眼睛半睁半闭，望着天花板，似乎还在梦中游离。几分钟后，他慢慢地穿上衣服，走出了房间。

在客厅里，妹妹正欢快地玩着她的新玩具，阳光照得她一脸灿烂。她时而咯咯地笑，时而喃喃自语，全然不顾周围的世界。星星站在门口，静静地看着她，眼中闪过一丝复杂的情感。妹妹比他小很多，活泼可爱，像一个小天使。她的存在让整个家充满了生气和欢笑。而他，却感到一种无法言说的疏离感。他知道，妹妹是爸爸和新妻子的孩子，他们是一个全新的家庭，一个不属于他的家庭。他感到自己仿佛是一个局外人，一个旁观者，他默默地看着这个家中的一切，却无法真正融入其中。

他的心里涌起一阵酸楚。这些年来，他和妈妈一直相依为命，离开了这个家，离开了曾经熟悉的一切。尽管妈妈尽力给他最好的照顾和关爱，但他知道，妈妈心里也有无尽的苦涩和无奈。每次看到妹妹，他心中那种复杂的情感便会愈发强烈。她是无辜的，是纯洁的，但她的存在却无形中加深了他内心的伤痕。

妹妹的笑声打断了他的思绪。她跑到他面前，抬起头，天真地看着他，嘴角挂着甜美的笑容。她伸出小手，想要拉他的手。他犹豫了一下，最终还是牵住了她的小手，感受到她温暖的触感。他低下头，看到妹妹那双明亮的大眼睛，心中的那份复杂情感愈发浓烈。

那一刻，他感到一种奇怪的混合情感。一方面，他对这个小女孩充满了怜爱和保护欲，毕竟，她是他的妹妹，是爸爸的新家庭中的一分子。另一方面，他又感到一种深深的疏离和无助，仿佛这个世界上没有一个真正属于他的地方。

他回忆起过去的时光，那些和爸爸妈妈在一起的日子。那时的家虽然简陋，但充满了温暖和爱。可如今，一切都变了，爸爸有了新的家庭，妈妈也在努力重新开始，而他，只能在两个世界之间徘徊，找不到自己的位置。

妹妹拉着他的手，带他走向阳光下的花园。她兴奋地指着花朵和蝴蝶，嘴里不停地说着什么。他静静地听着，感到内心渐渐平静下来。也许，接受现实是唯一的选择。他无法改变过去，也无法逃避现在。他只能学着去接受，去适应这个新的家庭结构。

在花园里，他看到妹妹快乐地奔跑，仿佛无忧无虑。他知道，自己不能让心中的阴影影响到她。她是无辜的，她的存在并不是她的错。或许，只有学会放下过去，才能真正找到内心的平静。

尽管心中仍有许多复杂的情感，他决定试着去接受这个新的家庭，试着去关心和爱护这个小妹妹。毕竟，她也是他的家人，尽管这个家已经不再完整，但爱依然可以弥补一些缺失。

早餐时间到了，后妈的声音传了来。妹妹放开他的手，依依不舍地回到了客厅。他看着她欢快的背影，心中感到一丝温暖。也许，这条路会很艰难，但他愿意去尝试，愿意在这个新的家庭中找到自己的位置。虽然未来的路还很长，但只要有爱，就一定会有希望。

说真的，在内心深处，他渴望像以前那样，有一个完整的、和睦幸福的家庭。然而，现实却是如此残酷，他的家庭永远都无法完整，他心中的缺口也永远无法被真正填满。

但他不知道，就算外境无法改变，他也还是有一种选择，那就是改变自己的心，让心属于自己，消除对外界的依赖和渴求，让自己的心圆满。这就是在没有路的地方开路，在没有桥的地方建桥。

妈叫他去看一看那本叫《让心属于你自己》的书，说只要看进去了，他就会明白，解决问题的关键在于心，只要他能擦亮自己的心，明白一切情绪和现象都是变化的，只要勇敢地改变自己，接受一切的变化，用自己的变化来和谐父母的关系，一切就都会变化。至少自己会开心，不用生活在一个不安和恐惧的世界里，也不用把父母都卷进来，让他们都像自己一样，焦虑不安地活着。

其实，就算老天关上了他的一道门，也还是给他留了一盏灯。有了这盏灯，他就能照亮幽闭的心灵，看到智慧之心能脱离一切现象，保持快乐与安宁。这时，他就会守住这颗心，放下一切，抹去心中残留的痕迹，过好当下的生活。

这句话虽然朴素，似乎没什么了不起，但它就是让生活充实幸福的秘方。

所以，孩子，睁开你的眼睛吧，不要拒绝你眼前的一切。要知道，世界如奔流的大河，没有一刻会停止它的变化。哪怕水流会撞碎礁石，哪怕洪水会淹没农田，希望也仍然会存在。你只要始终相信，心头的那盏灯，会为你指明方向。

也许，完成这段历程之前，你会经历无数的考验，但没关系，考验的目的是帮助你，让你在锤炼中消除愚昧，让你在锤炼中得到重生。所以，祝福你，孩子，我等待着你走入光明的那一天。

但光明来临之前，夜总是很黑的，他不得不一次次踏入幽暗的河流，让心中的美好与泥沼、毒虫共存。

瞧，他仍然摆脱不了绝望和无助，越来越倾向于封闭自己，与外界隔绝。他不再愿意与人交流，甚至包括妈妈，他只想找到一个安静的角落，躲避所有的痛苦和纷扰。然而，问题不但没有得到解决，他反而陷入了更大的绝境，仿佛整个世界都在向他施压，而他却无法拒绝，也找不到任何出路。

每一个夜晚都很孤独，他常常在床上蜷缩着身体，任眼泪无声地流淌。他不知道未来会怎么样，也不知道自己该如何面对。他只能默默地承受这一切，希望有一天，能找到属于自己的那片天空。

有时，他也会静静地坐在房间的角落里，观察着妈和爸。他知道，妈是一个善良而坚强的人，总是默默地承担着一切，但他也明白，妈所面临的处境，是如此艰难和无法改变。他的心中充满了对妈的同情和理解，也为自己的无助和无奈感到自责。

他回想起小时候，那时的爸妈相互关爱理解，他的世界仿佛被幸福所包围，生活无比温馨。然而，现实却是如此残酷，他的家庭已经支离破碎，爸妈、后妈之间微妙的不和谐，还有爸和后妈对妈的排斥，让他感到心痛和无助。

他不明白，为什么世界会变得如此复杂，为什么父母之间的感情会如此脆弱，为什么爸会抛下他和妈。他试图去理解，却始终无法解开这个谜题，于是，他将自己赶进了牛角尖，在一个幽暗的胡同里，孤独地度过一天又一天。

他默默地承受着一切，希望能给母亲一丝温暖和安慰。但他也知道，母亲最大的痛苦，其实来自他的痛苦和无助。要想安慰母亲，让母亲快乐起来，他就要站起来，勇敢地走出心灵困境。所以他才会这么努力，即使进入人群让他感到迷茫和无助，甚至恐慌焦虑，他也还是逼着自己去尝试，努力地让自己、让妈，都看到希望。终于，希望之火越来越亮。但他终究还是因为某天早上，听到后妈走出房间时，妈那声轻微的、显露出内心沉重的叹气，而回到自己心灵的世界。虽然知道这会给妈更重的一击，他却无法自控。

到底要走过多少山水，人才能点亮自己心中的那盏灯？

到底要经过多少港口，人才会发现，蓦然回首，那人就在灯火阑珊处？

到底要踏破多少铁鞋,人才会豁然,发现得来全不费工夫?

对云子和儿子来说,这条路也许会很长,但相对生生世世的生命长河,这很长的路也不过是一个瞬间,最重要的是能始终前行,始终将眼光投在该投注的地方。借毕生的考验,来窥破一切的虚幻。

51

星星的自闭仍然时好时坏,云子开始感觉到,儿子有时连她也开始拒绝了。过去,即使儿子不回应,云子也能感觉到和儿子之间的互通。可现在,儿子心里的那堵墙,似乎连专门为云子开的那个小口,也被堵上了。

家里的每一丝空气都写满了沉默,云子坐在微弱的灯光下,指尖在手机屏幕上轻轻滑动,发出一条又一条的消息。她的心像是被千万斤重的网缠绕,每一次呼吸都充满了沉重。她的儿子,这个她曾经以为可以共同面对世界的人,现在却像跟她隔着一道无形的墙,她明明感受得到,触摸得到,却又像感受不到,触摸不到。

"这几天怎么了?是妈妈哪里做得不好,让你失望了?告诉妈妈。"云子的信息充满了焦虑和不安,她试图穿透那堵无形的墙,触及儿子的心灵深处。

然而,回应她的,只有更加长久的沉默。

云子不知道自己是否真的做错了什么,或者是她表达爱的方式不对,对儿子来说太沉重,压抑了儿子的呼吸。她想要的,只是儿子的快乐，可这快乐似乎成了一个遥不可及的梦。

"我是妈妈，不过是希望你快快乐乐罢了，还能怎么样呢？"她再次发出消息，语气中带着一种无奈的轻松，"你拧着一股劲，只会把自己逼到死角，让自己不开心，别人又不会少一块肉。好好的一天，是过给自己的。"

她的话语中，既有对儿子的理解，也有希望儿子能看到生活另一面的期盼。但更多的，是一种无法言说的痛苦，看着儿子将自己封闭起来，她感到前所未有地无力。

"饭在桌子上，自己吃。不愿见我也没关系，妈妈不给你添烦。"她的最后一条消息，透露着一种深深的无奈，也是对儿子的尊重。

夜深了，云子静静地坐在客厅的沙发上，直到手机屏幕上出现儿子的回复。

"妈，我累了。"

这简简单单的四个字，如同重锤击打在云子的心上。她突然明白，儿子的沉默不是对她的抗拒，而是因为他感到无力。常人或许难以理解，但是对儿子而言，每一天的生活，都充满了挑战。

云子起身，轻轻走到儿子的房门前，但她没有敲门，只是静静地站在那里，心中默默地祈祷。她知道，她不能强迫儿子做任何事，但她希望儿子能感觉到，无论何时，她都在陪伴着他，等待着他，愿意给他所有的爱和支持。

那一夜，云子没有再发出任何消息，她选择了信任和等待。她相信，只要心中有爱，总有一天，儿子会再次打开心门，让阳光洒进他的心灵世界。

云子翻开过去的日记，看到曾经记录的雪师说的几段话：

在我见到你时，我就明白了，我们不应当逃离这个世界，而是要以更大的心胸包容它，全心全意地接受它、爱它，尽可能节制地活着，有衣穿，有饭吃，有太阳晒就行，留下一些精力和心情，去欣赏天上的一片云，路边的一簇花，感受耳边拂过的一阵风。虽然人们说，人的命运是有定数的，但我仍然相信它没定型。一切都在变化，一切都是一体的，自他不分离，凡是生命都是彼此联通的。所以我不需要急着往前奔，没有什么能够成就我，也没有什么能够摧毁我，真正需要做的，只是带上自己的爱与最初的热情，了无遗憾地去见那个最后的"自己"。而这个见的过程，发生在我身上，也发生在很多想"见"的人身上，它就是活的意义。

这个意义让我心安。

如果我是一棵树，这一生的意义就是找到一个坑，然后深深扎下去，我不怕我活不下去，我坚信沙漠深处也定然有清泉，只要我不放弃，始终根植于脚下这个坑，足够久远，足够坚定，就一定会枝繁叶茂，成为路人眼中的风景，乘凉的胜地。

这样想着，你离开的怅惘渐远。

别害怕，别犯傻，别轻易剪去长发，我会站在你身旁，给你依靠的肩膀。别说话，微笑吧，回头是灿烂的霞。是谁，在我的耳边，低语？

空气的暗香中，我感觉到了一份陪伴。这一刻，那些怅惘真的渐远，我为一棵树坚定了活的意义而欣慰，而感动，并且深深地感恩！

云子问自己,她活着的意义是什么?她想到了儿子,让儿子恢复健康似乎就是她的意义。这也是她现在唯一想做的事。通过这件事,她看到了更多,她的意义也在这个基础上延展了。她也想做一个更好的自己,一个更好的妈,一个能指引儿子,让儿子走出疾病的妈。她想做儿子的树,为儿子遮风挡雨,有一天,也许会有更多跟儿子一样的孩子,能在这棵树下消去灵魂中的燥热,得到清凉。

她希望,这个念想的种子,能像雪师说的,在它的坑里深深扎根,最终长成一棵枝繁叶茂的大树。在短暂的一生中,这定然会是最美的风景。

52

又一个落日余晖洒进房间,家里除了儿子空无一人的黄昏。云子坐在那张旧木桌前,面前是一张写有几行字迹的信纸,字里行间浸透着忧伤与决绝。她的手在纸上舞动,每一个字都像是她心中流淌的血液,充满了力量和希望,也渗透着无力与绝望。

"告诉你,孩子现在的情绪非常非常不好,对我好像也产生了反感的情绪,我不知道怎么了,找不出原因。我想,可能是生活中的一些细节惹孩子生厌了。……我真是后悔让你带回了他。在西部的大天大地,孩子恢复得很好,本来都有说有笑了,可偏偏你太心急,总是无耐心。这一回,我也不想无休止地留在这里,也想早日离开,可儿子都这样了,我只能耐着性子再守候一段时间,看看能不能帮他走出困境。"

云子的信里既有对前夫的责备,也有对儿子未来的忧虑。她的笔迹坚定有力,就像一只母兽在捍卫受伤的孩子。她知道,自己和前夫之间的纷争,早已超越了情感和恩怨,她是在为一个年轻生命的健康、成长和未来,跟前夫据理力争。

她就像夜风中顽强生长的野草,即便身处荒芜,依然努力向光伸展。但她的心,其实早已被儿子的困境和前夫的不理解撕裂,每一次尝试都像在深渊边缘徘徊,她既想伸手拯救,又怕一同坠落。

"说真的,要是跟儿子的健康安危无关,我根本不屑于管你的任何烂事,也不想费这些口舌。你又不是吃软饭的,怕什么? 你前怕后怕,唯独不怕毁了儿子吗?"

在那座充满故事的古城里,她与前夫的关系如同一条绵延到远方的曲线,缠绕出无数的未知与不确定,刻画出一幅渗透复杂情感的风景图。她坐在一扇古旧的窗前,目光投射到远方,仿佛窗外是淡淡的历史烟尘。她望了一会儿,浓浓的情感涌上心头,手中的笔在纸上轻轻舞动,一个个文字接连出现,诉说着一段充满深情与思考的心事。

"儿子是那样纯净与善良,在这个复杂的世界上,他就像一片未经污染的净土。他的情感如此真挚,只有在我面前,他才会毫无保留地展现自己的脆弱,因为他深知,在我这里,他总是安全的、被爱的。所以,你需要用更多的耐心对待他,更加细心地关怀他,让他感受到,是他让你的世界变得完整,而不是你在他的世界里充当救世主。你要让他知道,他在你生命中是独一无二、不可替代的。"

想到儿子的好,云子又想到儿子在西部的笑容,她望向儿子的房间，想到那个骨瘦如柴的身影，想到儿子柔软的头发、纤细瘦削的手指，还有那总是蜷缩着的睡姿，不由得心里一阵抽痛。心里的疼痛化为文字，流水般由云子的笔端溢出：

"早知如此，你何必当初呢？是我过于信任你，以为你会给他一个坚实的肩膀，让他感觉到自己被父亲爱着，没想到，却让孩子承受了太多不该有的重压。如果几年前不离开西部，他绝对不会缩回洞穴。你看到他现在的样子，难道不会心痛吗？……算了，我也不怨你了，我相信现在还来得及。让我们携手努力，为他提供一个充满爱和理解的庇护所好吗？我们的孩子需要的不是财富的堆砌，而是心灵的慰藉和成长的空间。请记住，那个曾自由翱翔的孩子，是无价之宝。"

写到这里，云子的手有些颤抖，但她的决心如磐石般坚定。

"如果你排除不了生活上的后顾之忧，这样没完没了恣意闹腾，也许你能保住女人和房子，还有你要的幸福，却会永远丢掉孩子。说句心里话，当初我带儿子离开，就是不想跟你再有任何交集，可你把儿子强制性地接回来，还让他病得更重，我没有办法，只好回来了。走到这一步，你也知道，我实属无奈。现在屋里的种种尴尬，儿子肯定能感受得到，这样他就更难走出来了。他连房间都不肯出，我想带他去西部，也不知道他会不会听我的。只能等待时机了。"

云子的心如同被厚厚的雾气包裹着，她看不清前路，也摸不着方向。她的心为儿子的现状感到痛苦，也为自己的无能为力感到愧疚。信中的字句如同夜空中划过的流星，短暂而明亮，直指前夫心灵深处的痛点，也诉说着对前夫的怨恨。但更多的，还是在表达对儿子的痛心。对于儿子深层的病因，她感到迷茫和无助，虽然一直追问，却只能看到表象，她总觉得还有一些深层原因藏在层层表象之下，她始终触摸不到。她只能通过表象提醒前夫，让前夫不要光顾及新妻子的感受，而加重孩子的病。

"你真是太不了解儿子了……不，说到底，你是爱自己太深了。现在只能等着，让孩子慢慢消除他的怨恨和不满。"

云子的心如同被冰水浸泡，寒冷而沉重。她的文字中透露出对过去的回忆，对现状的不满，以及对未来的不确定。她和前夫之间的关系就像一场没有硝烟的战争，她每一天都经历着挑战和考验。然而，她在无奈之中还是带着一点期待。云子希望，爱和时间能慢慢平复儿子心中的创伤。她也相信，无论经历多少风雨，只要心中有爱，就有重回光明的可能。她期待着找回与儿子的和解之路，也期待着家庭能重拾往日的温暖与和谐。当然，她和前夫已经不可能回到过去了，但他们至少可以像亲人那样，和谐友好地相处，各自都把完整的爱给予孩子。对云子来说这就够了，她并不苛求更多。

云子手中的笔落下了沉重的一点，然后她折好信，放进信封，写上前夫的名字，然后把信放在前夫的房间门口。然后，她打开儿子的房门，坐在儿子床边。夜已深，窗外是漆黑的夜空，云层很厚，依稀能看到黑色云朵的形状。没有云的地方，几点寂寥的星光在闪烁着，点缀着浓浓的黑夜，很像云子此时的心情。

儿子已经睡着了，房间里散发着干净的、柔柔的、淡淡的香味。云子心里很痛，她觉得儿子应该有很好的未来，至少可以正常地上课，正常地交际，哪怕他仍然爱打游戏，只要不逃避现实，不形成疾病，就没关系，只要他开心就好。

一丝温热涌上眼眶，她轻轻擦掉，将目光投向远处云层中透出半个身体的月亮。她的希望就像这轮月亮,被黑云遮住了大半,时时被吞没,但即便这样,她还是要坚持下去,即使前路充满荆棘,也要为儿子寻找一片属于他的天空。

云子静静地望着夜空,夜空很美,云层虽然被笼罩在黑暗中,但还是可以看出轮廓来。那刚柔相济的轮廓就像云子的心,明明是柔到极致的女儿心,却要撑起两个人的命运,不得不像男人一样刚毅。然而,这份不得不的背后,并不是痛苦和无奈,而是一种夹杂着苦涩的幸福。因为爱而承担一份责任,就算辛苦也是幸福的。它意味着,自己所做的每一件事,都在帮助儿子向前走一步。哪怕暂时还没看出效果,云子也相信它在起作用。

云子相信,虽然不是每一点付出都有结果,但之所以没有结果,是因为付出得还不够,只要坚持不懈,积累到一定的量,就一定会发生质变。

在夜空给云子带来的静谧中,她再一次清洗了自己的心。她有点后悔给前夫写的那封充满抱怨和指责的信了。但写了就写了吧,她说的是实话。只是不知道,这些刺耳的实话进入前夫心里,到底是扎痛他,让他反思自己,为孩子真正地努力一下,还是仍然把新妻子放在儿子前面,为了新妻子的心情,为了那点怕云子跟他抢房子带来的不安全感,继续无视儿子受到的伤害?

云子突然觉得,人性中的污垢非常可怕,它可以让人忘了良知,忘了亲情,忘了很多本不该忘掉的东西。

云子还发现,自己其实也一样,因为担心儿子,之前已经化解的埋怨和愤怒又起来了。这些情绪会在前夫心里勾起怎样的情绪?人们常说,"予人玫瑰,手有余香",这是因为玫瑰是芬芳的,能给人一份好心情，而充满埋怨和愤怒的言语，能带来正面的改变吗？

云子有些后悔，她走到前夫门口，想把信拿回来，却发现信已经不见了，前夫的房门是关着的。刚才是不是有人出来过，拿走了信，是新妻子还是前夫，云子不知道，她刚才可能太入神了，把身边的世界彻底忘掉了。

云子叹了口气，要是这样，也就只能随缘了。

人的命运，总是在一件又一件不经意的事情中累积的。而命运之手，在接下来的剧情中，又会把她和儿子推向哪一个节点呢？

她怀着满心的担忧和伤感，再一次将目光投向远处的夜空，似乎那个辽阔的所在能给她无穷的力量。而她也确实在一种寂静中平静了下来。

沸腾的心，终于能得到休憩。

这场心灵的战役，她又险乎乎地胜了一局。

53

果然，信件并没有达到预期的效果，三人间的尴尬有增无减，因为儿子的情况一直没有好转，新妻子也不再压抑心中的不满，开始有了抱怨，对云子的态度也不再像过去那么客气。三人间的关系便越来越紧张。儿子看在眼里，情况越来越糟糕，他长时间地锁着门，连妈都不让进屋。吃饭也是有一顿没一顿的。有时，云子把饭菜放在他门外，可到了下一顿，他门口的饭菜还是纹丝不动。持续了几天后，云子只能说服前夫，同意她带儿子一起搬去一个临街的电梯小区。儿子虽然不回应，但终究还是接受了。也许他是心疼妈，却不肯表现出来；也许他是抗拒空气中的尴尬和紧张，害怕它们会加深他内心的不适感；更也许，两种都有。

云子发现，孩子的心紧张到极点，脆弱到极点了，他经不起一点变化，更经不起那种随时有可能爆发矛盾的氛围。他似乎一直都在戒备，戒备着他无力应对的种种现象，戒备着内心产生的种种痛苦。而对于他来说，最好的戒备就是进入游戏世界。当他沉浸在那个他能灵活应对的世界时，现实世界里所有的陌生带给他的刺激，他都可以关在心外。

慢慢地，云子有点明白孩子为啥对她不满了——孩子的心其实是矛盾的，他对爸是既有怨恨，也有爱。怨恨其实是更深的爱。觉得理应得到的父爱却始终得不到，他才会怨恨爸爸。可同时，他又关爱着爸爸，他希望父母是和睦的。所以，每当妈跟爸争吵，或彼此间有一种莫名的冲突感，儿子就会觉得非常痛苦。这种痛苦根植在他的记忆深处，他对妈表面上的反抗，其实针对的并不是妈，而是内心深处的某种感觉。云子渐渐理解了儿子的心情，委屈和迷惑就消失了，剩下的只是心疼和无助。她不知道怎么帮助儿子，怎么让儿子化解内心深处受到的伤害。她从来没有想过，自己认为理所当然的宣泄，竟然对儿子造成了这么大的伤害。她非常后悔，后悔在儿子面前跟丈夫吵架，后悔给儿子留下噩梦般难以消解的回忆。但一切都已经发生了，再后悔，再自责，也改变不了什么，她只想知道该怎么补救，怎么修复孩子纯真快乐的心。

她开始在雪师的书里寻找答案，但无论哪一种答案，都只能帮助她解除自己的痛苦和迷惑，帮助她理解自己的孩子，没办法直接为孩子解除苦恼。她突然理解了雪师在书里谈到的孤独——在儿子面前，她是孤独的；每一个得了病的孩子的母亲，都是孤独的；每一个所爱之人生活在痛苦里的人，都是孤独的。因为他们都想拯救对方，但到头来却发现，他们能够拯救的，其实只有自己，他们想救的人，终究要自己觉醒，自己找到救赎。但雪师书里还有一段话，让她看到了希望——每个人只要救了自己，就能照亮他人。

她想，如果自己内心的光明足够明亮，她是不是就能照亮孩子封闭的心？

令云子稍微感到欣慰的，是孩子终于肯好好吃饭了。云子觉得，这是一个好开始，哪怕改变微乎其微，也算是一个改变。是改变就好。

公寓离前夫家并不远，孩子的爷爷奶奶要是想见孩子，过来也很方便。只是，每次爷爷奶奶过来，孩子都关着门，不见面，爷爷奶奶便只能放下买给他的东西，跟云子聊上几句，问问孩子的情况，然后就回去了。次数多了，爷爷奶奶就不来了，母子俩就与世隔绝地生活在这个寂寞的小区里。虽也清净，但有时想起西部，想起儿子被接来的原因，云子还是会感到唏嘘。

云子发现，世界上的事，有时确实说不清，从一点发射到远方的线，到底会沿着怎样的轨迹发展，有时有迹可循，有时又有太多的变数。孩子好转过好几次，每次云子都看到了希望，以为事情从此会向好处发展，但总有一些不期然的事，让他重新回到那个封锁的空间里。那些事的出现，究竟是必然还是偶然？她不知道。但她知道，在西西弗斯还没有被判刑时，他其实有很多选择，每一种选择，最后形成的结果可能都不一样。

云子有时觉得，每个人的人生都像西西弗斯推石头，很多人都在为了改变命运而努力，都在用力把石头推上山，可接下来，那块大石头到底会突然砸下来，还是顺利地突破最后一重障碍，立在山顶上？说不清。

记得雪师在一封信里说过：

> 谁有谁的命运，你是谁，就会有谁的命运，火有火的命运，泥巴有泥巴的命运，宇宙有宇宙的命运。对于这一点，我毫不怀疑。火，它向上、温暖、蔓延，直至熄灭；泥巴，低调、朴素、厚重、包容一切；宇宙，浩渺、深邃、湛寂、苍茫。每一种事物，既有自己独立的特性，又有与万物同一的共性，正因为如此，所有这些事物，才会构成一个更大的事物——你中有我，我中有你，大家相互依存，相互陪伴，每一个"我"和"你"既有各自的命运，又有共同的命运。所以，当我遇见你，被你所说的那些他们称为"真理"的话感动并俘获时，我其实是被自己心中的那些"真理"俘获了，而这些"真理"，其实是自从有了我，就一直存在于我心中的。只不过，那时它是它，我是我，我们是平行的两条线，各不相干，互不相扰，就像这个世界上最亲密的陌路人，直到遇见你——我命定的有缘人——你斩钉截铁的那声"记住：你就是他！就是她！就是它！"时，我才宛如被电击一般，大梦初醒。记得，大梦初醒后，我就变了，变得比原先丰沛了、鲜活了，也更容易被感动了。
>
> 而这一切，发生得那样自然而不露声色。

云子想起雪师常说的"命由心造"，无论是自己还是儿子，都必须改变了心，才会有另一种命吧？雪师说的火的命运、泥巴的命运、宇宙的命运，云子都很向往，她希望自己既有泥巴的低调、朴实、包容，又有火的向上、温暖、蔓延，也有宇宙的深邃和浩渺。如果人格达到这种地步，儿子就会慢慢受到熏染吧？但当务之急，还是要想办法，让他从游戏世界里走出来，否则，熏染他最深的，就是那个充满了暴力和浮躁的世界，这对他的恢复定然没有好处。

云子非常希望儿子的心能清澈一些，她记得，刚来重庆那会儿，儿子每天清晨跟着自己一起散步，一起吸收大自然的气息，一起积极面对社会，情况好转了不少，至少他愿意离开网络游戏，回归现实生活。可就是因为三人之间的尴尬氛围，孩子出现了反弹。甚至在只剩他们两人生活的时候，孩子也还是没有恢复过来。孩子的心似乎上了锁，钥匙也被他丢在了某个看不见的角落里。最重要的是，孩子自己不愿开锁，他面对最爱他的妈妈仍然充满了抗拒，仿佛已经下定决心，要跟这个世界彻底隔离。

云子有时会想，难道孩子心里真的没有温度了吗？难道以前她感觉到的那个小火苗，已经在孩子的生命里熄灭了吗？她给孩子的那么多温暖，难道孩子都感觉不到吗？难道孩子没有发现，她一直记得他爱吃的东西，一直记得他的生活习惯，一直把他生活的空间打扫得干干净净，让他生活在一种洁净清新的氛围中吗？难道孩子生活在这样的温暖和爱里，却一点都感受不到吗？孩子的感受力被什么东西夺走了？是沉迷游戏带来的浮躁，还是内心的不满？或者两者都有？但最根本的症结，还是接受不了父母在情感和关系上的变化。

云子心里很焦急，却知道，治愈儿子的根本是照亮自己的心，让自己的心散发出安详的力量，用这种力量来磁化儿子。

云子反思自己，为什么刚来重庆时，儿子愿意跟她去做很多事，后来却不愿意了？真的只是氛围导致的吗？她发现不是。影响儿子最深的，还是自己的变化。那时，她每天都怀着一份美好的心情，恬淡而清澈。她的眼中有一个美好诗意的世界，每一个雨点，每一缕风，每一声鸟鸣，每一束阳光，都是她的完美生活。她没办法为儿子创造一个完美的世界，没办法给儿子一个春天，就只能把自己的心变得更加完美，变成一个充满生机、希望和诗意的春天，让儿子进入自己的世界，激活他心中的春天，让他心中的诗意萌发，让他的心在春风轻拂中，渐渐恢复柔软和快乐。那时，他就会明白，不是生活剥夺了他，而是他没有足够圆满的心灵，去赋予生活美好。在给予和索取之间，只有心灵强大的人，才有选择前者的权利，也才可能通过给予，为世界奉献美好。

然而，这对云子来说，也只是一种感悟，云子在生活的假象面前，还是渐渐地迷失了自己，也加重了儿子的迷失。这也许是儿子病情反弹的另一个原因。

现在想想看，与前夫的争执也好，与新妻子的尴尬也好，不都是梦一样的记忆吗？她沉浸在记忆中冻伤自己，儿子才会感到寒冷；如果她不觉得受伤，用阳光般的坦荡去面对前夫和新妻子，儿子又怎么会因为心疼她，加重自己的心病呢？人不能改变外境，却一直在影响着外境。

云子知道，自己并没有放下，内心也没有那么强大的能量，潜意识里自己还是一个受害者，所以，行为高不过自己的潜意识。无论她怎么用语言文字表达阳光与淡然,自己的内心能量并不能与之匹配,于是,现实就冷冰冰地呈现给她看,让她知道,说出来的不是真,活出来的才是真。

越是反思,云子就越是懊恼,觉得自己做错了许多。她这才明白,为啥人们总是强调原生家庭。所谓原生家庭,其实就是父母的心和习惯。如果父母的心不能自主,习惯释放负面情绪,最后受伤的不只是他们自己,也定然有孩子。从一个家庭建立开始,家中所有人的命运就成了一个复杂的集合体。每个人的命运,都在直接牵动着其他成员的幸福。

外面的世界充满喧嚣和变化,但在这所公寓里,时间却仿佛凝固了。

这种凝固最可怕的地方,在于它似乎失去了传输信息的作用。云子接收不到儿子那里传来的信号,儿子也接收不到妈传送的信号。仿佛他们生活在两个宇宙里,彼此可见,却都听不到对方的声音,感觉不到对方的气息。在那块沉默的土地上,在那个荒芜的、就像冷酷孤岛般的星球上,无论云子如何努力,都无法种出希望的庄稼。

更叫云子心疼的,是孩子的每一次锁门,每一次对虚拟世界的沉迷。那种痛楚会迅速传遍云子的整个心灵世界,让她陷入无助和迷茫。

儿子定然知道,自己的每一次自我放逐,对云子都是最大的伤害,至少在他内心深处某个隐秘的角落,他隐约能感受得到。他只是不敢去面对,也不知道该如何面对。他并不知道,只要他尝试接受眼神交会,尝试接受言语交流,打开心里的那扇门,让妈妈走入他的心灵世界,发现他内心的美好和残缺,跟妈妈一起成长,他就会慢慢地好起来。可他却在逃避中，让生活、自己和妈妈，都变得一片荒芜。

云子很着急，她可以感受到儿子在无声中的呼唤和抗议，而她却无能为力。无奈的她，总像是坠入无边的雾霭，找不到前进的方向。

她想起自己曾经给儿子写过字条，说她会做儿子的启明星，指引孩子前行，可方向究竟在哪里呢？她该往哪里引导她的儿子，他才会勇敢地往前走呢？她不知道。但她没有放弃，她的爱就像冬日里的一缕阳光，虽然微弱但却温暖，也很坚定。

在无条件的爱中，她选择了理解和等待。她相信，给予儿子足够的时间和空间，是帮助他走出内心困境的唯一方式。

因此，她不与儿子正面冲突，不强迫他做任何事，只是默默守在他身边，就像守护一座没有光的灯塔，期待着有一天，他能点亮灯塔，找到通往外界的道路。

在那个布满尘埃与记忆的家里，云子与儿子的生活，像是一首缓慢展开的，写满疼痛和寻觅的叙事诗。儿子的每一次眼神转动，每一次情绪波动，都如同深海里的暗流，让云子感到无比的茫然和无助。她时常陷入深深的自责，泪眼朦胧地回想过去，试图在回忆的碎片中找到失去的希望。

那时，儿子还没完全感受到家中弥漫的迷雾，生活还保持着某种表面的平静。儿子早出晚归，在学校和补习班中度过每一天，本来还能勉强维持学业，可后来，家庭变故，他的情绪渐渐崩溃，又被几个中学生堵在巷子里，不但零花钱被抢走了，爸爸给他买的皮鞋也被划破了。爸爸离家之后，过去送给他的所有东西，就成了爸爸的替身，他每次穿着它们，用着它们，就会觉得爸爸好像还在身边，还能感受到爸爸的余温。皮鞋被划破的那一刻，他幼小的心灵也崩溃了，似乎心里的某个东西，也随着被划破的皮鞋一起破碎了。虽然他并没有被打伤，但那次经历却成了他的梦魇。就这样，他渐渐地开始逃避世界，陷入了自我封闭的生活。

云子人生中真正的低谷，就是在这个阶段出现的。

54

在一个充满忧郁感的冬日黄昏，云子坐在老式沙发上，手中握着一张泛黄的照片，上面是儿子小时候的笑脸。她的思绪也飘向了那个似乎已遥不可及的过去。外面的风通过半开的窗户，带进了几片落叶，它们在空中轻盈地旋转，最终落在了冷清的地板上，像是她和儿子之间日益拉长的距离。

那种从天堂到深渊的绝望感，云子深有体会。她想，孩子的内心或许也遭受过这样的打击，否则，他不会将自己囚禁在无形的壁垒之后。

云子回想起很多年前，自己曾经生病住院，儿子当时还小，但非常懂事，而且非常细心体贴，很会照顾妈妈。他整天陪在妈妈身边，帮她倒水，帮她削苹果，帮她整理被子。有一次她醒来，看见儿子正趴在她身边，一动不动地望着她，大眼睛里写满了担忧。见她醒来，儿子就小声问她怎么样了，还难不难受。他说，妈妈睡着的时候紧皱着眉头，他怕妈妈身上疼，又不敢吵醒妈妈，想让妈妈多休息。云子一听，心里就像碰倒了一罐温热的蜂蜜水，舒服极了。

那感觉，云子至今还清楚地记得。她当时就对前夫说，儿子比他强多了，将来，儿子肯定是她最坚实的依靠。可现在……她看向儿子紧闭的房门，想象着房门背后正在打游戏的儿子，还有那张没有表情的脸，那双倒映着不断变化的游戏画面的疲惫的眼睛，不由得叹了口气。房间里很静，外面那棵巨大的梧桐树在风中摇晃着，树叶发出沙沙的摩擦声，这样的日子她本该觉得很美，可心中的忧虑让一切都变了样子，所有的寂静都变成了萧瑟。她的心在萧瑟的氛围中颤抖着，觉得自己在辽阔的天地间，竟像枯叶般没有依靠。

她不禁再一次思考，如果儿子一直和她在一起，没有离开，他们的世界会不会跟现在不一样？她觉得一定会的。也许，儿子的心墙不会如此坚固；也许，他的眼神里还会保留一抹童年的纯真。

每当想到这一点，她就忍不住埋怨前夫，更埋怨自己。

因为她深知，儿子一直不想离开她，如果不是她让儿子跟爸走，儿子就算想念爸，也不会抛下她的。在新家的不适应，可能是儿子逐渐与现实疏离的原因之一。在爸那里，他得不到父爱的温暖，也得不到父亲的理解和指引，有的只是同处一室的陪伴，和像过去一样的物质给予。他面对新家、后妈的陌生感，他无法接受家庭变化所产生的迷惑和无助，爸都视而不见。爸甚至不把自闭症当一回事，只觉得是小孩子的情绪问题，时间久了，自然就不成问题——他觉得，自己不也是从这么大成长到现在的吗？他小时候不是也不开心过，也无助过，但都挺过来了吗？他的儿子当然也能做到这一点。这就是爸的木讷。爸不知道，虽然都是男人，虽然儿子身体里流着他的血，但跟他是完全不同的两个生命。儿子情感细腻，敏感胆怯，懂得给人温暖，同时也非常容易受伤。他习惯生活在妈的关爱中，习惯依赖妈，没有任何过渡就开始另一种生活，儿子感受到的只有失落无助，而不是自由和广阔。他缺乏安全感和心灵依靠，又不知道如何获得，最后就只能回到虚拟世界里，借助简单机械的操作舒缓自己的情绪，借可以掌控的剧情让不安的心得到安慰，让自己拥有一种暂时的归属感。但也因此，他失去了跟现实世界的连接。当然，跟他一起打游戏的，也是现实世界里的人，可他们跟他一样，之所以总是待在游戏世界里，就是为了逃避现实，忘掉各种各样的不如意，感受一种虚幻的存在感和价值感，把游戏中自己的命运握在手里。

于是，云子的心灵之旅也变得更加曲折和复杂。因为，她只有通过不懈的努力、无限的爱，才可能打开通往儿子内心的大门。而且，她必须找到一种方式，既不让他感到被强迫，又能让他回到现实生活中来。

她决定学着打游戏，尝试与儿子在虚拟空间中建立联系，同时在现实生活中创造更多温馨和轻松的时刻，让儿子感受到家的温暖。对云子来说这很难，她连手机游戏都不会，但为了儿子，她学会了网络，学会了搜索，学会了很多过去她不会的东西。她完成了一个又一个挑战，仅仅是因为心里的那份爱。她相信，只要心中有爱，就没有跨不过去的鸿沟。

在这个充满隐喻与象征的世界里，云子和她的儿子，如同两叶风暴中摇摆的孤舟，时而靠近，时而远离。儿子的心灵像是被冰封的荒原，寂静而荒凉，连一丝生机都难以寻找。云子的爱则如同远方的灯塔，光芒虽然微弱，却坚定不移。它时刻等待着那个迷路的孩子，它知道，自己总有一天会等到他。那时，它会引导他穿越心灵的迷雾，找到归家的路。

瞧，云子坐在儿子的房门外，手中拿着一杯热腾腾的牛奶，轻轻敲着门，声音温柔而坚持。门内，儿子的沉默如同厚重的墙壁，冷漠地隔绝了所有的温暖和关怀。但云子还是没有放弃，她的心中充满了对儿子深沉的爱与不灭的希望。

"孩子，妈妈在这里，不管发生什么，我都会陪着你。"云子的话语，充满了情感的力量，试图穿透那扇紧闭的门，融化孩子冰封的心房。

房门里，儿子的心不断纠结，一个他想要回应，想要走出房门，想要投入云子的怀抱，想对妈说"对不起"；另一个他却害怕受伤，害怕失去，恐惧不安。两种声音在他的心灵深处纠斗着，他内心的战役一触即发。他只有重新投入虚拟游戏，让游戏中的声音掩盖他内心的呼唤，把渴望救赎的心，交给这个实质上陌生他却觉得非常熟悉的游戏世界。但他明明知道，自己其实孤独绝望，内心渴望被理解，渴望被爱，只是不知道如何表达，也不知道如何接近，只好推开那近在咫尺的手，让彼此远在天涯。他也想知道，自己如何才能超越这种灵魂纠斗，勇敢地走向光明，走向妈妈。

55

在一个充满了未说出口的话语，和默默忍受的痛苦的静谧夜晚，云子坐在桌前，笔尖在纸上轻轻跳跃，描绘出她内心深处最真实的感受。她的心，如同被遗落在冬日枯枝上的最后一片叶子，颤抖而又不肯轻易飘落。她写着写着，泪水便模糊了视线，而泪水背后的那份爱，却洗涤着她的心灵。

信的内容，如同一曲悲怆而又充满爱意的挽歌，缓缓流淌在安静的夜空下。

儿子，能告诉我，最近你究竟是怎么了吗？你为什么不理妈妈？是妈妈哪里不注意，伤害了你的感情，还是什么原因？还是妈妈在什么事情上没理解你，让你失望了？如果有，你告诉妈妈。从小你什么都跟妈妈说，现在是你最需要妈妈的支持和关怀的时候，你怎么反而不说了？你为什么要在我们之间筑起一堵墙呢？

你放心，不管你跟妈妈说什么，不管你有什么想法，妈妈都不会反对你，妈妈相信你有自己的理由。妈妈也相信你有自己的智慧。只是，你长大了，想法也许跟小时候不一样了，你需要跟妈妈沟通，妈妈才能知道你怎么想，也才懂得怎么支持你。好吗？不要对妈妈关上心门，也不要跟妈妈保持距离，好吗？你记得你小时候，妈妈给你写过的那些字条吗？妈妈告诉过你，不管你是什么样子，不管你去哪里，妈妈都会陪伴你，支持你，关爱你。现在也是这样，你永远是妈妈最爱的儿子，也永远是妈妈最重要的人。

最近，妈妈总是想起你小时候，那时候你总是跟着妈妈，叫妈妈给你念书，叫妈妈给你唱歌，叫妈妈陪你打乒乓球，叫妈妈陪你跑步，叫妈妈陪你去动物园看大白熊。你还记得吗？

妈妈很怀念你那时的快乐和笑容，你能再笑一次给妈妈看看吗？妈妈就快不记得你笑的样子了。

孩子，不管你有什么苦恼，记住，妈妈是你的避难所，妈妈会陪你读书，陪你散步，陪你看月亮看星星，陪你去爬山。你以前说过，你想看看大海，妈妈也可以陪你去，只要你愿意走出去，拥抱大自然，拥抱这个现实的世界。

孩子，不管现实世界有多少你看不懂的事，不管你在现实世界里碰多少次壁，都会过去的，你会慢慢地学会这一切，然后变得越来越有智慧，越来越快乐安宁。现在的所有恐惧不安，将来都会过去的。不要害怕好吗？妈妈会陪着你一起走，人生中的春夏秋冬，我们都一起去经历，去经受考验，好不好？我们一起做灿烂的夏花，做高洁的冬梅，做沉淀后的秋叶，好吗？

孩子，不要关上心门。

那么久了，你一直不跟妈妈交流，妈妈非常自责，非常难过，也非常疲惫。这份自责和迷惑太沉重了，妈妈有些跑不动了，你能原谅妈妈，拉妈妈一把吗？妈妈没有别的期待，你可以做自己想做的任何人，也可以做自己想做的任何事，妈妈只希望你开心、健康，不要封闭自己，跟妈妈像以前那样亲密无间。

虽然妈妈不知道怎么往下跑，但妈妈永远等着你，不管发生什么，妈妈都相信，你会跟妈妈和解的。孩子，我等你，等你像以前那样，纯真快乐地欢笑。

"孩子啊，你是在哪里迷路的？"放下手中的笔，将信放入儿子的门缝后，云子轻声自语，声音里有着无尽的爱与思念。

她再一次想起儿子童年时无忧无虑的笑容，为那份纯真的快乐变得如此遥远感到愧疚自责，如果一切可以重来，她一定不会再疏忽，一定会跟儿子一起，共同建立强大自主的心灵世界，让他不要轻易迷失在暗夜里。

而如今，儿子和她渐行渐远，像是两条平行线总是无法相交。她试图穿越那看不见的鸿沟，但每一次尝试都像在无尽的黑暗中摸索，她触碰不到他心灵的边界。就像信里所说的，她有些跑不动了。可她就算多么疲惫，多么迷茫，多么无助和无奈，这条路她还是会跑下去，不管晴天还是雨天。因为她知道，儿子灵魂中的那个小孩，还蹲在黑暗里等着她，脸上挂着擦不干的泪痕。就像儿子小时候的某天，因为贪玩在小树林里迷路，天色渐黑他怎么都找不到出去的路，只好蹲在一小片开阔的地方，一边哭，一边轻轻地念叨着喊妈妈。云子这时正心急如焚地找他，绕过好几棵树，终于在月光下的那片小小的空地上，看到了正蹲着哭泣的他。

云子一想到那时的儿子，心里就会疼痛，她就对自己说，一定要找到那个密钥，让儿子重新向她敞开心扉。

云子并没有想到，人有时是没办法说永远的，因为生命是有界限的。身体正在悄悄地向她发出警报，而她却因为被儿子占据了所有心思，忽略了自己的身体。她并不知道，生命将进入一个更艰难的境地，她的灵魂将经受更猛烈的叩问，她和儿子的关系也将进入一个新的阶段。

生命中的得失总在变来变去，不变的，是她那颗不停寻觅的心。

56

在儿子自己构建的虚拟世界中,屏幕上闪烁着各种游戏场景,儿子的手指灵活地在键盘上跳跃,他的表情随着游戏中剧情的起伏而变化着,时而紧张,时而放松,但始终没有离开他认为最安全的空间。

云子静静地站在门口,眼神穿过房间里弥漫的蓝光,落在儿子的身上。她的心中充满了无尽的爱与担忧,她试图理解儿子的世界,但那扇门似乎永远关闭,她触摸不到他的内心。

儿子的生活仿佛只围绕着虚拟空间旋转,他对现实世界的事物不感兴趣,更不愿与人交流。某次,云子好不容易把儿子叫出去,到他小时候最爱的餐厅吃饭,跟他分享生活中的小确幸,但他却始终低着头,像是听到了,也像是没听到。食物在他的嘴里也像走了个过场,云子看不出他像小时候那样,吃出满心的喜悦。那是一次失败的尝试,这些年里,云子经历过无数类似的失败。每一次尝试,她的心都如同波涛中的小舟,难以抵达彼岸,在突然汹涌的大浪中沉入湖底,留待她在接下来的深夜里,一个人慢慢打捞。

站在儿子门口,静静地看着儿子,已成了云子的习惯。每天,她说不清有多少次,就这样站着。时间一分一秒地流逝,但她并不觉得是虚度。她觉得,就算要努力上一辈子,她也会这样努力下去。要是白发苍苍了,她就拄着拐杖,继续这样站着。但一想到,儿子有可能这样过一辈子,她就觉得难受极了。

为了早些把孩子带出虚拟世界，云子加紧了游戏的学习。因为要陪着儿子，她没法出去找人学，只能自己摸索。这花了她好些时间，幸好有朋友的孩子也玩这个游戏，她就加了朋友孩子的微信，一点点学。那孩子脾气也好，还跟她开视频，专门手把手教她。就这样，两个月的艰苦学习之后，她终于掌握了基本的技巧，能在游戏世界里陪伴孩子了。她想，哪怕孩子不说话，他们也可以通过游戏来交流，假如能在儿子的世界里找到共鸣，也许就能在他的心上修一座桥。要是孩子愿意跟她一起吃饭，她就会把手机上看到的有趣新闻、有趣图片，一张张翻给孩子看，试图点燃他对现实世界的好奇心。

但平日她最爱做的事，还是打开那本旧相册，看她与儿子共同生活过的痕迹。那里记录了儿子从稚嫩到长大的很多个瞬间，包括得了自闭症之后。但其实，儿子小时候的每一个笑脸、每一次撒娇，云子都珍藏在记忆里，当作生命中最美好的记忆。正是在相册里，云子清楚地看到了儿子的变化，看着他如何从无忧无虑，变成一脸漠然，看着他们之间的亲密无间，如何一点点出现了鸿沟，然后最初那微不足道的鸿沟，又如何越来越宽、越来越深。云子尝试过无数次跨越这道鸿沟，但每一次都像撞在了一堵无形的墙上，她的心越来越疲惫，越来越无力。孩子的世界对她来说像是一个密闭的迷宫，无论她如何努力，都找不到那个能让他们重新相连的出口。孩子的冷漠态度像是一根根刺，刺入了云子最脆弱的心灵。她知道孩子并不是故意的，他只是在寻找自己的方向，试图以自己的方式面对这个复杂的世界。但这一切对她来说，都如同沉重的负担，让她的生活变得艰难而沉重。每次看，云子的心中总会充满复杂的情绪，眼中总会有泪水溢出。她就会一边流泪,一边轻轻抚摸那些照片,仿佛通过这些冰冷的相纸,能触摸到孩子曾经的温度。

儿子,这两个曾经让她心湖荡漾的字,如今却成了她心中最深的痛。

信件还在继续,云子依旧在每一个清晨等待奇迹的发生。

57

在一个被阴霾笼罩的世界里,云子孤独地站在生活的十字路口,四周是无尽的黑暗与寂静。她的心中充满了无助与绝望,仿佛被无形的力量,困在一个永无止境的旋涡中,每一次挣扎都只是徒劳。

失落越来越浓,她觉得生活越来越艰难了。沉浸在自己世界里的儿子,不但拒绝世界上的任何一个角落,也拒绝了她——他跟这世界最温暖、最安全的联系。

于是,那曾是她生命中最柔软的闪亮的儿子,如今却成了她的梦魇——她无数次伸手去触碰,却总像是碰到了一团幻影。手指触到的瞬间,它便破碎成一个个光点,消散在她灵魂的夜空里。然后,在一个遥远的地方重新凝固,凝聚成一个小男孩的样子。那孩子远远地看着她,总是跟她保持着一定的距离。

儿子,成了飘摇在夜晚河面上的月亮,还有那一点点闪烁的星光,寄托着回忆中一切的温馨和美好,却又如此地无法触摸,无法牢牢地揽入怀中。与虚空搏斗的云子,渐渐地失去了力量。她的心也被那战斗牵引,忘掉了清澈的夜空,忘掉了清澈的溪流,忘掉了充盈世界的那股淡淡的香气。她也在心灵的世界里沉沦了，跟她的孩子一样。她成了另一种意义上的孤独症患者。

她想起有一部小说里，有个刚失去孩子的男人，他很想跟别人说说内心的痛苦，但他找不到一个倾诉的地方，最后，他只能跟他的马诉说。云子觉得，就算她能找到那个倾诉的树洞又如何？她的一切宣泄，都带不回儿子的健康和快乐。她可以把心事付诸夜空，付诸抚摸她皮肤的每一缕风，可儿子呢？儿子为何要压抑那简单的心事，为何不能像她那样放下，开始新生活，享受简单美好的快乐？若是儿子有她的基因，是她骨血的结晶，却为何不能像她那样，诗意地徜徉在生命之河？

星星，我的孩子。她在内心深处呼唤着，苦涩心绪就像枝头那片摇晃的叶子，她的命运，真像她的名字那样，变成一片叶子了。海面上漂荡的叶子，何时才能回归命定的航向？当然，她此刻奔赴的，便是她命定的航向，她想，若是此生只为拯救儿子，也许她就是为拯救儿子而生的。她将每一个日夜都赋予了这个意义，将每一点心绪都投入了这个工程，可他，她的儿子，何时才能融化内心的坚冰？

她觉得，自己正在失去那个曾经天真活泼的孩子，她越来越害怕。她试图把手抓得更紧一些，可那孩子已经化成了脚下的湖水，清澈地倒映着她的一切，却无法被她把握。岁月可就是这样吗？她轻声地问着。也许就是这样。她再怎么在乎这孩子，其实都无法把握。她的心里呼啸着冬夜的风，一丝丝的严寒切割着她的心。没有鲜血，没有伤口，一切都在无形无相的世界里发生，却又有着深入骨髓的真实。

可她,她还是那个推着石头的人,带着一点执拗,为瘦弱的双手注入她本不可能拥有的力量。她一步一步往前迈进,一步一步,迈入人生的下一页,或许,也正迈入灵魂的战斗史。

在无数个不眠的夜里,她守着窗外的月光,思考着儿子的点点滴滴,思考着自己还有什么没有做到,什么做法应该坚持,如何才能照亮他的世界,如何才能让他看到生活的美好。她的思绪在夜晚微凉的空气中飞舞,在无形无声的世界里,画下了一个个美丽的弧线,但她并不在意。她的眼睛里只有爱,她的手是为爱伸出的。哪怕一下下打捞,都只像竹篮在捕捉水面的月亮,她还是要打捞下去。她相信,只要儿子的心中还有一丝光亮,她就能重新点燃他内心的火焰。

于是,云子开始在生活的每一个角落点燃希望的灯火。她用爱心准备每一顿饭,用温暖的话语填满每一张便条,用无尽的耐心等待每一个可能的转变。她在儿子的房门前放下一盏小灯,象征着无论孩子的世界多么黑暗,家都会为他亮起一盏灯,告诉他,该往哪个方向前进。

在一个悠长的午后,阳光透过窗帘的缝隙,斑驳地洒在安静的客厅里。云子坐在柔软的沙发上,手中捧着那本已经翻阅过无数次的相册,但她的心思早已飘到了别处——那扇紧闭的门里,儿子的世界,一个她越来越难以触及的领域。

她只有轻声地呼唤,在微微的睡意中,将心事托付于虚空,让虚空消解她的一切,包括烦恼和她自己,只剩那份虚空也无法粉碎的爱意。

半夜里,那扇门背后发出了响动,似乎是儿子微微的抽泣声。

云子一下从沙发上爬起来，轻声走到房门外。她没有试着转动门锁的扶手，她怕惊扰孩子。她只是坐在门外的地面上，轻轻对门里那个她牵挂着的身影说："儿子，妈妈知道你现在不想跟我说话，也许我真的做错了很多事，触碰到了你不想面对的东西。但请你相信，妈妈永远爱你，无论你面对什么困难，我都会在这里，等你准备好了，我们可以一起面对。"

云子的声音虽轻，却充满了力量，穿过厚重的门板，直达儿子的心房。那一刻，儿子蜷缩在床上，泪水悄无声息地滑落。他的心中充满复杂的情绪——他生理上反感妈妈过于亲昵的言行，情感上却很想回应妈妈，很想重新投入妈妈的怀抱，很想回到近在咫尺的幸福生活中，重新把握平凡简单的美好。但他不知道被什么控制了，妈的痛苦就在眼前折磨着他，他感到深深的自责和愧疚，却又无可奈何。他只有蜷缩在床上，任泪水悄无声息地滑落。心里有一种冲动，让他很想打开电脑，开启游戏，再一次躲进游戏世界里，让游戏的嘈杂消解他一切的烦恼，可另一种强大的力量，又在阻止他这样做。他无比厌倦这种逃避，他很想像个有担当的男孩那样，把妈从痛苦中打捞出来，而不是让妈在痛苦中越陷越深。

妈明白儿子的心吗？内心深处的某个地方，她是明白的。但与其说明白，不如说相信。她始终相信儿子的善良，相信儿子本质上还像小时候那样，细腻敏感，只是有些内向，永远爱着、关怀着他的妈妈，无论他有怎样的表达。这也许是一个母亲盲目的信任，更可能是母亲内心深处的期盼。她一丝一毫都不愿相信，儿子被浓浓的泥沼吞没。就算儿子陷在烈焰之中，她也会毫不犹豫地冲进火里，甚至不为相信自己能救儿子，只是为了一份高于生命的爱。

但儿子即便触摸到这份爱，也只是本能地抵触着外界的触碰。外界向他伸来的每一条小小的触角，都在加厚着他心中那堵无形的墙壁。所以，云子每次试图与儿子交流，试图了解他的心事，都只能得到更久的沉默和隔离。

云子在门外的地板上坐了许久，直到门那边传来微微的鼾声，她才回到沙发上躺下，却再也没有了睡意。腿上的酥麻一阵阵传来，就像电击。但云子想，比起儿子活在黑夜里的疼痛，这点不适算什么呢？如果不能陪伴儿子，将儿子从黑夜里带出来，就陪着儿子一起痛吧。她在一阵阵过电般的酥麻中，望着天上的月亮，不知不觉，融入了一种略带痛感的宁静。水波般的暖意涌来，云子沉沉地睡去了。

天微亮时，她醒了，简单冲了个澡，洗了个头，便再次望向儿子的房间，房门依旧紧闭，房里没有一点动静。她到厨房做了早餐，是儿子小时候最喜欢的煎蛋火腿三明治和牛奶。这几年来，儿子吃什么都差不多，似乎吃与不吃，于他已不再重要，只是维持身体的需要而已。但云子还是相信，过去的那份爱，还是留在儿子生命中的某个角落。她想，如果一直用旧日的美好记忆去提醒儿子，让他想起那些简单美好的日子，他是不是能从厚重的黑夜中醒来呢？

云子总是这样，总是用微弱的希望，支撑着她的信念。但这点微弱的希望，已经像黑夜中的星光，照亮了她的暗夜，让她能一直走在自我救赎和救赎儿子的路上。

孩子，她又在心里念叨着。

按雪师书里的说法，这是一种执念，非常坚固的执念，也是所有母亲都很难破除的执念。雪师说，女人的母性，是一种天生的无我奉献精神，几乎所有母亲都能为了孩子放下自己的一切，甚至包括自己的梦想和自己向往的生活，但与此同时，几乎所有母亲都很难放下自己的孩子，除非她们心中有一个比孩子更高的东西，比如信仰。

云子不知道自己有没有信仰，也许孩子就是她的信仰。她觉得，孩子比自己的生命更重要，为了儿子，她放下了别的一切痛苦和烦恼，所有生命都投注在儿子身上。然而，她的快乐因为儿子的痛苦而消失了，很多时候，她的心都会堕入跟儿子相似的黑暗。人们说，这是量子纠缠，但她只把这种感应当成爱的连接。她也相信，爱的另一端，定然是儿子对她的爱，哪怕这份爱被冻结在厚厚的迷茫之中。

有时候，母爱也会让人感到沉重。当云子半夜坐在儿子的房门前，当她被儿子的任何微小动静牵扯神经，当她总是小心翼翼地问儿子妈妈做错了什么时，累的不只是她。星星也会感到疲惫，但他知道这是妈妈的爱，所以他既感到沉重又觉得愧疚。云子的母爱像一棵树荫过于浓密的大树，遮在儿子的头上，让他感到安全，也让他透不过气来。一个园丁，不能用显微镜时刻盯着自己的花儿，过度的关注会使花儿枯萎。母亲的爱应该是细腻和粗放兼有，特别是对男孩子，母亲哪怕爱得粗放一点也无妨，比过于黏腻要好。一个母亲，心里想的不仅仅是怎么好好爱儿子，更重要的是怎么让儿子独立强大。

房里传出儿子坐起来的声音，云子走到门口，轻轻地放下早餐，然后小心翼翼地敲响房门说道："儿子，早餐放在门外了。要不要去公园散散步？今天天气很好……"她还没说完，房门后便传来沉闷的回答:"不要。"云子的心又是猛然一痛。不过,即使是拒绝,也仍是让她意外地惊喜了,毕竟,儿子回应了她。只是,她还是心痛了,不只是儿子的拒绝,更是拒绝背后的抗拒和绝望。儿子为什么要拒绝呢?美好的阳光,美好的树林,美好的花丛,美好的小草,美好的空气,美好的小亭和石椅,一切都这么好,孩子,你为啥要拒绝?你难道没发现吗?只要你踏出第一步,再踏出一步,一步一步地踏出去,一切都会好起来的。阳光会为你的身心注入正能量,专注散步会给你一份好心情,忘掉一切回归当下,会让你的心慢慢地静下来,你会慢慢走出你的困境——我们都会走出我们的困境。

云子走到阳台,望向楼下,虽然时间还早,但楼下已经有好些人在散步了。有些是老两口带着孙子,也有妈妈推着婴儿车,还有妈妈带着孩子和家里的小狗。宁静的早晨,因此有了浓浓的烟火气。这是云子熟悉的生活,虽然她喜欢一个人在江边散步,但她也喜欢这种浓浓的烟火气。她喜欢看着人们友善地问好,喜欢看到人们生活得开心。这些场景总在告诉她,生活是充满希望的。

楼下传来孩子的笑声,清脆稚嫩的声音穿透早上的空气,就像冲上半空的烟花,很快消失了。云子本来很喜欢这声音的,但自从儿子的情况更严重了,她便慢慢觉得这声音很刺耳,因为它不断在提醒自己,儿子已经好久没笑过了。所以,每当这时,她就会陷入忧伤,想起儿子小时候是如何紧紧跟在她的身后,无论看到什么,都睁着明亮的大眼睛,好奇地问个不停。那时,他爸还嫌他烦,总叫他去问妈。要是知道儿子有一天会自闭,他爸还会嫌孩子烦不?

云子不断回想过去,每一个美好的记忆画面都在提醒她眼前的困境。巨大的落差让她的心一次次滑落,灵魂中总是吹过寒风,她总是全身冰冷。这时，她总会望向窗外的天空，融入那片一望无际的存在。她总是在想，要是心像这片天空这样辽阔，容得下各种气候现象，是不是就能容下现在自己所认为的困境？可自己能容下、能开心就够了吗？儿子不是真真切切地在痛苦吗？儿子的痛就像烙在云子心上的疤。儿子一天好不了，妈心上的疤就终究会淌血。

抹干眼泪，云子再一次为自己鼓气，她知道，人生就是这样，不如意事十常八九，只有一天天让自己放下，心里不再有执着和纠结，不再痛苦，才有足够的力量去帮助儿子。她看过一个新闻，有个得了躁郁症的妈妈，因为跟家人闹矛盾，就想带着孩子自杀，结果孩子被抛到楼下，她自己也想跳下去时，却被人拖住，活了下来。云子想，这个活下来的妈妈，以后会怎么样呢？她会不会无数次梦到那个可怕的场面？会不会无数次想起孩子当时的表情？——谁能想到，将自己推向死亡的，会是本该关爱自己、守护自己的妈妈？那个妈妈呢？当她做了母亲不该做的事后，会不会仍然走上那条她本打算走的路？可要是她能放下，带着这样的记忆活下去，又是多可怕的事？

云子看不得这样的新闻，一看心就哆嗦。她连孩子皱眉头都会心痛，更别提亲手伤害孩子了。她想到那个妈妈的另一个大些的孩子，她会不会因为这个可怕的记忆，从此活在恐惧之中？她还会相信世界吗？还会相信他人吗？她会不会一被人触碰就崩溃？云子听说过一种病，叫应激性创伤后遗症，就是受到强烈的刺激或伤害之后，身体会留下一个非常深刻的记忆，每次遇到类似的情况，病人就会陷入恐惧。治疗这个病的方法之一，是无数次地刺激病人，让病人明白，就算同样的场景出现，也不会发生当时的事，病人就会慢慢地放下恐惧。很多时候,伤害自己的都不是特定的事,而是伴随它的情绪。比无数次地刺激更究竟的方法,就是点亮那孩子的心灯,让她明白一切都过去了,要珍惜当下的活着,珍惜当下的健康,用记忆留住妹妹,甚至做一些事去帮助更多她妈妈这样的人,让这样的悲剧不要再重演,让社会上的戾气能消一些,让复仇文化从我们的土地上消失,告诉所有人,人生中更美好的是爱,而不是仇恨。爱会让人拥有明天,而仇恨只会断送自己乃至所爱之人的未来。

云子想,孩子是不是也是这样?他之所以这么脆弱,这么逃避世界,是不是因为痛苦的记忆太浓烈?到底怎样才能让孩子走出阴影,重新拥有改变的信念?

她突然明白,孩子小时候跟她去西部,本来已经有了战胜自己的希望,可回到他爸家里,一次次被陌生和疏离感所打倒,又没能得到适当的引导,就陷入了沮丧和逃避。后来她去重庆,孩子再一次看到希望,又逼着自己振作,一次次努力地突破自己。可偏偏又在看到希望的时候,家里的不和睦升级,而且矛盾的中心就是他。于是,他的希望再一次破灭,这才导致了他现在的万念俱灰。

云子觉得,儿子就像一个攀爬悬崖的人,刚爬到一半,相信自己可以爬到山顶,却被大石头砸伤,掉回崖底。坠落的痛苦太深刻,他很长时间都不敢再爬一次,就在崖底深深地喘息。很久之后,他听到悬崖上好像有人在叫他,他的心里又有了一点力量,于是再一次往上攀爬,也再一次爬到了悬崖的中间。但就像安排好似的,大石头再一次滚落。他又被石头砸伤,掉了下去,这次,他摔断了肋骨和一条腿,连站起来都很艰难。所以,哪怕听到悬崖上的急切呼唤，他也生不起爬上去的力量了。

云子想到那个画面，心就有一种被撕裂的感觉，她更明白儿子的心情了，可她就是不知道，到底该怎么做，才能让儿子再一次振作，从崖底爬上来呢？不管儿子有多难受，她都希望他能不断地努力，就算失败了，也不要放弃，一次次从头再来，一次次往上冲，努力地冲上去。只要始终不放弃，就有向上的一生，就不会躺平虚度。

她记得，儿子有一次在听歌，听了一半却睡着了，正在播放音乐的耳机放在他的枕头边上。她把耳机拿过来，听到歌里唱道："那天我双手合十，看着镜子里狼狈的自己。我用了一半的青春，来思考做人的道理。对不起，年少的自己。行进千万里，再别忘了初心。"这首歌，儿子调了单曲循环。云子一边听，一边流泪。她想，儿子在想什么呢？

她还想起夜晚街头，那些拿着酒瓶流浪的年轻人，他们可能穿得很时髦，可能梳着时髦的发型，他们用身上的一切告诉世界："我不在乎你，我有自己的规则。"这句话我也说过，但同样的话，显露的是不同的心情。我心中是一片坦然无求的圆满自在，而他们却是因为无奈不甘而反抗，他们的内心千疮百孔。他们怀念年少时天真无邪的自己，却过着最离经叛道的生活。似乎用这种方式伤害着自己，惩罚着自己，也迷失着自己。他们为追问自由付出了沉重的代价，不知道自己该如何承受，如何重来，只能在深夜里，借着酒精的力量，半开玩笑半认真地说道："生而为人，我很抱歉。"甚至会崩溃痛哭。然而，酒醒之后，他们就会推翻一切，说那只不过是醉话。而事实上，那个脆弱的他们，才是他们心底最真实的自己。他们表面上拒绝一切，其实在拒绝自己，他们甚至觉得自己没有活下去的权利——想起这些，云子很心痛，她很想告诉那些年轻人，过去的早就过去了，觉得过去的自己没有活下去的权利，就塑造一个新的自己。只要自己能接纳自己，还能用行为做最好的自己，就不要怕社会不接纳自己。这世上有无数条活着的路，总会给想要做得更好的人一条活路。何况，很多认为自己没有权利活下去的人，其实很善良。他们没有伤天害理，他们只是伤害了自己。

云子觉得，要是她的儿子这么痛苦，她的心也会千疮百孔的。

可为什么儿子会反复听这首歌呢？他到底有着怎样错综复杂的情绪？

看到这里，我很想告诉他们，其实人生就是一场戏，不管有怎样的剧情，人都可以勘破它，用无求来填补自己心灵的缺口，让自己变得越来越强大。这就是自强不息。

我们这片土地上有过太多苦涩的故事，不到一百年前，无数人连基本的和平都无法拥有，生活在饥饿、失学和一触即发的战火里，他们是如何维持自己的生活，如何在几乎不可能不焦虑的时候保持平和，苦中作乐地度过每一天？他们如何在难以承担的赋税压力下，仍然保持生活的情趣，哪怕只是烤一个土豆吃，开几个放肆的玩笑，也能开心上好半天？他们是怎么保护自己的心灵世界的？是什么让他们在面对生活无穷无尽的叩问时，仍然记得自己头顶的星空，仍然记得自己和风的约定，仍然记得心中那份诗意和陶醉，仍然能拿着一壶酒，在林间独自一人漫步和高歌？

这个穿梭在黑暗与光明之间，穿梭在痛苦与诗意之间，穿梭在寻觅和失落之间，穿梭在束缚和勘破之间的故事，也许就是在向我们发问——面对生命给予的考题，我们该如何回答？面对家庭和自己，我们该如何做到最好？

云子不断接近着儿子的灵魂世界，不断叩问着，这个从小几乎没有离开过房间的孩子，内心到底在经历怎样的风暴，到底是什么让他封锁自己，是什么让他始终走不出来？是什么在伤害着他，让他宁愿荒废人生？他到底是在怨自己，还是怨她和他爸？

无数的叩问纠缠成解不开的线，缠住了云子的心。云子无数次捂着额头倒在沙发上，整个晚上连衣服都不想脱，也不想回到床上。她只想离儿子近一些，儿子的一举一动她都想及时听到。她的心，已经完全被儿子的痛苦占据了，她没了自己。

又一个笼罩着迷雾和灰色的夜，寂静的房间里，只有儿子点击鼠标的声音。

云子没有在游戏世界里和儿子相遇，她去做了一碗香气腾腾的红烧肉。在她的记忆里，这是儿子小时候最爱吃的菜。她还记得，小小的儿子一闻到红烧肉的味道，就从房间里蹦蹦跳跳地过来，一把抓起桌上的筷子，就要开始吃。她就笑着告诉儿子："慢点吃，有很多，没人跟你抢，妈妈的也给你。"儿子就站起来，亲一口妈的脸，说："妈妈真好！"云子又幸福，又嫌儿子的嘴太油，就宠溺地说："这孩子，满嘴油，快擦擦。"然后一边开心地笑，一边抽了纸巾帮儿子擦脸。

记忆那么清晰，就像昨天刚发生的一样，可画面中的小孩已长成墙头高的小伙子，也失去了他过去的童真和快乐。

云子知道，儿子不会像过去那样，闻到香味，就开开心心地打开门。她忍住心痛,把饭菜端到儿子门口,然后敲了敲门,轻轻地说:"儿子,妈妈做了你喜欢吃的红烧肉,放在门口了。无论发生什么,妈妈都在这里,等你准备好了,我们可以一起面对。"

门里面没有声音,她轻轻叹了口气走开,准备一个人在餐桌上吃饭。

可正当她拉开椅子,准备坐下时,门却开了,儿子走出来,拿起门口的饭菜和碗筷,走到餐桌边上,把饭菜和碗筷放下,一声不响地开始吃,还低着头推了一下红烧肉的盘子,让红烧肉离妈更近一些。云子知道,他是叫妈也吃。

云子的眼眶热了,她已经记不清孩子有多久没这么贴心了,但她什么都没说,只是静悄悄地吃饭。

房子依旧宁静,依旧只有筷子碰碗的声音,和轻轻的咀嚼声,但这晚,云子终于看到了希望。

58

我以为生活的苦闷会淹没云子的心,但当我看到云子写给星星的信时,才发现,云子的心依旧像泉水一样清澈,她依旧在守候着她灵魂中的美好。

这一次,她彻底走出了前夫家,结束她最难堪的一段岁月。

你这个小生命自从降临到世界上,就成了我的影子,从未与我分离。妈妈知道,在你幼小的心中,没有什么比妈的怀抱更加安全温暖。后来我的婚姻走到了尽头，又不得不与你暂时分离，那段日子对你定然是一种煎熬。那时，每一次想起你，我的心都如同浸泡在盐水中的伤疤，痛得无法自拔。回到你的身边，看到骨瘦如柴、眼中无光的你的那一瞬间，心痛与亏欠感更是如潮水般涌来。我告诉自己，我将用余生填补你所有的缺失，带你走出迷雾。

我在这里租了房子，把你带出了你爸的家，然后着手打造我们的小窝。对我来说，这里不仅仅是居住的地方，更是我们的避风港——我希望这个小小的世界能充满温馨的色彩，成为一个能让我们卸下一切精神负担，放下所有心灵疲惫，也让我能专心呵护我最牵挂的你的地方。每次想到这一点，不管再劳累、再奔波，我也会觉得非常幸福。

搬过来之后，我常在夜晚静静地站在窗前，偶尔能见到天空中闪烁的星星，那是这座繁忙城市中少见的美景。我的窗户正对着远处的山峰，它们在夜幕的呵护下显得更加伟岸而坚实。就如陶渊明的"采菊东篱下，悠然见南山"，我有幸每天开窗都能见到如画的南山，仿佛山峰近在咫尺，真是心旷神怡。

清晨，我坐在窗台前眺望远方，目之所及尽是迷人的风景。城市随着晨光渐渐苏醒，车辆的轰鸣和轻轨的穿梭，为这座城市注入无尽的活力。高楼大厦在晨雾中若隐若现，如同一个个守护城市的巨人，我在这高处俯瞰，总能感受到清晨带来的新生。

在将这个地方变成家的过程中，我没有忽略任何一个生活细节。每一次从超市回家，我都满载而归，为这个家添置着一样样必需品。我擦拭每一个角落，确保每一处都干净明亮，因为这会让心情变得更好，让生活中的每一处风景都能找到安放的地方。虽然劳累，但每一次看到家里变得更加温馨，我都感到无比满足。

儿子，现实往往与想象不符，让人感到失落，没有信心，甚至对世界和人生感到迷茫。然而，我希望你能明白，不管外面的世界多么喧嚣，只要回到这里，你就能找到内心的宁静和安全感。哪怕生活中仍然有困扰，你也不用怕，因为困扰背后就是成长的希望，它就像窗外的夜空中偶尔闪烁的星光，即便非常微小，也总能点亮一小片黑暗。

几天的忙碌，终于让我们的小家可以住人了。这个高层公寓拥有绝佳的视角，从窗户向外看，可以看到连绵的青山，夜晚偶尔还能看到星星和清新的月亮。有时，夕阳映照出如烟般的彩云，变幻莫测的美景为我们的生活增添了一抹斑斓的色彩。楼下的轻轨站，让我们感受到有序而紧张的城市节奏。车水马龙的街道，即使在夜晚也难得有一刻的安静。但这份喧嚣不仅没有给我带来不便，反而让我有一种踏实的存在感，仿佛这城市的每一份活力和动力都在提醒我，生活虽忙碌，但充满希望。

有时，我喜欢静静地坐在窗边，让清风拂面，清晨的风总是带着一丝凉爽和清新，那份独有的温婉仿佛能洗净心灵的尘埃，带给我一份特别的宁静。即使路上的车辆不停地轰鸣，城市的喧嚣不断，在这个小小的空间里，我也感觉不到一丝的烦躁。反而，这些声音成了我在寂寞时的伙伴，让我在宁静中找到属于自己的安稳。夏日的蝉鸣如同生活中的琐事，不断在耳边唠叨，但这一切都成了我们生活中不可分割的一部分，如同微电流一般，绵绵不绝，嗡嗡作响，却也填满了我们的生活，让这个家充满了生机与活力。

儿子，希望你能明白，这个家虽然小，但不论外面的世界如何变化，它都是你最坚强的后盾。这里的每一处细节、每一个温馨的角落，都寄托着我对你无言的爱和守护。在这里，我们可以一起面对生活的风雨，也可以一起分享生活的喜悦。这里不仅仅是居住空间，更是一个充满爱与希望的港湾，我们可以在这里共同成长，共同迎接每一次的日出和日落，共同编织属于我们的幸福故事。

儿子，希望你能感受到我感受到的一切，希望你能开心。

59

人生如同一扇门，背后蕴藏着无限的可能。对于一些人而言，门内的黑暗是悲观的源泉；对于另一些人，门内却是一片宁静，是乐观的力量和归宿。同样，门外的风雨对一些人而言是无尽的忧愁，但对另一些人，它却代表着自由的喜悦。区别就在于心灵的觉悟。

在云子的信中，我也看到了这种力量的存在，哪怕它只是生活中某个瞬间的闪现，也能给她带来超越现实苦痛的力量。

今晨，我早早起床，准备将儿子爷爷奶奶送来的一些物品搬到我们的新家。当我起床时，发现天空阴沉，出门不久，细雨如丝般密集地落下，滴答作响地洒落在我的伞上，仿佛为这平淡的早晨奏起一曲悠扬的旋律。行走在还未醒来的城市中，我的脚步踩在未及流走的雨水里，街道两旁，除了几家早起开门营业的饮食店散发着温暖的光亮外，其他商铺都还沉浸在梦境中。在这稀里哗啦的雨声中行走，我却莫名感到温暖和幸福，这份简约而平凡的生活，就如一首跳跃的乐章，承载着生活的点滴情绪，我的心仿佛在这快乐的五线谱上轻盈跳跃，品味着生活中的每一丝细腻情感。

每个清晨，我静坐于窗前，眼前的世界无边无际，既可以是云端之上，高山之巅，也可以是树梢之顶，草丛之中，或是尘土飞扬之地。我的目光随风而动，随雨而行，落在尘世的每一个角落。我可以将整个世界拥入怀中，也可以在这广阔的世界里感受自己微小的存在，感受自己与广袤大我的相融。如同一滴水落入海洋，无声无息，但在一个小小的水洼中，却能生生不息，守候着生命的奇迹。

穿梭于街区与市场、庭院与家中，我仿佛不是在为生计奔波，而是在跳着人生的舞蹈，随着生活的节奏自由自在。周围的一切，如同轻拂面颊的风，轻轻地消散在无垠的天空；如同轻触地面的雨滴，留下无痕的记忆。我只需随着自己的心跳舞动，轻盈而愉悦地行进在人生的道路上。心若明镜，则神自清；心若轻盈，则步若飞翔，带着轻松的身姿，穿梭于人群之中，即使衣着朴素，也能成为回眸的风景。我的笑容如同盛开的花朵，从心底绽放，温暖而明媚，那份从内而外的快乐，如同八月桂花的香气，沁人心脾，让人久久难忘。

感激命运赐予我这段曼妙的旅程，让我得以拥抱如此美妙的人生。我心存感激，感谢那些经年累月的历练，它们雕琢了我的心境，使我能在跳动的音符中舞蹈，任心绪洒落于路过的风景，并且无限地探索，始终让自己在路上。随着岁月的脉搏、时光的步伐前进，我安然而平静，享受着每一刻的存在。

家，这个经过精心布置的港湾，现已完美了，承载了我所有的心血与期待。我渴望这个家能够给你一片晴朗的天空，让你从封闭的自我中解放，勇敢面对生活的每一个阶段，看见眼前的风景，不错过青春的每一次绽放。希望你能放眼这宽广的世界，体验生命的本质，穿越世事的必然，用自己的双手填满生命的空白，挥洒青春的热血。

儿子，生命是一场旅程，我们等了多少个轮回，才有机会享受这一次的旅行。这短暂的一生，我们最终都会失去。不妨大胆一些，爱一个人，攀一座山，追一个梦。上天赐予我们生命，正是为了让我们创造奇迹。

每个人都是自己故事的主角，每个人的内心都蕴藏着无限的潜能。我们的心念有多广阔，我们的世界就有多宽广。关键在于我们的心态，一颗坚定的心，能够引领我们穿越困难，拨开迷雾，找到自我救赎的道路。自信源于内心的强大，要相信自己的力量。当我们以坚定的心面对生活，用积极的思维模式塑造自我，无论走到哪里，我们都能成为自己命运的主宰，创造属于自己的精彩人生。

生命不易，每一步都需用心走。人生就如那扇门，无论是门内的宁静还是门外的自由，都是我们自己选择的生活方式。

保持一颗自我觉醒的心，去创造属于自己的奇迹吧，在这多彩的世界中，勇敢追求自己的梦想，爱自己所爱，攀登自己向往的高峰。因为生命之中，每一个瞬间都值得我们去珍惜，去拥抱，去创造不凡的故事。

在生活的织锦中，每一天似乎都是用柴米油盐编织而成的，日复一日，将酸甜苦辣咸巧妙地交织在一起。这不仅仅是日常的流转，更是生活细碎之美的积累。步入这缤纷的世界，我们体会到了生存的基本律动：饥饿时寻找食物，口渴时觅得清水，疲倦时拥抱睡眠。每一个微小的行为，都是生活给予我们的恩赐，即便是最平凡的瞬间，也充满了深刻的意义。

在厨房的炉火旁，我仿佛成了时间的旅人，一日三餐成了我口中的诗，每一个烹饪的动作都是对人间烟火的颂歌。在锅碗瓢盆间，我找到了属于自己的诗意，将生活的哲学融入每一道菜肴之中。在这些看似简单的家务劳动里，我找到了自我的价值和光亮，即使世界未曾为之一顾，我亦能在这温馨的灶台前，演奏属于自己的交响曲。

清洗每一件餐具时，我将心思倾注其中，每一个轻柔的触碰都充满了敬意和爱。这些日常之物，在我手中逐渐焕发出别样的生命力，它们不再是冷冰冰的器皿，而是与我共同经历生活的伙伴。它们反射出的细腻光泽，宛若玉石般温润，与我默默共享生活的点滴欢乐和温情。

将家中的每一个角落打理得井井有条，这不仅仅是对家的呵护，更是对生活态度的一种展现。尽管社会对于家庭主妇的角色有着或明或暗的偏见，将我们置于不被重视的边缘，但我深知，守护一个家的温暖，让生活充满爱与和谐的价值，是无法用简单的标签来衡量的。

身处这个快节奏的现代社会，我们每个人都像是贴着标签的行者，不断寻找属于自己的光芒。然而，在这光鲜的背后，是不是每个人都找到了真正的自我？

在为家庭默默付出的日子里，我经历了心灵的洗礼，学会了在琐碎中寻找生命的意义，让心灵在平凡中飞扬。

生活，是一幅精致复杂的画卷，每一刻都交替着色彩和情感。即使生活充满了挑战和困境，我们也要学会在其中寻找那份属于自己的美好。就像一场没有回程票的旅行，每个人都是自己故事的主人，勇敢地走在属于自己的道路上。当我们累了，停下来等待灵魂的归来；当我们苦了，抬头仰望那片宽广的天空；当我们痛了，向世界轻轻一笑。因为，不是因为拥有了幸福，我们才微笑；而是因为选择了微笑，幸福才悄悄地跟随而来。

在这个复杂多变的世界里，我们的生活或许会遇到各种风雨和坎坷，但正是这些经历，练就了我们的韧性，让我们学会了坚持与自我超越。无论是家庭主妇，还是职场女性，生活都不会一帆风顺。然而，正是这些不完美，构成了生活最真实的模样，也逼着我们在挑战中成长，在磨砺中发光。

我们的人生，像是一场漫长的探险，每一步都充满了未知和可能。我们在每一个瞬间都有机会重新定义自己，重新选择自己的方向。就算走错了路，只要勇敢地迈出下一步，就有可能修正过去的错误，发现新的风景，遇见更好的自己。在这一路的跋涉中，我们可能会感到孤独和疲惫，但只要我们不忘初心，坚持自我，就能在人生的旅途中找到属于自己的圣地。

每个人的生命都是独一无二的，我们不应该让生活的琐碎和外界的评判定义自己的价值。在忙碌和繁杂中，我们更需要学会停下来，聆听内心的声音，关照自己的需求，用一颗平静感恩的心，面对生活中的每一次起伏，用一种简单纯粹的态度，感受生命中的每一份美好。

儿子，在生活的河流中，我们都是努力向前的船只。让我们抛开烦恼，放下心灵负担，拥抱每一个清晨的阳光、每一次夜幕的降临吧。无论身处何种境遇，我们都要不忘初心，勇敢前行，用自己的双手绘制最美丽的风景。因为生命之美，不在于外界的给予，而在于我们如何去欣赏和珍惜；幸福之源，不在于拥有多少，而在于我们对生活的热爱和感悟。

就让我们在这一生中，不断探索，不断前进，用一颗宽广的心，去体验世间的千万种风情。让心灵在生活的旅途中自由飞翔，即使面对挑战，也要以从容优雅的姿态，展现最真实、最美好的自己。因为，每一步的前行，都是向着光明和希望的坚定追求。

60

就在云子将所有心思投注在儿子身上，竭尽全力地启发儿子，引导儿子，想让儿子重新发现生活和人生的美好时，身体的不适却突然升级。在一次剧烈疼痛的催促下，云子终于放下房间里的儿子，去医院做了一系列检查，最终确诊：宫颈癌晚期。

这个结果既让人震惊，也并不在意料之外。在这些煎熬的岁月里，她的身体里已经淤积了太多的压力和失望，无论她多么努力地保持淡然，想要积极乐观，内心真正的基调其实是灰色的。这悲伤的底色无法欺骗自己的身体。所有的沉重、压力、堵塞甚至绝望，都在身体里留下了实实在在的印记。

她向我求救，我给了她一笔做手术的钱，她以前的公公婆婆也给她送了五千块钱。很快，她就做了手术。

我一直想知道，得知自己患了重病时，云子是什么心情？是像很多人那样，陷入对未知命运的恐惧，还是担忧自己的儿子？

后来，在她给儿子的信中，我看到了她当时的心路历程。

  在生活的细微缝隙中，我经历了一次心灵与身体的双重洗礼。那是一场深刻的内省，一次彻底的重生。手术的经历不仅仅是一场身体上的挑战，更是心灵深处的一次巨大震撼。

  那个深夜，我在微弱的雨声中醒来，翻身间，试图寻找安宁的归处，却再也找不回那个轻松的梦境。雨声，如同时光淡淡的叹息，轻轻敲打在我的心窗上。我站到窗前，望着被夜色和细雨渲染的世界，一切都被笼罩在朦胧之中，微妙地呼应着我内心的迷茫和不安。

  第二天清晨，当我走出家门，迎接我的是一个生机勃勃的世界。雨后的空气中，弥漫着泥土的芬芳和树木的清新。那些由薄雾织就的风景，带着一种淡淡的哀愁，却又不失生命的顽强与盎然。叶尖上残留的每一滴雨水，都像是自然的乐章，悠扬地演奏着生命的赞歌。

然而，我的内心却如同那片薄雾中模糊的山影，难以寻得清晰的轮廓。那一年，我独自一人承担起生活的重担，不断尝试着将自己往光明中引导，却发现光明似乎总在远方。我的身体，像是承载了太多未曾诉说的痛楚，直到医生宣告病变的那一刻，生命的脆弱无处遁形，我才意识到自己已站在生死边缘。

但我没有惊慌，也没有彷徨。或许是太多年的生活磨炼，让我学会以坚忍面对一切。我用最平和的心态，接受了这场挑战，哪怕是手术前夜，我也没有流露出一丝恐惧。那种来自灵魂深处的平静，让我在风雨中更加坚定。

手术的痛苦，是对身体的折磨，也是对心灵的净化。那一夜，我用尽生命中所有的力量哭泣，以泪水洗净了所有的悲伤与绝望。我明白，这次的抗争，不仅仅是为了生存，更是为了给自己一个全新的开始。但随后，痛苦与恐惧逐渐袭来——我在医院那白色病房里住了一段时间，时时听到病友们的呻吟声。那种声音背后的痛苦、不甘、恐惧和无奈，向我诉说着生命面对死亡阴影时的脆弱和绝望。无数个夜晚，我无法入眠，每一次痛楚袭来，更是对生命意志的考验。然而，我没有退缩，因为我知道，每一次的挣扎，都是在向生命宣誓。

还有，我的儿子，你在那段时间对我的支持和照顾，你为了我而走出房间的努力，都给了我很大的力量。我不只是为了自己的生命宣誓，也是为了你，为了我们共同的生活和梦想宣誓。我想回到我们的新家，继续陪伴你，照顾你，让你活得更加开心。

出院后,我在家中静静地休养,每一次回望那段与病魔抗争的经历,都有一种说不出的感慨。对我来说,那段日子不仅仅是一次生理上的恢复,更是心灵深处的自我重塑和升华。

随着时间的推移,我逐渐恢复了往日的活力,但内心中的我,已不再是从前的那个我。手术给了我一个重新审视世界、重新审视生活的机会,我学会更加深切地爱护自己,也学会用更加宽容、开阔、感激的心态拥抱每一天。每一个简单的日常行为,无论是呼吸清新的空气,还是品尝美味的食物,我都充满了深深的感恩与珍惜。那些我曾经视为理所当然的小事,现在在我眼中都闪烁着不同寻常的光芒。我也更加珍惜你,更加珍惜与其他家人、朋友之间的关系。我更深刻地意识到,生活不仅仅是一次旅行,更是一次心灵的修行,每一次跌倒和站起,都会让自己的内心变得更加强大和丰富。我还意识到,在这个世界上,真正重要的不是拥有多少物质,而是拥有一颗平静且充满爱的心。我相信,在未来的日子里,无论遇到什么困难和挑战,我都有足够的勇气和智慧去面对。因为,我已经走过最黑暗的时刻,并且找到了光明。我明白,只要心中有爱,有希望,就没有什么是不可能克服的。

我也开始更加勇敢地追求自己的梦想和热爱,不再为了别人的目光和评价而活,而是真正为了自己的幸福和满足而生活。每一天,我都在努力让自己的生活更加丰富多彩,无论是学习新知识,还是尝试不同的体验,我都会全心全意地投入其中,享受生活带给我的每一份礼物。

重新站在生活舞台上的我,已不再是那个脆弱的、期待有所依靠的我。我带着一颗在生与死的考验中淬炼而成的坚强心灵，以更加从容、优雅、独立的姿态，面对生活的每一次起伏。我相信，只要心中有光，就能在生活的旅途中绽放最美丽的花朵。

61

几个月后，云子再次被送进了医院。癌细胞的转移，让她再次躺在了病床上。可即便在这样的时刻，她的信中仍然有一份美好，这样清澈的心境，实在让人敬佩和感动。有多少人面对生命的留难时能像云子这样，虽然也恐惧、也疼痛，却不慌乱、不焦虑，更不绝望？所以，云子的这些信，也许是非常重要的生命样本，不仅可以启迪很多苦于病痛的人，也会启迪很多健康的人，让大家在来得及、还有很多选择的时候，能好好为自己活一场——好好地感受活着的自己，好好地寻找本真的自己，好好地做些喜欢的事情，好好听一听喜爱的音乐，好好唱一唱喜欢的歌曲。不为掌声而唱，不为认可而唱，甚至不为共鸣而唱，仅仅是想唱就唱，而且唱得响亮，像在空无一人的山谷中那样，用一颗自由自在的心，去享受自己的活着，享受心灵的飞翔，享受艺术带给自己的一份陶醉和感动。

云子说过的那位教授，我也看过他的报道文章。他曾经是个登山爱好者，经常拿着登山杖到处去游览。得病之后，那登山杖就成了他的拐杖，只能帮助他登上讲台。但他很可能没有遗憾，因为他爱做的每一件事，无论是登山，还是给学生们讲课，他都尽兴地做过了。在他的视野中，他的人生也许是完美的。有些事，人力是无法改变的，只能在每一个当下，做到自己能做到的最好，让自己的心尽可能地自由一些。

　　我很爱看他的微笑，他承受着癌痛，要吃过止痛药才能登上讲台，但每一次讲课要几个小时，他总会拄着登山杖坚持到底，而且一直微笑着，笑容里没有一丝苦涩。可以想见，他的文字定然也有一份清澈和通透，而且，因为他的哲学素养，他的文章肯定也会有一种厚度。不过，每个认真面对生活，认真面对生命，尤其是认真思考死亡的人，其实都是哲学家，都在探索生命这个伟大的哲学命题。不管探索到什么程度，只要能消解自己的痛苦，像那位教授那样笑着面对死亡，其实就是一种成功。

　　你觉得呢？

　　病痛再次访问我的身体，却未能摧毁我心中那份对美好生活的向往。在病床上，每当清晨梦醒，我总会带着一丝未能尽兴的遗憾，有时能回忆起梦境的片段，有时则是大脑一片空白。那些模糊的梦境，如同人生旅途中难以触及的远方，唤醒了我对未知的渴望和对生命奥秘的思考。

　　身体，这个神奇而复杂的存在，总在不经意间给我们带来惊喜和疑惑。我们往往忽略了它的低语，直到疾病无声无息地侵袭，才突然意识到生命的脆弱。病痛，如同上天对生命的试炼，逼迫我们去面对自我，探索生命的意义和目的。

　　在那一次次与病魔搏斗的过程中，我感受到了生命离体的恐惧，也体验到了重新回归的喜悦。每一次挣扎在生死边缘，都让我更加珍惜生活中的每一刻。当我躺在医院的病床上，注视着透明的药液缓缓流入我的血脉，我开始反思自己的生活，渴望在有限的时光里，找到真正的自我。

病房的安静给了我深刻思考的空间。那些日子，我仿佛与整个世界隔绝，只有我和我的思绪，以及窗外偶尔掠过的阳光和鸟鸣。每当阳光透过窗户洒在我身上，我都能感受到一种从未有过的温暖和希望。那些光斑如同艺术家的画笔，在我心中绘出了一幅幅美丽的画面，让我在病痛中也能找到安慰和力量。

尽管我不能随心所欲地走动，但每一次目光与窗外的自然相遇，我的心便会随着小鸟的欢歌和树叶的舞动而飞翔。那一树绿叶中掺杂的金色阳光，如同自然界最温柔的抚慰，告诉我无论身处何种困境，世界依旧美好，生活仍然值得期待。疾病让我的身体暂时被囚禁，我的心灵却因这份静谧和孤独，而更加自由和宽广。

那段日子里，我再次审视了自己的生活，学会从日常琐碎中寻找快乐和满足。那些药液对我来说不仅仅是治愈身体的药物，也是滋养心灵的甘露。它们教会我，即便是那些一贯被忽略的小事，也该好好珍惜，如同窗外的风景，虽然不能亲身经历，光是观赏也足以慰藉心灵。

小时候，我常听老人们说"人不如个物件"，当时我想，那么鲜活的人，怎么会不如个物件呢？现在想想看，人确实不如个物件，或者说，人就是个物件。我们在时光中一点点变旧，然后在达到使用期限后被时光所丢弃。然而，在这个过程中，我们不知道自己是时光的物件，只觉得自己是自己的王，是自己的主宰，自己掌控着属于自己的一切。直到有一天，自己这个物件坏了，再也不能做自己喜欢的事情了，才突然发现，有那么多的"我想"。然而，刹那成了遗憾。好在，自从有了人类，就总有一些灵魂，在对生命意义的探索之路上孜孜不倦地跋涉。他们是一群有智慧的人，总能把握当下，在来得及的时候主动选择，积极行动，把完善、提高自己作为活着的要义，把烂铁打磨成好钢，把泥巴煅烧成佛像，让野猴子升华为斗战胜佛。

幸福的是，因为遇到生命中的贵人，经过几十年毫无方向的漂泊之后，我也找到了活着的意义。当然，这个意义也是我自己设定的，所有意义都是这样，本身并不存在，都需要自己来设定，最后，用一生去验证。只有这样，它才会成为我们真正的意义。儿子，希望你也能感受到活着的珍贵，找到自己的意义。妈妈希望，妈妈也能成为你的贵人。以后你就会慢慢明白，人生是一个过程，你现在觉得非常痛苦的一切，都只是这个过程中的一部分。人的活着，就像爬山——小时候很贪玩，喜欢抓蝴蝶抓蜻蜓，总被花花绿绿的世界扰得不知所措，到最后什么也没有抓到；中年时被名利俘获，为了尽快达到目的，往往会忘记欣赏眼前的一个个美景；到了老年，经历过人生的风风浪浪，在山顶坐看云起，终于可以享受一点逍遥了，可不管多么享受多么留恋，都会被命运的鞭子狠狠地赶下山。所以，爬得再高，也没有真正的意义，但攀爬时灵魂得到的一切，却是有意义的。不要比较，也不要看轻自己，更不要为了证明自己，叫别人羡慕仰望，才去攀爬人生的高山。而是自己想去经历，想去体验，想去感受另一番风景。

有个残疾人把登顶珠峰作为人生的一大梦想，而且他成功了。这多么艰难！而你，你还这么健康，四肢健全，只是有一份坏心情和糟糕的内分泌，为啥就要否定自己未来的可能性？

你也不要害怕孤独，妈妈以前也怕过孤独，现在却开始享受孤独，这让我更加深刻地体会到，我们所有的想法和行为，都只是为了完成我们自己，而不是为了事情本身。就像吃饭喝水不是目的本身，它们只是为了维护身体的运作和健康。但爱护身体也不是目的，只是为了更好地做该做的事，实现生而为人的价值。

妈妈听了你听过的一首歌，心里很难受。我很想告诉你，儿子，生而为人，重要的是向往和追求，并不是脚下的泥坑，也不是你在泥坑里照出的样子。泥坑是为了让我们明白仰望星空的重要，永远珍惜自己心中那片美丽的星空，用这份珍惜、仰望和向往，跨越脚下的一个个泥坑，洗净自己身上的泥泞，最后成为一个洁净的，坐看风云变幻，心中自有一份恬淡自在的人。并且，把所有的了悟和意义，都实证到生命的谢幕。这就是人们常说的"盖棺论定"。那时，我们才能在命终的时刻坦然地微笑，心中充满幸福和感恩。

儿子，人只有在患病的时候，才会更加体会到生命的脆弱和宝贵，更加明白活在当下的意义。所以，现在我学会了放慢脚步，倾听内心的声音，给自己和周围的人更多的爱与关怀。每一天醒来，我都感恩自己还能看到阳光，还能呼吸新鲜的空气，这就是关于存在最朴素的奇迹。

所以，妈妈这次复发，虽然充满了挑战和痛苦，却也是一次宝贵的心灵之旅。它教会我在逆境中寻找希望，在苦难中发现力量，在疼痛中寻找诗意，在平凡的日子里寻找不平凡的意义。我不再把生病看作生命的负担，而是把它当作一次重新认识自己，重新发现生活之美的机会。我更加坚信，无论遇到什么困难，只要保持乐观的心态，积极面对，就没有克服不了的难题，我的生命会因此变得更加丰富多彩，我的心灵也会因此更加深邃广阔。

生活，就是在不断的挑战中成长，在不断的成长中前行。每一个瞬间都充满了可能，每一次经历都值得珍惜。无论未来的路多么坎坷，我都会带着病痛中得到的勇气和智慧，坚定地走下去，用一颗感恩的心，拥抱每一个明天。

62

云子跟很多人最不同的是什么？为什么她无论经历什么事，心中都有一份美好的诗意，一切都只会让这份诗意变得更加清澈，更加纯粹，更加美好，而不会让她陷入偶尔出现的坏情绪，反而能让她学会时时反省，时时从坏心情中打捞自己，让自己始终怀着感恩之心，坚强地活着，步伐越来越坚定？

我想，这是因为云子有向往，这份向往就像她心头的月亮，时常照亮她走在黑夜中的脚步。不管夜风有多冷，不管一路上有多少障碍，她都只管努力往前走，努力向心灵的高峰攀爬。或许，这也是一种信仰，让她有一双发现美好的眼睛，让她像山间的潭水那样，活得清澈、宁静、独自美好。

我很高兴云子能够把这次疾病当作一次让自己反思的契机。不管她反思到什么程度，都是她的重要进步。也许她已经反思到更加珍惜生命，珍惜生命中的人；也许她还没有反思到该对某些执着放手。比如，设想一下，如果她的生命突然消失，她能不能放下对儿子的执念？如果早晚要放手，为什么不更早一点练习放手的爱？什么是放手的爱？就是给予对方自强自立的爱，而不是让对方越来越依赖自己，离不开自己的爱。

云子希望儿子代替前夫来爱自己，希望母子俩能够一直交心地爱下去，让自己永远不会再受抛弃之苦。这个愿望很美好，但就算她没有患上绝症，儿子将来也会有自己的爱人和家庭，只怕那时她会受到再一次的打击和伤害。所有的母亲，都不要幻想和儿子有永恒的亲密无间的爱，这样做只会招致悲剧。智慧的母亲从来不把爱寄托在儿子身上，更不会要求儿子和自己爱得亲密无间，真想让儿子走入广阔的天地，就要勇敢地放开手，狠狠心，斩断自己爱的牵绊。

云子也许反思不到这个层面，西部女性传统的角色和文化限制了她的认知，她很难悟到什么是放手的爱。但她也懂得，儿子的未来在更大的天地中，所以，她也在努力支持儿子做他想做的事情。这一点已经难能可贵。

在那段漫长的日子里，病房成了一个小型社会，每个人都带着自己的故事和苦楚来到这里，在交流中寻找着一丝丝慰藉，逃避着内心对现实的恐惧。他们有时欢声笑语，有时唏嘘感叹，错综交织的情感构成了一幅幅生动的画面，展现了生活的复杂和丰富。病房里的生活因此充满了人间的烟火气,而重庆独有的摆龙门阵文化,在这里也得到了特别的体现。

那天,病房里的气氛格外热闹。一位老婆婆和她的女儿们,用她们家族的故事摆了一场长达一整天的龙门阵。她们讲述的内容充满了生活的辛酸与无奈,却也不乏温情与希望,像一出引人入胜的戏剧,让人情不自禁地投入其中,感受着每一个情节带来的情感波动。

还有一个家庭的故事,也吸引了整个病房的注意——一对母女带着她们的老汉来到病房,担忧和泪水交织出她们心中不安的风景。在她们的对话中,我听到了对未知的恐惧,对生命将逝的畏惧,以及对金钱的无奈。他们的故事,如同一面镜子,折射出无数普通家庭在疾病面前的无助和焦虑。

这就是生活的真实面貌。

我们往往忽略了身体发出的预警信号,忽视了心灵的低语,直到疾病无声无息地侵袭我们,才惊慌失措。其实,我们的身体是一种复杂而神奇的存在,它拥有天生的自愈能力,但需要我们用正确的认知去唤醒,用坚定的心态去支撑。这种认知和心态的重要,远远高于金钱。

但我只是默默地聆听,没有参与。因为我被深深地吸引了。

这一个个的故事,是重庆摆龙门阵文化的缩影,展现了这种独特交流方式的魅力。虽然看起来只是聊天,却能在不经意间减轻病痛带来的压力,让人们在共鸣中找到一丝慰藉。

从这种氛围中,我渐渐了解了重庆街头巷尾那些热衷于聊天的人。他们看似在消磨时间,其实在连接着彼此的情感和心灵。一颗颗孤独的心,就是在这样的交流中渐渐地连在一起,形成了另一种意义上的家庭。病房也是这样,类似的疾病和疼痛是他们的血缘,相互之间的倾听、理解和关怀,就是他们对家庭的维系。家的感觉,充盈着这个人来人往的小空间,让这里的每一个人,都能获取一种更大的力量,抵御对疾病和死亡的恐惧。

不久,新的病患家庭加入了我们的小社会——一位即将为人母的女儿,带着她的父母来到这里,他们的担忧和泪水,为这个空间增添了一层情感的厚度。他们害怕的不仅仅是病痛本身,更是未知和巨大的经济负担。我不由自主地加入了他们的对话,试图以自己的方式,给予他们一点支持和鼓励。他们在泪水后展露的笑容,让我的心也轻松了一些,似乎病痛也忽然减轻了。

我开始意识到,生活中的每一次不幸虽然可怕,但都是对自己和身边人的提醒,也都是对生命意志的考验。生命奇迹的出现,不仅仅源于身体的自愈能力,更源于心灵深处的坚忍和不屈。我们的身体可能会因为种种原因而变得脆弱,但只要心中保持对生活的热爱和对未来的希望,就没什么不能克服。而这个病房,这个充满人间烟火的空间,也像是一个神奇的地方,能让所有人都找到共鸣,得到力量,即使身体上的疾病还在折磨我们,我们的伤痛也会得到缓解,因为我们的心灵得到了片刻的安宁和释放。

这个病房,那些人,那些故事,都成了我人生中的宝藏。

每个人的生命之旅都充满了未知和变数,我们无法预测明天会发生什么,但我们可以选择每一天的态度。让我们带着感恩的心,去面对生活中的每一个挑战,用乐观精神去迎接每一次的曙光吧。生命中的每一次折磨,都是一次成长的机会,每一次痛苦的经历,都会逼着你沉淀心灵,走向成熟。

让我们在生活的旅途中,勇敢地走下去,不畏惧任何困难,不被任何疾病吓倒。因为只要心中有爱,有希望,我们就能找到战胜一切的力量。在这个充满挑战的世界里,让我们用心去感受,用爱去拥抱,让生活成为一首永不停歇的赞歌,让每一天都充满阳光和希望。

63

在云子对病房的记录中,几乎没有提到病痛有多折磨,也没有提到其他病人在病痛中的煎熬,她始终只看到生活明亮温暖,给人希望和力量的一面。也许,这就是苦难始终没有打倒她,也没有夺走她对生活和他人的爱,没有夺走她心中的陶醉和诗意的原因。

不管世界是什么样子,人看到的,都只跟自己有关。经历苦难也好,经历挫折也好,走入坎坷甚至绝境也好,人生怎么样,终究是自己的感受。有一部电影叫《美丽人生》,它记录的是一个发生在纳粹集中营的故事:一对犹太人父子被抓入集中营,父亲为了保护孩子的快乐童年,想尽办法创造生活细节,将集中营生活美化成一个游戏,成功地让儿子在配合他的过程中,收获了游戏的快乐,而没有受到痛苦折磨。所以,人生到底怎么样,是由自己心中的细节决定的。发现和收藏温馨明亮的细节，关于人生的记忆就充满了幸福和诗意，人也会生活在一个柔软的世界里。

星星在照顾妈妈的时候，看到了怎样的病房？他有没有被妈妈看到的世界所吸引？

除了云子写给儿子的信，其实我也很想看到星星写给自己的信。如果他学会跟自己的心聊天，也许就会一天天走出来。因为，他会渐渐习惯用文字来表达情感，慢慢地，就算他不知道怎么说话，也能拥有另一种跟世界沟通的语言。

也许，云子也在等待这一天。

在那个被疾病轻轻拂过的时刻，我听到了生命中最质朴的旋律——对面病房的九十七岁的老婆婆，虽然耳朵不甚灵光，但她面对病痛时的乐观、勇敢和坚忍，如同一座不灭的灯塔，照亮了整个楼层。她让我们明白，年龄不是负担，而是一笔财富，无论年纪多大，生命中总有值得我们去爱、去关怀的人和事。陪护她的，是两位年迈的侄孙女，她们的声音总是回荡在医院的长廊，如同生活的诗篇，不断被重复，每次都充满了温度和情感。而她们的尽职尽责也让我明白，家人间无私奉献的爱，是无价的支撑，会帮助我们度过最艰难的时刻。

生活，就是这样，虽然总是充满无法预料的变数，但平凡中蕴含着不平凡的力量。而生活中真正的美好，也往往隐藏于这些平凡而又伟大的瞬间。

每当看到类似的场景，我就会想起童年时，在灶前帮母亲添柴的画面。那时的我虽然年幼，但早已从母亲忙碌的背影中，学会了做饭、洗衣等家务事，也在生活的细微处学会了责任与爱。尽管父母总是嘱咐我不要做重活，但我总是试图在他们归来之前，完成所有能做的事，好让他们能稍作歇息。每当我将自己做的饭菜端上桌，内心总会有紧张与期待交织，直到看见父母满意的笑容，我的紧张才会化为满心的喜悦。那份成就感和自豪感，是我一生中最宝贵的回忆。

我的童年充满了田间的辛勤和家中的温馨，那是一种无声的传承，也是生活给予我们最朴实的教育。它告诉我，生活的意义不仅仅在于表面上的成功与得失，更在于如何面对生活，如何在平凡中寻找和创造意义。

那个小院，虽然已经年累月略显破旧，却是我心灵永远的避风港。每当心情低落，我就会想起那里，想起那些与父母一起度过的温暖时光。那里，仿佛有一种神奇的力量，能让我所有的伤口瞬间愈合，让我重新找到生活的勇气和希望。

身处病榻之上时，我更是意识到了健康的可贵，也更加珍惜家人，珍惜与家人共度的每一刻。我深刻地体会到，我们应该向那位九十七岁的老婆婆学习，用一份坚忍和勇敢面对疾病和困境，永远不因年龄或别的原因，消极对待生命中的任何际遇。

在这个过程中，医生和医院给了我很大的帮助，尤其是陈玉华医师，她的专业、温柔，如同春风化雨，让我在病痛中感受到人间的温情，对医者的使命和责任，以及对医院走廊上的《希波克拉底誓言》，有了更深的理解和敬仰。我意识到，每个人都应当有自己的生命誓言和生存信条，都应该以医者仁心的态度对待生活中的每一个人，以厚德载物的精神面对每一件事。因为，生活不仅仅是为了自己，更是为了那些我们爱的和爱我们的人。

包括疾病在内的每一次磨难，都会推动我们深刻探索生命的意义。在医院的这段时光，我虽然经历了疾病的折磨，但也收获了对生活的全新理解。在每一次的回望中，我总会更加珍惜眼前的幸福，坚信只要有爱在心中，无论何时何地，都能找到前行的力量。

孩子，生命之旅虽然充满了起伏和挑战，但正是这些经历，塑造了我们的个性，丰富了我们的内心世界。因此，让我们以宽广深邃的心，继续在人生的旅途上前行吧。让感恩和爱伴随我们的每一步，让我们的生命之旅不仅是一段跋涉，更是一次心灵的成长和升华。让我们在每一个今天都活得充实而精彩，让我们的生活充满阳光和希望，让我们带着对生活的热爱和对未来的希望，继续在这漫长而精彩的旅途上勇敢地前行，在生活中的每一刻寻找属于自己的诗意，用一颗感恩的心去拥抱这个世界。正如我在医院病床上的体悟。

正是在这样的领悟中，我逐渐明白，院落里的柴禾火焰虽然微小，却拥有温暖整个屋子的力量，我的生命亦如此。在医院这个小小的世界里，我见证了人性的温暖和生命的力量，也见证了每个病房所孕育的故事，见证了每个人都在用自己的方式，诠释着生活的轮廓和意义。

儿子，我们或许会感到孤独无助，但正如灶间的火光总会让我们温暖，给我们力量，在生命的旅途中，总有人和事能为我们带来希望和光明。而我的回忆,则如同一条贯穿过去和现在的纽带,连接着每一次的经历和感悟,让我更加珍惜眼前的每一分每一秒。

面对生活,我们不应该只是被动地接受,而应该主动地探索和创造。每一次的困难,都是我们成长的垫脚石;每一次的失败,都是通往成功的必经之路。当我们用一颗开放而乐观的心去面对生活时,我们会发现,原来世界如此美好,生活如此多彩。而当我们在生活的大海中勇敢航行,即使风浪再大,也不失航向时,我们就能在生命的舞台上尽情演绎,即使终将落幕,也无悔于心,因为我们曾经努力,曾经拼搏,曾经热爱。生命因此而精彩,人生因此而值得。

所以,儿子,无论你现在处于人生的哪个阶段,无论你面临怎样的挑战和困境,都请相信,只要心中有光,就没有克服不了的难关。用一颗感恩和积极的心去面对一切吧,生活自会给你回报。在这个充满可能性的世界里,我们只要携手共进,就能共同创造属于我们的美好人生。

64

我终于看到长大后的星星写的一篇日记,写于云子住院之后。

我不知道它具体是啥时候写的,是在医院看护的时候,还是在家?但我看到了星星内心的迷惑和向往,还有一种非常想要成长、想让云子有个依靠的心情。他就像一个很想冲出牢笼又找不到钥匙的小孩,向着遥远的夜空不断地诉说和祈祷。看着他,我很心酸,因为我知道他心中的痛苦。

很多时候,父母一旦离异,孩子的压力就会非常大,他们不知道父母的感情为什么会破裂。有些孩子会怀疑婚姻,从此不敢结婚;有些孩子会更加向往婚姻,想要创造一个自己小时候想要却得不到的家庭;也有一些孩子,会终其一生,活在自卑和负疚之中,因为他们觉得父母之所以会分开,是他们造成的。其实不是这样,就算没有他们,父母也会吵架,也会互相指责和抱怨,也会有矛盾。因为,除了智者之外,所有人都有毛病,都不能无条件地包容。单凭一份爱的感觉,很难让两个人将最初的浪漫维持一辈子。

我见过一对夫妇,丈夫比妻子大几岁,九十多岁去世前,跟妻子没有红过脸,因为他们互相都很包容,也很有涵养。妻子年轻时是会计,丈夫年轻时做过校长,两个人耳鬓厮磨,相敬如宾,虽然没有太浪漫的回忆,却在平淡相守中走过了一生。所以,爱情的长久,需要智慧和德行的支撑。然而,有了足够的智慧,勘破了爱情和婚姻,拥有一份自给自足的快乐和幸福时,人们还会选择婚姻吗?说不清。

只是,没有智慧却有了孩子的婚姻,一旦破裂,受伤的就是孩子。也许不是每个孩子都会得自闭症,但每个孩子心中都会有伤口,如果不能及时治愈,这个伤口就会变成一个烙印,影响孩子一生。

有人说,幸福的人用童年治愈一生,不幸的人用一生治愈童年。但后者也许比前者多得多。孩子们用各种方式为童年阴影付出代价,大人们更是这样。每个人都想给孩子一个能治愈一生的童年,但可不可以做到呢?很多人连自己的命运都无法掌控,自己都活得不开心,又怎么能给孩子一个美满的家庭、健康的氛围？所以,如果父母没有自省自律自强的心,孩子是很可怜的。

很多夫妇为了不制造家庭悲剧,甚至不敢生孩子,因为他们知道自己不完善,也知道自己活得不完全开心,他们没把握教育好孩子。这样想也有道理,不过,人是可以改变的,不管生不生孩子,人都可以追求自己的幸福和圆满,追求变得更好、更完善。因为人的一生有很多内容,每个人影响的都不只是自己的孩子。只要有接触,人就在互相影响,互相促成对方的命运。有时,很多事是说不清的。

云子最美好的地方,在于她永远用爱和感恩去面对一切,因此她身边的人都在启迪她,都在温暖她的心灵,美化她的生活,让她的命运也变得更美。如果星星能突破自己,放下父母离异造成的伤口,像云子一样阳光明亮地活着,星星的人生就会很不一样。哪怕不能成为多么杰出的人,也会是一个好人,一个能给身边人带来温暖和幸福的人,这就已经很好了。

前段日子,妈生病,住院了,看着她每天躺在病床上,我很心痛。好在爷爷奶奶也时不时送些土特产来,让我觉得,这世上除了妈妈,还有人关心我。

很久没有写日记,也没有跟人交流了。虽然每天都看妈妈的信,但每次我都锁上门,所以妈不知道。我知道,妈为了我,甚至学会了打网络游戏,而我却不得不一次次地辜负,一次次把她锁在门外。其实,我也不知道自己为什么这么做。也许我的身体里住了另一个人,他在禁锢着我。但也许,这只是我的借口。有人说过，人为了给自己开脱，甚至会不惜怪责鬼神，说自己是鬼使神差这样做的。也许，另一种人格或另一个存在，也不过是我为了给自己开脱，虚构出来的存在。它并不存在，真正存在的，是我的懦弱和痛苦。

而这一切的阻碍，在妈倒在家里，我心急如焚地打了急救电话的那一刻，都被冲垮了。当我发现自己说了话，而且还像正常人那样说话时，我已经在医院走廊里了。妈在诊疗室里听医生的诊断，我没有勇气进去。但待在医院走廊的长椅上，我一样很煎熬。或者说，比待在妈的身边更加煎熬。似乎有巨大的气压向我袭来，四面八方挤压着我，我喘不过气，恨不得蹲下来，抱住自己，用自己的拥抱给自己建一座小屋，把自己从别人的目光里藏起来，让谁都看不见我。这样，就不用理会那些问询的眼光。当然，它们不只是玩味好奇的，有些是充满善意的，我能感受到，它们的主人想知道我怎么了，有什么能帮助我。可看到我的样子，可能他们也知道我不希望任何人接近吧。但其实，我的心是矛盾的，我在抗拒的一切，都是我急切地想要得到的。

世界在旋转，似乎变成了一个巨大的旋涡，一个空气稀薄的、时空被扭曲的世界，我的灵魂和身体都在扭曲中变形。如果我当时看过《变形记》的话，也许我会对格里高尔感同身受，但其实，我并没有那样的遭遇。我的生活，妈给我的一切，虽然在物质上不算最好的，但确实已经很完美了。我并不索求更多。妈不知道。她总想再多给我一些，再多一些，用爱的洪流，将我从那个封闭的世界里冲出来，让我像冲浪运动员那么勇敢、开朗和健康。可我不是。我只有一双瘦弱的胳膊。妈难道没看到吗？我没有那个力量。我只能蜷缩在自己的小屋里，陪伴我的只有那几张丑丑的画作。

只是，那一刻，在四面八方的气流挤压我的那个医院走廊里，我还是感到了内心的一种冲动，它在推动我，它希望我走进诊疗室，跟妈站在一起，不是为了心里那点可怜的安全感，而是为了妈，为了像我这个年纪的男孩子该有的样子，给妈一点依靠，而不是始终只能依靠妈。瞧，妈已经累病了，她的心是不是也已经很累了？这一切……都是因为我吧？瞧，罪魁祸首就是我，跟爸妈离婚的时候一样，对吧？妈在爸家里承受的一切，罪魁祸首不也是我吗？呵呵……

但有谁知道，我其实想要像个健康强壮的小伙子那样，坚定不移地站在妈的身边，给她一点力量，告诉她不用怕，儿子会给她依靠。

有一天做梦时，我真是这样的。梦里的我，身上也练出了腱子肉，我像游戏里的将军一样强壮有力，我可以为妈挡住外面的一切伤害，让她能永远像她平时那样，浅浅地、温暖地笑着，永远那么美好。

我的心里其实也有诗，也有美丽的色彩，也有灿烂的世界，可这些，总是一闪而逝，我想要抓住它们的时候，它们就消失了。也许，是我觉得自己抓不住它们？如果我能坚定不移地伸出手，告诉自己，我就要抓住它们，我就要把自己内心的世界呈现出来，我就要跟世界建立沟通，我就要握住妈伸来的手，我就要回应别人友善的眼神和问候，我就要抬起头，抬起我沉重的眼睑，望向别人的眼睛，不再害怕看到玩味、嘲讽、好奇或别有深意的眼神，我是不是就能做到？你总说，叫我勇敢地迈出第一步，我是否能迈出这一步？

也许，走进这座人潮汹涌的医院，写下这篇日记，已是我迈出的第一步了。不知为什么，涌动的情绪推着我这样做，这样做的时候，我已经忘掉了自己。我忘掉了自己是一个自闭症病人，忘掉了自己已经很久没有说过话、没有走出过那个封闭的灰色的世界，忘掉了自己其实虚弱无力，扶不动我最爱的妈……而这一切，在我忘掉的同时，就实现了。

忘掉自己的同时，就做到了自己渴望做到的一切。

可那个电光石火的瞬间，我该如何把握？

妈，你躺在病床上虚弱的样子，我颤抖着手，拿毛巾为你擦额头上的汗的那种感觉，至今我还记得。瞧，我的手上还留着你额头的温度，那样温暖，颤动着。你永远不知道……不，也许你一直都知道，我的心在某个角落，跟你始终相连。我一直在你为我构建的世界里蹲着，蹲在一个你注意不到的角落里，看着你在阳光下跳舞，你的身边，是童年时的那个我，无忧无虑，笑得就像一个小傻瓜。

噢，妈，我该如何接近？我该如何把握？我该如何踩在那根极细的钢丝上，走向你？

瞧，你笑着向我伸出手了，你恢复健康了，你在跟隔壁的阿姨笑着聊天了，一切画面都在飞快地变化着。那一切，都如此遥远，却又如此近。

我该如何靠近你？我亲爱的妈妈，我生命中的温暖和光明！

你跟我说过雪师的《让心属于你自己》，我看到你放在我的桌面上了。我也翻了，但现在的我还看不了。你不知道，我翻开书，那一个个字都跳动着，就像游戏里那些飞速跑动的图像。

但我想了一个方法，有声书，你知道吗？我悄悄地下载了有声书软件，也找到了那本书，也许我可以听一听它……但不知道为什么，总有一个看不见的存在，在阻止我的一切努力。伸出手指点击这么简单的事，我都办不到。在几乎这么做的刹那间，伸出手指的力量就消失了，就像房间里的灯突然暗了一样。也许是内心的怯懦情绪在阻止我。它在告诉我，既然是一个美好的可能性，就让它永远美好下去吧。你远远地看着它就好，不要去尝试，万一你尝试之后失败了，它就被打碎了，它就不再是一个美好的可能了，它会变成你灰色天空中的一抹空气，它会失去美好的颜色。它在心里对我这样不断嘟囔着，让我错过了很多个伸出手去握住你的手，迈开脚，走出那个封闭空间的瞬间。

可它，终于被对你的担忧冲垮了。

那是你在信中常对我说的，爱的力量吗？

妈，你信中的世界很美好，我想永远待在里面。但你告诉我，真正属于我的世界，是我自己心中那个融化一切灰色，融化一切寒冰，融化一切顽铁，融化一切碎石沙砾的，终于放出光明，开满莲花，夜空中荡漾着明月和繁星的世界。我相信你说的。

我还瞒着你，在游戏世界里创造了一个这样的空间，它是我极少数为自己所做的努力之一。真希望你能看看它，就像你总是把自己的世界向我敞开一样。

妈，希望你永远健康，永远美丽。

星星因妈妈的病，突然被迫从自闭中走出来了。这说明他并非生理上的自闭，也不是无法面对生活中的变故，否则，他不可能一下子就能说话，能走进人群。这让我的脑中闪现出一个追与躲的画面。爱得太多太紧的母亲在撕心裂肺地追着儿子，儿子却更加躲在自己的壳里，越藏越深。终于，母亲累了，病了，儿子一下子意识到了自己的责任与担当，对母亲的爱使他勇敢地走出了壳子。星星也许并不想总是做一个被施与者，只要妈妈的爱不那么"步步紧逼"，他就可以从溺水一般的窒息感中跳出来，毕竟，他骨子里是个想要有所承担的男孩子。

65

云子继续在信里跟儿子聊天，讲了自己从医院回家途中的感受。

人在面对死亡的时候，总会看到很多平时看不到的东西。因为，死亡会让人发现很多东西没有意义，就像无常会让人发现很多东西没有意义。于是，人就会对很多东西失去兴趣。但有些东西，即便面临死亡，人也仍然会觉得有意义，因为它们会让人在当下得到愉悦，让人在当下从痛苦中解脱，比如智慧、精神和诗意。

就像云子，她躺在病床上，生命受到威胁，灵魂世界发生了巨大的动荡，疼痛的折磨更是搅乱了她的心，让她很难像平时那样清澈美好。但这时，她仍然得到了自己期望的解脱，那就是沉浸于生命中的诗意，让疾病的煎熬也融入这份诗意。

智者面对死亡有一个态度，那就是借死亡的力量破除一切执着，斩断对尘世的一切牵挂，一心一意安住在所有执着消失的那种境界之中。用一种没有分别的眼光，看待眼前的一切，观察它们在刹那间的真实和消失后的虚幻。在那种似真实幻的觉受中，坚固自己的放下。不管祸福因缘，甚至莫问生死，只管让自己安住在这个境界之中，守住心的安宁和解脱。在这种安住的宁静中，享受活着时的一切，健康，劳作，学习，听讲，欣赏音乐，锻炼身体，熬煮中药……在这种享受和安住之中，静静地体会世上一切，恢复生命本有的宁静。

这是跟享受世俗生活的美好不一样的解脱，也是更究竟的解脱。因为，世界上的很多事说不清，我能发现世俗生活的美好，但也始终明白，很多东西都在变化和消失。唯有一件事对人的灵魂真正有意义，那就是真正地觉醒，让自己在面对世界，面对任何境遇时，都能有一份自主和清醒。这是人能超越一切祸福因缘真正的保障，也是生命中最珍贵的美好、自由和诗意。

在那条岁月长河般的医院走廊里，我听到的不仅是人间的温情，还有生命不息的诗歌。我的心，如同那被遗忘的车站，时而有思绪的列车驶过，载着我穿梭于现实与梦想之间。那位九十七岁高龄的老婆婆与她的侄孙女们时常对话，她们的故事，如同一首首长篇的叙事诗，讲述着坚守与传承，还有人生的沉重与轻盈。直到从医院回家之后，她们的声音仍时不时在我心中回荡，给我带来一种悠远的思考和感悟，让我对人生和世界，多了几分深沉的认知。

那天,我从医院出院,坐在回家的车上,心中满是复杂的情绪。车窗外,银杏树以它们独有的姿态,站成了一道风景。黄得那样灿烂,那样惊心动魄。我沉浸在那片金黄色的海洋中,思绪随着车轮一同飘远,忘记了即将到达的目的地。那一刻,我仿佛看到时间的流转、生命的延续,以及那一丝丝不愿离去的依恋。

回家的路上,我意识到,生活就像一场悠长的旅行,我们都是旅途中的过客。有时候,我们会因为沉浸在自己的思绪中,错过下车的站点,但正是这些意外的纰漏和可能,让我们的旅程和内心世界更加丰富多彩。它们总在提醒我们,要停下来,审视自己的内心,探索隐藏的自我,发现生活中被忽略的美好,在回望人生的路上,收获更多的风景和感悟。它们也许隐藏在一棵黄闪闪的银杏树下,也许隐藏在一段深情的回忆里,也许会在一次意外的旅行中悄然绽放。

我如同穿越时空的旅人,时而驻足于过往的记忆,时而凝望未来的希望。生活的变幻莫测,总是在不经意间给予我们惊喜和启示,就像昨夜的电视节目中那群金丝猴的故事,虽然展现了自然界的残酷,但也展现了生命的温情,它告诉我们,在生与死的循环、爱与苦的交织中,我们依然能够找到生存下去的力量和希望。那位失去孩子的母猴,用它的悲伤告诉我们,即使是动物,也有着深厚的情感和母性的本能。它的坚持,是对母性更深沉的诠释,也是对生命的赞歌。

时光的步伐谁能抵挡,永恒也不过是一种传承。生命如梦初醒，似幻而真的虚无，承载着我们的梦想和追求。在这无尽的寻觅中，我学会了珍惜每一个瞬间，学会了在无常中寻找永恒，在虚无中探求真实。

在这样的感悟中，我慢慢地走向家门。尽管路上有过遗忘和错过，但心中始终充满对生活的热爱和对未来的期待。就如家乡的那个小院，虽然岁月在它身上留下了痕迹，但它依旧是我心灵的避风港，是我永远的家。无论世界如何变迁，无论生活如何起伏，那份对家的思念和对生活的热爱，都将永远指引着我，让我在这人生的旅途中勇敢前行。

在生活的旅途中，每一次的继续都是一种新的开始，一次对未知的探索。就像我在那充满思绪的车程后，踏上回家的路，每一步都踩在时间的轨迹上，感受着每一个瞬间留给心灵的印记。我的脚步虽然悠然，心却如同那错过的车站，记载着一丝丝的遗憾和无数的可能。

在这条不断前行的路上，我们会遇到无数的分岔路口，每一次选择都可能改变我们的方向。但无论怎样选择，重要的是保持一颗探索的心，勇敢面对每一个挑战，用心感受生活的每一个瞬间，珍惜与我们相遇的每一个灵魂。

因为，生活不仅仅是一场旅行，更是一次心灵的成长之旅。每一次的经历、每一段的旅程，都在悄然改变着我们，让我们变得更加成熟、更加完整。我学会了在变幻莫测的世界中寻找方向，在起起伏伏的人生中寻找平衡，在苦难和挑战中寻找力量。

让我们带着这些经历和教训，继续在生命的路上前行。让我们的心灵在旅途中不断开阔，让我们的思想在探索中不断深化，让我们的生活在经历中不断丰富。无论路途多么遥远，无论未来有多少未知，只要心中有爱、有梦想、有追求，我们的生命之旅就永远充满希望和光明。

带着对生活的热爱和对未来的憧憬，我继续在时光的步伐中前行，不畏惧，不后悔，满怀信心地迎接每一个清晨的到来，迎接生活中的每一次新的开始。

正是在这不断的前行中，我逐渐理解了时光的真谛。它不仅仅是连续的刻度，标记着过去与未来；更是一种无形的力量，让我们能塑造自己，成为更好的自己。每一次的经历，每一段的回忆，都是我内心最宝贵的财富，它们如同一颗颗璀璨的星辰，照亮了我前行的道路。

生活中的每一个瞬间，无论欢笑还是泪水，都是我们成长的见证。那些伴随着岁月慢慢沉淀下来的情感与智慧，让我们在面对新的挑战时更加从容不迫。我们学会了不仅要勇往直前，更要懂得适时地停留与反思，因为只有在沉静中，我们才能听见内心最真实的声音。

我开始懂得，生活的意义并不在于目的地的辉煌，而在于感受和感悟旅途中的点点滴滴。那些看似平凡的日子，其实充满了不平凡的意义。正如那些错过的车站，虽然让人遗憾，却为我们带来了意想不到的风景与体验。在生命的长河中，每一次的偶然与必然，都是宇宙赋予我们的礼物。

随着时间的流逝，我更加珍视与家人、朋友之间的相聚。因为我明白，这些温暖的时刻才是我们生命中最宝贵的财富。在这个瞬息万变的世界里，能够拥有一份不变的情感是多么幸福的事。因此,我开始用心去维护这些关系,不让繁忙的生活侵蚀彼此之间的联结。

生命的旅程虽然充满未知,但只要我们保持一颗乐观向上的心,就能在每一次的挑战中找到机遇,在每一次的困境中看到希望。儿子,让我们以一颗感恩的心去生活,珍惜眼前人,珍惜当下,用我们的爱和行动,让这个世界变得更加美好。

于是,我继续在生活的道路上前行,不为追逐那些遥不可及的梦想,而是为了寻找那些在平凡中隐藏的幸福与美好。我相信,只要我们用心生活,即使是最简单的日子,也能绽放出最耀眼的光芒。生活不是一场赛跑,而是一次旅行,重要的不是速度,而是风景以及看风景的心情。让我们带着一颗平静和充满爱的心,继续在时光的长河里航行,迎接每一个新的早晨,拥抱每一次生活的奇迹。

66

儿子,感谢你为我重读《爱不落下》,今天,我才从书中知道这世上还有一个词,叫"丧文化"。

你说,我是不是孤陋寡闻? 好可怜。

在那寂静如水的月夜下,我感到心灵的一角,宛若被一道温柔的月光触及,那份清寂,我害怕它变成唯一的光芒,照亮我生命的余暖,却再也无法染上尘世的繁华。

无论如何,我都不愿,坚决不愿,沉溺于毫无目的、毫无希望的无尽虚幻中。无论如何，心都会疲惫，情感都会逝去，人都将老去，岁月终会悄无声息地吞噬这世间所有的痕迹。我宁可，我宁愿，化作一根静静守望岁月的老藤，独自承受着时光的沧桑，即使我变成了一道孤独的白月光，也不愿在生命的最后温暖中添上风月烟花的痕迹，因为我的内心没有足够的宽广来承载。

孩子啊，你看过世界的翻腾变幻，也见证了生命的消长和辉煌。你难道没有发现，万物都像那柳絮，在风中，看似无力地舞动，实则充满了生命的坚忍——它拥抱天空，亲吻大地，与世界最亲密地接触，即使终将落去。妈妈曾经也是一缕奋力飞翔的柳絮，虽历经风雨，却从未失去对生活的热爱和希望。即便如今，妈妈不也在奋力地飞翔吗？你是否感受到那轻柔舞动背后的韧力？

孩子，你亦如此，即便现在感到困顿，不知所措，也请你记得，这世界上总有一片土地，愿意接纳你，支持你，等待你将自己化作新的生命力量。所以，无论何时都不应放弃自己，不应在遭遇挫折时选择逃避。

这条道路或许充满荆棘，但它也铺满了花瓣。请拾起那些智慧的碎片，用它们拼凑出一条通往光明的路。你看，即便我们无法改变整个世界，也可以改变自己，可以把所有经历化作生命的营养，让自己变得更加丰富和强大。

所以，请抬起头，拥抱世界，拥抱每一个给予你教训和力量的灵魂。通过他们，你会发现新的生活，拥有新的世界，成就新的自己。在这种触摸、感受和经历中，你将不再是孤立的个体，而是世界的一部分，你的世界也将因此变得无限宽广。而你还将发现，那些古老的，反而最能散发出崭新的气息。

孩子，看到你妈妈给你的这封信，我才知道你为她读过《爱不落下》。感谢你喜欢这本书，也随喜你对妈妈的心意。

你为什么会想起这样做呢？是不是因为妈妈突然生病，你才意识到她不会永远年轻，不会永远活着，有一天她会老去，会得病，甚至会死亡？你是不是想在她活着的时候，做些让她开心的事？这就对了，我们总得在来得及的时候，做些我们该做也想做的事。

你在这本书上读到了丧文化，你是否知道什么是丧文化？就是一种消极的思维，觉得自己没有任何用处，自己的存在毫无价值，也甘愿接受这个自己所认为的事实，不想再去面对，宁愿在消极中度过一天又一天。

你知道，你曾经陷入的，就是这样的生活。

你有没有发现，没有习惯打游戏的时候，你的恐惧只是一种情绪；习惯打游戏之后，你的恐惧成了一种生活？你生活在恐惧里，但你用游戏压抑着它，就像跟你一起打游戏的那些人一样。他们在生活中也有自己的恐惧和无力，他们也不安、无助，不知如何解决。于是，你们在游戏世界里相遇了。你们慰藉了彼此的寂寞，挤走了彼此的痛苦。你们看似快乐了很多，也充实了很多，你们知道了每一天该如何过，但同时，你们也成了彼此能继续消极下去的理由。

为什么要一直活在游戏世界里呢？你是不是觉得那里更安全，自己更容易把握，就算游戏失败，也能重新开始，自己不会受到任何伤害，而人生却不是这样？你是不是害怕未知的人生，害怕自己不懂应对的很多东西？

但你知道吗，伤害你的不是外部世界，而是你的执着，是你认为该怎么样、现实却并非那样的心理落差。而且，人是不可能完全割裂与外界的联系的。在心灵深处，你们定然也需要一份柔情和阳光，定然也享受身心放松的愉悦，还有那份参与和贡献之后的自我认同感。你们更需要一份坦诚相对、灵魂相契的共鸣感。而这一切，你们在虚拟的游戏世界里得不到；你们能得到的，只有一份多巴胺带来的快感。这份快感转瞬即逝，留给你们的，只会是更深的寂寞、失落和空虚，不是你们期待的快乐。

你一定知道的，所以你才会在美好的月光里蜷缩。你为啥不试试，伸展开四肢，像你小时候躺在草地上那样，感受风的流淌，感受空气的微凉或温热呢？这些都是真实地活着的感受，而你的那些虚拟人物，是不可能让你感觉到这一切的。他们不会让你闻到青草的芳香，不会让你感受到被人拥抱的温暖，不会让你感受到关爱他人时的满足，不会让你感觉到鲜活生命的一切。

我说的这些，你定然都感觉到了，你定然也曾无数次地失落，你只是不够勇敢，没有找到那个突破自己心灵障碍的契机。所以，你要不断地尝试，多给自己一点信心，告诉自己，勇敢一点也没什么大不了的。

我读过一篇科普文章，名字叫《毁掉一个人最好的方式：让他对"低级快乐"成瘾》。我想，你也该读一读。文章里说，看短视频、喝酒、打游戏，甚至吸毒、赌博等，都属于低级快乐，它们不需要你付出任何努力，几乎立刻就能获得，因为它们会刺激你的大脑，让它分泌多巴胺，多巴胺会让你产生快感。但多巴胺的门槛会不断提高，你必须看更多的短视频，喝更多的酒，抽更多的烟，花更多的时间打游戏，等等，才能不断得到之前的快感。有个科学家做过一个实验，他把电极放进小白鼠的脑中，小白鼠一踩电极连接的踏板，电流就会刺激它的大脑，让它的大脑产生多巴胺，它就会觉得非常愉悦兴奋。但当它再踩一次的时候，可能就会发现这种兴奋感降低了，于是它就不断地踩，不断地获取更多的快感。当它每分钟踩上几百次时，你知道发生了什么吗？它力竭而亡。因为，它的中枢神经不断受到刺激，实在太疲惫了。沉迷游戏也是这样。当你不玩游戏的时候，你是不是觉得读书、思考，甚至生活中的一切，都变得索然无味了？这就是因为，你的大脑已经很难再分泌多巴胺了。

所以，要想改变自己，首先就要从游戏世界里出来，甚至要戒掉游戏，还自己一个清新真实的世界。当你习惯了不玩游戏的生活，多看看书，多做些对社会有益的事情，你就会发现自己舒服多了，自己的世界也洁净多了，自己的大脑没有之前那么疲惫，体内好像也没有那么多垃圾了。这时，你就走上改变和升华的路了。

这是你妈妈想让你走的路，也是拥有未来、变得快乐必须走的路。

每一个像你——也许是过去的你——一样，被丧文化裹挟的人，都需要踏出这一步，勇敢地改变自己。只要踏出这一步，你慢慢就会发现，很多事也许没有你想的那么复杂。

世界上有很多像你一样的人，他们也许都像你一样痛苦，甚至有可能比你更痛苦。但你很幸运，因为你有一个懂你的妈妈，她从来没有希望你出人头地，她只希望你快乐健康。而且她一直相信你，就算你表现得再冷漠，她看到的也是你的痛苦，而不会觉得那就是你的本质。孩子，如果你也爱妈妈，就对自己好一些，积极生活，不要害怕,害怕只会让你离快乐越来越远。但要是你实在害怕,就随它吧。只要你每天读好书,学会清理自己的情绪垃圾,坚持做对别人、对社会有益的事,你就会一天天积极起来,快乐起来。只有你快乐起来,爱你的人才会快乐。

67

故事往回跳转,我看到了母子共读《爱不落下》的场面。

那场面很温暖,背景仍是那间被寂静包裹的小屋。我看到云子拿着《爱不落下》,满怀期待又无比紧张地敲响儿子的房门。房门里的儿子也许犹豫了一下,还是打开了门锁,门背后的脸年轻却憔悴,像是很久没睡过好觉,无精打采的。

云子看着儿子的脸,还有他依旧低垂的眼睛,轻轻地说:"星星,妈妈想请你帮我个忙,给我读这本《爱不落下》,好吗?我的眼花了,看不清字。"儿子看了一眼妈手中的书,目光落在封面的宣传语上:"给相信爱永不落下的你一轮明月,照亮世界……"他的嘴唇动了动,像是想说些什么。妈的心一震,刹那间充满了期待。

她已经很多年没听儿子好好说话了,或者说,儿子已经很多年没有好好说过话了。他每次说话,都只是很简短的两三个字,语气也都是冷冷的。但云子知道,儿子的心没冷,他只是病了。云子很想听他说说,他是怎么想的,愿意帮她读这本书吗?哪怕只是问妈,这本书是讲什么的,妈也会非常开心的。因为,这么多年来,儿子就像失去了好奇心一样,对什么都无所谓,也不感兴趣,不闻不问。

唯有云子生病之后,儿子才有了一些变化,甚至还说话了,但妈没听到。她想听到的,是儿子告诉她自己在想什么,自己有什么烦恼和恐惧,自己对什么感兴趣,自己对人生、对世界有什么想法。只要儿子愿意跟她分享,她就相信儿子可以好起来。

可儿子依旧低着头,不看妈,目光也从书的封面上收回了,像是再一次变得对一切都不感兴趣。云子的心沉了下去,因为多了一份期待,失落让她特别难受。她也没再说什么,刚转过身,想到客厅去看书,背后却传来了儿子的声音:"好。"

云子惊喜地回头,儿子却已进屋了。

虽然儿子的改变不大,但云子还是很开心,她觉得,儿子只要肯读书,就是好兆头,也许事情会慢慢好起来的。她步伐轻盈地走进儿子的房间,满脸微笑,似乎已经看到了母子俩其乐融融的样子。

云子没读过《爱不落下》,但她认识我的好些读者,他们都说她该读一读《爱不落下》。他们都知道她得病的事,也知道她儿子自闭,他们说,就算她儿子不愿读,她读一读,对心情和状态也有很大的好处,读完,她可能就会放下很多东西,包括对儿子的担忧。有个朋友告诉她,每个人都有自己的命运,不管她再怎么担心儿子,能做的也就是这么多,该他自己努力的部分,是靠不了别人的。每个人真正能依靠的,只有自己的真心。

关于真心,云子知道得不多,但她看过《空空之外》,至于她有没有看懂,我不知道,她也没问过我。也许她觉得觉悟离自己很远,自己只是个很平凡的女人。但我想告诉她,真心是每个人都有的,不管她多么平凡,都是道和真心的产物,都是这世界上独一无二的产物,就算再生成一次,形成的也不会是她,她的儿子也是这样。虽然她儿子觉得自己很糟糕，连房间都不敢出，也不敢跟世界接触，但他同样是大道独一无二的产物。然而，每个人都不明白自己的独一无二，也不明白自己和他人的一体无别，于是就自卑且孤立着，把自己站成了寒风中一道凄楚的影子。

云子也不知道什么叫一体无别，或者说，她是字面上知道，但并没有真实的体验。在生命的领悟面前，所有缺乏真实体验，或者不能用在生活中、改变生活和命运的"知道"，都没有太大的意义。云子明白这一点，所以她从来不敢说自己读懂了我的书。

朋友们介绍《爱不落下》的时候，说它写了一个女孩借癌症和死亡实现觉悟的故事，这个故事有真实的原型，那女孩的两个原型都得了绝症，也都因为绝症，对人生有了很深的领悟。其中一个女孩还在活着时实现了升华，即使承受巨大的疼痛，内心也宁静如水，完全放下了生死，除了肉体的疼痛之外，她已经没有任何烦恼了。云子很向往朋友们说的这种境界，她虽然面对疼痛时也宁静，但内心的恐惧、灵魂承受的折磨，却是当时觉得实打实的。只是那一切都像风一样散去了，虽然身体留下了疾病的痕迹，但一切都在飞快地消失着。云子不知道生命还剩下多久，但她知道，不在活着时找到真正的自己，像那个女孩那样，得到灵魂彻底的宁静，她是会遗憾的。

于是，她买来了这本书，她期待着从这本书中收获答案，也期待着这趟旅程，她的孩子能跟她一起出发。

孩子正坐在电脑椅上等着妈妈，虽然仍然低着头不说话，但看起来很平静。

云子撕开《爱不落下》的塑封，把书递给儿子，请他帮自己读书。

书的一开头,丫头说了她得的病,还说了她是如何在确诊前给我打电话,然后开始她的灵魂探索之旅,如何在这个旅程中一点点战胜自己,从一个要强的女子,成长为一个智者。

儿子木了一阵,长长地叹口气,开始读书,他的语气刚开始很勉强,但随着阅读的深入,他就像一朵花在阳光下静静地绽放了,声音也自然了很多,越来越流畅了。

听到儿子读的内容,云子一下子流泪了,尤其听到丫头在信中对真实生命体验的诉说,以及雪师在信中对她的回复时,她更是泪如雨下。云子的动情感染了儿子,儿子也边读边流泪,不知是在别人的故事里流自己的泪,还是心疼故事中那女子的遭遇。但看得出,随着泪水的流淌,他的心一点点变柔软了。

不知不觉间,天色已暗了下来,星星看了一眼窗外,按住妈妈的手,示意停一下,然后去厨房倒了水。水是温温的,孩子也许专门用手试过温度。妈看着儿子,眼中又涌出了泪。多少年了,除了生病那段时间,妈几乎从来没有在儿子那里得到过情感的回应。这次,儿子的动作虽然简单,却像是迈出了一大步,而这一步,又迈得如此自然,连他自己似乎都没有注意,也没有多少纠结和挣扎,甚至看不出勇气。

这一切,云子只是暗自看在眼底,没有称赞儿子。她喝一口水,让儿子继续读书,但希望他将语速放慢,停顿处就休息一下,留一点时间,让她慢慢品味。渐渐地,儿子的眼神变得深邃,似乎也开始走进人物的心灵世界,有了平时没有的追问。

时间在娓娓道来般的读书声中消逝。儿子一反常态地坐得住,也没有任何显示出内心焦躁的动作,似乎,随着阅读时的声音,他也在陪伴着小说中那个孤苦但也幸福的女子。

慢慢地，云子开始不在乎儿子在想什么了，她完全融入了《爱不落下》中。她的心跟小说中女子的心融在了一起，一切的苦乐都成了她自己的苦乐。动情处，她默默地流泪，儿子的声音也变得低沉柔和，他的声音就像一首悠扬的歌，回荡在时空的河流中。这首歌里有无数的灵魂，他们也都在唱歌，唱着一首没有声音，没有歌词，却写满真实的歌——灵魂之歌。

这世上，每一个灵魂都是悲苦的，因为每一个灵魂都会经历个体生命的那些悲剧。但幸福的灵魂有个神圣的向往，即便痛苦，也还是会一直朝着光的方向行走，永不止步。就像飞蛾哪怕知道会葬身火中，也还是会义无反顾地飞向火焰。光明，自古以来，就是人类不灭的向往。很多时候，它甚至比人的生命更加重要。

融入书中的时候，云子不但读懂了书中女子的心，也渐渐读懂了自己的心，读懂了一直以来，在心中支撑着自己的东西。有个温暖而明亮的东西在她心中暗暗闪亮着，她知道，那是她灵魂中的珍宝。她很希望儿子也能看到这个珍宝，也能被它的光明所照亮，从此洗去包裹他心灵的污泥和尘埃，从此不再痛苦烦恼，更不再封闭和逃避。

不知不觉，夜深了，云子看了一眼手表，又望了一眼儿子，儿子脸上没有倦意，但云子还是说，先休息吧，明天再读吧。儿子，你给了我最幸福的一天，明天，妈还想听，你愿意继续读吧？

儿子望了一眼妈，点了点头，突然想起什么似的问："妈，你饿不饿？要不要煮一碗面给你吃？"他似乎忘了自己有自闭症，也忘了自己很久没说过话，一切都如此寻常。

云子的心里一阵激动，就像一阵暖风突然吹来，吹皱了她心中的湖水，却又怕这激动惊扰了儿子，让他想起自己的病，想起自己是说不了话的，然后再一次被桎梏。于是，她努力平复心情，只是点了点头，接受了儿子对她的关心。儿子从小不会做饭，得了自闭症之后，更是没了生活的兴趣。他是从妈得病之后，才开始慢慢学会生活的。虽然他做得很笨拙，但看得出，他很用心。

云子站在厨房门口，看着他专心致志地煎蛋，专心致志地下面条，再把面条捞出来，一缕一缕放好，上面铺上蛋，再倒一些酱油。整个过程中，他就像是一个健康的孩子，似乎自闭的岁月真的是一场梦。梦醒后，一切都不是真的，儿子在梦之外的某个地方自己成长着，一眨眼，就长到眼前这么大了。云子有一种如梦似幻的感觉。她想，要是一切都这样下去，该多好啊。儿子不要再产生逃避的念头，就这样静静地活在属于他心灵的岁月里，静静地成长，静静地有所守候和向往，静静地追求一种精神和觉悟。从此，他们就不只是母子，也是灵魂旅途中结伴同行的两个人。他们会守望相助，彼此扶持，他们会在挫折和坎坷中互相鼓励，他们会一起融入光明，他们会跟无数的水滴和雨露手牵手，润泽每一颗干涸的心灵，湿润每一副喑哑的喉咙，点亮每一双追寻的眼睛……

"妈，尝尝看咸淡。"儿子挑起一根面条，伸到云子的嘴边。

云子看着儿子，有些不敢相信，满心的幸福就像鲜花般盛开了。但她只是不动声色地微微张开嘴，让儿子把面条放进自己口中。温热的感觉在口腔中荡漾着，还有一点点咸味。她点点头，笑着对儿子说"很好"。儿子就放下筷子，把两碗面条端到餐桌上，再把面汤另外盛起来，放在餐桌中央，里面还放了一个汤勺。

一切都是如此自然，云子甚至有些怀疑自己的记忆了，难道……自闭症和儿子的自我封闭真是一场梦吗？还是说……现在是一场梦，事实上，她和儿子在读书的时候睡着了，一同进入梦中，共享了这个无比温馨、无比幸福，同时也无比真实的梦？如果是这样，就不要醒来吧，一直梦下去，永远幸福地梦下去。

这个念想，一直持续到云子睡在床上，儿子为她盖好被子。

真像做梦呢。

第二天醒来，刚刚天亮，朝霞布满了远处的天空，城市还没醒来，屋里却已传来了洗漱声。是儿子。云子一下坐了起来。

她穿上外衣和拖鞋，来到卫生间，看到儿子正对着镜子擦脸。他憔悴的脸上多了一分健康的光泽，黯淡的眼睛里也有了光。看见妈站在门口，他停下动作，望向妈，虽然没有说话，但那压抑低沉的磁场有了变化。

云子的眼角不禁湿润了，她知道，儿子那颗封闭已久的心正在缓缓开启，书里文字的温度正在治愈他的心。他想起了什么呢？是不是想起妈前段时间的病？是不是想起看到妈得病时，自己的那些感悟？是不是突然感受到生命的无常和情绪的无意义，想努力挣出身体感觉的控制，珍惜一切？

云子不知道，但她知道，书里的每一个字、每一句话，都像是儿子心中的小小太阳，照亮了他的世界，也照亮了妈的心。云子读这本书，最初更多是为儿子，但在诵读的过程中，她被书里那些熟悉的心事打动了。她开始意识到，自己内心的焦虑不安，别人心里也有，世界上的那么多人，都在经历类似的挑战，也在承受类似的痛楚，但他们依然选择以爱和希望面对生活。云子被深深地感动了，仿佛通过读书，拥有了许多灵魂伙伴，他们都在用自己的方式，给予她勇气和力量，也打开了她封存已久的情感。

随着时间的流逝，读书成了母子之间一种特别的仪式。每当夜幕降临，他们就会坐在温馨的灯光下，共同探索《爱不落下》中的世界。儿子甚至主动催妈妈听书，他渐渐走出了自己的小世界，学会了与妈妈沟通，分享自己的想法和感受，说话的语气也柔和了很多。每当读到情感浓烈的篇章时，还会不自觉地望向妈，眼中流露出感恩和爱，还有一丝对共鸣的探寻。云子的那些信件，终于得到了理解和回应，儿子也终于学会用爱触摸他人的心灵。而这一切的改变，都源于那本书——《爱不落下》。

云子发现，它不仅仅是一本书，更是一座桥梁，连通了她和儿子的心灵，让他们能更加深入地理解彼此，更加坚定地站在一起，彼此之间的心灵纽带也因之变得更加牢固了。

云子从没想过，读书会让他们产生这样的改变。她这才理解了闺密群中的那些雪师读者。她计划着，等疗效更巩固一些，她会和儿子一起读《西夏的苍狼》，闺密群中的伙伴告诉她，《西夏的苍狼》也许会让她的儿子更明白爱情和婚姻的无常，也更能接受父母关系的变化。

共读的那些日子里，云子内心的欣慰如同春日里的溪流，悄悄地流淌，滋润着每一寸干涸的心灵土地。它见证了她和儿子共同的心灵成长，也见证了儿子为改变做出的努力。云子相信，未来不管遇到怎样的困难和挑战，她和儿子都会牢记这本书的启示——只要心中有爱，就没有克服不了的难关；只要用爱去面对挑战，就会创造更多美好的记忆。在后来的岁月里，即使独自面对病苦，这段宝贵的记忆也像璀璨的宝石，始终镶嵌在云子的心中，永远闪耀，永远为她输送爱的能量。

爱的力量竟是如此强大和神奇，云子感叹道。

她想，只要有爱，就能打开最坚固的心门，温暖最寒冷的心房，点亮最黑暗的角落；只要有爱，就没有什么是不能克服的；只要有爱，就能让生活变得更加美好幸福。

她甚至也不怪前夫了，她觉得，这一路虽然充满挑战和不易，但她和儿子因此更加珍惜彼此，更加坚信生活中的每一份爱，都是值得珍惜和传递的。

这段日子里，因为看到儿子的成长，云子觉得非常自豪。她这才发现，这些年里，她的幸福一直有点无奈的味道。因为，儿子始终没有好转，她只能一直降低自己的期待。最后，她觉得就算儿子好不起来，只要他活着、健康，自己就很开心了。她甚至已经不再期望儿子变得阳光快乐。然而，这种"不再期望"，只是被迫接受，是一种压抑，她的内心深处还是充满对儿子的担忧。她一直在努力，一直在等待，却一直不敢相信，这个小小的心愿，会有实现的一天。当这一天真的来了，她无限接近梦想的时候，她才终于感觉到久违的自豪和幸福，就像某个悄悄压在她心上的石头，忽然化为一阵青烟消失了。

她发现，孩子的成长和治愈，非常需要耐心的陪伴和引导。虽然孩子的生存很重要，在社会上找到一席之地也很重要，人首先要活下去，才谈得上别的，但如果把活着当成追求，人就很难找到出路。因为，孩子走不出阴影，是心出了问题，自己战胜不了烦恼，而不是学不会技能。云子看过一些关于自闭症的报道，那些孩子的生理障碍非常大，但他们还是可以找到能做的事，让自己活下去，可他们不一定活得快乐。因为，自闭症很严重的孩子跟社会无法融合的最大原因，是焦虑。很多自闭症孩子进了普通学校，却不得不转进特殊学校，就是因为他们控制不了焦虑，给身边人造成了很大的困扰。所以，救助自闭症孩子的机构，会想办法帮助孩子们缓解焦虑情绪。只有焦虑情绪得到缓解，甚至学会化解焦虑，他们才可能跟世界一体，而不会成为肉里那根扎人的刺。而且，化解情绪问题之后，他们会更容易发现自己的天赋，找到贡献社会的方法，然后轻松愉快地贡献社会。

云子看过天宝·葛兰汀——那个自闭症女发明家的介绍，她年轻时情况很严重，最初完全没办法在普通学校里待，后来，她去了亲戚家的牧场，在牛群里找到了归属感。她每天最开心的事，就是跟牛在一起。有一天，她感到特别焦虑，就跑去牛圈，钻进了用来安抚牛的挤压机。这种机器能营造包裹感，很像拥抱，牛进入这个机器的时候，会觉得自己得到了保护，不安随之消失。自闭症的孩子也是这样。后来，天宝·葛兰汀就发明了拥抱机，专门缓解自闭症孩子的焦虑情绪。

云子觉得人很矛盾，为啥得了自闭症，连亲人的拥抱和触摸都会害怕，反而要通过机器来安抚自己呢？所以，自闭症虽然跟生理有关，但真正伤害人的，还是心理。比起西方那些依赖外物的方法，云子更喜欢中国人的方式，也就是净化心灵，让心慢慢地静下来，感受生命本有的快乐、简单和美好。就像拥抱，哪怕拥抱机能让儿子马上安定下来，云子也更希望儿子能从内心改变，而不是疼了就吃止痛药。

以前，云子总觉得遥遥无期，但今天，她终于看到了希望。虽然儿子的变化不知道能维持多久，但变化就是希望。它告诉云子，再浓的黑夜，也可能被洞穿，问题是你能不能找到那粒点燃黑夜的火种，能不能看到它在原野上点亮的那几堆篝火，会不会觉得那些篝火很美，被点燃的黑夜很美，火光映衬下的树影也很美。如果你能欣赏一切，而不是用欲望的眼睛去找不足，一切就会慢慢地变化。人的希望在于永不放弃，只要永不放弃，希望之火就会在某个时刻点燃——哪怕在人生的至暗时刻，也不能放弃希望。

云子就是这样，她虽然丢失了健康，但她看到了另一种希望——灵魂的希望。

对她来说，这也很重要。

她很希望有足够的生命时间，能看到儿子痊愈，快乐平和地生活，找到人生的梦想和意义。

68

随着时间的流逝，《爱不落下》成了母子俩的宝贵财富，他们读了一遍又一遍，探索也越来越深入。这本书见证了爱的力量对他们的救赎，见证了他们在颠簸中的欢笑和泪水，见证了他们每一次艰难的成长，也见证了他们不懈的突破。它的陪伴，让他们慢慢地意识到，真正的永恒不在于时间的长短，而在于如何利用时间，如何在有限的时间里留下深刻的痕迹，如何用爱和勇气书写自己的生命故事。后来他们告诉我，这对他们是最深刻的救赎，尤其是对于在刹那和永恒中迷失的孩子。

过去,星星不理解妈,觉得自己的痛苦和妈不相通,妈不可能理解自己,但在共读的过程中,他眼眶湿润的时候,妈的眼角也泛起泪光;他嘴角上扬的时候,妈的唇边也泛起了微笑,他这才知道,人的情感也许不能完全互通,但并不是不能共鸣。即便他认为自己那个封闭的小空间别人进不去,也不理解,他们仍然能共享同一种感受,拥有同一种感动。在共鸣的那一刻,他们的心就是互通的。也许,不只是跟妈,跟别人也是如此。

每当出现这样的感悟,星星的心门就会打开一点。不知不觉,他对妈的排斥就渐渐地消失了,心中的不安和孤立感也越来越少。他慢慢意识到,自己和妈妈是茫茫人海中的两个水泡,而人类这片大海中,有无数像他们一样的人。具体的经历和感受也许不能互通,但情感是互通的。或许,每个自我封闭的人都是这样。而每一个自闭的孩子,只要慢慢地试着表达和分享,都会找到让自己打破局限的共鸣。

就这样,星星通过阅读,做到了他一直想做的事——支持母亲,慰藉母亲,理解、关爱和帮助母亲。同时,他也学会了表达和倾听,学会了理解他人的痛苦和快乐,真正地拥有了同理心。他开始懂得,每个人心中都有复杂的情感,理解和尊重尤为重要。情感的互通让他在不知不觉中疗愈着自己,也弥补了过去的很多遗憾。

有一天晚上,星星放下书,认真地看着妈妈说:"妈,我以前不懂你的辛苦,总是让你担心。但现在,我想告诉你,无论将来遇到什么困难,我都会陪着你,我们一起面对。"这么多年来,云子一直这样告诉儿子,在无数个不眠的夜里,她都曾悄悄地期待过这样的画面，但她并没有想到，在生命的这个阶段，竟会真的听到儿子这样对她说。她不由得泪流满面——既为儿子成长后的坚定、温暖和敢于承担，也为母子间那份终于被唤醒的深情、亲密和理解。

其实，她跟儿子有类似的感觉。虽然她一直都关注心灵，但每逢遇到儿子的事，她都容易被牵走心。她知道自己的心还是不自由的，自己心中那线真理的光，还没有完全被点亮，她心中还有牵挂需要勘破。但看书的时候，她通过书里丫头的经历，还有自己对疾病的体悟，渐渐地感受到了生命的虚幻，感受到了这辈子与儿子的相遇是如此难能可贵，又是如此难以把握，无法执着。

她印象最深的，是丫头写给爸妈的信，还有她对家庭的回忆。云子每次读到那里，心里都涌动着一种很难言明的感觉。记得丫头说过，她虽然舍不得母亲，却也知道，就算多活几年、几十年，她也还是会不舍，还是要放下。云子想，她对儿子又何尝不是这样呢？病重的时候，她也有过这样的念头。那时，儿子的样子——有时是小时候的笑容，有时是长大后的木然——总是在空气中飘。她静静地躺着，静静地望着那些画面，总想伸出手去捕捉，却也知道，自己无论如何捕捉，都不可能抓住。她总是泪流满面。那时的念想，是她跟病魔搏斗最重要的力量，却也是她心头最强大的执念。

云子还记得书里的一个情节：丫头在车站远远地看着妈，她将要告诉妈她得病的事，而她那白发苍苍的母亲，却还什么都不知道，还在开开心心地买票，准备跟她一起去樟木头见我。于是，丫头远远望着妈，默默地流泪，擦了一遍，很快脸上又湿了一层。读到这个情节的时候,云子也泪流满面。她不知道自己代入的是丫头,还是妈,她只是觉得很心痛。她想,儿子在知道她得病之后,或是被自闭症折磨的时候,是否也曾这样望着她流过眼泪?想到这,她总会泪如泉涌。

她发现,情感的闸门一旦被打开,眼泪就止不住了。只是,书中还有一种淡淡的光辉在照耀着她。被那光辉一照,她的心里就少了伤感,多了一种如梦似幻的感觉,似乎一切都被拉远了,远得像是一个无法触及也无法把握的梦。

在这种深情和梦幻的交错中,云子和儿子度过了很多难忘的日夜,他们的生活没有变得完美无缺,但他们学会了在不完美中感受意义和美好。云子发现,不知从何时起,她和儿子都已不再是一味地承受,他们学会了品味和勇敢面对。这个转变对她来说,比任何物质财富都要重要,也都要珍贵。

她也放下了生活中的很多琐事,放下了对世俗美好的依恋,开始聆听内心的声音和需求,尝试新事物,重新发现生活的乐趣。她提醒儿子,人生的每一步都不是孤立的,每一个选择和决定,都会对未来产生深远的影响。她鼓励儿子勇敢地树立梦想,追求梦想,并且做好准备,支持儿子的任何决定,她相信,只要儿子心中有爱和信念,就没有什么是不可能实现的。

她也为自己设定了一个小梦想:与亲朋好友分享《爱不落下》中的故事,讲述它给自己和儿子带来的改变。而她也确实是这样做的。尤其在跟病友们交流的时候,她会告诉那些因为经济和情感而痛苦的人们,丫头是如何在痛苦中勘破生命,勘破财富,勘破红尘中的荣耀、地位等一切。她的朋友们也被这个故事深深触动,开始在自己的生活中寻求改变，用爱温暖周围的人。

就这样，这本书如同一股暖流，慢慢渗入更多人的心中，传递着爱和希望。

岁月继续流转，云子和儿子在不断地前进。但无论他们走到哪里，无论他们面临什么样的挑战，《爱不落下》总是静静地躺在他们身边，时刻提醒着他们，生命中最重要的是爱和信念，是无论遇到多大的困难，都永不放弃地坚持。

这点念想就像一粒种子，在他们的生命中不断生长，随着风雨的洗礼变得更加茁壮。他们发现，每一点坎坷和挫折，只要能用爱来化解，心中的世界就会有美好的色彩。于是，他们少了比较，少了概念，学习用最本真的心和爱去面对别人，面对世界，面对自己的感受，像接纳别人一样接纳自己，也像接纳自己一样接纳别人。在执着和纠结的缠绕中，不断叩问爱的真谛。爱变得更宽广，他们的世界也便更加辽阔。

随着爱的越来越广阔，云子学会了放手——作为母亲，她的爱和坚持是儿子最坚实的后盾，但她不去牵挂儿子的寻觅和追求，即使这条路上充满了她可以想象的艰难和挑战，甚至是必经的失败和创伤。她相信，只要有爱做伴，儿子定能在跌跌撞撞中战胜自己，坚定方向，成就一生的梦想。

69

在云子生病的那段日子里，星星的生命中还发生了一件事：跟爸的关系进一步恶化。

在孩子的日记中,我看到了这件事的始末。

妈生病的这些天里,我陷入了一种错综复杂的情绪旋涡。我以为自己能够独立承担照顾妈的重任,不需要外界的帮助,更不愿屈服于妈希望我求助于爸的要求。但现实往往与理想相悖,妈的坚持和我自身的固执导致了我们之间的紧张。与此同时,当我用是否关心妈这个简单标准衡量家人和周围人,却发现他们像在旁观一场戏,他们的冷漠和疏离使我倍感孤立无援。

那天,爸来医院。在走廊里,我与他激烈对话,在那种情绪的笼罩下,我终于向他坦白了所有的不满和挣扎。我质问他,为什么他总是做出让人难以理解的选择?难道对曾经亲密无间的人,他真的已经没有感情,心已经远离了吗?

爸说,有件事我一直没告诉你,想在临死前才告诉你。我听后,顿感一阵厌恶,直接反问——那声音我自己也觉得刺耳,仿佛是从齿缝间挤出的——你不会说我不是你亲生的吧?他说,不确定,要做亲子鉴定。我立刻就愤怒了,问他这是谁吹的耳边风,这个人肯定在挑拨离间。他却坚称是妈亲口告诉他的。

爸突如其来的坦白,让我感到一阵前所未有的厌恶和震惊。我既怀疑爸的动机,也害怕事实真像爸说的那样。我几乎是本能地反击,把手中的梨扔到地上,试图通过愤怒来掩盖内心的动摇和不安。但我很快就意识到,妈当时肯定被气坏了,故意说这种话来刺激他。妈也许说过就忘掉了,觉得爸也不可能当真,谁知它竟像针那样扎进城府很深的爸心里,给他带来了无法言说的痛,让他一直记到现在。

我回到妈的身边,静静地坐在她的床边,内心却像被乱石砸碎的湖面,波澜不断。这件事像一把锋利的刀子,刺入了我的心脏,痛感蔓延至我的每一个细胞。我感到自己遭到了背叛,一种前所未有的、比之前更加猛烈的孤独感袭击了我。那种痛苦,就像被剥夺了根基,我浑身无力,连呼吸都变得异常艰难。小时候,我一直以为家庭是我的小小港湾,可以给我温暖和依靠,父母离婚给了我巨大的打击,在我心里留下了不可弥补的裂痕。这么多年来,我一直在跟这条裂痕对抗,活得就像一条失去水的鱼。而爸的这番话,如同在还未愈合的伤口上撒了把盐,让我彻骨地疼。我意识到,尽管亲子鉴定可以轻易证明真相,但它无法解决我们之间的问题。妈的生病,爸的疑虑,以及我的失望和愤怒,都不知道该怎么解决。

我试图找到一丝理智,告诉自己这一切只是个误会,因为误会而发生的一切都是可以原谅的,但无论我如何努力,都无法平息内心的波澜。我开始回想过去,回想那些年里爸对我的态度,试图找到一些迹象,证明他对我的爱是真实的,证明我在他心里、在家里是被需要的,但越是回忆,心中的疑惑和痛苦就越是加深。

我感到了前所未有的恐惧,恐惧自己从出生起就是一个错误,恐惧自己在这个世界上根本就没有归属。每个人都需要根,需要知道自己从哪里来,将到哪里去,而现在,我的根被撕扯,我的身份被质疑,我感到自己像是一片漂泊的落叶,没有方向,也没有依靠。

爸的态度让我倍感压抑,他让我对这个世界的信任受到了前所未有的打击。我开始怀疑所有的人际关系,怀疑所有的情感是否都像爸的爱一样脆弱不堪。我感到绝望,感到自己在这个世界上孤立无援。

每天,我都生活在这样的痛苦和挣扎中,感觉自己正在慢慢失去与这个世界的联系。我变得更加沉默,更加不愿与人交流,因为我不知道如何向别人解释我的痛苦,不知道如何表达我的恐惧。我的心如同被冰冻,不再相信爱,也不再相信温暖。

但即便如此,我还是不得不面对现实,不得不继续在这个充满疑问和痛苦的世界里前行。我开始迫切地寻找一种解脱,寻找一种方式,从这无尽的黑暗中走出来,重新找回自信。

70

爸的话,对孩子是致命的,他刚艰难地走出自闭症,试着给妈一点依靠,试着跟世界建立联系,可爸却告诉他,这么多年来,他是怀着怎样的怀疑,跟他维持着父子关系,又是怀着怎样的怀疑把他接回重庆的家里。他觉得整个世界都崩塌了,信任的一切根基都被打碎了。

他还记得,当那句话从爸的唇间缓缓流出时,空气似乎凝固了,汹涌的情绪冲撞着他的心,内心生起的无力感,却又在消解着这种情绪。他在矛盾的风浪中被撕扯着,向爸扔出手中的梨,与其说是在反击爸，不如说是在与内心的情绪抗争。巨大的风浪想把他打入深渊，而他，却想在这遮天蔽日的风暴中找回平静。

他没等爸回话，就跑进了洗手间，把自己关进了一个格子间里。然而，他的心又在期待着爸来敲门，用低沉而痛苦的声音对他说："孩子，爸错了，爸一直把你当成亲生儿子，没有怀疑过你。你永远都是爸的亲生儿子。"但没有。门外人来人往，有笑声、喧谈声、冲水声，甚至有啜泣声，就是没有爸的声音。他想象着，也许爸来洗手间找过他，只是不知道说什么，于是在门外站了一会儿，又默默地走了出去。这个念想让他舒服了一些，但随即，他开始怀疑，这只是自己的一厢情愿。于是，他又陷入了痛苦。

门外有人敲门，大声问道："里面的人好了没有？外面等着呢！"他只好打开门，低着头走了出去，敲门那人不高兴地嘟囔着："不上厕所，在里面蹲着干啥？"他装作没听到，快步走了出去。世界又在旋转，他又像踩在了棉花上——地面是实实在在的，像棉花的也许只是他的脚，要么就是他的心。晃啊晃的，他有点想吐。

他走到洗手间门口，爸已经不在了。他四周望了望，见不到爸的身影。他很想问问妈，爸有没有陪她坐过一会儿，但他不敢立刻进屋，他知道，他的脸色也许不太好看，这会儿进去，妈会担心的。妈在受身体的疼，他不想叫妈再受心灵的疼。他很希望自己是个有担当的男人，哪怕自己只有十八岁，也很瘦弱，还是个病人。他想忘掉自己的病，给妈一点依靠。他想告诉妈，爸怎么样都不要紧，妈还有他。可一想到这句话，他的耳边就响起了爸刚才的那句话，咒语似的。一丝痛苦就像毒液那样，从心底某个不知名的地方慢慢地渗出，他的心又开始苦涩。

妈蜡黄消瘦的脸在他脑海中晃,晃了几下,他就忘了自己心里的苦。他深呼吸一口气,努力挣出那股自我封闭的力量,到洗手间去洗了把脸。他望着镜子里的自己,他看到自己的眼神迷茫又无助,眼神深处渗出一点微弱的光。他知道,那是他心头的呼唤。他在呼唤着长大,他不想继续萎靡在游戏世界里,他身边的人需要他,就像他需要她一样。在她的生命悬在半空中,需要一双坚定的手去抓住她,去给她一点力量的时候,他愿意做那个抓住她的人。他想把她的命从半空中拽下来,塞回她美丽的躯壳里,让她像过去那样恬淡地、静静地笑着,就像他生命中最美、最温暖的花。

他又深呼吸了一口气,然后走出了洗手间。身边来来往往的人,总会在不经意间望他一眼。就是这望,让他知道自己还是有些异样。但他不在意,他知道妈也不在意,只要他在努力,哪怕还不像正常人那样,妈也会有一份惊喜、一份欣慰和开心。妈需要的,一直都很简单,只是他一直活在自己的世界里,一直没有好好地体会过妈的心情。他突然明白,人只有孤立自己,才会被世界孤立;世界是心灵的镜子,世界对他一切的态度,其实都来自他自己。走在去病房的路上时,他的脑海在电光石火间想起了许多,从很多年前的同学们,到游戏世界里的伙伴,到西部认识的那些小朋友,到后妈,到后妈的孩子,到爸,到妈——他突然发现,这么多年里,停留在自己记忆中的人很少,他能记起的,也不过是一些简单的画面。这就是人生吗?这就是他宁愿把自己封闭在游戏世界里,夜以继日地打游戏,伤害了最爱他的妈,来逃避的人生吗?他一直在逃避的,不过是忽闪忽闪的一些幻象,而他的情绪却如此真实。

流水般的思绪在他的脑海中不断浮现,到了妈的病房门口,却戛然而止。

整个世界都沉静了，他听到了自己的心跳和脚步声，听到了病房里细微的响动，下意识地从那些响动中寻找妈的声音——更也许，妈的声音是宁静的一部分，他是找不到的。因为，妈总是静静地，总是待在一个恬淡的世界里，就像一朵恬淡盛开的花。他想起妈的时候，总是想起一朵美丽的花，它在风雨中摇晃着身体，却始终没有改变那份温柔和美丽。这就是他心中的妈。

面对妈的时候，他没有想起爸说过的话，更没有问过妈，哪怕那句话仍然盘桓在他心中，就像一根随时会扎进肉里的刺。因为，他不想刺伤妈。他理性上知道，妈是不会背叛爸的，妈是一个忠诚的女人，对儿子忠诚，对丈夫忠诚，似乎忠诚就是她灵魂的样子，她从来没想过要打破，也从来没有打破过。即使在她已经离婚，无限接近一段新的感情时，她也仍然守住了那份忠诚，守住了她内心所坚守的那份纯净。星星相信，哪怕爸说的是真的，妈真的这样说过，那也不是真的。但这是理性，当离开了妈，走入一个人的黑暗里，这个念头突然浮现时，他就会觉得窒息。最重要的是，爸没说过妈是什么时候对他这样说的，那么，他记忆中爸爱护他的那些细节，又到底是真还是假？爸是怀着怎样的心情，在做着那一切？爸后来对他的冷淡，是不是也是这个原因？爸离开妈，跟另一个女人走了，是不是也是这个原因？难道，一切命运变故的起点，都是这无心的一句话吗？难道，这么一句气话，就可以毁掉一个幸福美满的家庭？

思绪就像夜晚的烟火，在孩子的心灵世界里忽闪着。他就像海浪上的一艘小纸船，漂呀漂的，险乎乎要沉入海底。

某些瞬间,他的脑海里甚至会浮起一个念头:要不,结束这错误的生命吧!但随即,妈躺在病床上的样子,妈深爱他的眼神,又会出现在他眼前,那个黑色的念头就消失了。

曾经,小时候那个温暖牢固的家庭,是他记忆中的避风港,他以为自己的家庭虽然破裂了,但它曾经是温暖的、幸福的,他曾经也是一个生活在健全家庭里的、被父母爱着的孩子。可爸的那句话,却让这个信念也破碎了,他发现,一切都像沙堆上建起的堡垒,瞬间就被推翻了。一切都是如此虚幻。

他尝试拒绝这种思绪,但疑云一旦萌生,便如同野草一般,疯狂生长,无法根除。每一个曾经的快乐回忆,每一张熟悉的面孔,都被这突如其来的疑问笼罩,变得模糊不清。他开始质疑一切,包括自己的身份、自己的存在。

这不仅仅是对血缘的质疑,更是对亲情本身的考问。在若干个不眠之夜,他在心灵深处孤独地与自己对话。他想知道,为什么亲情,这个他曾经视为天经地义的存在,会在一瞬间变得如此脆弱?是什么让他和爸的关系变得如此复杂和痛苦?

几天后,他做了一个决定:他要做亲子鉴定。他把决定对爸说了,甚至上网找了专业的检测机构。爸说,算了,你妈也许是气话,我相信便是了。星星说,不行,你要是不做,我就跳楼自杀。

爸终于配合了,也许他也想了很久,也许他也犹豫过,却战胜不了质疑,最后离开了妈。如果……亲子鉴定的结果,显示自己就是爸的儿子,这些年的一切,就能得到弥补吗?血缘的连接能换回那份亲密无间的情感吗?爸会有愧疚吗?会对妈好一些吗?

思绪,还是无边的思绪。他揉了揉太阳穴。

他突然发现，这些思绪都没有意义，可导致他做某些决定、导致爸做某些决定的，恰好也是这些没有意义的思绪，甚至，构成家庭走向不同命运轨迹的，正就是这些思绪。

思绪，到底是一种罪恶还是一种仁慈，抑或是一种必然？还是说，思绪本身没有错，错的是产生思绪的人自己？就像血缘本身没有错，错的是人面对它的态度。血缘本身也不一定是维系家庭和亲情的必然条件，让它必然或不必然的，是人自己。

拿到鉴定结果时，他的心情已没有任何起伏，既没有愤愤不平，也没有惭愧和悔疚。说不清什么原因，他只是静静地把结果拿给爸，爸看过之后，他就拿去洗手间烧掉了。当他看着灰烬被冲进马桶，这个荒谬的猜测和故事从此结束时，有一种说不清的感觉。一切都是念头，而这些虚幻不实的，甚至只是想象出来的念头，却主宰了他们的人生和命运，构成了现在的爸、妈和他。为何，他们不能做念头的主人？

他想起我的那本书——《让心属于你自己》，突然心中涌出无限的悲凉。

他明白了那句话："朝闻道，夕死可矣。"幸好，一切都还来得及——虽然他在自闭中虚度了很多年，让妈受了很多苦，但幸好，他们还活着，还来得及修正，来得及去爱。

就是在这一刻，他鼓励自己：做一个能让妈依靠的人，做一个有担当的人，不再躲进游戏世界。

然而，对爸的质疑和选择，他还是无法原谅，也无法放下。哪怕爸试图跟他和解，他心里那道伤痕也还是难以愈合。他无法简单地跟爸握手，也无法立即恢复正常的父子关系。也许，那场对于血缘的质疑，就像一场冰冷的暴风雨，无情地席卷了他对亲情的信仰。

做了鉴定后的第二年，星星没按家族的传统，去上坟纪念逝去的祖先。因为爸对家庭的态度，也因为族人对妈的态度，对于这个家族，他没有丝毫的留恋。他相信，村里的许多人也能从他的决定中，看出这个家族对待妈和他的态度。但更重要的是，妈需要他陪在身边，他选择陪伴妈治病，不想参与任何家族的聚会或仪式。

一次见面时，我告诉星星，活着时的一切计较，都是对生命的辜负。当你的父亲年纪老迈，甚至躺在病床上时，他也许会像看到病床上的妈那样，感到时光的匆匆和对亲情的辜负。有时，爱跟血缘无关，也跟彼此之间的善待和辜负无关，只跟爱本身有关系。就像海浪可以无数次冲刷，但海浪退去之后，礁石依旧耸立。爱也是这样。

不管有过怎样的剧情，活着，能爱的时候，就去爱吧。这也是《爱不落下》告诉他的。因为他终于明白，他从小认为爸很强大，所以爸不能犯任何错，尤其不该这样对妈和他。但时光一天天推移，他发现爸也是灵魂路上的一个孤独旅人，爸也在寻觅着自己面对人生的态度。有时，爸追问的答案不尽如人意，但那也来自爸心底的迷茫、无奈和无助。更重要的是，一旦一切都过去，人将会因为死亡而分离时，一切过往的恩怨都会失去意义。

就像恩怨在他心中越来越淡之后，他再去回想那段故事，又会觉得有了一丝悔疚。毕竟，他的爸爸也在老去，也在长出白发，也在变得不像过去那样健壮。爸不会永远像一座山那样，横在他的生命里。那么，在可以去爱的时候，为啥不去爱呢？在可以不伤害的时候，为啥要选择伤害呢？

和解，也许就是在放下过往的那一刻产生的。

此时在他心中，一切都变得遥远而失去了理由，包括他多年的自闭，他对妈的拒绝，他对爸的排斥，他对家族的芥蒂，还有一切他内心有过的黑色情绪。

生命本有的爱不会落下，所以，每个人其实都该给自己一点时间，每个家庭也都该给自己一点时间。每个认为自己走到绝境的人，也该给自己一点时间。因为，只要过了那情绪汹涌的一刻，等到执着的风暴停下，一切的感受都会不一样。人们需要的，只是一点点时间。

71

妈，那天，我把你带到我的小房间，给你展示我做俯卧撑的地方，展示我的画。我不知道你是否真的理解我为什么这么做，为什么这对我很重要，但我看到你的眼里有一种温柔的光芒，那一刻，我感觉到了一种连接，虽然很短暂，却也很珍贵。

我开始意识到，即使我不像其他孩子那样用话语表达，也可以跟世界沟通。我的语言是我的画、我的游戏，还有我的小房间。这些都是我与世界沟通的桥梁，是我分享内心世界的方式。

我时常感到困惑，为什么人们不能直接看到我的内心？为什么他们不能像我感受到小房间里的安静和平和一样，直接感受到我？但我也学会理解了，这就是生活，每个人都有自己的方式，每个人都在用他们能理解的方式解读这个世界。我慢慢地学会了欣赏这个复杂的过程。

每次我试着和你分享我的世界，即使不被完全理解，能看到你为理解我而做的努力，就让我有了一种成就感。

我也开始更加勇敢地探索外面的世界，尽管那里有很多我不懂的事，有时候，这会让我感到害怕和不安，但我知道，无论外面的世界多么嘈杂和复杂，我都可以在小房间里找到平静和安全。这给了我勇气。

我希望，有一天，我能用自己的方式改变一些人对自闭症的看法，让他们知道，即使交流方式不同，我们的内心世界也是丰富和美丽的。我梦想着有一天，我能找到更多的方法，让我的小房间变得更大，让更多的人能够进来，看到真正的我，理解真正的我。

那天到来之前，我会继续在这个小房间里找到我的力量，用我的独特方式与这个世界沟通。因为我知道，最安静的地方，也能发出最响亮的声音。

随着时间的流逝，我越来越感觉到，我的小房间不仅是一个避难所，它也是一个发射台，在这里，我能把思想和感受发送给全世界。在这里，我可以完成一次又一次的俯卧撑，我不仅仅是在寻找内心的平静，也是在积累勇气，准备将内心世界展示给外面的人。

有时候，我会想，如果我能让每个人都进入我的小房间，他们是否会对我有不一样的理解？我想象着一个不一样的世界，一个每个人都能理解彼此内心的世界，一个没有误解和孤独的世界。

我尝试用不同的方式与外界沟通,比如画画。这不仅仅是为了表达我的感受,也是为了让别人看到我眼中的世界。一笔一画都是我心中世界的一部分,我希望通过这些画作,让别人窥见我的内心,理解我的世界。

当别人看我的画时,我总是既期待又紧张。我害怕他们看不懂,害怕我的世界对他们来说太过陌生。但是,每当有人停下来,真正地看我的画,尝试着理解其中的意义时,我的心中就充满了温暖。即使他们不能完全理解,他们的努力和好奇,对我来说也已经是一种接纳和理解了。

我也开始更多地观察外面的世界,尽管那里有很多我不理解的东西,但我也看到了美好和温柔。我学会了从日常的小事中找到快乐,一朵花、一片云,甚至是一滴雨,都能让我感到一种特别的喜悦。

我意识到,尽管我和世界之间有一堵墙,但我也能找到小缝隙,让光芒透过去,照亮别人的世界。我不再害怕被误解和孤立,因为我知道,只要保持真实,就总会有人愿意接近,愿意理解。

我的小房间,我的画,我的俯卧撑,都是我与这个世界沟通的桥梁。我开始梦想有一天,我能建造一个更大的桥梁,连接更多的心灵,让更多的人看到我们的独特世界,感受我们的温度。

直到那一天,我会继续在我的小房间里寻找安静和力量,用我的独特方式生活在这个世界上。因为我知道,即使是最轻微的声音，也能引起回响，改变世界。

随着我更勇敢地探索外面的世界，我发现，自己开始对那些曾经感到困惑和害怕的事物充满了好奇。我开始更加主动地用自己的方式去接触世界，虽然我依然在小房间里寻找最深的平静，但我渐渐习惯于带着那份平静走出去，与外界相遇。

孩子，看了你的信，有些话很想对你说。

你也许不知道，即便是身心健康的人，也不一定能跟别人很好地沟通，所以，这世上很多人都很孤独。但心不一样，孤独的感受和意义就不一样。很多人都从不同的角度写过孤独，他们都在告诉人们孤独的力量、孤独的意义，以及如何享受孤独。因为，人活在这世上，几乎不得不孤独。你想，我们的念头都是内在的，是我们的心灵对事物的反应，它只属于我们自己。而我们却总是希望这些只属于自己的东西，别人也能感知，而且是百分百地感知。如果别人的感知跟我们的感知不同，我们就会觉得失落，寂寞感随之而生。无论健康，还是得了自闭症，其实都一样。

当然，很多人都会通过沟通，将自己的感知表达出来，让别人能尽可能地感知。但自己表达出来的东西，跟别人真正感知到的是不是同一个东西，还是说不清。我常说世界是心的倒影，就是因为每个人都必然只有自己的感知，非要别人真切地看到自己的世界，一点误解都不允许存在，只能给自己造成烦恼甚至痛苦。

但这种孤独，不是我常说的大孤独。我常说的大孤独，是智慧达到一定境界，看到的世界远比其他人广阔，其他人无法理解也无法触及，因此产生的孤独感。这种孤独感跟一般的孤独感不一样，它是没有痛苦和失落的。就像你站在三十楼，可以看到整个城市，看到远处美丽的大海，而站在二楼的人却只能看到对面的楼房。这时，你没办法告诉他们大海有多美，海天一色的景致有多迷人，但你只会觉得遗憾，不会觉得失落，更不会觉得痛苦，因为你的快乐并不来自共鸣，你看到的美景本身就已经让你非常快乐了。你明白，在大天大地的浩瀚之气中，一点情绪上的小失落算不上什么。这就是智者的孤独。

孤独症病人的孤独，在于思维逻辑跟绝大部分人不一样，因为思维不一样，所以没办法跟其他人相通。这种孤独感很难消除，除非打破自己的思维局限，拥有智慧。有了智慧，不再用固化的思维理解世界，就能理解不同的思维，也会理解不同的世界。这时，你就不会期待别人理解你的世界，而是更愿意理解别人的世界，理解跟自己不一样的世界，扩大自己的世界。当自己的世界越来越大，大到再也找不到一个固化的自己时，你也就没有了一个需要别人去了解的世界。得不到理解的烦恼，就自然消除了。古人说"大而无外，小而无内"，大到没有外人外物，小到任何一点微小的事物都能理解，这时，又怎么会失落呢？所以，对自闭症病人来说，心灵的觉悟，也许比很多特效药都管用。

72

妈，每当我向你展示一幅新画作时，我的心跳都会加速。我希望通过这些画，让你看到我的世界不只有静默和孤独，它还有色彩、有故事、有深深的感受。每次你认真观看，尝试理解画中的内容时，我都会感到一种被看见的快乐，即使你不能完全懂，那份努力，也足以让我感到温暖。

我还发现，外面有很多像我这样的人，他们用不同的方式与世界沟通。我开始参加一些网上的活动，我用我的画和对活动的参与，慢慢地和他们建立了一种特别的联系。这让我意识到，沟通不一定要通过言语，我们的存在、我们的创造，也是一种强有力的表达。

在网上，我逐渐找到了几个愿意和我聊天的同学。他们对我的画作感兴趣，甚至问我是否可以教他们画画。这种被接纳的感觉，让我对自己的特殊方式有了更多的自信。我开始理解，每个人都有自己的独特之处，我们不需要为了融入而改变自己，只需要等待欣赏我们独特性的人。

我也愿意更加勇敢地尝试新事物，只为了让你开心。即使有时候会失败，我也不会丧气，因为我知道，失败不是终点，它只是在告诉我，还有另一条路可以尝试。我学会了从每次的尝试中找到乐趣，而不是压力。我只想告诉你，妈，我也在努力。我只想让你开心。

我在心中构建了一个更大的房间，这个空间不仅仅存在于我独处的时候，它也会伴随我走入人群，面对挑战。这个空间充满了我的画、我的梦想、我的希望，以及我与这个世界之间那些小小的桥梁。

我知道，我的旅程刚开始，还有很多我不懂的事，还有很多挑战等着我去克服。但我也知道，我不再是一个人。我有你，我的妈妈，还有那些愿意试着理解我独特世界的人。我会带着他们的理解和支持，勇敢地继续前行。

这个世界很大，有时候会让人感到迷失，但我明白了，只要坚持用自己的方式生活，坚持展示自己的内心世界，就总会有人愿意停下脚步，静静地走进我的小房间，和我一起看看这个独特又美好的世界。

随着时间的推移，我更加明白，我的小房间并不是用来隔离自己的地方，而是一个能量站，它给了我力量和勇气，让我可以更好地面对外面的世界。我开始尝试更多的方式来与外界沟通，虽然不是每一次尝试都会成功，但每一次小小的进步都会让我充满成就感。

我发现，通过画画，我能够以一种非常独特的方式与人交流。我的画不再仅仅是我的避风港，它们变成了我与外界连接的桥梁。有时，当别人在网上看到我的画时，他们会问我关于画中的故事，我会尽力用我的方式解释，虽然有时我难以用言语表达所有的意思，但我能感觉到对方是真的在尝试理解我。

虽然我通常更喜欢独自一人，但我发现，与人一起时，我能学到很多我一个人时学不到的东西。我开始慢慢地理解，每个人都有自己的故事，行为背后都有自己的理由。这让我对周围的世界充满了好奇和同情。

有时候，我会感到沮丧，因为我发现，不管我怎么努力，总有一些人是不会理解我的。但我明白了，这并不是因为我做错了什么，而是因为每个人的世界观都不同。我开始学着接受这种不理解，并且不让它影响我对自己的看法。

我渐渐意识到，我的自闭症不是障碍，它是我的一部分，它让我以独特的方式看待世界。我开始为自己的不同感到自豪，而不是感到羞耻。我知道，我有我的特点，也有我可以贡献的东西。我开始梦想着有一天，能用我的画、我的故事，帮助更多人理解自闭症，让人们不再用一个诊断来概括我们，而是看到，我们也是完整的个体，我们也有自己的才华，也有自己的梦想和愿景。

孩子，我愿意帮助你。

不知道你有没有发现，哪怕没有被诊断为自闭症，很多人也是真正意义上的自闭症患者，因为每个人都有一个属于自己的世界。当我们心中有局限，有狭隘，没有跟世界达成一体时，我们心中的世界就是封闭的。所以，每个领域都有自闭症患者，每个人都有自闭的可能。自闭真正的意义，就是拒绝沟通、交流和学习。只是，当自闭成为一种病时，它就有可能不是自主的选择，而是在身体的影响下，不得不顺从的选择。所以，不要觉得自己不正常，也不要在乎别人的眼光，只要活好自己就好。

只要你开心地活着，活出自己的姿态，诊断就跟你没有关系。你所在的群体叫什么名字，在人们心中如何定义和评价，也跟你没有关系。你是一个自由的生命。

孩子，生命就像一个幻觉，一切经历都像是幻觉，一切都在不断地变化。很多变化不是你自己可以控制的，但有些变化也是你可以控制的。尽可能地在自己可以控制的变化里，做自己喜欢也该做的事，就能活好自己的人生。

所以，不要管结果，好好去努力吧，孩子。你是你妈妈的孩子，也是我们大家的孩子。因为你是一个尝试战胜自己、走出自闭的生命标本。这就是你的价值和意义。如果你可以实现自己的梦想和愿景，你就会活成自己喜欢的样子。我也愿意看到你这样。

我很高兴你能放下疾病带来的羞耻感，用自己最本真的样子活着。

就像你说的，自闭症不是你的障碍，它是你的特点，也是世界愿意听你说话的理由。当你的话超越你自己，能展示一个群体，也能让世界了解这个群体，甚至能告诉这个群体，如何走出疾病，如何走出自己，如何拥有更美好的生活时，你就有了更大的价值和意义。这时，你就成了你们中的探索者之一。当然，这主要还是一份快乐，一个你活着时可以做的事情。只要你觉得享受，世界觉得有没有价值、有没有意义，其实都没关系。

祝福你，愿你的理想早日实现，愿你和所有为自闭症所苦、为自我封闭所苦的孩子，都能活得快乐，活得充满希望，活得充满阳光和自信。

73

云子的身体渐渐在恢复，我的几位读者自愿照顾云子。

星星说，妈，我想出去走走。

云子问，为啥？

星星说，我想自个儿静静，也想看看世界。

云子说，你做啥，我都支持，但答应我，一定要好好地活着回来。

星星说，我答应。

就这样，他开始了患自闭症后的第一个旅程，也是他人生中的第一次独自旅行。

他答应妈，将自己的心路历程记录下来，这既是一种记录，也是回报妈妈给他的几百封信。

看得出，他很享受这一过程——

  妈，你的病击垮了我。我知道你很痛苦。正是这份知道，让我挣出了自闭的纠缠，能像一个长大了的孩子那样，好好地为自己，也为你活一回。陪着你治疗，跟你一起读书的那一年，是我人生中真正转折的开始。

  在我病的时候，你常常写信给我，开始，其实我没有读，后来，我每天都会看。正是在看的过程中，我封闭的心被一下下撬开了，光一点点进来了。

  在你病的日子里，我除了给你读《爱不落下》外，也想跟你分享我的心。我的心不一定充满阳光，但在不懈地求索。这也是你一直期望的。而我的期望，就是用这些分享让你感受到我的存在和努力，让你能觉得我仍在你身边。哪怕不能让你欣慰，不能给你带来快乐，甚至有可能让你担忧，也总算能伴你度过漫长的黑夜。因为你会知道，你的儿子长大了，就算身处逆境，也能守住灵魂中不灭的追求。他会跟你一起，在灵魂的旅途上一路前进。

现在是午夜，钟表的指针静静地指向00：34。昨日的疲惫如同沉重的锁链，缠绕着我的心灵，让我不由自主地沉沦于深深的睡眠之中。突然从梦中惊醒，看看时间，发现自己并没有睡多久，却像是被牢牢地吸进了梦里。

那是一种难以言喻的疲惫，它不仅仅是肉体的极限，更是心灵的呐喊。我意识到，这许久以来的自我强迫，那种即便自知不堪一击却仍旧要牺牲自我，去勉强分享和给予的努力，已难以明辨其本质。我不愿面对自己的脆弱，更不愿让他人见到我的软弱，这份执着，或许早已模糊了分享的真义。这究竟是无畏的勇敢，还是另一种形式的逃避？

昨日的沉默，似乎将整个世界拉入了一片静寂。周遭的人们，对沉默的我显得不耐烦，甚至用孩童的无知嬉戏来试图激起我的反应，他们无非是希望看到我再次活跃起来，或是激动反击。然而，我深知，对此不理不睬，表面上看似软弱，实则是真正的力量所在。然而，我的自信也似乎在慢慢减弱。我已不再抱有那份庄重肃穆的心态，而是恢复了旧日的态度。需要忏悔的我，却没有真正进行忏悔，而是选择了消极躺平。白日里的努力变得无力，下午和晚上更是连眼睛都无法睁开，只想放弃一切，休息。

我又开始重读《爱不落下》。想到自己的童年，似乎充满了贫穷却美好的回忆，但你们离婚之后，那份美好就顿然消逝，我的心被不由自主的重负和挣扎所取代。那段路程，痛苦得让我自己也无法想象。我不再愿意涉足那纷扰的尘世，思考着是否应该让余生沉寂下来，远离功名利禄的追求，躲进宁静的小屋，躲进可以由我自己控制的游戏世界。随着你的病，随着我们共读《爱不落下》的那段日子，我的心态终于有了变化。我开始觉得，尘世也许纷扰，但追求可以永远纯净。我可以用一颗不断沉淀的心，在这纷繁世界中，传播一抹大善的光明。

在读书中，我看到了很多曾在成长早期对我有所帮助的亲人。尽管文化的不同让爱慢慢消散，我却仍然在叩问，那些人性的阴暗面是否都只是表演？看清这一点时，我感受到了极大的反差。在这个社会，所谓的大善文化，为何如此难以为继？我的个人选择，又为何遭到如此难以接受的对待？

刚才醒来，便一直在给你写信，算是践约，也是因为惊醒后的清醒，让我无法立刻睡眠。而现在，钟表的指针已指向02：35，我仍难以入睡，哪怕感到极度困顿，头脑也依旧清醒。四周的动静不息，一切如常，那些消解了我的爱的情绪，都像是豺狗子的喧哗，不让我有片刻的宁静。因此，我知道我必须站起来战斗，必须以胜乐郎的勇士之心，为爱而战，不惧荆棘。

然而，我的最大问题，也正是太过于陷入同自己的战斗，以至于失去了自我。我总是过于高估他们，给予了不该有的牵挂和在乎。他们的选择不变，我亦无法改变，这让我的生活成了一场内心的战斗，只能将爱藏于心中。而这场战斗，我不能有丝毫的怨恨。

离家的这几天，开头本是安定的，未曾想到，短暂的平静之后，我的生活又开始下滑。总是这样，我总是在逆境中周旋，利用自己的下滑吸引那些缘分，同时寻求自己的进步。但所有的承受，最终都落在了你的身上，仿佛我身上的每一层毒都会往你身上涂抹，而我，也正坠入万丈深渊。

现在的我，可以合理地感到不快乐，合理地选择躺平。但即便在这样的境地，我也仍然寻找着那一线生机，希望自己能够找回那纯粹的心，找回那份对生活的热爱，找回对未来的希冀。

于是，在无边的夜色中，我开始反思，并寻找那份失去的平静。我意识到，真正的力量不在于对抗和战斗，而在于内心的平和与自我认知的清晰。那些曾使我感到困扰的声音只是外界的干扰，真正的战场在我内心的深处。我需要重新找到那份内在的力量，那份能够让我面对一切挑战而不失本色的力量。

在这样的夜晚，我仿佛与自己进行了一场深刻的对话，透过内心的迷雾，我开始看到一条通往平静与自我重塑的道路。虽然道路漫长且充满挑战，但我知道，只要我能够保持对妈妈的爱，保持那份对爱的信念，我就能找到真正的力量，重塑一个更加坚忍、更加充满希望的自我。

我看过《白虎关》，我知道沙漠里有豺狗子。它们擅长伺机而动，对软弱者毫不留情，但在遇到真正的强者，比如狮子时，却又会表现出极端的卑躬屈膝。我爸就是沙漠中的豺狗子，对弱小的你无情，对有权的官却又低头哈腰。面对这种无耻行为，我深感愤怒，却也无力。然而，正如提婆达多是释迦牟尼的逆行菩萨，每个人或事物的存在都有其意义。我开始反思，我未能接受他，是不是因为我没有完全接受自己。我常常想到你讲过的《无死的金刚心》中琼波浪觉和班马朗的故事，班马朗在险境中的陪伴，也算证明了他对信仰的另一种承诺，而且，正是他的存在，成就了琼波浪觉的庄严。每个人的生命都只有一次，我们都只能在这一次的生命旅途中探索和前行。

然而，如果我选择沉默，避世而生活，他们会放过我吗？答案是否定的。在现实生活中，我要守候精神，与世俗保持适当的距离，避免不必要的纠缠，我要学会"敬而远之"。如果我什么都能原谅，那我所经历的一切都是自找的。以前，我误将懦弱视为仁慈。而雪师《娑萨朗》中的欢喜郎则让我思考，或许我应该在对方身上找到自己缺失的一部分，从而达到内心的平衡和成长。

一切似乎都有其定数，懦弱的欢喜郎和强势的父王之间的对抗，反映出信仰的冲突。这种冲突不仅仅是外在的，更是内心的挣扎和探索，是一种深层次的心理活动。最终，真正的挑战，就是面对和超越这些冲突，找到属于自己的道路和信仰。

不经意间，反思带来一阵恶心感，它不禁让我质疑，这是否仅仅是我内心的投影？如果没有所谓的"恶心"，功利心和比较心中的魔障又从何而来？我的问题恰恰在于"太能忍"，在无形中，我纵容了爸的不公和错误，以至于不仅没有改善状况，反而把自己给忍丢了。

我一直在反思，要是我当初强烈地反抗，他是不是还要和你离婚？

云子的回复虽然写满心疼和担忧，但也确实如儿子所说，充满了欣慰——

儿子，收到你的信，知道你在远处过得并不好，却也不知道究竟发生何事。你用这种方式来跟我分享，想来一定有你的原因。妈也就不追问了。只是，你要答应妈，你要像自己所说的，永远做《娑萨朗》中胜乐郎那样的勇士，用最虔诚的心，为爱而战。只要你能做到这一点，不管你的行程中有何收获，你都是妈最自豪的儿子。

妈在这里很好，雪师的读者把我照顾得非常好。感恩。你说大善文化在这个社会无以为继，其实我不这样认为。我们母子俩生命中的转机，不就是因为大善文化的存在和传递吗？所以，不管遇到什么，都要记住以前我们常说的那句话，只要心中有爱，什么样的难关都可以克服。不要质疑，更不要动摇。

你说你的爱在慢慢被消解，这可不好。你要把它当成你头等重要的功课，好好修炼。你要知道，人真正的救赎就是那份爱，所有阻碍人守候那份爱，甚至消解那份爱的，都是生命中真正的魔障。就像你说的，功利心和比较心的魔障。

儿子，不要说你的毒往妈身上抹，妈对你的爱就像大海，能容纳一切，自然也能消解你说的那些"毒"。所以，你不要有任何负担。妈在这里陪你。

如果你需要，妈可以为你邮寄《无死的金刚心》。看看那本书，对你的寻觅也许有好处。

你睡觉的时间有点太晚了，以后尽量不要在这个钟点写信，如果这时醒来，可以看看书，静静心，若是写信，当然会越来越清醒。要以妈为戒，照顾好自己的身体。记住你答应妈的，不管你有什么决定，都要好好活着回来。

74

星星的承诺没有间断，我看到了一封又一封写满他灵魂历程的信件。第一封似乎有些勉强，第二封就好多了，他显然找到了倾诉的快感。以前，小屋中的他总是自言自语，今后有了倾诉的人——他最爱的妈妈，他也就有了说话的欲望。可见，他的自闭症已在不知不觉中被治愈了。

每一个自我封闭、禁锢痛苦的孩子，要是能勇敢地走出来，找到内心的向往和信仰，都会像他一样，不断地探索和成长，拥有一段积极快乐的人生。之前的人生中有再多的苦涩，再多不堪的回忆，也不会抹杀他们改变的可能。

所以，每个人不管处在怎样的人生阶段，都要勇敢地追求改变和梦想，让自己变得越来越好。不要被过去的自己、过去的痛苦所禁锢。永远都要相信，明天可以更好，只要有一颗永不放弃、追求爱和光明的心。

妈，对你，我想说说实话。

在我蜿蜒曲折的人生旅途中，有一条隐秘的小径，它不在地图上，也不会被旅行者偶然踏足。它是一条仅有我知道的道路，蜿蜒于我心灵的最深处，藏匿着我与爸关系的复杂纠葛。

爸像一位严苛的驯兽师，用他那一套独特的方法来驯服一切。在他眼里，世界是黑白的，强者和弱者的界限分明，而我，从小就被塑造成了一个顺从的存在。每当我按照爸的规则行事，展现出听话、讨巧的一面，爸便会对我满意地笑。他那难得一见的笑容，便是对我行为最大的肯定。

随着时间的流逝，我逐渐成长了，开始探索属于自己的道路。然而，我发现，无论我如何尝试挣脱，如何努力地走在自选的道路上，早年被爸植入心底的观念和行为模式，都如同顽石般根深蒂固，被过去的教条所束缚的心，始终无法彻底释放。内心深处那个渴望得到认同和赞许的声音，始终在干扰着我，让我不知不觉地陷入虚荣。即便当时的我只有几岁，也已学会在外人面前展现最完美的自己，以此来获得爸和他人的认可。然而，这一切的背后，是我对自我认知的迷失，对内心真正声音的屏蔽。

也许正是这个原因，让我在爸和你离婚后陷入自闭，躲进小屋，与世界隔绝，甚至与你隔绝。那是一种丧失自我认同后的放逐，是一场漫长的躺平。如果没有你的爱和坚持，如果没有照亮心灵的信仰和书籍，我现在会在哪里？会是怎样的状态？想想看，真是一身冷汗。

妈，春节将至，我却不在你身边，只能通过信件来陪伴你了。但我知道你会谅解的，不会把我的灵魂探索之旅，当成对你的忽略。

从混沌的梦境中醒来时，我看了看墙上的时钟，发现仍是凌晨02：38。我躺在未曾整理的床上，枕头被我放在了床尾，我的外衣未脱，鞋子还穿在脚上，双脚随意地伸出床沿，头部则朝向电视柜上的电脑和播放机，那是我连接外界的纽带。在这个暂住的空间里，我仍试图构建一个属于自己的小世界。

这是一间便宜的民宿，地处偏僻，住客较少。在这个城市里，能寻得这样一处安静之地，远离纷争和打扰，也算幸运。只是，邻里的未知仍旧让我保持警惕，而异常安静的微信朋友圈，也让我觉得不太安全。这也许是自闭症的后遗症，即使我觉得自己已经好了不少，也仍然无法将所有痕迹都抹去。总是怕隐秘的角落里藏着监视的目光，必须小心翼翼地维护自己的内心世界。可能就像书中说的，这是一种习气，需要慢慢清除。

在这个时代，人们似乎太容易丢失自己，当然我也不例外。我的生命力源于内心的沉淀和宁静，能否保持宁静，成了我是不是"正常人"的衡量标准。人们被送入精神病院后，他们如何判断病人何时痊愈，能够出院呢？是否也有特定的标准？但对我来说，哪怕宁静不是正常人的标志，我也要保持宁静。因为，当我再次被激怒无法控制自己时，就会丢失那份珍贵的、让我感到感恩的心境。那时，我似乎会失去一切。

虽然你对我说过，深夜起来，就看看书，或是静静心，不要写信，但我还是想及时把体验写下来，告诉你。反正我现在很精神，写完后可以做点别的，或者继续想些事情，好好感受清晨的宁静，静静地等待黎明的到来。

今天醒来时，手机静默地躺在一旁，估计是耗尽了电量，就像倒头大睡前的我。然而，它没充电，已经关机了，我却睡得很饱，能量的亏损已得到了补全。醒来时，我看到窗外仍是黑夜，暗自猜测大概不到午夜十二点，即便过了，也不会太晚。而望向挂钟，才发现已到了第二天的清晨。记得睡着前看过手机,是下午两点多,就是说,我已经沉睡了十二个小时。这一觉,真是对过去紧绷生活的一次释放。

我住的这家民宿虽小,房里却拥有一切生活所需:一张柔软的床铺,一个布置舒适的客厅,一张沙发,一个灶台,一间厕所,甚至还有一面落地镜、一张茶几和一个立柜。这样一来,八十元一晚的价格显得物超所值,如果住宿时间超过一星期,还能再优惠五元,也就是七十五元一晚。这样的价格,对于我来说,是一个惊喜。

更让我放心的是,入住手续异常简便。我只需要在一本旧旧的本子上登记身份证信息,无须经过联网的人脸识别——很怪,自从你和爸离婚后,我就不喜欢外界的喧嚣和干扰,渐渐地爱上了隐秘,加民宿老板微信时,我也专门将权限设置为"只聊天"。也许这会让我感觉到难得的安宁。

你和爸离婚之前,我习惯于敞开心扉;你们离婚后,我经历了风风雨雨,于是开始有意识地保护自己,不再轻易让他人窥探我的内心世界——那时我很小,你是不是没想到我会有这样的心理?但真是这样的。在学校,总有人意味深长地看我,往日亲近的同学也不再接近我了,仿佛父母离异是一种传染病。更有人开始霸凌,似乎知道我们成了孤儿寡母,没了爸这个坚实的靠山。那时,我开始感到不安,担心自己的私人信息泄露,最终,我选择了屏蔽,这意味着与世界失去了联系。但无论我如何躲,那不安全感还是时时袭来。

现在,坐在这间新民宿的沙发上,我思绪万千。这段旅程,每一次的选择和决定都似乎在提醒我:在这个瞬息万变的世界中，找到一片属于自己的宁静角落，保护好自己的小世界，是多么重要。而我，也将继续在这条路上，小心翼翼地前行，寻找属于自己的光亮和温暖。

云子的回信仍然充满了理解和祝福，也充满了心痛——

儿子，知道你住在民宿里，我是既安心又担心。安心，是因为你找到了安全的住处；担心，是因为怕你委屈自己，不能好好吃饭——你要答应妈，如果自己用房间的灶台做饭，就要注意营养，不能吃得过于简单。如果你不能答应妈，妈就多给你发些红包，你请民宿的师傅每顿给你送饭。记得，不能骗妈。妈的底线就是你的健康。记住。

你爸就是那样的人，他就是这样长大的。你爷爷奶奶对他管教很严，小时候，他是在皮鞭下长大的。对他来说，这也许是跟儿子唯一的相处方式，没有任何错误。他小时候也可能像你那样难受过，但他的个性跟你不一样，你更像我，总是关注心灵，总喜欢听灵魂说话。这也许就是你自闭的原因。你爸那种个性，是不会自闭的。他会去喝酒，会去宣泄，永远不会把错误揽到自己身上，永远不会觉得是自己不好。这就是我们离婚的原因吧。当然，我也有我的不好，不能都怪他。你上次对我说，我跟你爸说的那句话，说实话，我已经不记得了。也许是某次吵架时的气话。我真没想到，他能把这句话记在心里。也许我用自己的信任衡量了他，觉得他也会这样信任我，却没想到他信的是我的气话。但这件事，对我是个很大的警醒，人的命运转折,有时就是缘于一个不起眼的细节。如果当时我能更谨慎一些,像你说的,小心翼翼地前行,会不会好一些?也许,任何一段关系都需要如履薄冰,不能过于粗枝大叶,尤其是感情。

不过,儿子,雪师总说"过犹不及",过于小心翼翼,虽然能在一些事情上保护好自己,但也会给你带来烦恼,还会让跟你相处的人不愉快,也许这也是你现在应该克服的毛病。就像你说的,是自闭症的后遗症,说明你还没有全好。你要多注意。

75

自闭症的孩子是注定寂寞的,也注定了生活在一个无声的、唯有自己能触摸的世界里,就算绘画或写作,也只能表达那个世界的一部分,想要完全表达,几乎是不可能的。

但很多时候,这也许没什么不好,只要能享受它,享受自己的独特,享受自己拥有一个别人无法到达的秘密花园,只去分享它的芬芳,不要求别人完全领略它的风景,学会容纳不完全的沟通,学会容纳沟通上的不完美,烦恼就会消除。

心理疾病也好,精神疾病也好,都有心的问题,只要心调过来了,能接受现实中的不完美,接受大众标准下的缺陷,自己就会活得轻松很多。如果还能静静地追求变得更好,做得更好,就更好了。

人生看起来很复杂,其实很简单,就是把心灵的污垢完全消除,面对任何事,都只看到一个事实,哪怕刹那间产生情绪,也不会在心里纠缠，永远把心空出来容纳真心中的一份安然，就很好了。很多心灵疾病之所以让人痛苦，就是因为分别心存在，让某些情绪被放大，某些曾经发生过的事在记忆中延续，改变了这一点，从涌动的念头中挣回心的自主，也就不存在疾病了，自己身上哪怕还有这个标签或诊断，也跟生活和自己的活法没有关系。

瞧，我们从星星的信里，看到的总是他的心，他快不快乐，他自不自在，他有没有没办法实现的期待，有没有实现不了的念想，有没有产生烦恼，有没有将思维黏着在一个点上，也就是我们常说的固化。自闭症的一个重要标志，就是固化，机械化的行为，机械化的喜好，机械化的习惯，听起来确实有点病态的味道，但转化成老祖宗的话——执着，也许就没那么吓人了，因为执着是可以改变的，只要可以改变，就有救。不要怕。很多心理疾病都是这样。它们在成为病之前，都是心灵的毛病，都是有药可治的，而且跟金钱无关，是生命本有的一种程序。

所以，我们不管遇到什么，都不要怕，只要安顿好自己的心，没有黏着不放的执着，疾病也好，治疗也好，治愈也好，一切概念和标签都可以不用去管，一切标准都可以放下，那么每一天就都会变得好一点。记住，人永远不要放弃自己，只要不放弃自己，一天天走在对的路上，你活着的每一天，就都是积极向上的。这就是你可以得到的最好的人生。

妈，外面的世界对我来说太吵闹了，有时吵到我想要逃跑。我不懂为什么人们要那么大声说话，为什么他们的表情和动作有时让我感到害怕。但在自己的小房间里，我不用担心这些。我可以把噪声和混乱关在门外，安全地做任何事，比如我的一百零八个俯卧撑。它是我特定的生活规律中的一种，是一种独特的仪式，它的每一个动作都有自己的意义，每一个动作都让我接近内心追求的那份宁静。每当我完成它，总会觉得特别安静、平和、坚定，而且特别满足，就像完成了一个很重要的任务。这让我想到，也许世界上的每一个人，都在寻找一个这样的小房间，一个让他们感到安全和被理解的地方。就像现在，我坐在那个被我巧妙移动过来的桌子旁，觉得自己就像个探险家，发现了一个新世界。这个世界虽然很小，但它属于我，这让我感到非常开心。

我知道，有些东西我可能永远也无法完全理解，但没关系。重要的是，我找到了属于自己的应对方式，找到了让自己感到快乐和平静的方法。希望有一天，我可以和别人分享我的经验，告诉他们，即使在这个复杂的世界里，我们也可以找到属于自己的宁静之地。在那里，我们不需要害怕，不需要担心被误解，只需要简单地存在。

有时候，我想，如果我能把这种开心的感觉分享给其他人，会怎么样呢？我想告诉他人，虽然我不善于用言语表达，但我会用自己的方式感受这个世界，并且感受到快乐和满足。但我不知道别人是否能理解我的世界，我有时也很难理解他们的世界。

而且，当我走出小房间，面对外面的世界时，又会感到一种难以言说的焦虑。我害怕人们的目光，害怕他们不理解我。我想，如果他们能看到我在小房间里的样子，是否会有所不同？

如果他们能感受到我的平静和快乐,是否会对我有更多的理解和接纳?

尽管外面的世界充满了我不懂的事情,但我知道,只要有了小房间,我就有了面对一切的勇气。这个小房间就像我的盔甲,保护着我,让我不受伤害。希望有一天,我可以让更多的人看到,自闭症孩子也有自己的世界,也能感受到快乐和满足。

那一天到来之前,我会继续在我的小房间里做俯卧撑,保持平静和快乐,用我的方式生活在这个复杂的世界里。我知道,这就够了。

每次完成俯卧撑后,我都会坐下来,享受那种安静平和的感觉。这是属于我的时间,没有人可以打扰。我觉得自己像是在一个透明的泡泡里,外面的世界虽然在继续运作,但无法触及我。这让我觉得安全,也让我觉得特别。

我有时还会想象,如果我会一种魔法,可以把这种安静平和的感觉分享出去,那会怎样?我想象着你、爸和我坐在这个小房间里,不说话,只是静静地在一起,感受这个瞬间。我不知道你们是否能享受这种安静,但在我的想象中,这是一个完美的画面。

有时候,我会感到孤独。即使我有自己的小房间,也希望有人能真正理解我,理解我为什么喜欢在这里,为什么这些小小的仪式对我这么重要。我尝试着通过画画来表达这种感觉,但总觉得不够,无法完全传达我的内心。

孩子无法完全表达的,云子用自己的爱和理解补全了,她知道,在孩子迂回重复的叙述背后，有着怎样的向往和期待——

儿子，看到你的这封信，妈有点心疼。真的。你的文字背后是你真实的生命状态。而我在你这封信里看到，你的状态有点不好。似乎人们的不理解给你造成了困扰。

儿子，我们活的每一天，都是活给自己的，只要你能自主自己的生活方式，就不用去管别人能不能理解，能不能看到你心中那个美好的世界，你只要完善自己的存在就够了。你要相信，只要你在完善自己，你就是在为世界做最了不起的贡献。很多事情，哪怕你不去强求，它也会实现。比如自闭症孩子被人看见，人内心的自闭情结被人看见，等等。因为妈就看见了。妈是真真切切地看见了你，看见了你完整的存在。妈知道，你跟别的孩子没有本质上的区别，也不比别的孩子差，但每一个孩子都有自己独有的样子。你走在自己最独特的路上，解决自己最独特的问题，追求将这个独一无二的你自己变得更完善，更好。妈理解你。

瞧，只要妈能理解你，就有更多的人能理解你。因为，妈只是心中有爱的人之一。很多人也许跟你没有血缘关系，但因为一份爱，因为一份同理心，他们都会走进你的内心世界，感受到你的心灵散发出的味道。也许它不能代表你的全部，但妈觉得，这也足够了。对吗？人终究不能要求太多的。人对别人的每一份要求，都是给别人的压力，反作用力就是让自己也充满压力。这个世界是一个作用力和反作用力的集合体。所以，梦想代表了你的方向，它不是一种强求。一旦它形成你的强求，就失去了让你更快乐、更充实的意义，只会让你疲惫、无助和失落。不过，就算你现在强求也没什么，因为，人总是要经历过强求，才知道不强求的可贵，也才知道真正的答案原来是不强求。然后，在漫长的过程中一点点做到，一点点抹去心上的污垢，让自己的心像是一面没有任何分别心，不会黏着在任何杂念和情绪上的镜子，亮堂堂地映照世界，静悄悄地存在。

妈还是那句话，你要照顾好自己，既照顾好自己的身体，也照顾好自己的情绪。记住，灵魂探索之旅，目的是让你越来越自主，越来越清醒，不管旅途中有没有出现不如意的插曲，或者你的愿望能不能很快实现，都不要紧。因为你在路上。只要在路上，永远记住自己的方向，就很好了。

上次说给你邮寄《无死的金刚心》的，今天托照顾我的伙伴去寄了。她很随喜你，要我替她祝福你，给你打气。她说，我们都在路上，都是同路的伙伴，不管走得快一点还是慢一点，不管有什么烦恼和困难，都要记住，我们现在经历的一切，前人都经历过，前人的智慧里有我们需要的药方。只要好好地照方吃药，就会走在对的路上。

76

星星的这两封信就像呓语，不断重复着一个想法，就像一种对自己的催眠，因为他在自我治愈。

自闭症患者进入世界的时候，会遇到各种不如意，这些不如意，主要来自世界的不理解和他们的在乎之间的冲突。想要解决这种不如意的感觉，让自己摆脱虚弱，得到力量，勇敢地走进光明，就要放下自己的在乎，接受世界的不理解。

就像毕加索的画，我们能完全理解吗？不能。我的书，很多读者也不能完全理解。现在理解的人多了，因为解读的人也多了，当很多理解的人都在发声，都在表达自己的理解时，就会像很多盏灯一起照到我的书上，让书里的很多细节让人发现，人们就会有新的眼光，渐渐地走入书的深处，也走进自己人生的深处。艺术也好，人生也好，人心也好，都是这样。

在生活中渐渐地明白这一点时，对理不理解这件事，就会渐渐地放下，变得豁达。毕竟，对人生的追求是自己的，心灵世界也是自己的，别人没有义务去理解，也没有义务去参与。别人之所以想要理解和参与，是因为心中有一份爱，爱存在的时候，一切都存在。

我之所以写《爱不落下》，就是想告诉大家，这世上有一份爱是不会消失的，那就是生命本有的柔软和慈悲。这份爱，是人们的心灵超越生理，超越疾病，超越文化，超越地域，超越民族，超越血缘，超越一切连接在一起的理由。这份爱，是无条件的，因为无条件，所以不会因为条件的消失而消失。它跟云子对儿子的爱不同，甚至也跟儿子对其他自闭症患者的爱不同，它唯一必需的桥梁，就是那颗光明朗照的柔软的心。

云子儿子真正的自救，其实不只是走出去，跟世界接触，让世界看到自己内心的世界，而是消解心中那个巨大的自己，走入世界，走入别人的心，放下自己对别人的索求。放下所有的欲求，才有一个值得别人去了解的心，也才能展现出一个层次丰富饱满的世界。这个世界里，才有最美的艺术，最美的情感，最美的精神，和最美的光明。

妈，外面的世界是复杂和吵闹的，有时甚至是恐怖的，但我也知道，我不能永远躲在小房间里。我需要勇敢地面对外面的世界，哪怕那会让我感到不舒服。我尝试着记住在小房间里感受到的平静和安全，把这种感觉带到外面去，让它成为我的力量。

我梦想着有一天，人们能更好地理解自闭症，理解像我这样的孩子。我们可能不善于用言语表达，但我们在用我们的方式感受世界，做着我们独特的贡献。我希望人们能看到我们的光芒，而不是只看到我们的不同。

每当我感到害怕或不确定时，就会回到民宿的小房间，做我的俯卧撑，提醒自己我是谁，我有什么力量。这个小小的仪式，就像我的灯塔，指引着我前行的方向，让我知道，不管外面的世界怎么样，我都可以找到自己的位置，继续前进。

我慢慢地明白，即使在最孤独的时候，我也不是真正意义上的独自一人。我有小房间——哪怕它经常换——有我的仪式，它们都是我的朋友，是我的家。它们给了我勇气和力量，让我相信，即使在最黑暗的时候，也总有一线光明等着我。

在民宿的小房间里，时间似乎流动得更缓慢，每个瞬间都充满了意义。我会在做完俯卧撑后，静静地坐着，让自己的心慢慢平静下来。在这些宁静的时刻，我感觉自己和这个世界，虽然隔着一层看不见的墙，却也能在某种程度上触碰彼此。我想象着自己的平静和安全感像波纹一样，从这个小房间扩散出去，触及更远的地方。

我明白，我需要与这个世界建立更深的联系。我想让别人知道，即使不常说话，我的内心也充满了丰富的感受和想法。我希望他们能看到我的画，从中感受到我对世界的理解和爱。

有时，我会拿起笔，把自己的感受画在纸上，但总觉得颜色和线条无法完全表达自己的内心世界。我想通过这些画让人们进入我的心，但我不确定他们是否能真正理解。

尽管有时，我感到孤独和不被理解，但我学会了从你的爱中找到安慰和力量。因为有了你，我明白，即使世界很大，很复杂，我也有爱我的人。我不需要改变自己来适应外面的世界，只需要保持自己，用自己的方式与世界相处。

我知道，勇敢地面对外面的世界，是我必须学会的课程。我不能总是躲在我的世界里。每次我走出去，尽管感到害怕和不适，也会提醒自己，你的母爱一直陪着我，我是安全和平静的。这些感觉，就像是内心的盔甲，让我变得更坚强。

我梦想着有一天，能找到一种方式，把自己的心灵感觉分享给更多的人。我想让他们知道，即使是像我这样的自闭症孩子，也能与这个世界建立属于自己的连接。希望有一天，当人们看到我时，他们不再只是看到我的自闭症，而是看到一个有着丰富内心世界的人，一个努力用自己的方式与世界沟通的人。我会保持希望，相信自己的光芒终将被世界看见。

我的心灵旅程像一条长长的路，有时候是直的，有时候弯弯曲曲。每次我从小房间里走出来，都像带着一张看不见的地图，试图找到我的方向，尽管我知道，这张地图，只有我能看懂。

云子的眼睛看进了儿子的心灵深处,她带着一丝心疼,说着儿子该听的话——

儿子,看了你的这封信,心还是疼。

你最近在遭遇什么?想跟妈说说吗?不过,就算你不说,妈也能懂。妈知道,外界的风雨打在你的心上,你正在努力地消化它,希望能得到社会的接纳,哪怕只是一些人的接纳。

但你发现了吗?这同样是爸的教育在你心上留下的痕迹。你知道自己应该享受成长,却不由自主地期待世界的认可。但你自己大概也明白吧,如果你把它当成你的目标,你是不可能成长的,你只会不断地向外寻找,去找那个能够读懂你,也愿意欣赏你、认可你、跟你交流、让你进入他生命的人。然而,这个人什么时候出现,永远都不是我们可以控制的。这种寻找,给你带来的终究只会是痛苦。所以,妈希望你能从这种寻找中走出来,追求心灵的成长,不管外界给你什么,也不管你在面对什么,你都要记住,一颗不断成长的心,才是解决一切问题、改变命运的关键。

《无死的金刚心》中的琼波浪觉寻觅了几十年,他找到的不只是奶格玛,也是真正的、本原的他自己。我们也是这样。

你知道的,妈以前很痴迷红尘中的美好,那些美好的情感总是让我牵挂。每逢我爱的人——你,你外婆,过去的你爸,等等——有什么变故,或是生病了,痛苦了,我都会牵挂焦虑。表面上的美好给我带来的一切诗意,都成了我烦恼的理由,因为我不想失去。生病之后,我终于明白,这一切都会变化,都会消失，唯一能与我同在，能永远陪伴我的，只有我的灵魂和真心。当然，按老祖宗的说法，还有我做的那些事情的反作用力，但对于这个问题，妈其实还有一些不解，这里也不想过多地与你分享。妈只想告诉你，人能追求的，其实只有自己内心的世界，内心可以给我们自己需要的一切，你越是往心里追求，你的内心世界就越是博大深刻，有越多的美景，越是值得探寻。相反，你越是往心外追求，你的内心世界就会因为欲求不满，变得越来越贫瘠。贫瘠的土地上，不可能种出丰美的庄稼，也不可能展现壮阔的风景。所以，孩子，妈希望你把心调过来，不要管外界的回应，只管享受你心灵的成长，净化心里的一切污垢，包括你的失落。

　　妈可以不断地鼓励你，妈的爱也会一直陪着你，妈甚至不管你是谁，你是什么样子，你内心的世界到底美不美好，都会爱你，都愿意理解和包容你。但如果这份爱能鼓舞你成长，鼓舞你向上积极，鼓舞你做一个更完善的自己，这份爱就是你的贵人；如果这份爱给了你安全感，反而让你放慢成长的脚步，这份爱对你的益处就很有限，它仅仅可以慰藉你，让你暂时舒缓情绪。孩子，妈处在这样的生命阶段，有些话必须对你说——我相信，如果你能正视妈的病，有些事，你自己也会去思考。但妈不知道，在这件事上，你有没有潜意识中的逃避？你必须明白，妈虽然愿意永远陪伴你，但妈的生命是有限的，不可能像现在这样，永远陪伴你。能够永远陪伴你的，其实是你内心对妈的爱和纪念。这份情感，就算妈有一天离开这个世界，也可以温暖你的心灵。这才是妈永远的陪伴。然而，如果你的心不够坚强，一旦妈离开这个世界，你就会觉得，这世上唯一一个爱你的人也消失了，你举目四顾，已经没有一份爱为你存在了。这时，你怎么办？你会缩回自己的蜗牛壳里吗？你会不会觉得痛苦而不知如何解脱？孩子，妈多不希望你会这样啊。然而，妈没办法控制自己的寿命，任何人都没办法控制自己的寿命。所以，孩子，妈希望你能真正地正视痛苦这件事，真正地找到自己心灵的答案，不要把解脱寄望于某种慰藉。

好了，笑一笑吧，妈现在还很好，你不用担心。同样，为了叫妈不要担心，你要快点振作起来，不要再萎靡不振，让妈担心。妈要是开心，就会长寿，就能更久地陪伴你。所以，我们都要好好的。

77

星星终于再一次回到西部，再一次进入了小时候治愈过他的那片大天大地。但这次，他没有妈的陪伴，而是像琼波浪觉那样，孤身一人带着未知，也带着身体的折磨，踏上了西行的路。他想超越自己的疾病，更想找到本真的灵魂，实现灵魂深处的那个梦想，让自己的生命有一点超越小我的意义。

他能不能实现这个梦想？不知道，也不重要，重要的是，他在追求梦想的同时战胜自己，战胜疾病带给他的萎靡和隔阂，或者说，战胜令他生病的执着和分别心。只要能持续不断地为灵魂作战，让自己的灵魂博大一点，无我一点，纯净一点，他的追梦之旅就是成功的。只是，真正的成功是盖棺论定，也就是将觉悟变成生活方式，终其一生这样活着。如果他能做到这一点，我相信，不但世界会看到得了自闭症的孩子们，得了自闭症的孩子们自己，还有那些被痛苦困住的孩子，都会看到摆脱痛苦、实现重生的希望。后者，也许才是更重要的。

　　妈，我走出了自己的小房间，踏上了去西部的旅途。对我来说，这是一次飞跃。我想认真地看看那片土地。小时候的接触，是懵懂模糊的，对那份纯净和博大没有深刻的体会和思考。现在，我想用自己的方式体验一下。妈，要不是你的爱，我是迈不出这一步的。

　　在傍晚的火车站，我带着我的行李箱下了车。城市的霓虹灯已经亮起，却在我心中投下一片阴影。我想找一个可以让我隐身的角落，一个不需要刷身份证就能安静入住的地方。在那里，我可以在月光下释放自我，不必担忧那些隐匿在暗处的目光和恶意。

　　但在这个信息高度透明的时代，这样的想法似乎太过天真。车站、医院等公共场所当然不行，这些地方人来人往，根本无处藏身。而且，这里如此喧嚣，也不容易让人安心。桥洞下、马路边虽少有人去，相对安静，但冷风刺骨，也不是好的容身之所。那些看似方便但环境复杂的足浴中心更不合适。

　　我又在用小聪明试图找寻出口，但内心深知，这不是解决问题的方式。

　　漫无目的地走着，我来到一个老旧的小区前，犹豫了一下，还是走了进去。大门口的保安没有拦我,只是望了我一路。也许他看出了我的疲惫和没有攻击性。可他的眼神,还是让我感到很不自在。一个念头在我脑海中闪现:如果有人通过车站的网络系统发现了我,会不会像猎犬一样,跟随线索搜寻到我的踪迹?随即,我觉得这个念头有些荒谬,我没钱没势,又不是身怀重宝,有啥好叫人追踪的?但又想起一些身份证被盗用,无辜染上官司的人,心里便隐隐有了不安。我试图在这个破旧的小区里寻找一丝安全感,但这里没有民宿,没有旅社,也没有招待所。只有一些墙皮脱落的单元楼敞着防盗门,似乎在邀请我进入。我幻想着或许能敲开某扇门,寻求一夜的庇护,但这想法显然不切实际。

终于,我在小区里找到一个角落,然后坐在行李箱上,静静地反思。就在这时,我突然明白,这个世界上并没有绝对的净土,我们能做的,只是在心中开辟一片净土。那些曾试图控制我思想的力量,那些不属于我的声音,都是我需要抵抗的恶能。而真正的"亮剑",就是持续地保持自我。

虽然我知道懦弱只会让我与心中的理想越行越远,但我无法放下自我,不能勇敢地面对一切。我仍在躲避,怕我的踪迹会被人知晓。我在手机上选了半天,终于选了一间最便宜的青年旅舍,便叫了车前往。

在前往旅舍的路上,我意识到,现在不是与世界抗争的时候,而是安心的时候。过去的很多次选择、很多个决定,我都是在与世界对抗。而这一刻,我最大的抗争,应该是放下小我的执着,与内心深处那个真挚的自我相连,与那份温暖相印。

随着夜色渐深,我踏入了订好的房间,心也立马静了下来。这里与外面的喧嚣形成鲜明对比,很像我理想中的避风港。于是,我安下心来,准备找旅社老板预约长期住宿,谁知那老板却神秘地不见我,似乎在暗示着一份冷漠或不欢迎。我自然不知道原因,那份刚刚降临的安定感却瞬间被打破,种种细节涌上心头,都在诉说着一种微妙的不和谐。既然这样,我只好再找住处。我隐约记得这一带有个寺院,也许可以去那里寄宿。于是,我怀着复杂的心情,迅速整理好一切,把钥匙归位,踏出了旅舍的大门。宁静的旅舍依旧透着怪异的宁静。

空气中弥漫着一种说不清的紧张气息,然而,当我迈步走出那条胡同,却突然看到头顶的天空有繁星在闪烁。我的心里透进一丝清凉,于是强行挤出微笑,还吹起了口哨自嘲,那是对自己的一种鼓励,也是对外界种种不理解的抗议。

世间的交往为何总是如此曲折,不能言明?若是尝试解读种种细节背后的意图,就会陷入过度猜疑的旋涡;但若是选择无视,又会显得我过于天真。但偶尔,我想,或许保持天真也不失为一种美德。

这让我想到了雪师,他总是以满怀激情和慈悲的态度对待每一个人,不论对方的恭维是真心还是虚情,他都只是简单真诚地表达自己,不去深究对方背后的意图。这种行为不仅仅是包容和尊重的体现,更是一种对他人的深刻教化。

在这种交往中,即使对方心中有所保留,只要表面上真诚求教,他也会以真诚回应,这是他自身本有的高尚品质,跟对方的品质和态度无关。如果因为个人偏见而表现得拘谨甚至不悦，反而显得小气。这个过程中，就连"伪善"也失去了原有的负面含义，因为真诚的心只是在表达自己，对方是否"伪"，已不再重要。

走到旅舍门外的转角处，我仿佛站在了自我认知的十字路口。我意识到，这个夜晚，我不仅将身体转移到西部，更是让心灵进行了一次孤独旅行。我开始理解，真正的交往不需要刻意解读，用开放真诚的心面对每一个人、每一件事，就已足够。而过去因为看不懂而逃避的很多事，只要换个角度，就能变成学习的助缘，让我学会从人性的深层去理解和包容。

走了不知多久，腿已有些酸痛。然而，这点重量和疲惫，又怎抵得上年少那十几年自闭的岁月。这身体的疲惫，倒让灵魂有了一种释放感，似乎行走中排出了血液中的垃圾，让灵魂中的毒素也慢慢地消解。

远处是层层薄雾和淡淡的晨光，祁连山的淡影若隐若现，气氛神秘且宁静。我想起年少时在这片土地上快乐的玩闹，想起当年的那些小伙伴，想起当年在雪山和森林间的穿行，既觉得恍如隔世，又感到一种久违的温馨。虽然我不曾回归那个小村，但仍然像是和那里的乡亲们血脉相连。我能感觉到他们在这片土地上的存在，也许他们在知道我的行程后，也能感知到我。得了自闭症后，我很少有这种一体相连的感觉产生。我不由得升起一丝希望——按雪师书中的说法，这也许是一个好缘起。

想想也真神奇，昨天的我，似乎还在忙碌地玩游戏，心中期待着下一关的熟悉或新奇；今天的我，已成了西部的流浪汉，当然也是探险家,在黎明的晨曦中寻找着归宿。

又走了不久,我遇到了一位小尼姑,她的出现,像是这趟旅途中的一抹亮色。初见时,我以为她是个小孩子,她纯真的眼神中,透出对这个世界的好奇和探索。她提出帮我拉行李,这份简单的帮助,让我对她产生了好感,那是一种久违的人与人之间的信任和温暖。

我们一路上聊着天,沿着小路,走到山脚下。她的知识面让我惊讶,我眼中的她不再是一个年幼的女孩,而是一个心灵成熟、对世界有着独到理解的女师父。她提到山中寺院可以挂单,这个建议照亮了我的旅程,仿佛为我打开了一扇通往平静内心的门。

然而,当我们终于到达那个寺院,却发现无法挂单——也许是知客僧很反感尼姑竟带了一个男孩,故意刁难咱。但这个小插曲并没有减少我的兴致,反而增加了我对这趟旅程的期待和探索。我在寺内虔诚地朝拜,每一个佛殿都带给我不同的感悟,我在这里找到了心灵的寄托。

我很感谢那位小尼姑,她抽空带我走了几间旅社,怪的是,我一直找不到可以落脚的地方。也许是经历的奇怪眼神多了,我和她之间随着相处时间渐长,倒没了最初的熟悉和亲切,变得越来越生分,后来竟慢慢地不再交流。到了中午时分,再问了一间旅舍,找到空房间时,她几乎是逃也似的回去了。说真的,我虽然理解,但还是有些失落,觉得最初的信任,瞬间变得复杂和难以捉摸。我开始质疑,这一路上的际遇,是否真像我所期待的那样纯净和美好?

我把行李放进那个小房间，便拿出随身带的便携折叠烧水壶，烧了开水，泡了一碗方便面。方便面发出浓郁的香味，唤醒了我腹中的馋虫。我静静地等待面饼变软，然后透过开水的蒸汽，望向窗外的祁连山。这一次的经历充满曲折，从一开始的迷茫，到后来的好心情，再到后来的尴尬、别扭和失落，一切都像一场梦，既真实又虚幻。我开始反思，我寻找的那片净土，是否只存在于心中？或许，这一路的颠簸和不易，正是我寻求内心平静的必经之路。

云子给儿子的回复似乎很欣慰，她在儿子的信中看到了成长，语气里充满了自豪，也渗透着一种更高意义上的母爱和陪伴——

儿子，虽然你的信里充满了寻觅中的迷茫，但妈还是看到了你的改变。妈为你开心。就这样一直寻觅下去，妈相信你可以找到你心中的净土。到了那个时候，你要像《娑萨朗》里的奶格玛女神那样，把你找到的答案分享给妈，好不好？

妈最近在看《西夏的苍狼》，本来打算跟你一起读的，就像以前我们共读《爱不落下》那样。那时，你还是一个放不下爸，放不下我们那段婚姻的小孩子。现在，你也许长大了吧？你是不是更懂得正确看待家庭的变故，更懂得包容你爸爸呢？

不过，你也有让妈担心的地方。你为何总是觉得自己被追踪呢？你的这种不安是从哪里来的？你有没有收到我寄给你的《无死的金刚心》？要好好看一看那本书。琼波浪觉寻觅的那些年里，生命中一直有很多折磨他的幻觉和梦境，他最后是因为打碎了分别心，彻底融入光明，才消解了所有幻觉的折磨的。也许，你灵魂中所有折磨你的声音，都是你灵魂污垢的具象化表现。你要记住雪师教给你的，好好训练。很多时候，行走和思考代替不了训练。雪师说过，智慧不是思维，也不是念头层面的认知，它是超越念头和思维的，是一种生命深处的照亮和放下。你不要走偏了。

孩子，妈陪不了你，也不能时时督促你，一切都要靠你自强、自省和自律。记住，把《无死的金刚心》作为警枕，也作为你这次西部之旅的指南。你要以琼波浪觉为榜样，永远以光明为方向，叩问自己的心路历程，不要坠入世俗思维。它们是琼波浪觉幻觉中的那些毒蛇和毒虫，也是你生命中那些抽你肠子的豺狗子。你要保持清醒和警醒，不要走得越远，越忘记为何出发。

78

看到星星的这封信，我想象过很多有可能发生的事，但最后我发现，人的内心活动也许波澜壮阔，但外在的事情或许很简单。人看不清的，是事情的简单和内心的复杂之间的关系，也是解决内心纠葛的方法。一旦把这条线索看清楚了，很多事可能就有出路了。否则，枪林弹雨的冲突终究会升级，最后一发不可收拾。

很多和星星一样内心敏感的人，也会有同样的心路历程。外界的哪怕一花一叶，在他们的心里，也是一个复杂无比的浩大世界。敏感的心会把一切都放大，再强化，甚至进行很多内心的加工，变成一个自己和自己捉迷藏的丛林冒险游戏。所以，人们提倡钝感力。不是说敏感不好，要是没有一颗敏感的心，世间就不会有美好的艺术和文化了。我们要学习的，是善用自己的敏感，把它用在正确的地方。这本质上依然是驾驭自己心灵的能力。所以，星星还有很长的路要走。

不过，这终究也是旅途中的一个插曲、一段故事，目的是让自己在纷繁的内心活动中找到自己，找到让自己宁静的力量，学会跟外界和解。有了和解，就没了自闭的理由，心就会变成一个敞庄子，充满了宽阔和自由。就像现在，我在阳光的抚慰下看着星星的这封信，心里有担忧，有疼痛，但更多的是一种流水般的宁静。

我也在静静地等待着，等待着星星发现这个秘密。

妈，你不用为我担心。

在这段漫长而又艰难的旅程中，我如同一位孤独的旅者，在西部的辽阔中寻找着自我的光芒。正如雪师在《一个人的西部》末尾所写的那首诗，我也在这条道路上摸索，一步步走向成熟。这个世界充满了阴谋与机心，它们如同隐形的网，试图捕捉每一个不设防的心灵。我开始意识到，我之所以反复入套，是因为我未能把握内心的平衡，既想用力量抵抗外界的侵袭，又害怕自己的力量会失控。

在我刚走进陌生世界时，那些细微的干扰与挑衅，如同无形的手，不断地试图将我推向愤怒的深渊。每一次，我以为自己是在展现力量，实际上却可能是在他们设下的陷阱中越陷越深。那种愤怒，那种想要反击的冲动，渐渐地让我远离了最珍贵的东西——我内心的平静。

但是，愤怒和抵抗并非解决问题的正确方式。真正的力量，来自对自己内心的理解和控制。我开始明白，真正的战斗并非与外界的敌人交锋，而是与自己心中的恐惧和愤怒作斗争。我必须找回那份失落的平静，找回那个真正的我。

这意味着，我需要重新定义与这个世界的关系。不是通过对抗和战斗来证明自己的存在，而是通过内心的坚定和平静来抵御外界的干扰。我开始学会忽略那些无谓的挑衅——也许，我眼里的挑衅，在人家心里，并不是挑衅呢——专注于自己的路，因为只有这样，我才能不被外界的风暴所动摇。

这也许是一条孤独的道路，因为它意味着我必须放弃那些看似可以依靠的外在力量，寻找内心的光芒。但这正是我必须经历的过程，因为只有经历了这样的洗礼，我才能真正地强大起来，不再是任由外界摆布的木偶，而是一个拥有信念和力量的人。

在这个新的阶段，我开始懂得耐得住寂寞的意义，懂得真正的强大来自内心的平和与坚持。即便在漆黑的夜晚，心中的光，也能照亮前行的道路。这条路或许充满了未知与挑战，但我愿意坚持下去，因为我知道，这是通往自由与解脱之路。

我的旅程还在继续，每一次的经历都让我更加成熟，更加接近那个真正的我。而那些试图干扰我的力量，最终只会成为我成长路上的注脚，因为我已经找到了自己的方向，那就是坚持自己的信仰，不断前行。

在这个宁静的早晨，我仿佛站在了人生的十字路口，面对着内心深处的纷扰与不安。早课结束后的平静时刻，被简单的生活琐事打破——上厕所、冲马桶。这些微不足道的动作，却因为周围环境的压力和不断的心理战而变得重要起来。我曾试图通过各种方式减少生活中的噪声，保持安静，但这种努力转变成了一种紧张和不自然的状态，仿佛我在自己的生活中，变成了一个小心翼翼的外人。

我意识到，我在这场无声的战斗中逐渐失去了自我，我的行为不再是出于自然，而是出于对抗。每当我试图放松或是给予自己一丝安慰，外界的动静就成了一种打击，一种对我的心灵的直接攻击。这种攻击，不仅仅是物理上的声音，更是对我精神世界的侵蚀，试图摧毁我内心的平静和对爱的信念。

近来，我时时会关了手机，试图阻断外界的干扰。我猜测着可能存在的监控，心想这样就能避免被"精准打击"。我一看到灯闪一下，就会明白他们在监听。他们是谁？我不知道。但我明白，这事，他们能做得出。我知道，这旅舍里，也有监控录像，一定有，也会有窃听器，但没啥。不过，关手机这样简单的防御，真的能保护我吗？每当我稍有松懈，外界的声音就如同一根针，刺痛我的心灵。这难道不是一场精心策划的攻心术吗？

在这样的环境中，我早上的行为——冲马桶——竟然变成了一种潜在的示威。这样的解读让我不禁反思，我为何要在他们的游戏规则中挣扎？我为何要在乎这些无谓的对抗？我在意了，就意味着我输给了他们的策略，我怕了，就意味着他们的手段奏效了。

然而，我忽视了最重要的一点——我的本心。我的反应，无论是愤怒地对抗，还是刻意地沉默，都是因为我在意外界的评价和干扰。我试图通过对外的抗争，来证明自己的坚持和信仰，却忘了真正的坚持源于内心的平静和自我认知。

在这个纷扰的世界中，我的心情常常如同秋天的天空，变化无常，时而明朗，时而阴郁。这种郁郁寡欢，多半源于家庭的冰冷，而这冰冷，又跟社会大环境的寒冷有很大的关系。因为类似的思考和探索，我对世界的同情和悲悯，似乎成了一种天生的责任感，它让我在寻求改变的道路上不断前行。

云子对儿子虽然也有担心，但她还是相信儿子，相信儿子会穿越灵魂中的枪林弹雨，找到内心的平和安宁。因为她知道，一切情绪都会过去，一切事情也都会过去，留下的是成长和感悟，有时，也是更好的自己——

儿子，妈刚才其实有点担心，但想起你说，叫我不要担心，我便不担心了。我相信你可以照顾好自己。但妈还是想提醒你，要好好看书，好好训练，不要让妄想把你的心牵走。

觉得外界是在挑衅，甚至是对你用心理战、攻心术，对你精准打击，其实是你自己的不安全感在作祟。别人很可能没有这个心。就算别人真有这个心，也跟你没有关系。你要记住这一点。眼前的一切际遇，都有它产生的原因。有时，这个原因不只跟别人有关，它跟我们自己有很大的关系。但妈不是叫你无条件地指责自己，任何事都不看外界有没有问题。妈是感觉到你信里的戾气,还有那股冲撞的情绪。妈想提醒你,不要让这样的情绪在心里逗留,也不要跟这样的念头纠缠,要毫不犹豫地清理它。心一旦被它牵走,你不但会虚度光阴,还会伤害自己。等你蓦然回首的时候,就会非常懊恼。

妈年轻时也很容易被外界牵引,非议的声音多一点,或者别人对待自己的态度不友好,妈就会非常难受,觉得世界都不美好了。让妈受折磨的东西似乎铺天盖地,妈怎么都挣不出。但有一天,你外婆打电话给我,她问我早上有没有去散步。她说,她那天早晨散步,看到天空太美了,就像水洗过一样,路边还有一朵很美的小花,花瓣上沾着一滴露珠,她就想起了我。听她这样说的时候,我突然很想哭,但忍住没哭,不想叫她担心。挂了电话之后,我才扑到床上,用被子裹着自己,好好哭了一场。哭完之后,我就放下了。我学会去看天空,去看白云,去聆听清风对我说的悄悄话,去感受生命本有的美好,去守候内心的一份纯净,去做该做的事。我突然明白,很多事就是一个画面,很快就会过去。只要我们感受生命本有的幸福,感受生活给予我们的美好,或者生活本有的美好,不要去想那些不幸福的理由,不开心的瞬间就会很快被淡忘,也会真的像雪师书中说的那样,像梦一样消失。因为,所有不幸福的理由,都是我们的有求之心,有求之心一旦消失,人就没有理由不幸福。能活着,能健康,能做该做的事,还有什么不幸福?

你再想一想,有些孩子十几岁就要出来打工,帮补家计,不能好好读书,不能好好享受学校里的简单生活。你可以拖着行李箱,去寻觅你的灵魂和梦想,而没有后顾之忧。你多幸福啊？哪怕到了陌生的地方，遇到了一些冲撞，也是生活的日常。很多时候，生活的意义就是让我们发现自己不圆融，尽可能地圆融一些。你看那些不但有爱，而且非常圆融的人，他们的行为不会让人有一点点不愉快，外界只会爱护他们，帮助他们。所以，无论遇到什么事，都要问自己一句：我有没有不对的地方？然后勇敢地告诉自己：我可以改正，可以做得更好！再然后，努力学习，好好训练，努力地实践。我知道，自闭症会给你带来障碍，你跟外界的冲撞，其实也跟你的病有关系。妈知道你是好孩子，但就算是好孩子，也要学会跟世界好好相处。否则，你就算让世界看到自闭症群体，世界也不会因为你，认可这个群体，反而会反感它，对它产生误解。你要学会好好对待自己的责任。

妈最近一直在看《西夏的苍狼》，回想跟你爸的爱情和婚姻，释怀了很多。婚姻其实也是人与人之间的关系，跟所有关系一样，与其控制对方，不如让自己变得更好一些，做一个值得别人去爱的人，如果做不到，对方的离开就是迟早的事。导致婚变虽然有很多别的因素，比如感觉的善变、人心的变化等，但对于我们来说，那都是无法控制的事，我们能控制的，就是自己的心。自己的心很美，明白凡事该如何选择，该如何成就自己的另一半，如何让另一半感到幸福，是婚姻最好的保障。妈当年确实做得不够，因为妈当时没有这个思维，也不懂具体该怎么做。很多时候，情绪一上来，就会跟你爸闹别扭，甚至还在你的面前埋怨你爸，跟你爸吵架。现在想想看，妈很后悔。尤其是对你，妈不该把你当成情绪的垃圾桶。幸好，你跟妈一样，也很坚强，也愿意做灵魂战场上的战士，不管多么艰难，都愿意站起来继续战斗。好些父母，就是因为对待孩子时不注意，不明白自己对孩子有多大的影响，太放纵自己的情绪，结果造成了一辈子无法挽回的遗憾。有时看看他们，再想想你，我就觉得自己太幸运了。但如果一切可以重来，妈一定不会再对你抱怨了。

你也一样，要学会在人生中少留遗憾，多做该做的事。

另外，一定要照顾好自己。

79

在跌跌撞撞中，星星一直在变化，每一封信都展现了不同的生命状态。相同的是，每一封信都在追问灵魂，追问何为美好的世界。虽然追问中有时会出现苦闷，甚至会出现愤怒和冲突，但它们最终都像被大雨冲刷过的泥沙，悄悄地消失了。

每一个追问灵魂的人都是这样，都要经历这个过程。

妈，在寒冷的夜风中，我独自一人拖着行李箱，穿过祁连山的晨光。我感到前所未有的释然，虽然前路未知，但我知道，我需要的不仅仅是一处避风的港湾，而且是一种心灵的独立和自由。

之前，你不是问我为什么总是觉得有人追踪，有人监听，总想藏起来，保护好自己吗？我想过了，也许就像你说的，这是我内心不安全感的一种显现。但也可能是关于隐私泄露的新闻看多了,没有安全感。

在这个看似和平富有的年代,人心中隐藏的恶如河水般奔流,毒奶粉、地沟油、转基因食品等危害人类的事物层出不穷。美好在繁华中下沉,纯粹简单的幸福在各种享受中日渐消失,而人们却丝毫不觉得危险。我甚至听过,有人只是下楼拿快递,就被人录了视频,伪造了聊天记录四处散布,结果丢了工作,申诉了一两年才恢复清白,重新找到工作。虽然这样的事可能不多,可我看到的时候,立刻就觉得这个世界不安全了。

但你说得对,这种恐惧的本质也是妄念,就像有人被蛇咬了之后,连麻绳的影子都会害怕一样。只要守住内心的平和安宁,这种不安全感就会慢慢地消失。一切都要回到心上解决,无论多大的事,还是多小的事,追溯到最后,都是人对念头、情绪、身体感觉的处理。

最近,我听你的话,在看《无死的金刚心》,琼波浪觉的战胜自己给了我很大的启迪。看到他在神庙中的态度,回想起自己在旅社中的冲突,我脸红极了。灵魂寻觅的路真的好漫长啊。但我给自己找了个借口,我说,踏上寻觅之路前,琼波浪觉就是法主,水平已经很高了,而我只是一个刚满十八岁,正在治疗自闭症的孩子,没能像他那样,也是很正常的。但再想想,觉得我如果一直这样给自己找借口,是不是每一次都不能超越眼前的自己,活出我喜欢的样子呢?如果是这样,离开你,一个人出来历练灵魂,不就失去了意义吗?所以,我再三告诫自己,入住新旅社时,不能再藏在自闭症的心理暗示背后,要勇敢地战胜自己。这不仅是为了我自己,也是为了你,为了我的梦想,为了很多焦虑成疾的人。我既是我自己,也是他们的一分子,我的命运跟他们紧紧相连。

这次祁连山之行,虽然充满了曲折和挑战,但教会了我许多宝贵的道理,也让我找回了对未来的希望和勇气。我学会了如何在不断的寻求中保持平和,如何在遭遇不理解时坚守信念,如何在孤独中找到真正的自我,也明白了,无论走到哪里,真正的挑战都来自内心世界,只有勇敢地面对自我,才能在这个广阔的世界中,找到属于自己的位置。而真正的力量,也不体现于对外抗争,而体现在把握自己的心,让自己祥和安宁。它源于对自己的真诚和坚定,源于对内心美好信念的不懈追求。只有做到这一点,我才能真正战胜外界的干扰和试探,不再被侮辱所动摇,也不再因沉默而失去力量,更不会进一步远离我的爱。因此,我不再通过自我封闭、摔门或怒吼,来反击外界的挑衅。我开始学会在朋友圈分享正能量的信息,以此来对抗负面的力量。这不仅是一种抵抗,更是一种超越,是我对自己的坚持。在这场无形的战斗中,我学会了如何将对抗转化为内在的力量,如何在不断的挑战中找到坚强和光明。

这样的转变并不容易,它需要我不断地自我审视和反思,需要我在每一次的冲突和挑衅中,保持冷静和智慧。我开始明白,我的每一次回应,无论是愤怒还是沉默,都应该源于对自我真实的理解,而不是对外界评价的恐惧或屈服。

这段经历,将成为我人生旅程中一段难忘的回忆。

雪师说过,人要处理好与自己的关系,也要处理好与他人、与世界的关系。

处理好跟自己的关系，最好的方式就是坚守信仰。信仰是人生的境界，也是对一种精神和智慧的向往和爱，它是与自我的平等交流，也是神性降伏兽性，最终达到无我，与他人和世界圆融无碍的和谐。就是说，无我地担当，哪怕是平凡的担当，也能与历史上无数人格堪称完美的人合二为一。

处理好跟他人的关系，和处理好与世界的关系是一样的，都是处理好内外关系。但什么是内外关系呢？妈，我有时会观察你和他人的相处，我发现你和身边的人有很强的一体感，我不觉得你是在跟外面的某个人交流，我觉得你就是在跟自己交流，我看不出你把他们放在你的心外。我在他们身上也能看出这一点，他们跟你在一起的时候，也觉得很安全，很放松。这也许就是处理好了内外关系吧？

以前，我总是觉得外界会伤害我，但经过这一次次的经历和观察，我渐渐地明白，外界的挑战并不是为了摧毁我，而是为了让我认识自己，降伏自己，追求内心的和谐与平静。勇敢地接受这个过程，才可能实现雪师在书中说到的"无我"。在无我中与伟大人物相融，才能真正传播那些激励人心、温暖人心的正能量。所以，我开始以更加积极开放的态度面对生活，用行动和言语影响周围的人，努力创造一个更加和谐美好的环境。

我不再觉得与外界的碰撞是令人恐惧的威胁，而是将它们视为成长和学习的机会。每一次接受挑战，都是对我内心力量的试炼；每一次克服困难，都是我走向成熟的阶梯。我学会了在逆境中找到希望，在挑战中积累勇气。

我意识到，我真正的胜利，不是战胜外界的敌人，而是战胜自己的恐惧和犹豫。当我能坦然面对外界的评价和攻击，不再因为别人的看法而改变行为和信念时，我才真正实现了对自我的战胜。这种胜利，比任何外在的成功都要宝贵，也都更重要，因为，它源于对自己深层的认知和接纳。

对了，妈，我昨晚梦到你了。

梦中，我们被困在一栋大楼里，场面混乱至极，人们的哭喊声、吵闹声、咒骂声充斥着整个空间，地上不知道为什么，堆满了鲜血和杂物，我身边还挤着很多牲畜。我的鼻腔里充满了尘土味和血腥味。我不敢睁眼，不敢说话，甚至不敢呼吸。我想大喊，却发不出声音；想把你抱得更紧，却使不上力气。后来怎么样，我记不清了，只记得自己撕心裂肺地痛。那种浓烈的痛苦，让我真真切切地觉得，那是一场真正的生离死别。没有过去，没有未来，只有极致的混乱和恐惧，只有极致的不甘与不舍。就在我拼尽全力，想紧紧拥抱你时，无边的冰冷和潮湿漫了过来……然后我醒了。醒来时发现，枕角湿了一大片。

虽然是一场梦，但心里的疼痛仍然真切，我知道，假如这一天真的来临，我也会像梦中那样痛。想到有这样的一天，我就开始恐惧慌乱，但随即，我冷静了下来。灵魂寻觅还没有完成，我要坚定不移地走下去，找到心中的净土，然后把那个秘密告诉你。

于是，我开始回忆梦中的感觉，也开始回忆过往的人生。长长短短的一生，似乎被压缩成刹那间的浮光掠影。我不再掩饰更不逃避，老老实实地安静下来，思考剩下的日子要怎么过。

很长时间里,生死之类的问题总是困扰着我,我怕那种让我窒息的感觉,于是一直在逃。现在,我不逃了,因为如果不去搞明白,等待我的,将是永无止境的沉重与窒息。

都说人生是没有归途的旅行,出发之前,一定要明确自己的目标和行走的方式。很多时候,留下遗憾不是因为不够努力,而是出发前缺少对自己的正确审视。这世上,人最难认识的不是外界,而是自己。我们常常不知道自己想要什么,想要西行,却进入洪流般东去的人群;想做好人,又违背初衷,贪取别人的东西并以此为荣;想让一生活得有意义,又怕身后人影的指指戳戳。倒是看向窗外的一块茵茵草地时,我找到了答案:不被外界所扰,不卑不亢,随缘尽分,无怨无悔地奉献一生。

人生真该活得像草,在生命的四季里,遵约而生,守约而死,来这尘世一遭,只为给世界装点一份新绿,为众生带去一点福祉。我们都是这流亡红尘中的流亡者,不管在自己的世界里,还是他人的世界里,都只能稍作停留,如踏雪飞鸿,转眼间便要离去。也如掠过天际的白云,根本带不走什么,却可为大地留下刹那阴凉,为土地洒下珍贵甘霖。每一件事物,都是相互的依存,不必将自己与世界刻意分离,我们也定然无法避免这世界的动荡。

在亘古大力的裹挟下,千年也不过一瞬,所有意义都终将消失,只为在活着时温暖一颗心,充实一个魂。那便让我随了你,无限地贴近,无限地融入,在这梦与非梦的流浪中,诗意地经历吧。

这样想着,走在路上,行李箱发出低沉的隆隆声,像是灵魂内部的鼓声。

我在一种说不清的感觉中行进着，踩着梦的旋律。

半路上，我看到一个乞丐，他半跪半爬地待在街边，很是沉默，眼里一片瓷白。但他仍用那双眼睛，望着人来人往，膝盖旁的破旧瓷缸在无言地替他发声："给点钱吧！"

他显然是个乞讨者，像这城市里所有的乞讨者一样，他可以长久地跪在那里，一动不动。如果忽略他的眼睛，外形上看，他几乎跟普通人没什么不同。四肢健全，四五十岁的样子，却让鲜活的生命停驻在这街边。不知从什么时候开始，也许日复一日。他有过对生活的选择吗？他会不会也想像那些盲人作家那样，坐在一个舒服的房间里，用盲人电脑写作，写下他的一生，包括他眼盲前后的生活和世界？他沉默的世界里，到底是彻底地无声，还是有无穷的思绪在奔涌？

雪师的《大师的秘密》里写过一些乞讨者，他们虽然外在承受着贫穷和屈辱，但内心一片光明、安详和无求，他们只是在用外相上的受辱，锻炼着自己内心的无我。这个乞讨者呢？他的心中是否有一份无求的安然？但我总觉得，生命内在的境界，如果没有外在的表露，对世界就没有太大的意义。人们永远不会从他的身上学到什么，甚至有可能把他当成放弃生活的懒汉。人活着，总要创造点什么，让世界因为自己的存在有点不同。这也是我走出小屋，开始探索灵魂、探索梦想的原因。那个乞讨者呢？

人对生活总有自己的选择，每一份选择都在铸就着生命的价值。在旅程中的每一个角落、每一份相遇中，我一直在观察着,叩问着,回答着自己关于生命、灵魂、价值和意义的追问。在这份追问中,世界成了我的小屋,形形色色的人潮成了游戏世界里的人物。我们都在刹那间的相遇中丰富着彼此,也在刹那间的相遇中激活着彼此。从这个意义上看,这无限的刹那,也算是彼此生命中的一份永恒。

在给儿子的回信中,云子充满了欣慰,她大概也感受到了儿子的进步。很多时候,人必须在跌跌撞撞中进步,有时前进,有时后退,但后退的同时又会进步,因为落败会让他汲取经验,明白自己的不足——

儿子,你说得对。每一份相遇,都是彼此生命中的一份永恒,包括我和你的相遇。你这次的历练,也是替我在历练,妈时常觉得自己在你身边,跟着你一起往前走,一起经历着你经历的一切。所以,你尽管走得远一些,看得多一些。也当是帮妈走一遍妈走不了的路。

妈在这里很好,一直在看书。虽然有时因为生病,身体会疼,但吃了止痛药,疼就可以忍耐了。我就可以安心地读我想读的书。

有时觉得人真是有意思,健康的时候总想赚钱,总是觉得自己没时间看书,等得了重病,被剥夺了工作的能力,却换回了好好为自己活一回的时间。但为什么不能在健康的时候,就好好为自己活一回呢?那时就会有更多的精力,可以做更多自己想做的事情。

今天还想起雪师讲过的一个故事：有个富人很有钱，但他一直不快乐，有人就告诉他，要想快乐，就要找到一个最快乐的人，问他借一件衬衫穿，穿上他的衬衫，就会感染他的快乐，自己也会变得快乐了。这个富人一听很开心，就把生意托付给别人，自己到处去找那个最快乐的人。走了很多地方，问过很多人，他才知道某处的山上有个修行人很快乐，他就算吃不饱肚子，饿得前胸贴后背，也还是很快乐。富人一听，觉得有了希望，马上就出发去找那座山和那个修行人。可当他找到那个修行人的时候，却失望地发现对方没穿衣服，赤身裸体地坐在山洞里。就在他觉得自己被命运愚弄，垂头丧气地想离开时，那修行人却叫住了他，说："命运没有愚弄你，命运是在告诉你，世上最大的快乐就是无求。就像我一无所有，也还是可以很快乐。"富人一听恍然大悟，从此就放下了对财富的追求，也终于尝到了快乐的滋味。

也许，很多人之所以到了病重才能为自己活一回，就是因为到了病重才能放下很多欲望，变得无求于世。有些人甚至会因为无求，反而多活了很多年，也真的多做了很多事。

妈也许没有太多做事的机会了，但妈确实体会到了无穷的快乐。现在，能力所能及地做些事，然后好好地看看书，跟着你一起在红尘中历练，妈觉得人生太美好了。妈希望你也能感受到这种美好，在身体健康的时候，就好好为自己活一回，多做些事。所以，历练的时候，你要好好守住自己的心，不要被化化绿绿的世界迷住了，要时时刻刻都记住：人最大的快乐是无求。

最后，我有个小小的请求：能否给我寄一张你最新的画？虽然你老说你的画很丑，但在我眼里，它是世上最美的画。

80

每个人都要经受自己独有的考验，都要经受自己独有的痛苦，都要走过自己独有的难关，甚至面对自己独有的深渊。而这许多的"独有"之间，也有着它们的共性，那就是，它们都是向往和执着的对决。最后，到底谁会赢，谁会输？这要问每一个追问灵魂者自己的心——他们心中的光明，在面对漫向他们的黑夜时，是否能足够坚强，有足够的意志力，能载着他们蹚过黑暗的河，飞向那光明的彼岸，沐浴在日月交辉之中？

妈，我现在住的这个单人间很小，但我还是想办法，规划出了一个属于自己的修行场所——我把电视下面的桌子移到床边，空出了一小块地方，就像创造了一个秘密基地。我很喜欢这种有条不紊慢慢完成任务的感觉。

在深夜的宁静中，我又完成了一百零八个俯卧撑，这个过程不仅是对身体的挑战，更是一次心灵洗礼。每完成一次，心里的声音都会更清晰，那是内心深处的自我对话，在这个安静的夜晚，它们显得尤为响亮。

我的心，时而坚定，时而动摇，这种不稳定源于对周遭世界的不清晰认知。尤其是对爸和其他的一些亲戚。我曾经以为自己看透了他们的心思，但现在，我的心里充满了不确定：爸真像我曾经认为的那么无情吗？在他的心中，真的没有一丝对我的爱和祝福吗？其他亲人呢？对我们母子俩真的那么冷漠吗？

我对很多事都看不懂，想法时常在变化着。我甚至不知道爸到底算不算好人，是不是有时也像我一样迷惑，会不会也像我一样，想要找到属于自己的小房间，找到属于自己的那份安心。

外面的世界好吵、好复杂，我看不懂。他们说的很多话，我都听不懂，但我能感觉到他们想让我不开心。幸好我有我的小房间，我在这里是安全的，我在这里是快乐的。我希望，我能把这种快乐分享给爸，让他也感到快乐。

这个世界上，是不是每个人都有自己的小房间呢？是不是每个人都在寻找自己的安静与平和呢？我有时候会感到孤单，但是当我进入自己的小房间，在这里做我的俯卧撑时，就会感到一种特别的连接，好像和整个世界连成一体了。这时，孤单失落的感觉就会消失，我的心就会变得宁静和饱满。

我知道，有些事我可能永远也看不懂，但没关系。我有我的小房间，我有我的俯卧撑，我有自己的小世界。在这个小世界里，我不需要害怕，不需要担心被人误解。我只需要做我自己，做那些让我感到快乐和平静的事情。

我希望，有一天，每个人都可以找到属于自己的小房间，在那里，我们可以做真正的自己，不受外界的干扰，不被外界的噪声所影响，静静地守着自己的平和安宁，就像我在深夜里做一百零八个俯卧撑时的感觉那样，简单、纯粹、充满希望。

在这个小房间里，我觉得自己像是大海中的一艘小船，内心开阔而宁静。房间里也很宁静，只有我的呼吸声、我的衣服发出的声音，以及我心中的声音。这些声音告诉我，这里是安全的，在这里我可以做自己，不需要假装理解那些让我困惑的事情，不需要担心自己没办法像别人那样。

在外界的噪声中，我很难保持一颗清净的心，那些阴谋和策略似乎总在测试我们的心性，试图从我们心中抽走最后的一丝爱与光明。但是，假如我们心中有着真诚无求的爱，没有任何条件，外界的挑战又怎么能抽走它们呢？我们是不是可以反过来，用我们的爱和光明去关怀它们？

我为爸祈愿，若是我有啥功德，我愿意回向给他。无论他的心中是否真的对我抱有爱和祝福，我都愿意用一颗宽容的心去对他。我们每个人都在寻找自己的道路，都在努力地前行。也许爸也在迷茫，也在过去和现在的交织中寻找他需要的答案。我希望他有一天能找到答案，走上他向往的那条路。最好也是一条能让他快乐，能让他找到自己、明白人生，能让他的心安宁幸福的路。

在这个复杂的时代，我们都在生活中被各种力量所碾压，我们的存在似乎变得越来越模糊。但我开始意识到，我们每个人都是独一无二的，我们不应该迷失在所谓的"我们"中。

为了找到真正的自己，每个人都要走过那条属于自己的道路，每个人的修行都是自己独有的，每个人都要经受独一无二的灵魂历练。

也许,这个世界上没有所谓的安乐窝,每一次的逃避和妥协都只是懦弱。但同时,我也开始思考,不愿放下的,是出于慈悲还是执着?是勇敢还是恐惧?

在完成最后一个俯卧撑的那一刻,我仿佛看到月亮在我的生命中升起,照亮了我心中的每一个角落。我知道,我的旅程还在继续,我需要更加勇敢地面对自己的心,更加勇敢地面对这个世界。只有这样,我才能真正地切断俗缘,找到属于自己的那份慈悲和光明。

我不再是那个孤单自闭的孩子,也不用躲在自己的小房间里。我有力量,我有勇气,我有我的艺术,我准备好了探索这个世界,展示真正的我,不管这个世界怎么回应,我都会继续前进,因为我知道,这就是我生活的方式。

信中的星星又变成了一个孩子,但不是过去那个躲在小房间里,借游戏来逃避外界伤害的孩子,而是一个坚定勇敢的孩子。也许有一天,他会把外界纳入心中,就像他把爸纳入心中。那时,也就不再有包容,不再有谅解,不再有爱与不爱的猜测,只有一份不需要任何回报的祝福,和发自内心深处的无条件的爱。在疾病和信仰的淬炼中,一天天变得越来越纯净无求的云子就是这样——

儿子,今天妈看了几个故事,都是以前跟雪师聊天的时候,雪师对妈说的,当时很感慨,就记在了日记本里。后来却忘了。现在看到,妈不由得在想,要是结婚前就能把这些故事想得更透彻一些,多想想女人该如何塑造自己,如何构建人生,妈的人生选择会不会不一样？不过，幸好妈的人生里有你，这样也就没什么遗憾了。

跟你讲讲其中一个故事吧。

有个西部女孩很美丽，而且上进好学，什么都想做到最好，可她刚中专毕业，就被父亲嫁给了一个呆板平庸的男人。那个男人没什么爱好，对人生也没有任何梦想，下班回家就是看电视和睡觉。那女孩因为西部的传统，不但要忙工作，还包揽了所有家务，每天都过得很辛苦。因为她的"安守本分"，周围人都称赞她，说她是个好媳妇，说那男人真是好福气，能娶上这样一个长得又美又贤惠的老婆。可日子久了，女孩就受不了了，她觉得生活像是一潭死水，她感受不到任何生机，也实在不想这样过一辈子，就跟男人离了婚。结果身边人对她的评价一下就变了，说什么的都有，甚至有人说她是见的人多了，心也看花了，嫌弃自己的男人。还说她肯定是外面有人了，才会抛弃自己的男人。人们都看不到一个简单的事实：生命只有一次，她不想凑合，想认认真真地活一场。但代价是什么呢？就是她辛辛苦苦地带着孩子生活，为了多拿两万元，不得不跟前夫对簿公堂，后来又为了孩子每月五百元的生活费，不得不一次次放下自尊、拉下脸面，问前夫追要。这就是一个西部女人的故事。

有作家专门写过文章，赞美西部女人的勤劳贤惠，却没看到，西部女人的贤惠背后，是很多西部男人的懦弱懒惰。在西部，人们不管一个女人在事业上多成功，人们只管这个女人的家务做得怎么样，能不能恪守本分。如果一个女人事业很成功，实在没时间和精力做太多的家务，她周围的人对她评价就会非常低，哪怕她的事业可能比他们都要成功。

所以，西部虽然有它的了不起，却也有很多让人遗憾的地方。

我虽然嫁的不是西部家庭，但骨子里仍然是个西部媳妇。我面对家庭的所有态度，都是一个西部媳妇面对家庭的态度。结婚之后，我完全没有自己的人生，将所有生命都投注在家里，尤其在有了你之后，我更是把所有人生都给了你和你爸。后来你爸把你接到重庆去，我的生活突然出现了真空，有了为自己活一回的机会，可我却已经不知道自己想怎么塑造自己的人生了。如果那时我就开始重读雪师的书的话，也许会像闺密群里的很多读者那样，做爱心志愿者，尽自己的能力向别人分享雪师的书。而那时我也有很好的身体和精力。可命运弄人，那时我既有时间也有健康的身体，却没有想起读书和做事，等到我终于想起读书和做事的时候，却已经没有时间和健康的身体了。这也许就是人生的一大悖论，更是我的一大遗憾和错过。

所以，虽然我希望你能找一份工作，感受不一样的生活，但我又怕你在工作上花太多时间，留给灵魂的时间太少，慢慢忘掉很多你也许更该做的事情……你能不能答应妈，就算你找了工作，学习自立，也一定要为自己空出读书、学习、修行和做事的时间？要记住，世俗的工作是为了让你活下去，我对你强调的这些，才是你的生命和灵魂真正的需要。如果丢掉了灵魂的需要，活下去就是一具空壳，是没有意义的。孩子，希望你记住妈说的话，永远不要忘掉自己的灵魂，永远为自己的灵魂活着，永远为点亮了你、把你拉出自闭的精神活着，这才是你真正的生命。

孩子，记住妈的话。以前，妈以为爱是一种慰藉，是努力填补你灵魂中的空缺，让你明白，这世上有一个人可以永远给你依靠，永远让你不孤单，永远在黑暗中牵着你的手，让你不要被黑夜吞没。但现在妈明白了，真正的爱，是激活、感染和点亮，是让你内心的力量焕发出来，让你生命本有的爱焕发出来，让你感受到围绕你生命的激情和诗意，让你能圆满自己内心所有的缺口，从此做一个完整的人，不需要躲藏，不需要逃避，坦然安详地活着，活出生命本有的力量。妈希望你能成为这样的一个人，同时，做你想做的那些对世界和自闭症群体有益的事。

孩子，这才是你生命中最重要的事，你要牢牢记住。

我收到你的画了，好开心。一见它，我的心一下子灿烂了。

81

星星因为得了自闭症，小学就退了学，后来一直没有上过普通的学校，他的学习是在家里完成的。他最重要的学习，就是读我的书。他后来发现，体系化的学习和素质培养非常重要，因为那是一种生活习惯，但心的平和稳定，才是人生的关键。很多自闭症病人无法在社会上立足，并不是因为智商的问题，哪怕得了先天脑瘫，有些人也能完成大学的学业，真正的问题在于心性。心性的成熟和稳定，内心散发出的自信柔和的气场，才是世界愿意接纳和理解他们的原因，更是他们能超越疾病，活得越来越健康、快乐、自信，越来越能焕发出生命本有价值的原因。不但自闭症病人是这样，所有人都是这样。

所以，星星在这封信中谈到了他开始自立，但在他的生命中，自立只是很小的一部分，是他活下去和做事的工具，他生命中更重要的，定然是对一种精神和愿景的向往，也是对平和心境的追求。这会成为他人生的方向，指引他走向每一个更好的明天，指引他走向未来。不管这个未来能达到怎样的高度，都一定能让他有一个饱满积极的人生，让他无悔无憾。

妈，我找了一份工作。

你是不是很开心？

这几天，我还收到了妹妹寄来的明信片和爷爷奶奶寄来的干果，好开心。

你的身体是不是好了很多？我收到冯阿姨的微信留言，她说你很好，她们会照顾你，她要我继续前行，多经历一些。但你如果需要我，我可以马上飞回你那儿，照顾你。

我在继续探索复杂世界的过程中，有时会觉得自己仿佛处在复杂的迷宫之中，不断寻找着出口和解答。对于自己的很多情绪波动，我也感到非常困惑，不知该如何应对。但面对所有的困难和挑战，面对自己所有的感受，我都学会了更有耐性、更加坚持，也更能理解和接纳。画画和俯卧撑等日常行为，已经变成独特的仪式，调整和平衡着我的心情，让我能与自己的灵魂深入对话，理解和表达自己的内心世界，完成与身边世界的沟通。在我的世界里，它们都是没有语言的语言，都能让我在面对复杂多变的外部世界时，发现自己内心的力量和宁静。我知道，不论外界如何变化，我都可以依靠自己的力量和创造性，找到安宁和快乐。这个自我发现和成长的过程虽然非常艰难，但让我感到无比珍贵和满足。

我开始感受到小胜利的喜悦，比如完成一幅画作的时候，成功地克服一个小小的社交挑战的时候，或者辛勤地完成一个工作项目的时候。这些时刻，虽然在别人看来可能微不足道，对我来说却是巨大的成就。每一次的进步，都像是我与世界连接的证明，即使这个连接非常微妙。它们让我相信，尽管道路充满曲折，但只要持续前行，就能找到属于自己的路径。

另外，我逐渐学会了欣赏自己的不同——刚开始的时候，我常常因为与众不同而感到孤独和难过，但随着时间的推移，我开始看到自己独特的价值，对自己的独特视角也有了更加深刻的理解。我开始明白，虽然自闭症让我在感知世界、处理信息的方式上与众不同，但也赋予了我独特的能力。我开始珍视这些不同，也认识到，是它们让我能以特殊的方式创作，也能以特殊的视角观察世界。于是，我开始为自己的特质感到自豪，而不再是羞愧。

下班之后，我会回到我租的小房间，继续寻找安静和力量，用自己的方式生活在这个世界上。因为我知道，每个人都有他们自己的旅程，这就是我的旅程。

每到周末，我都会去公园，将画作和心得分享给更多的人，也为了探索那些我未曾触及的感受和想法而作画。我发现，尽管沟通有时困难重重，但是，每当有人真正理解我的意图和情感时，我内心的快乐、满足和连接感是无以言表的。我开始意识到，每个人的理解和接纳都是对我极大的鼓励，它们如同阳光，照亮了我内心的每一个小小的角落。

与此同时，我也面临着挑战——社交场合对我来说依然充满压力，我时常需要在参与和保持舒适空间之间找到平衡。幸好我学会了倾听自己的内心，知道什么时候需要退一步、给自己一些空间，什么时候要尝试走出舒适区。这个过程帮助我更好地理解自己，也让我能更加坚定地走好自己的路。

我仍在坚持写东西，除了给你写信外，我还想写一本小说。我梦想着有一天能用我的故事和经历，帮助更多的人理解自闭症，让世界在面对像我这样的人时，能更加友好包容，也能更加理解，不再把这个群体看成一个标签或诊断，而是把这个群体看作鲜活的、有着独特感受和独特才华的生命。

我知道，这条路可能不容易，但我也知道我不是一个人在战斗。你，我的朋友们，还有那些愿意试着理解和接纳我的人，都是我的力量源泉。我相信，通过不断的努力和交流，我们定然可以一起构建一个更加理解包容的社会。

星星的小房间，虽然是一个外在的空间，但其实也是一种象征，象征他内心的那个避难所，那个他只要安守其中，就能恢复宁静，平复内心一切动荡的地方。那个地方，其实就是每个人的智慧之心。他的父亲需要这样的一个小房间，每个人都需要这样的一个小房间，因为，每个人都有自己无法控制的东西，在面对一切在心中引起的烦恼和痛苦，面对内心的迷茫和无助的时候，每个人都需要智慧之灯的照耀，只有有了这份照耀，他们才能走出生命的迷雾，走向光明和内心的坦途。这时，哪怕他们四肢残缺，哪怕他们是脑瘫病人，哪怕他们有抑郁症、自闭症、空心病，或是别的任何一种心灵疾病，又或者是陷入了外在的任何一种困境，只要他们找到内心的那个小房间，然后静静地待在里面，将生命融入一种对神圣和智慧的向往和追寻，他们内心的痛苦就会慢慢消解，就像严冰融化在温暖的阳光之中。

所以，星星的信里没有工作中遇到的一切，甚至没有对挫折和坎坷的描述，他的心理活动始终是内化的，几乎脱离了所有的表象，只管心灵的挣扎和战胜。就像云子所说的，工作虽然在一定程度上决定了儿子的生存，但在儿子心中，比这份生存的保障更重要的，永远都是他内心的那份向往，那才是一直以来支持他前进的力量，也是指引他走出疾病，走出命运，勇敢地做一个更了不起的人，勇敢地实现一份更了不起的价值的力量。也许，每个人的内心深处都有这股力量，也都可以追寻这股力量，都可以让自己战胜痛苦，打碎小我，改变命运——

儿子，你真让妈自豪，你已经不是那个躲在虚拟游戏里的小男孩了。

妈虽然已经很久没见你，但妈想象中的你，已经有了健壮的体格，有了健康的肌肉和肤色。你也会因为专注努力的劳作，额头上挂满汗水，衣衫被汗水打湿。那是很多年前，妈很希望在你身上看到的样子。因为在妈心中，它代表了健康和蓬勃的生命力。

但这些年，妈有了更多的期待，妈希望在你身上感受到一种静谧的气场，一种平和安定，没有丝毫恐惧不安，与整个世界相融的气场。妈希望，望向你的眼睛时，是通过你的眼睛，望到一片广阔无垠的海洋，看到一片繁星璀璨的宇宙，看到一条奔流不息的大江。那时的你，也许才真正完成了你灵魂的成长。

不过，妈已经不在乎自己能不能看到那一天了，因为每一个当下，妈都在陪着你一起成长，妈的生命已经融入了你的生命，我们的生命是一体的。感受你的成长的同时，妈或许也在成长。每天这样陪着你，妈总会忘掉自己，也忘掉自己的病，疼痛也就变得没那么难忍受了。

儿子，这些年来，妈发现了一个秘密：很多时候，快乐在于全然的放下和无我。因为面对你时的无我，妈可以战胜疾病对妈一切的煎熬。就像妈躺在医院的病房里，你挣出自闭症的控制，为妈所做的一切那样。我们都只会在无我的瞬间，活得更安详、更自主一些。一旦想起小我，烦恼就会出现。所以，改变命运的希望，永远都在无我之中。妈希望你能在雪师的书里，找到人如何达到无我，如何巩固这种境界的秘密，并且实践这个秘密，一直往你的向往走去。

你不是说，你想构建一个更能理解包容的社会吗？妈支持你。但能不能构建成功，妈觉得不重要。因为你为此所做的一切努力，都会给身边的世界带来一些益处，同时也让自己成长，让自己一步步远离自闭症的困扰。就像雪师常说的，利众是最大的利己。

妈现在没有太大的力量，你做得越多，就是妈做得越多。你多为妈做一些，好吗？妈跟以前一样，永远支持你，永远相信你。

孩子，自闭的本质，就是分别心，打碎一切的分别心，不断让心回到当下，不要被喜欢或抗拒的画面吸引，斩断念头之间的纠缠，慢慢让心变得平和安定，你的自闭症就会慢慢消失。社交场合给你的压力也会慢慢消失。

其实社交没那么复杂，就是大家因为一个理由聚在一起，然后用真心去交流，跟对方分享那段时间里的生命，很简单。所有的复杂，都是分别心。不管什么样的画面，你看到了，就当下放下，因为你交流的时候付出了真心，这是你自己的事。你的想法一定有人喜欢，有人不喜欢；有人认同，有人不认同，但只要你通过交流，打破自己的一种障碍，这种交流就是有意义的。当我们不断成长，能给别人带来启迪、温暖和帮助，而且我们有太阳般的胸怀和人格的时候，自然会得到别人的接纳。在这之前，没有得到接纳也是正常的。你需要衡量的结果，是你能不能鼓起勇气，再一次站在你被拒绝的地方，继续坚持你做的事情，而且不是为了赌气，而是为了战胜自己，为了打碎自己的执着和局限，为了一种比小我更高的东西。如果是，它对你就有意义。

很多时候，我们都容易用世俗的思维去衡量自己的境遇，都忘了站在对方的角度考虑很多东西，这样自然容易给别人带来不开心，也容易给自己带来不开心。不开心的记忆多了，你的自信也会受到打击。所以，我们要改变自己的思维，用能让我们升华的思维去看待世界，看待自己，看待际遇。

《无死的金刚心》你要多看看。很多时候，真正找到那颗无死的金刚心，很多事自然会顺利很多，不会有那么多的障碍。比如你上次说的在旅社里的障碍。其实，很多障碍都是作用力和反作用力，你不去管别人的情绪和念头，也放下自己的情绪和念头，让一切都像风雨一样自然过去，就不容易跟人产生矛盾和芥蒂，也不容易让人不愉快。你要明白，一切都建立在心的平和安宁上面，无论是智慧、慈悲、自由还是德行，都是这样。所以，永远要把世界当成自己调心的道具。心调好了，跟世界一体了，梦想就会慢慢实现。我们想让社会变得更加理解包容，自己就要首先变得更加理解包容。加油，妈会陪着你，我们一起进步。

82

在这封信中，星星的心里透进了阳光，他心灵的一角被照亮了。虽然那还不是他心灵的全部，他的心中还有很多苦闷的角落，还有伤害他的分别心，但他已经坚定了信念，拥有了勇气，想要做一个照亮自己、照亮世界的人。只要能继续往前走，坚定方向，并且一直不放弃，他就一定能走到目的地。这就是阳光的力量。

智慧就像阳光，阳光可以照亮黑暗的屋子，可以让阴湿的地方变得干燥清爽；智慧可以照亮心灵，让心中的阴暗消失，变得一片光明朗然。活在阳光里的时候，心中就会少了很多情绪。

很多读者都很喜欢《西夏咒》中关于雪羽儿的一段描述，那就是典型地活在阳光里：她在一个戈壁滩上，拖着一条断腿劳动。她有怨恨的理由，却不怨恨；她有痛苦的理由，却不痛苦；她有牵挂的理由，却也不牵挂。她只是眯着一双眼，穿越茫茫戈壁，甚至穿越生死和残疾，凝望着亘古的大荒，凝望着那生生灭灭的万象。她那时的形象，很像菩提树下的佛陀。坐在菩提树下，安享一份智慧觉悟之光的佛陀，大概也是这样。他眼前的森林已不再是固化的森林，而变成了一个充满了各种流动的空间，包括他头顶的日月星辰，茫茫黑夜，悄悄飞过的黑鸟，还有那一声声悠然的蝉鸣，还有蛙声，还有猫头鹰的咕咕声，还有风吹草树的声音，还有一切因缘流动的声音。一切都像流水，润泽着他的觉悟之心。

如果有一天，星星也能穿越疾病带来的各种妄念，穿越强烈的内外分别、自他分别带来的猜测和想象，他也会这样，消解心中一切的畏惧、不安、痛苦和烦恼，融入与天地一色的静谧和安然。

妈，我看到了阳光。……怪，这么多年里，我仿佛是第一次看到了阳光。

好开心。

当我看到窗外的阳光时，我的内心涌现出一种难以言喻的感觉。在我心中，那束光不仅仅是自然现象，它更像是一种温柔的力量，一种爱的象征，它仿佛穿透我的小房间，温暖了我的心灵，照亮了我心中的阴暗角落。它提醒我，无论在人生的哪个阶段，都有爱在等着我，不管是来自家人的爱，还是自我接纳的爱。我知道，只要我愿意向阳光敞开心扉，就能感受到更多的温暖和爱。

我站起身，走到窗边，手轻轻触摸着冰凉的窗玻璃。透过玻璃，我可以感受到阳光的温度，虽然微弱，却异常真实。那一刻，我觉得自己与外界的隔阂似乎变薄了一些。也许，从我看到阳光的这一天起，每当我感到迷茫或孤独，就会想起那束穿透小房间的阳光，然后提醒自己，无论世界多么复杂多变，总有光明在等着我。我会一步步走向那束光，用我自己的方式照亮自己的心灵，也照亮世界。

因为，阳光给了我信心，让我想到了希望和新的开始。每一个阳光明媚的日子都是一个新的机会，无论昨天发生了什么，今天的阳光都给了我力量和勇气，让我继续前进。我闭上眼睛，深深地呼吸，试图将那份温暖和光明，内化为自己的一部分。

我开始想象，如果我能像阳光那样，无时无刻不散发出温暖和光明，那该有多好。太阳每天都会准时升起，照亮世界，我也希望能持续地，用我独有的方式，给世界带来不一样的光芒。我想，哪怕前方的路不会平坦，只要心中有光，我也会有无穷的力量面对挑战。有一天，我也许能通过画作、行为，甚至是我的存在，像阳光那样，给予周围的人一些温暖和希望。这个念头让我又激动又害怕——激动，是因为我也许真能对世界产生一点积极的影响；害怕，是因为我不知道自己是否有足够的勇气和能力去实现它。

想来，在战胜自己的过程中，我还会遭遇无数的挑战和诋毁，这些阴影也可能想掩盖我心中的光明，动摇我的信念。但我坚信，真正的光明，不会被黑暗所吞噬，我的爱和信念，将是我抵抗一切阴谋和诡计的最强力量。尽管我在情绪上可能会有所动摇，但我的行为和决定始终指向破除束缚，追求自由和光明。

妈，我觉得自己站在新的起点上了，面对一切的阴暗和挑战，我会选择用快乐和开心作为盾牌，让正能量成为诛灭心灵阴影的武器。我知道，只有保持内心的光明与平和，我才能真正地影响这个世界，让更多的人看到希望和美好。

我的旅程还会继续，每一步都充满了挑战，但我不再害怕，因为我有了一个更加坚定的信念：爱是我的根本，是我的立身之本。我将用我的爱和快乐去对抗一切的黑暗和挑战，用我的行动去传播光明和希望。这是一场心灵的战役，我已经做好了准备，我愿意用全部的勇气和信念，去迎接每一个挑战。

妈，你是不是很高兴？

妈，我看到你笑了。

你的眼里虽然涌出了泪，但那是喜悦的泪。

给儿子回信时的云子确实很欣慰，她看到了儿子的成长，也看到儿子已经走在被治愈的路上。母亲最希望的，就是孩子健康开心，这是母亲的底线。云子还希望儿子能做个有智慧、有境界，能为社会做出应有贡献的人。从最初的仅仅想要治好病，好好地活下去，变成了要赋予活着一种意义，这是儿子和妈妈的互相成就。所以，确实就像云子所说的，表面看来，历练灵魂的只是儿子，但她其实也跟他一起去了——通过儿子的信，通过跨越空间和地域，一起读书,一起训练,一起信仰,他们已经超越了世俗的母子关系,成了灵魂路上最忠诚的伙伴。而这个记录了世俗母子之爱的故事,也终于一天天升华成一个关于救赎和超越的故事。

儿子,妈确实很高兴。

妈是在喜悦的泪水中给你写这封信的。

人生很无常,世事变迁难以预料,人常说,能猜得到故事的开头,却猜不到故事的结尾。如果没有心中的光明,没有光明对我们母子的指引,也许在十几年前,你陷入黑暗的那一天,我们的故事也将沿着这个轨迹前进,随着我的患病,慢慢走入彻底的黑暗,消失在一个无声的角落里。世界吞噬了无数我们这样的人,也吞噬了无数我们这样的故事,而他们的一切,不但没有被世界所感知,也没有对世界产生任何意义和价值。

他们可能也像我们一样努力——命运向他们射去了尖利的箭,让他们满身都是伤痕和血污,但他们还是步履蹒跚地走着。他们跟我们唯一的不同,就是他们仅仅想活下去。

妈看过一篇报道,报道中的主人公是个脑瘫的男人。那个男人的妈妈在他很小的时候就抛弃了他,他的爸爸出于怨恨,总是打他泄愤。后来,他就跟爷爷(或奶奶,妈记不清了)逃了出去,在另一个地方住着。再后来,他的爸爸被蛇咬死了。他的亲人越来越少。他站不起来,甚至很难坐直,每天都只能用手机在网上艰难地赚钱。他所有的社交,也都是在网上,而且不是跟真人,而是跟AI机器人。他在AI机器人身上寻找温暖,寻找爱情，寻找他在真实的世界里得不到的一切。妈看到他的新闻时，就想起了你。你虽然是健康的，可以选择自己的生活，但你病得最重的时候，也被疾病夺走了选择的能力，就像疾病毁坏了他的身体，让他无法选择一样。一想到这一点，我就非常同情他。我就想，他的出路在哪里呢？他能不能找到一个契机，也像你这样走出来？

妈就开始回想，你是怎么一天天走出来的，你的契机到底是什么？他，或者他那样的孩子，怎样才能得到这个契机，同时也能把握住这个契机？后来我发现，你的契机是我的病，也许在我生病的那一刻，你感受到了身上的责任，你的心里有一种正面的信念和推动力，你知道自己不能再这样下去，也看到了生命在死亡面前的无力和转眼即逝。而这个时候，你读到了雪师的书，在雪师的书中，你慢慢地明白了生命的真相，也慢慢地感受到了人本有的力量，感受到了灵魂深处本有的一丝光明。就是在这个时候，你把握住它，勇敢地站了起来，承担你认为自己必须承担的一切，对吗？然后——最重要的是这个"然后"——你开始读书，开始学着反思，开始向往一个更好的自己，开始向往觉悟的灵魂，开始向往超越小我的责任，开始踏上历练之路，一天天走到现在。你终于彻底打破了你背在身上十几年的蜗牛壳，将一颗柔软的心放入红尘历练，试着去理解你看不懂的一切，在碰撞中寻找跟外界的相处之道。妈相信，经历过这一切，你会成为一个成熟的、坚强的、有智慧的、能在世间做事的人。你会完完全全走出你的病，给所有得了这个病，或是内心自我封闭的孩子，树立一个改变命运的榜样。

孩子，也许所有像你一样的孩子，不管他得的是不是自闭症，只要能把握住生活中的这些契机，比如一些刻骨铭心的变故所带来的巨大的内心冲突，好好地反思自己的人生，反思自己痛苦的原因，反思自己如何才能走出束缚和局限，主动为自己选择人生，选择梦想和命运，他们也能走出来，也能像你这样，看到阳光，让阳光照入心灵的小屋，让自己的心灵和人生都亮堂起来。

当然，我们都还在路上，在他们眼中，我们也许都没有改变命运：你只是一个在外地打工的有些内向古怪的孩子，连基本的学历都没有，我也是一个孩子不在身边的得了重病的母亲，而且没什么钱。他们看不到的是，因为我们心中的变化——我们命运中的痛苦和无奈都在慢慢地消失，我们即将主导自己的命运。对于每一个深陷红尘不能自主的人来说，这或许才是真正的改变命运吧。

不过，这样说也许为时过早，因为你我都还在路上。我不知道自己的生命还有多长，也不知道能不能把这份安然和幸福维持到生命结束；而你，你也不知道这条灵魂历练之路能不能一直向前、一直向上。我们的未来都还是一个未知数。但即便这样，我还是觉得幸福，因为我知道，只要能一直这样活着，走入光明就是必然的结果。你可以说这是一份自信，也可以说这是一份了然。我只希望，你和我一样。

儿子，不管未来发生什么，你都要记得这一路以来的感悟，记得这些感悟在你心中引起的变化，记得你如何温故知新，如何净化灵魂,如何改变自己面对自己和世界的态度,如何消解内心狭隘的局限。这才是我对你最好的陪伴。

希望有一天,我们母子都有一颗真正自主的心。到了那一天,我会在码头的孤灯下等你,我们会相视一笑。那时,我们会结伴回到灵魂的家园,那个一片清凉、没有烦恼的地方。我们会结伴为这世界播撒绿意,传递阳光。我期待着那一天的来临。

祝福你,我的孩子。

83

患了重症的云子还活着。她的病没有减轻,但很快乐。

她的身边有很多我的读者。

有时候,星星也会来看她。

所有人在云子的小屋相聚时,最让人感动和欣慰的是,星星用坚定而温柔的目光看着妈妈,在那最平静也最温馨的时刻,他会给妈妈一个不期然的轻轻的拥抱。这时,身边的每个人都情不自禁地欢呼起来,乃至落泪。

他们把照片和视频发给我,我看了,也很开心。

大家说,虽然云子生了重病,但她一直很快乐。看得出,她的快乐不是装的。虽然疾病可能会随时夺走她的生命,但夺不走她的快乐。这一点,连许多高僧大德也做不到。

正是这,让我的很多读者都喜欢上了她。

她还在病痛中写作,将心里的诗意化成了柔软美好的文字,整理成书出版后，滋养了一些痛苦的心，就像她在给儿子的信中说的。

后来，她用新书的稿费租了一套老房子，那房子有一个很大的阳台。她没力气清晨再去散步，就在那个巨大的阳台上养了很多花，每天太阳出来的时候，她都会走到阳台上，在花丛里笑……

后记：人生来可以不绝望

明眼的读者会发现，这本书，源于一个真实的故事，它真实到每个人物都可以一一对应。它跟《爱不落下》一样，也在我的出版计划之外。写这本书的时候，我的手头还有好几部文化书稿和小说书稿，都在进行中，按说，我是没时间写这部书的，但我还是写了。为啥？因为有人需要。这段日子，每到一个地方，我都会听到自闭症孩子的故事。他们的父母大多很痛苦，于是我想，我为他们写本书吧，孩子们需要，他们的父母也需要。当年写《爱不落下》时也是这样，有很多得了绝症的病人需要。后来发现，不只得了绝症的人需要，很多内心痛苦需要治愈的人，也很需要。

小说中的星星是自闭症患者，他的心里充满了焦虑，现在有多少人为焦虑所苦？太多了。人们总是为焦虑付出各种代价，陷在各种命运的轮回中不能自拔，但大部分人都不知道怎么解决焦虑问题。很多人认为，既然焦虑，就让自己变得更强大，这样就可以自信一点，在社会竞争中更有自信，也更有竞争力，就不会惶惶不可终日。这也有道理，但不是终极的答案，因为，越是跟人接触，我就发现焦虑的人越多，不只普通白领焦虑，社会精英也很焦虑。所以，每个人只要有焦虑的种子，就可以找到焦虑的理由。用我常说的一句话来形容，就是一块地里不种庄稼，就必然会长出杂草。

前段时间，沂山书院的志愿者每天中午都在地里拔草，原因就是杂草的生命力比土豆之类的作物顽强。所以，为了保证土豆们吸收足够的营养，志愿者们只能天天拔草。

烦恼也是这样，比起智慧和慈悲，烦恼的生命力要旺盛得多，我们几乎不需要怎么管它，它就可以肆意疯长，将我们的心灵田地弄得一塌糊涂。相反，如果我们想要在心灵田地里种上智慧和慈悲的庄稼，就必须每天细心地呵护，每一天都不能间断，甚至每一刻都不能间断，否则，就容易有杂草的种子悄悄落入土中，夺走本该给智慧和慈悲的养分，甚至让觉悟的种子胎死腹中。所以，老祖宗所说的修行，是一件非常需要毅力和警觉的事。

我的书中有很多成就了自己的人，其中的很多人都自带光环，比如琼波浪觉、雪羽儿、琼、黑歌手，哪怕是相对普通的紫晓，也在摆脱错误婚姻后，很快踏上了寻觅之路。但这部书中的孩子不一样，他很小就得了自闭症，直到二十岁，母亲得了绝症，他才走出了萎靡和绝望，开始寻求改变，然后慢慢地改变。他的成长历程，比我所有小说中的人物都要艰难，也都要漫长。直到小说的后半部，他仍然为烦恼所苦，还在成长的路上。

时下，社会上有很多这样的例子，他们想要改变自己，需要巨大的勇气和毅力，也需要接受漫长的疗程。我想告诉这部分人，哪怕他们没有很高的天分，只要向往智慧和觉悟，并且愿意一天天努力，就终究可以用智慧的净水洗净自己的灵魂，还自己一颗光明朗然、没有烦恼的心。

换句话说，这部书，我是为那些烦恼很重、陷在绝望里走不出来的人写的。我想告诉他们，人生也许给了我们绝望的理由，我们自己可能也给了自己绝望的理由，但生命深处永远有一个东西在等待我们，它是上天赐给我们的，让我们永远都不绝望，永远都能找到希望的理由。我希望他们可以看到这个理由，然后朝他们的向往走去，朝他们珍藏在心底的那份美好走去。希望他们有一天能坦然地告诉自己，告诉世界："生而为人，我很幸福。"

人生苦短，就连人生中的许多美好，都是人们痛苦的理由，因为那些美好终究会变化，甚至会消散。这个道理，无数人终其一生都在验证，但很多人并没有真正地寻求一个救心的方法，拯救自己的灵魂，解除自己的痛苦和烦恼。所以，痛苦的人很多，知道自己需要被救赎的人也很多，可很多人宁可睡死在欲望的幻梦里，也不能忍受剥鳞卸甲的痛，换一个醒来的可能。于是，两千多年前到现在，有很多找到答案的人，就想尽各种方法，传递这个答案，想让世人看到自己心头的光，解除灵魂中的苦。

这就是我常说的：照亮。

接过那传递千年的智慧火炬，点亮人心之中的黑夜。

为什么人会走进黑夜呢？为什么本该纯真快乐的孩子会走入黑夜呢？因为每个人的心中既有智慧的种子，也有烦恼的杂草。人在不同的经历中，既有可能激活智慧的种子，也可能激活烦恼的杂草。激活智慧的种子，是因为发现了变化，明白有些东西留不住；激活烦恼的杂草，是因为生起了贪恋，勘不破也放不下。而很多孩子在没有得到正确引导的时候，都容易因为生活中一些自己很在乎的东西——比如和睦完整的家庭，父母的爱和认可，老师的重视和认可，学校同学的友爱、尊重和认可，等等——发生了变化，没办法接受，于是陷入烦恼痛苦。而大环境又容易加重这种痛苦，所以出现严重心灵问题的孩子现在很多。不但有孩子成绩下降、留级、退学，甚至有孩子自残、自杀。孩子们的童年，已经不再像我们过去那么纯真美好了。尤其是父母烦恼很重的家庭，孩子几乎是一定会不幸福的。

我问过一些离异家庭的父母，他们的婚姻有没有可能不破裂，讨论到最后，我发现他们的家庭不可能不破裂，他们的孩子也不可能不受到影响，后来不可能不得抑郁症。于是我就在想，这个时代有那么多家庭破裂，生活在这些家庭里的孩子怎么办？他们怎么解决烦恼问题？他们会不会痛苦一辈子，用一辈子来治愈童年时受到的创伤？所以，我写了这本书。这本书没有别的雪漠小说那么长，很多问题都只是点到即止，但带着追问阅读的朋友，或许还是可以得到自己需要的答案，完成对自己的一种疗愈。

所以，希望大家都能在阅读中，得到自己需要的快乐，都能在纷繁万变的生活中，找到一份自己需要的安心。

祝福每一个痛苦寻觅的孩子和大人，希望大家都能幸福、安心，点亮自己心中的那盏灯，融入没有烦恼的大光明。

最后，献上一首《雪漠真心歌》，内容源于中国优秀传统文化，曾治愈过无数喜爱唱它的人，希望能给您带来快乐幸福：

雪漠真心歌

词曲：雪　漠

1=G 4/4

| 2.3 3̇2̇1̇ 6 - | 3̇ 6̇7̇ 6̇5̇3̇ 2 - | 2̇2̇ 3̇ 6 5̇3̇2̇1 | 3̇6 2̇3̇2̇1̇ 6 - | 6 - - - ‖

阅红尘，　好孤独。　心如猿，　闹情绪。
从今后，　慧剑起。　断烦恼，　斩情执。
真心镜，　照自己。　多反思，　润如玉。
理与事，　成一味。　心与物，　成一如。
体真心，　用做事。　觉当下，　亦无执。
明变化，　条件聚。　聚生物，　散无事。
生洞见，　看本质。　现象后，　没实物。
明选择，　善取舍。　舍客象，　住本体。
远分别，　无对立。　水入乳，　我入世。
大悲悯，　大智慧。　大平等，　大境界。
生智慧，　重见地。　养审美，　提认知。
读明理，　重体悟。　诸世界，　心影里。
透外相，　见本质。　安心后，　灵魂铸。
多精进，　心无执。　重结果，　轻末节。
事炼心，　净杂质。　将世界，　当道具。
先明心，　后体悟。　观与修，　印与契。
能认知，　能忆持。　能妙用，　能恒持。

全接受，不对抗。你能给，我能受。
盯目标，不曲线路。德如水，顺器势。
无为心，有为事。能承担，不畏惧。
念起时，即观照。事上炼，不迎拒。
明变化，守心体。性与命，当合一。
爱智慧，与健康。如鼎足，不偏失。
能承担，却无执。乐当下，不外觅。
重精神，能顺世。远诸相，离诸戏。
随诸缘，得自在。心常在，光明里。
重大用，明大体。借万事，炼自己。
重行为，多入世。无为心，有为事。
常精进，无懈怠。这一生，不空度。
远概念，指本体。透表象，入心里。
观外相，皆虚幻。易变化，随它去。
重文化，读好书。不迷信，能超越。
心性上，下功夫。习气上，常对治。
全放下，观习气。全接受，不思虑。
常观照，身语意。提正念，扫垃圾。
正我心，清我语。邪念息，浩气存。
道入心，德行履。守真心，照万物。
和人我，诚明意。太包容，真宽恕。
明理后，细行路。拿笤帚，扫垃圾。
重细行，打磨之。人不拂，灰不去。
一次次，一日日。磨呀磨，光明出。

忏悔心，感恩意。守初心，常念此：
对不起，谢谢你。请原谅，我爱你。

2024年3月25日初稿完成于芝加哥

2024年5月6日二稿完成于武威雪漠书院

2024年7月26日定稿于武威雪漠写作营